2018秋冬卷

陈思和　王德威 主编

復旦大學出版社

图书在版编目(CIP)数据

文学.2018 秋冬卷/陈思和,王德威主编.—上海:复旦大学出版社,2019.9
ISBN 978-7-309-14427-7

Ⅰ.①文… Ⅱ.①陈…②王… Ⅲ.①中国文学-现代文学-文学研究-文集②中国文学-当代文学-文学研究-文集 Ⅳ.①I206.6-53

中国版本图书馆 CIP 数据核字(2019)第 132184 号

文学.2018 秋冬卷
陈思和　王德威　主编
责任编辑/杜怡顺

复旦大学出版社有限公司出版发行
上海市国权路 579 号　邮编:200433
网址:fupnet@ fudanpress.com　http://www.fudanpress.com
门市零售:86-21-65642857　团体订购:86-21-65118853
外埠邮购:86-21-65109143
常熟市华顺印刷有限公司

开本 787×1092　1/16　印张 18.5　字数 315 千
2019 年 9 月第 1 版第 1 次印刷

ISBN 978-7-309-14427-7/I·1159
定价:68.00 元

如有印装质量问题,请向复旦大学出版社有限公司出版部调换。
版权所有　侵权必究

目录

声音
古典文明与新文化
——新世纪如何认识中国的古典文化　文／刘志荣　⋯3

对话
与钟叔河先生闲聊　讲述／钟叔河　整理／彭小莲　汪剑　⋯13
天下士与小说家　对话／朱天文　木叶　⋯36

评论
跨界群体与80年代思潮：以《今天》与"星星画会"互动为例　文／李徽昭　⋯51
"星星只有在黑暗中闪光"：文艺"星系"中的"星星美展"　文／韦嘉阳　⋯67
作家狄金森　文／海伦·文德勒（Helen Vendler）　译／王柏华　谢微　⋯80
城市的心像石头一样坚硬
——彼得·阿克罗伊德《霍克斯默》的城市书写与历史意识　文／陈晓兰　⋯101
人生的错位与错位的人生
——论李佩甫小说《平原客》中的李德林形象　文／关爱和　⋯111

记忆
红色摩登：上海电影人的50年代　文／张济顺　⋯125

心路
白先勇的昆曲之旅　文／陈均　　　…147

谈艺录
《理查二世》：君王之罪谁人定？　文／傅光明　　　…157

著述
至道无难：奥德修斯的拣择　文／吴雅凌　　　…209

书评与回应
日本作为方法，北京作为题材：评《文化殖民与都市空间：侵华战争时期
　日本文化人的"北平体验"》　文／畅雁　　　…235
"国民使命感"与北京的幻象：评《文化殖民与都市空间：侵华战争时期
　日本文化人的"北平体验"》　文／王晴　　　…245
如何认识侵华战争时期日本文化人的中国叙事
　——对两篇书评的回应与延伸　文／王升远　　　…250
"满大人"与现代性：评《假想的"满大人"：同情、现代性与中国疼痛》
　文／张向荣　　　…261
关于《假想的"满大人"：同情、现代性与中国疼痛》的对话
　对话／韩瑞（Eric Hayot）　金雯　　　…267
林纾的现代性方案：评《林纾公司：翻译与现代中国文化的形成》
　文／崔文东　　　…271
翻译与"脑力劳动"：评《林纾公司：翻译与现代中国文化的形成》
　文／安博　　　…277
林纾、他的合作者和他的埃及分身：作者的回应
　文／韩嵩文（Michael Gibbs Hill）　译／徐灵嘉　刘蕴芳　　　…284

作者简介　　　…290

声音

古典文明与新文化
——新世纪如何认识中国的古典文化

古典文明与新文化
——新世纪如何认识中国的古典文化

■ 文／刘志荣

一

过去一百多年来的中国现代文化，尤其是新文化运动以来的现代中国"新文化"，基本上是一种从各个角度强烈批判中国传统、引进各种西方近现代学说的激进文化——这种主流的思想范式，在某些时候会遭到质疑，但从来没有被动摇。这也导致它在发展最为激进亢奋的时候，甚至倾向于全盘否定中国的思想文化传统，视之为糟粕，弃之如敝屣。

今天，已经很少有人再持有这种简单机械的单线条的"进化论"式的观点，尤其是，许多学者已经认识到，过去那种"中西"二分的思维框架，太过简单化，西方亦有其"古"，中国亦有其"今"，"古今"之别经常甚至要远大于"中西"之别。在"古今中西"的框架下考虑问题，其思考显然远比简单的"中西"二分乃至对立要更为微妙复杂——后者事实上是简单把中国等同于"古"，西方等同于"今"了——也因此，就容易产生种种比较简单化的结论。在这种情况下，在今天的中国，不但应该加强对"今学"的研究，更应该溯本追源，加强对中西古典的研究，借以辨流追源、明其层次，在"古今东西"之变中，认清自己的位置，从而不但为学术思想，也为国家社会发展寻找到更为稳妥和可持续发展的道路。

不过，进入新世纪以来，学界虽有此认识，但事实上，深入一步观察，中国现代文化起源时期各种新思潮背后简单的思维框架和思维方式，却从未得到足够深入的反思,更遑论动摇。思想不够复杂深入,时至今日已经成了制约中国发展的瓶颈之一。在这种情况下,中国人要重新树立自己文化上的自信,就绝不可能简单地"复古",而是要求思想文化尤其是思维方式的升级换代。在今天,我们已经有了重新开始深入认识中西文化的核心内容并进行比较、鉴别的可能,如同某些学者指出的,"促进对中西大传统的深度理解"。在这个基础上,新世纪的中国思想文化才可能得到其相对比较深入的根基,摆脱在低水平上不断重复涌现、反复无效争论的困境,也才能出现其21世纪的新面貌,从而真正树立起自己的文化自信。

现代中国的文化、思想深度不足,一般认为上一个时代国家长期动荡不安是重要原因,但即使是乱世,也并非没有特立独行的独见之士。过去陈寅恪先生就说,吾国历史上,"其真能于思想上自成系统,有所创获者,必须一方面吸收输入外来之学说,一方面不忘本来民族之地位。此二种相反而适相成之态度,乃道教之真精神,新儒家之旧途径,而二千年吾民族与他民族思想接触史之所昭示者也"(《冯友兰中国哲学史下册审查报告》)。这个说法,可以得到多方面的印证。

从中国人的思想方式上来看,由于中国文化本身是一种原发性的强势文化,在历史上主流的文化态度向来是"以我为主",不失文化上的自主性,引进的外来思想文化新因素,只有经过深入的思考、反刍、转换,才能真正融入中国人的思想血脉,从而长远发生作用。历史上,佛教思想引入中国就是这样:经过汉魏六朝五百年左右的引进,隋末创立天台宗,意味着佛教中国化的开端;隋唐时期禅宗创立,更开创了独特的中国佛教的道路,融中印文化为一体,不但在当时光辉不可方物,迄今已历千年而余晖犹在,仍被世界人士推为中国文化的独特创造。近代以来,中国语言引进外来文化、词汇,也仍有这种特点,这与日韩等国比较就可看出:现代日语、韩语引进外来词汇,多是译音之后直接输入,现代汉语就不一样,尽管不乏译音的例证,但主流的态度却是意译——得其本义而重新用自己的语言表达。语言是文化、思维的载体,也可见中国人文化、思维的潜意识里,仍是"化西"而非"西化"。自从明末利玛窦入华,中西文化开始大规模的交流、碰撞和融合,迄今也已经过了四百年;如果从鸦片战争战败被迫打开国门算起,也已经有一百七十五年(将近两百年);在没有大的挫折和弯路的情况下,中国人加深对世界文化的理解,从而催生新的"内不失自己的主体性,外则能沟通世界文化的先进潮流"的中国现代文化,并非不可想象之事,也许现在正是可以开始的时候。

二

新世纪建立不同于20世纪中国的新文化,不能不加深对本土文化传统的理解。就对中国古典文化的理解来说,中国古典文化有几千年的灿烂历史,并且是极少数未曾间断的原发性文化之一,其中的精华部分,足以和世界优秀古典文化相比肩、印证。建立中国的新文化、新道德,的确不能忽视这一重要资源。

纯粹中国思想最有原创性的部分,是先秦思想。先秦思想,被现代德国哲学家雅斯贝尔斯推称为公元前500年前后世界文化觉醒期的重要内容。雅斯贝尔斯(Karl Jaspers)曾提出著名的世界文化史上的"轴心时代"的命题,基本的意思是:公元前500年前后(具体来说是公元前800—前200年,尤其公元前600—前300年),世界不同地区(中国、印度、希腊、希伯来)都发生了"终极关怀的觉醒",其标志是人们开始用"理智的方法"和"道德的方式"来面对世界,与此同时,这些地区也产生了超越性的宗教。文明的这些进展,标志着对原始文化的超越和突破。发生过这一觉醒的文化,就可能经受住时间的考验,在变动不息的历史长河中存留下来,否则即使历史上再辉煌,也终究难以避免消亡的命运(如古埃及和古巴比伦)。轴心时代各个文化都产生了自己的伟大的精神导师,印度有释迦牟尼和《奥义书》,希伯来有犹太先知,古希腊则有苏格拉底、柏拉图等哲人,中国的先秦文化,尤其孔子、老子的思想,也是其中的重要内容。轴心时代不同地区对原始文化超越和突破的不同类型,决定了以后各个文化的不同形态——由于历史的发展,它们的后裔之间虽有许多重要差别,有时甚至沟通为难,但在文化觉醒和超越的轴心时代,这几个地区之间虽然有着遥远的距离,却在文化上却有很多相通的地方。(《历史的起源与目标》)

雅斯贝尔斯的观察,可以给我们提供重要参考。中国思想中不但很早就发生了"终极关怀的觉醒",更有丰富的修身、齐家、治国乃至安天下的重要内容,既可以和世界文化的精粹互相沟通、印证,也是中国文化自身生命生生不息的来源。事实上,虽然中间有过许多的变化和波折,轴心时代产生的文化,尤其是其核心内容,却一直延续到今天,虽然有时是通过改头换面乃至转世重生的方式。轴心时代的文化构成了各个文明自身的源代码,这也就是为什么每当在面临新的重大机遇和挑战的时候,人类社会总是习惯于回过头去,重温那个时代的先贤的思想和言教的原因。(《历史的起源与目标》)在今天,中国的发展面临新机遇和新挑战的时候,重新回头看看文化觉醒期我们的先哲是如何思想的,相信绝非完全无益的工作。

谈中国古典文化,之所以要上溯到先秦,除了它包含有文化觉醒期的重要内容,也与先秦文化自身的气象博大、思想活跃有关。以气象博大而言,有"群经之首"之称的《周易》,其起首的乾坤两卦,法象天地,以效天地之德,气魄之宏伟,世所罕见。乾坤两卦的象辞,今日已脍炙人口——《乾·大象》曰:"天行健,君子以自强不息";《坤·大象》曰:"地势坤,君子以厚德载物"——"健"是天行之德,君子效之,乃能自强不息;坤者,顺也,阴顺阳之德,地效天之德,君子法地之德,乃能博厚载物。其余如载于《尚书大传》、相传为尧时欢宴群臣的《卿云歌》:"卿云烂兮,糺缦缦兮,日月光华,旦复旦兮",其气象之广阔博大,意境之辉光日新,实非后世抒情之作所可比拟。有此先民精神之开阔博大、厚德日新,后代不断从中回顾效法,中华民族乃能虽历经患难而"其命惟新",先民之德性伟矣哉!

　　虽然,亦非无患焉。夫孤阴不生,独阳不长,"一阴一阳之谓道",阴阳平衡,方有和谐。乾之刚德,必须坤之柔德配合。阳刚之德太盛,必至于亢,亢则必有悔焉。一个自强不息、奋发进取的社会,也离不开"道、德、仁、义、礼、法"的支撑——一个有道德、讲仁义、知礼节、循法治的社会,才是一个让各阶层的百姓能够安心的和谐社会,以此为基,刚强勇毅、盛德日新,方不至于脱空。今天的中国要建立创新型社会,事实上,自从我们的现代文化之始,我们就是一个非常趋新的国家——这和我们先民奠基的"自强不息"的"乾健"之德相关;但另一方面,我们的现代文化却一直未能很好地安立人间秩序,"道、德、仁、义、礼、法"之不讲,久矣夫——于是乃有种种病象生焉。虽然,亡羊补牢,犹未为晚也。

　　《周易》六十四卦,虽"乾"卦,亦非六爻皆吉,唯"谦"卦则六爻皆吉,"无不利"——系辞者之苦心可知。故虽高明之君子,亦不能不效地德之博厚载物,谚云:"海纳百川,有容乃大",其斯之谓欤。《谦》之彖辞曰:"谦,亨,天道下济而光明,地道卑而上行。天道亏盈而益谦,地道变盈而流谦,鬼神害盈而福谦,人道恶盈而好谦。谦尊而光,卑而不可逾,君子之终也。"大德君子,能不效法焉。《周易》之重谦德,也得到先秦文化之大宗、后世也是中国文化核心内容的儒道两家的印证。今本《老子》六十六章曰:"江海之所以能为百谷王者,以其善下之,故能为百谷王。是以圣人欲上民,必以言下之;欲先民,必以身后之。是以圣人处上而民不重,处前而民不害,故天下乐推而不厌。非以其不争耶? 故天下莫能与之争。"《论语·泰伯》则记夫子之言曰:"如有周公之才之美,使骄且吝,其余不足观也已。"孔夫子的话说得很重,也值得我们后人戒慎恐惧。谦虚是中华民族的美德,中华民族是一个非常善于学习的民族,不能说与谦德没有关系。

三

以上略举一二,以见中国先秦古典文化之博大,虽在今日,亦可以提供重要的借鉴。在 21 世纪的新形势下,新的中国现代文化要产生,则以下几个方面是不能不考虑的:一是如何认识中国古典文化的精粹;二是如何认识东西文化交流的现实及可能;三是如何认识和完成古典和现代的转换。不过,这些方面,在学术上都是难点,也是今后可以致力的研究方向。

对于建设 21 世纪中国的新文化而言,"古今东西"的思想学术都可以提供重要的资源。但由于长期的偏重和积弊,在今天更应该加强对中西文化源头和原始典籍的研究。在这方面,西方古典与中国古典同等重要,不但是因为它们是我们所不熟悉的异质文化的根本源头,在中西古典的对话中,也可以加强和加深对我们自身文化源头的理解,乃至直面新的机遇和挑战,吸收新的营养,催生中国文化自身以新的面貌复兴和重生。不过由于论题所限,本文仅限于谈一点新世纪对中国古典文化应有的粗浅理解。

以对中国古典文化的认识而言,由于长期反传统的思维定势,对于何为中国古典文化的核心精粹,学术界的认识仍然不足,也不免经常有精华与糟粕误置之病。从历史和比较的视野来看,笔者服膺这样的观点——中国文化有其复杂的内容:其中最精粹的部分,时至今日仍熠熠生辉,完全可以和其他文化的源头如古希腊罗马等对话;另外一些部分,则是历史性的存在,无论是认识其精华还是不足,都不能脱离当时的历史条件;还有一部分,则是业已被历史淘汰的糟粕。(张文江《古典学术讲要·后记》)如何辨别精华与糟粕,则最为困难,各家各派意见也并不一致,也最需要学术眼光和功力。

此外,中国古典文化重变、重通,尤其先秦文化学术,有其极其可贵的"贵今"思想(传本《老子》第十四章中的"执古之道,以御今之有",在马王堆帛书本《老子》中就作"执今之道,以御今之有";《孟子》亦谓孔子乃"圣之时者也"),绝非拘执不通、墨守成规。夫"易,穷则变,变则通,通则久"(《周易·系辞下》),此所以在今天讨论中国古典文化的精华,也不能不意识到我们必须面对的东西方交流、古代与现代转换的大势;也不能不承认,在有些地方,我们的古典经验是稍显不足的——譬如科学在我们的古典文化中发展就不充分,导致科学思想和科学思维在今天我们民族的思维中根基尚嫌不深,也对进一步的发展、建立创新型国家形成一些制约;又如今天我们面临的"依法治国"、建立现代法治国家的问题,传统文化在这些方面的经验也可能稍显不足。在这些方面,如何转换与对接,需要进行深入研究——与这些方面相关,在重新树立文化自信的过程中,也不能没有开放交流、比较借鉴、相互取长补短的眼光。

不过,虽然重变、重通,但变不失其常,通有其原则,"贵今"亦绝非拒绝"鉴古"。古典时期确立的一些原则,尤其是其中极为可贵的修身齐家、治国理政经验,可以为后世提供重要的借鉴。就治国理政而言,先秦思想中最可借鉴的是道家和儒家,此二者不但是先秦思想的大宗,也是后世中国文化正统中的重要内容,能够提供给我们的启发也最多。此外,各家皆有其所长,如法家在执行法律过程之中的平等对待、一无偏私、执法严格,也有其值得借鉴之处——但法家在当时是"今学",应时之举较多,于"道"为远,也比较教条拘执,他们理解的"法制",也不同于今天我们倡导的"法治",所以尤其要注意批判地吸收。

四

研究先秦学术,要注意从原始文本出发,同时不能忽略其历史语境。兹引《史记·太史公自序·论六家要旨》略作论列。《太史公自序》的作者是司马迁,《论六家要旨》却是其父司马谈的成说。谈、迁父子之学,去古未远,渊源有自,于学术上又逢战国—秦汉之变,既可看出当时人对先秦学术的理解,又可见出其因应时代变化进行的调整。

《论六家要旨》中评论道家:

> 道家使人精神专一,动合无形,赡足万物。其为术也,因阴阳之大顺,采儒墨之善,撮名法之要,与时迁移,应物变化,立俗施事,无所不宜,指约而易操,事少而功多。

此所谓道家,已采百家之要而综核之,或当今人所谓战国秦汉的"新道家"(熊铁基语),然核之以《庄子·天下》篇,所谓新道家,亦尚不失原初道家之心要(《天下》篇谓"以本为精,以物为粗,以有积为不足,澹然独与神明居。古之道术有在于是者,关尹、老聃闻其风而悦之。建之以常无有,主之以太一;以濡弱谦下为表,以空虚不毁万物为实")。其于事也,贵能"得其要",合于易理,所谓"易简而天下之理得矣"(《周易·系辞上》),故曰"指约而易操,事少而功多",汉高祖刘邦初入关中,与秦民"约法三章",得秦民之心,犹能得其遗意;其次则贵"变化",故曰"与时迁移,应物变化,立俗施事,无所不宜",此犹今人所谓"一切以时间、地点、形势的变化而变化",亦合于"变动不居,周流六虚"的易理。

至其用也,则于修身治国皆有其宜,司马谈总结说:

> 道家无为,又曰无不为,其实易行,其辞难知。其术以虚无为本,以因循为用。无成执,无常形,故能究万物之情。不为物先,不为物后,故能为万物主。有法无法,因时为业;有度无度,因物与合。故曰"圣人不朽,时变是守。虚者道之常也,因者君之纲"也。

其所谓"虚无为本,因循为用",尤其值得重视,"虚无"则无执碍,"因循"则不妄变(尊重现有的形势和条件)、顺自然。"时变是守",则犹"贵今"也。有此三原则,故能综核百家,而无窒碍。又其所述为治事之道,而归于修身之要,尤有其理。

司马谈之学,犹有汉初重黄老的特色,故特尊崇道家,但于儒家,他虽然有所批评,却也能看到其长处:

> 儒者博而寡要,劳而少功,是以其事难尽从;然其序君臣父子之礼,列夫妇长幼之别,不可易也。

他批评儒家之弊在于繁琐,下文解释说:"夫儒者以六艺为法。六艺经传以千万数,累世不能通其学,当年不能究其礼,故曰'博而寡要,劳而少功'。"此实能见后世迂儒之病,然《易》为六经之冠,儒家学人倘能得其要,明白"易简之理",博而"有要",劳而"有功",且明其源流通变,则亦可不受其批评也——此所以后世的通儒高士、大德君子,其实不在他批评之列——此亦高明之儒家,与道家相通之处。

司马谈推崇儒家的是礼学,以其能得当时人所理解的人间之秩序。然以六艺言,礼、乐相配合,乐阳礼阴,礼是"别亲疏,明贵贱",乐则使人和洽协和,引导教化于无形,故此于儒家认识犹有不足。又孔夫子有言曰:"礼云礼云,玉帛云乎哉!乐云乐云,钟鼓云乎哉!"此贵能得礼乐之意而因时损益变革,不贵一仍其行迹也。且由古而今,一些原则已有变化,今人至少表面上不能不承认在人格层面和法定基本权利方面人人平等,所以今天的文明交往原则也不能不有所变化。

司马谈对法家批评得最厉害,说:

> 法家不别亲疏,不殊贵贱,一断于法,则亲亲尊尊之恩绝矣。可以行一时

之计,而不可长用也,故曰"严而少恩"。

此有其特殊背景,汉初当秦乱之后,君臣莫不究心于秦不二世而衰之故,司马谈归之于秦用法家之"严而少恩",是他的认识。此有其一定之理,因道、儒于传统皆有所继承,而法家乃是战国时代兴起的新学,譬之猛药,可以收一时效验,而不能为长久之计。道家的重道德、贵自然,儒家的讲仁义、重礼乐,都对此前文化积累(可上推至远古)有所继承,又能符合华夏民族源远流长的习俗(可比较希腊语nomos,长期流传积淀形成的自然秩序),对之有所尊重,合于人情物理,故其生命及传承要比法家远为长久。

另一方面看,战国秦代法家所提倡的"法制",也与现代"法治"的原则不同,现代法治贵在能明"群己权界"之要,使得公权、私权各得其宜,又有其保护公民基本权利的设置,且尊重各国长期形成的自然秩序(所以各现代国家的法律,原则相同的基础上,其具体实行又有所区别),要比"法家"所说的"法制"为优。至于"法律面前人人平等",以现代眼光看,则是执法时的优点,而不是缺点。

在古今东西之变的框架中,看中国先秦古典文化,道家的重道德、尚无为,儒家的崇礼乐、重仁义,都可以对今天的文化建设提供重要的启发。重道德、尚无为,其要在于顺自然,尊重历史传统和几千年自发形成的秩序,疏而导之,海纳百川,自然形成新的文化形态和风尚。儒家的崇礼乐、重仁义,其要在于崇教化,以今天而言,就是吸收人类文明几千年的精华,重视教育,重视制度建设,化民成俗,其功虽渐,收效却远。至于法治,则是文明社会的最后一道防线,更要吸收人类法治思想的精华,慎重从事。现代法治不同于古代法制,现今中国发展迅猛,立法的需要很迫切,但也要考虑长远,养成人人守法的法治思维则更需时日。但如果能崇道德、讲仁义、尚法治,让人上有企慕的标杆,下有不能触碰的底线,21世纪的中国,逐步形成上能继承民族思想之精华、下不落伍于世界潮流的新文化,亦并非全然不可想象之事。

2015 年 9 月 17 日
2018 年 2 月 25 日修改
2018 年 7 月 2 日改定

对话

与钟叔河先生闲聊

天下士与小说家

与钟叔河先生闲聊

■ 讲述/钟叔河　整理/彭小莲　汪剑

一

2017年的春末,我们从上海赶去长沙看望钟叔河先生,他不喜欢出门,我们想请他在家对面的电影院看《摔跤吧,爸爸》,他拒绝了。但是我们在他家聊了整整一天。晚上想起来没有跟他合影,得到许可,又赶回去照相的时候,钟先生在量血压,这让我们非常惭愧。但是,聊天的过程是受教育的过程,受益匪浅。真希望是他的邻居,隔几个月可以去看望他一次。

钟：《走向世界丛书》里有些书,是我在小学的时候,初中的时候,在家里就看过的。最早看的是容闳的《西学东渐记》,我看的是"万有文库"的本子,它在抗战前就收入了商务印书馆的"万有文库",不是一本难得的书,但是前人好像也没有很充分地评价这本书。康有为、梁启超的书家里都有,也还有黄遵宪、黎庶昌的书。黎庶昌是曾门四子之一,曾国藩的幕僚里面有几个会写文章的人,他算一个,贵州遵义人,遵义会议那个地方。那个地方很怪,它在贵州,很偏僻,但是出来好几个很有名的学者和文人,黎庶昌就是其中一个,还有郑珍、莫友芝,所谓"遵义三杰"。郑珍是很著名的经学家,用现在的语言来讲,他是中国古代的哲学家和经学家,莫友芝是著名的版本学家、文献学家,都是著作颇丰的,学术地位很高。但是黎庶昌就是一个读书人,读出来首先在曾国藩的班子里面做事,当时相当于入了曾国藩的幕府。清朝的官职是幕府这些人,都是私人聘用的,跟他是一个主宾关系。师爷,政府不发工资的。做得好,跟的这个人对了,这个官(就)提拔上去了,可以保举他做一个官。李鸿章开始也是曾国藩幕府的人才,后来他文章写得好就让他去搞洋务,黎庶昌后来当了外交官,到国外去,就写了《西洋杂志》,写西班牙和法国,写自己在那里的见闻,文章写得是蛮好的。这些书,家里都有一些,自己当时看不很懂,但是知道了有这样一些书。我的家庭是一个旧家庭,父亲是教数学的,他因为有些朋友和同学是国民党早期的党员,即所谓"民党",辛亥革命有了地位,帮带我父亲也成了个"民主人士",家里于是有了一些书。其实,后来这些人都不当权了。湖南人自从宋教仁被杀以后,在国民党里面就不当权了。如果宋教仁没有死,是在国民党里最有话语权的。孙中山是名义上的领袖,做组织工作的是宋教仁。宋教仁死了就是陈其美,蒋介石是陈其美提拔出来的,陈立夫、陈果夫是陈其美的侄儿,就是浙江人当权了。因为旧中国的政党是旧中国社会的缩影,是很讲地方主义,讲山头,讲派系的。

彭:就是帮派。

钟:中国的传统社会里,有三种力量是很大的:一种是地方关系,一种是宗族关系,另外一个是科第关系,比如"同年"。不是说我和你都是1931年生的,就叫"同年"。而是我们都在1931年中的进士,这叫"同年",都在1931年中的举人,也是"同年",此种"同年"是一辈子的关系。后来湖南人不当权了,但是我父亲,毕竟是老党员(国民党)老官僚(周震鳞、仇鳌他们),还是有一点影响,父亲也沾了点光,家里还是有些书。我看书看得比较早,首先看,看不懂,多看就懂了。所以我想学外文多看就懂,我觉得这是至理名言。文言文我就是自己看懂的,看不懂还会有兴趣往下看吗?没有别的什么活动,又不准走出大门去跟农村孩子交朋友。因为抗战,到乡下去了,老家里很少有同龄同辈分的孩子可以玩,只能拿着书看。这里面就包括了康有为、梁启超他们的书,也包括他们"走向世界"的书。这个书原来看了也没有触动自己神经,小孩子读书没有什么目的的,更没有功利的目的。你说读这个书我有什么目的啊,做编辑、做学问?没有,就是以读书打发日子。但是读了还是有用,后来就变成了我的一种"待遇",因为毕竟在1949年以前一个读书人家里读过些这样的书。其实严格来说我的父亲还不算现代知识分子,他是一个过渡性的人物,实际上是一个士大夫出身的读书人,他是一个老式的读书人,在新式读书人之前的这一代人。他是鲁迅和周作人那一代的人。鲁迅和周作人也应过科举,但他们完成了旧的士大夫到新式知识分子的转变,我的父亲没有完成这个转变。对于我而言,父亲最大的好处是允许我读书,不干涉我读书,这是我很感激他的一个事情。

我已经接触了这些书,当然也会更多地接触新的人写外国的书,最普通、最有名的是朱自清的《欧游杂记》《伦敦杂记》,文笔写得也好。介乎新旧之间的,还有一个女作家是吕碧城①,她也写过《欧美漫游记》。她是一个很怪的女人,她写旧诗词,把自己定位为李清照那样的人,生活又很欧化,但是她的观念还是士大夫,把自己定位为李清照那样的人。但是她的文笔非常漂亮,也写欧美生活。我原来大量去看这些类文学作品。每个人都有自己的文学时期,或长或短。我的文学时期很短,参加工作以后,文学时期就结束了。在这个短短的时期我看了大量的书,在平江没有出来时,旧小说基本上都看完了,包括《金瓶梅》。我很早就看《金瓶梅》。所以,看书不会去犯罪的。但是对于一个未成年的孩子看《金瓶梅》,性的描写对自己有没有刺激?有,但有也不会导致去乱搞,因为总还是个有教养的、有约束的孩子嘛。但平心而论,中国的旧小说写性是不适于青少年看的,因为传统的性观念是错误的,不科学,也违反自然,包含了很多荒谬的东西,会影响这个人以后的观念和生活,如果不经过科学的洗礼。

彭:钟先生,我插一句,为什么说传统的性观念是错误的?

钟:这是一个专门问题,不是三言两语谈得清的,旧时中国人有一个很重要的观念,三纲五常,绝对男性中心的社会。它有两个很大的错误,一个是以男性为中心,这样后嗣就非常重要,统治者最重要的是必须要有后代,要保证有大量的后代,怎么办?就一夫多妻。所以这个一夫多妻,在中国不仅是习惯,而且是法定的。哪一级诸侯应该有多少个配偶,规定得很详细,怎么样轮班去陪睡都规定了,君夫人"专夕",一个人陪一晚,三个妃子共一晚,更低等级的女人则九九八十一天轮上一晚。如此广种薄收,国君哪怕做一年就短命死了,他也有后代,广种薄收。他也不一定是有意识地朝这个方向走,这是一个根源,绝对的男权主义。另外一个最为错误荒谬的东西是,原始的道教思想,即所谓"采阴补阳"。这种采补关系,是敌对的关系,有的书上写的就是"敌人"两个字,它总是无限夸大男性的性能力,怎么样怎么样能够征服女人,"黄帝御百女而成仙",事实上不可能那样的。反过来女人如

---

① 吕碧城(1883—1943),安徽旌德人。著名作家、词人、教育家、政治人物。提倡女学,是素食主义者和动物保护主义者,佛教居士。1904 年被《大公报》聘为助理编辑,同年创办北洋女子公学,后任北洋女子师范学堂监督。辛亥革命后,被袁世凯聘为总统府机要秘书,后因其复辟帝制而辞职居沪。1920 年,赴美留学并周游欧美各国,后在瑞士长住。1939 年返回香港,1943 年病逝,终生未婚。

果当了权,武则天当皇帝,也是正常的,但做了女皇帝就像男皇帝那样对待异性,对张昌宗、张易之兄弟,对薛怀义、沈南球等人,完全把他们当成泄欲的工具或采补的药物,用道家的术语说即所谓"鼎器",炼丹药的鼎。把一个人看成是一个鼎,一个器具,这很荒谬,很变态了,对于两性都是摧残,是不利于健康的。这个观念深入人心,它有书有理论,既违反科学,又违反自然。当然这个问题是一个专门的问题,要由学者去思考,我在这方面也没有研究,读书也接触了这些方面的问题,这个要去探究,不是三言两句讲得清楚的。但是我认为要有学者去研究,确实要进行科学的启蒙,要把这些事情说清楚。为什么我讲周作人有先进性?他在这个方面的观点是很先进的,他是从生物的分工来谈论这个问题的,女性担负了生育的功能,生育的功能是有周期的,所以性应该是以女性为本位,为主。原始社会是母系社会,这是后来的推论,谁也没有看见原始社会,原始社会既没有录音也没有录像,说北京山顶洞人在洞里面,有巢氏在巢里面,是什么样的两性关系,只能凭猜测。但是我们可以从动物的生活去考察,人最接近的是类人猿,类人猿都是很混乱的,是以雄性为中心的,就是猴王。猴王得不断与猴争斗,谁斗赢了谁就占有全群的雌性。这里是没有终身制的。从猿到人,但是人毕竟是人,人脱离了动物。人脱离动物的标志是有道德自律,有精神世界,有精神追求。人脱离了动物世界,所以不能用我们的表兄弟,就是类人猿的生活来作为我们生活的解释。

关于性学我没有很多发言权,现在已经有人研究性科学,像李银河他们。但是还差得很远,还没有很好地、科学地讲清这个问题。但我认为这是一个大问题,不能回避的。社会学和人类学应该研究这个问题。我编过一本《周作人分类文编》,有一卷《人与虫》是谈草木虫鱼的,还有一本《上下身》就是谈两性问题、儿童问题、妇女问题的。周作人其实不单纯是一个文学工作者,他没有写很多纯文学作品,我给他定位是一个文化学者,他是一个思想者和一个文化学者。他的训练也不是文学的,他在中国是海军学校毕业的,南京水师的,派去日本是学土木工程,他没有学,去学希腊文了。海军学的是技术,他经过现代科学的训练,这是他的一个优势。他不像鲁迅,鲁迅学路矿,书没有读完就走了,他在南京水师是毕了业的,因为近视眼,不能上兵舰了,派去学土木,回来筑炮弹,也是技术工作。所以周作人既能以科学的态度,又能从人文的角度思考"性"的问题。周作人著作有他进步的意义,到现在也没有过时,他的文学观、他的社会观,都有很多可取的地方。当然我不是说他一切方面都好,我不崇拜他,我不崇拜任何人,我不可能成为宗教徒。我可以崇敬一个人,但是我不会崇拜任何一个人,我认为崇拜就有宗教的因素在里面了,我不敬神,不信神。我认为我是一个人,我们人作为一个物种来讲不够完善,远远没有达到完善的程度。

我其实并没有读很多书,家里也没有那么多书,看小说有很多也是借的,因为那些旧小说过去农村里面还是流通的,过去农村里面还是有文化的,这种文化当然集中在地主之家,后来把地主阶级打倒了,农村的文化(当然是旧文化)也就被打倒了。

彭:为什么打倒了地主就没有文化了?

钟:这些书本都是在地主家里的,农民不识字他就不会看小说嘛!农民如果干得好,成了富裕中农、富农,他才会送儿子去读书。他要自己有了田,要雇人帮他种田,他才需要理财,才有进出账目,才会想到要儿子去识几个字,儿子才有可能看一点唱本什么的,小说还很可能没有程度看。所以能够看书的,在乡村里面只有地主的子弟。地主成年以后,老了以后,他也要消遣,也要看书,所以这些书就都在这些人家里。中国的社会本来就是一个超稳定的结构,如果没有外力去推动它,照原样运作几百千把年没有问题。什么资本主义代替封建主义,什么最初是原始社会,后来是奴隶社会,后来是封建社会,再后来是资本主义社会,都是人造的公式,不一定都是这样走的。郭沫若说周朝就不是奴隶社会了,但清朝《红楼梦》里还有奴隶,晴雯就是家生子,晴雯的嫂子他们都是贾府的家奴,花袭人也是家奴,但她是买来的,可以赎回去的,是半自由的,赎回去可以谈婚论嫁的。晴雯就不是,是家生子,是奴隶。清朝乾隆年间还有奴隶,大清律规定奴奸主妇斩立决,主奸奴妻罚款了事,怎么说呢?不能够拿到现在来讲,不能在那个语境里面去谈问题,是谈不到的。所以中国的事情不是那么简单。我很老式,我既不会录音,也不会录像,手机短信都不会看。我家阿姨用的是先进的手机,她的手机比我的先进,我是一个老年手机,但能说她的思想比我先进吗?我认为不能光用技术普及的程度来评定社会发展的程度,我们现在的人文科学水平还差得相当远。

二

时间对于我们一直是缺页的,对于很多历史问题,我们也一直搞不清楚,似乎我们要在一种既定的概念里读历史,钟先生一点一点告诉我们他所了解的,以及生活里的基本常识,于是一种"既定"的东西在动摇。

钟:我从来不认为自己是搞学问的人,更不会是什么大师。说话一定要有分寸,我没有什么学问。18岁,那可真的是双手捧着一颗红心参加革命的。绝不是异类。那时也算不上是什么知识分子。那时候的知识分子(起码要大学毕业吧)是要被改造的,我们进报社是参加革命,就是去改造知识分子的,我怎么可能成了有学问的知识分子呢?我们天天在报社里,就是看那些洗脑的书,而且是认认真真地看。回家后也还是喜欢看书嘛,各种书都看,胡风的书也看过一点,《时间开始了》嘛,左得很嘛,所以后来说胡风是反革命,我就困惑了。这不是什么有水平的判断,根本与学问无关,只是一种直觉而已。我的职业是编辑,编辑在社会上,从来不会给予它很高的定位。说老实话,现在我们编辑的水平还是很低的,作为一个编辑,应该要掌握各科的普通常识,否则是做不好的。过去的报人,有的很厉害。民国,还是比较有文化的年代,但是国民党的统治非常糟糕的,是对文化的破坏,但是他也管不了那么多。他也就是东南几省,东北就是张作霖的,他哪里管得到?广西、云南,都是有自己的派系的。国民党的专政是非常糟糕,否则我们不会那么热情拥护共产党。到现在,总的看来,有些学科的水平,跟周作人都还差得远。他虽然没有专门发表什么论文,但是字里行间看到他对这些问题有研究。比如说神话学,就他谈得到点子上,使我很服他。别人很少有这样的论述,虽然堆满了一些术语、名词。又扯远了。

彭:没关系,你觉得他神话学谈到点子上,他是怎么说的?

钟:你比如说,神话是什么东西?我们中国也有神话,但是中国人的神话是很幼稚的。所有的神话都得从开天辟地讲起,而中国盘古的故事很晚才有,先秦没有。《楚辞》里面《招魂》《天问》好像谈到,至少屈原有这么一种世界观,好像他有一个这样的想象,但是这个东西是不是就是当时的俗信,是民间文学,普遍有这样一种故事和传说呢?很难说。可见这只是屈原个人的创作。《九歌》就是屈原个人的创作,如果是一个普遍鲜明的神话,在别的典籍里面也应该会有。倒是尧舜禹,什么开九河、鲧治水,这些故事可能有些这样的传说。

彭:女娲补天。

钟:在中国,汉民族是一个农耕民族,农耕民族是很现实的,它不像希腊,它是靠海,靠海很早就会有通商,很早有航海、打鱼,打鱼的渔民要交流。古代生产力极其低下,农业社会的农民就必须守住自己的一亩三分地,他离开家不可能超过两三天,他走两三天,庄稼就死了,这种文化是很现实的。中国人传说的神话也是很幼稚的,更没有像希腊那样美的神话。希腊的神话里,所有的神都是人格化的。希腊的神一样会恋爱,一样地私奔,一样可以跟凡人恋爱,他们的行为就是人,但他是具有神力,这是原始人的想象。中国的神是什么呢?是自然物,是土地,粮食;所谓社稷,社神是土神,稷神是谷神,这个谷神、土神也是后来学者提高的,他就是土地公公,他这个土地不是你这个地方的土地,他是在保佑你这个地方。这棵树成了精,出现什么怪事情,那棵树也成了什么精,有这样的自然物崇拜。再就是自己祖先的崇拜,希望祖先庇佑自己。你看,中国人的神,中国人的信仰,中国人信仰什么?财神菩萨、送子娘娘。如果我求儿子,就去送子娘娘那里去许愿,许愿说如果我来年生了一个儿子,我就来给你送一部神帐,在神像下许愿,那很便宜。如果再虔诚一点,我出钱给你把身上镀一层金,再造金身、重修庙宇是最大的还愿。如果你没有兑现,我也就不会兑现,这实际上就是行贿,而且是立合同行贿。中国人的敬神就是行贿,我送了钱给你,你是要给我东西的,你不给我东西后就没有下文了,这是一种功利行为。外国人的宗教他有热忱,他有献身,比如说人肉炸弹,中国没有,伊斯兰有,中国人不会,中国人再不满,他不会自己去死。人肉炸弹是自己要献身的,不是我偷偷丢一颗炸弹自己就跑路。这种献身非常恐怖,我们没有这种宗教狂热,当然,这也不是坏事,宗教狂热多了怎么办?我只是说宗教和信仰,每个民族都是不同的,我们的与中国的农耕社会有关系,游牧民族不一定有这种信仰。两性关系上也是这样,我们的文化是很重视宗族的、地方的、邻里亲戚的关系,我一辈子住这个地方不会动,所以我的女儿嫁给谁,我的媳妇讨谁来,都是生定了的。所以有五服的关系,亲疏,这是中国的社会,伦理是这样的。所以,我们中国的神话是薄弱的,是后来的人想象的或编造的,我们构不成一个完整的神话体系。后浪出版公司印了袁珂的"神话学"系列,那是很幼稚的。不是说我看人不起,事实上我去搞还搞不出来,并不是看轻他。我们没有搞那个东西的资源,当然我也没有去搞神话学,中国也没有神话学。

彭:懂了,中国的神话、民间文学,还是形而下的;但是希腊神话,到了像"西西弗的神话"里面,它已经是有哲学思辨的内涵了。

钟:周作人对神话里的一些问题都有论述,而且他的论述是我很能接受的。他谈的态度很平和,我能够接受。他最难得的态度就是很诚实,哪个好就好,哪个不好就不好。比如,日本民族最大的好处就是爱美,所以外国人叫日本人是小希腊,希腊人也是爱美的民族,这也是我读周作人的文章知道的。希腊人和罗马人不同,罗马的神很恐怖,它使人恐惧;希腊的神就是人,他们也有人的弱点,那些神都是很有趣的,只是他有神力,有神通,能做人所不能做的事,可是又会犯错误。他爱女人,他也犯错误,也喝酒误事。神也有婚姻以外的性关系,有私生子,他就是一个人,这是希腊人的神话观念。希腊人把自己的愿望投射到神身上了。而罗马人的神是一种神化的、超能的力量,使人恐惧。希腊神话里面也有使人恐怖的东西,但是它很美。好比使人一看就会化成石头的女神。有一个女神,头发是蛇变的,她很美,一看到她的人就会变成石头,这很恐怖,但是也有办法克服她。希腊神话里也有很多恐怖的故事,还有什么人和牛的混合体,这是一个女神,是一个女王,去跟公牛去交配结果生出半牛人,要杀人,要人做祭品,就是迷宫的故事。一个人去杀死了它,因为人能破解迷宫,就给他一个线团,带着小线他出来了。这就是希腊神话的故事,反正都有一个好的结局,人最后还是战胜了它。

彭:你说周作人讲的神话学的观念是什么?

钟:他谈希腊神话,都谈得很得要领,他也翻译《希腊的神与英雄》,英国劳斯写的,是一个好的文学读本,剪裁也很恰当。我们去看起来故事没有展开谈,没有多谈,但是它剪裁得恰好,我觉得那是给中学生看的读本,应该是这么一个本子。

彭:你觉得他谈的突出的要点是什么?他在神话学方面,对您启发特别大的是什么?

钟:对神话我也没有专门研究,我对神话不是很感兴趣,我只有一点很初级的了解。但是周作人使我知道了神话是最古老的文学,尤其所有的文学都是从神话里面来的。我看书的面也许比较广,但你再多问我几句话,我答不上来了。反正我一点点关于神话的知识,就是周作人给我的,别人没有给我。别人写的东西,我看得不知所云,知道的还不一定比我多,我怎么能够从那里得到东西呢?周作人没有谈什么高深的理论,但他还是给我增加了知识。这一点是他和"左联"、和胡风最大的不同。胡风谈的尽是理论,尽是伊里奇、约瑟夫,我一看就头痛。

"左联"的那些人都是很热忱的,都是热血青年。他们是这样一群人,都去搞新文学;但是讲老实话,他们的文学程度都还是比较浅薄的,要我讲我就讲真话,我不因为你父亲是"左联"的作家(指彭小莲),就讲客气,我不必那么谈。中国的整个新文学都是很浅薄的。日本起步接触西方并不比中国早,而且日本的旧文化完全是学中国的,他的文化、学问的源头都是汉学,但是他们新文学的成就不是中国新文学可以比的,我们也没有权力专门去评论日本文学,但是我们可以从西方翻译日本很多文学作品,就可以证明这一点。但是中国有几个中翻英?中国新文学真正搞出了些作品的是沈从文,他也是我们湖南人,他还是写了一些小说,但是我也不同意把他评价太高,因为他只是一个无鸟之乡的蝙蝠。周作人把他自己定位就是无鸟之乡的蝙蝠,这是很可怜的,没有成气候。因为中国的发展时间太短,原来社会旧士大夫的势力影响太重,两性观念等观点深入骨血里面,不是几代人能够改变得了的。我们这种人,我自己认为我的思想很新了,在我们平辈人中间,我同样也是旧文化的烙印很深,我讲的中国旧文人的毛病在我身上也是同样的深重,我没有权力站在一个更高水平上来评论这些,好像我比别人都高明,那就错了。我没有这样定位自己,我不够格,我是把我自己放在里面一起谈的,我同样是受旧观念影响的,我就是这么走过来的。

不过我还是有勇气承认这一点。在某些方面,我也许比某些同辈好一点,但也只是一点点,并不很大。我的世界很小,不如朱正。抗战时,他在耒阳,耒阳是省政府所在地,读书的条件比平江好得多,他的父亲是国立医院的职员①,他有机会看到比我多的书,他父亲好像是会计,管报销。我也是被批判的时候听讲的,朱正是职员家庭出身,他的家里是装电话的。抗战期间家里有一部电话,那肯定是高级职员。我不同,我是回到乡下,到了平江。平江起义那个地方,长沙人讲平江,笑话平江是笑平江的口语,口音很不好懂,它虽然直接跟长沙搭界,但不属于长沙府,它的文化也不是长沙这条系统。因为那里有条水是从江西出发,流过平江走汨罗,就是屈原自杀的汨罗江,所以讲平江有文化,是那条江有文化,这其实是胡扯,并不会因为屈原在里面自杀就提高什么文化品位,它只是一个很偏僻的穷乡僻壤,但是穷乡僻壤里面也有读书人,也有书,也有识字的人,有些书也进去了。但是平江我估计不会有很多本,我因为想看书,我渴求书,就想方设法去借书。就跟有的犯人他要求偶一样,他就想方设法化装成女犯,想方设法混到女牢里面去。我们没有想到,没有那个点子,也没有那个勇气。但是我想看书是真的,我也会想方设法去找到书看,即使在劳改队。你问我,说你在劳改队还看什么书,我在劳改队看了很多的书,还看了很多内部书籍。

有南斯拉夫的,世界知识出版社出版的内部发行的,《南斯拉夫资料汇编》《铁托在普拉的演说及有关评论》,还有《第三帝国的兴亡》都是在劳改队看的,卡德尔的《新阶级》②也是在劳改队看的,劳改队也有这样的书籍进去,所以没有去过中国劳改队的人不会晓得的。它是一个社会,这样的社会里,什么事情都有。里面判刑的有抗战期间的江洋大盗,在苏北入了伙的,他当时是一个小角色,在那里杀了人,杀的还是一个伪乡长,后来他判刑只判了五年,因为他是历史上的犯罪,不予追诉。他就告诉我,那种杀人的黑帮的内部里面的切口,里面的一些章法,他是苏北人。这些都是故事,我准备写的《我的故事》里面一个独立的故事。

---

① 据朱正先生自传《小书生大时代》,抗战时,朱先生的父亲在耒阳的国立中正医院任会计主任。
② 《新阶级》是密洛凡·德热拉斯(一译吉拉斯)的著作,吉拉斯原为南斯拉夫共产党四巨头之一,地位仅次于铁托、卡德尔,在兰柯维奇面前,被公认为"第三号人物"。

彭：现在《走向世界丛书》快出齐一百本了，后来六十几本，你就没有写绪论吧？

钟：我也写了几种，张德彝的都是我写的，《海录》那篇也是我写的。别人写的序也不一定不好看。他也还是介绍了那个作品，有些作品也是很重要的。比如赛金花，这是一个戏剧人物，都是把她在德国那一段讲得怎么样，和瓦德西怎么样怎么样，其实全是子虚乌有的事情。张德彝他那一次去是使馆的随员之一，每天详细记载赛金花的活动，每天他都记载了。赛金花不仅没有跟德国人的男性单独接触过，她跟使馆其他男性也是不接触的，住在楼上，连她过生日，大家怎么样去祝贺，他们送礼都是通过佣人，就是副官在中间讲话，他们没有一次单独接触过赛金花，赛金花生日他们送了礼，洪钧收了，也摆了酒请他们，赛金花都没有出面。

彭：都是演绎出来的。

钟：演绎出来的。尤其赛金花，张德彝当然也见过赛金花，毕竟使馆很小，比如去看戏，使馆里面也有几个人有家眷，有家眷的人就和洪钧他们住在楼上，没有家眷的单身汉就住在楼下，他们伙食都是单独开的。三年中间，大概每年有几次看戏赛金花是出来的，他都详细记了。赛金花也出使馆拜过几次客，是洪钧带她到大使馆的外国的雇员家里去应酬，那些外国夫人来玩，赛金花也接待过她们。外事礼仪洪钧从没有带她去过，日本公使的夫人去了，中国使馆也没有人去。洪钧从没有把赛金花作为他的夫人介绍给外交界。

彭：所以说她穿的小鞋子，底下有一个洞，一面走路，一脚踩下去，里面的香粉就喷出来的，都没有这个事？

钟：没有这个事。据说古时宫廷里面有人这样做过，但是也不是清宫的事，清朝宫廷里面有的使用非常豪华，排场很大，但是清朝内廷里面是管得相当严格的，不是那么奢靡的。古代的宫廷里面，男女之防也是很看重的，越到后来越严重。真正搞得怎么样？妇女没有地位，中国是一个男权社会，从古来说如此，但是在社会上怎么男女之大防，严格的防范隔绝是南宋以后才有的事情，是理学家搞出来的，这个后来周作人讲得很对，就是国家政治越不行，国家越弱，男女之防就越严重了。

彭：你看"文革"那时候就不得了啦。

钟：那时候倒还不一定，"文革"的时候社会上很乱，男女问题也很乱。社会上的生活和读书人家庭里的生活又是两种生活。大院里面的生活和街道上生活又是两种生活。彭小莲你虽然受到打击，父母都挨了整，但是生活环境还是那个环境，你是大院里出来的。就像我一样的，我变成右派，我到街上拖板车，但是我的生活还是和贫民不同的。我就是完全没有工作了，别人一看就知道你是一个干部。你不要以为你很平民,你是这样认为的,你不要这么认为。

彭:我身上没有大院子弟的气息。

钟:你是后来有了自己的观点,你认识上有了变化,不是生活上得到的变化,看得出来,你这个人是在大院里面出来的人,就是走出来的人。我原来也不是平民世界中的人,但是我了解他们,好比我在劳改队里面,我跟扒手他们是挨着睡的。但是我永远不是扒手,他们的生活我没有,思维方式我不是他的,我只是了解他们,我还是一个读书人,虽然我也没有读什么书,实际上,我在学校里面的时间只有六年。法国的小市民不是赤贫,和工人不同的,小市民是有产的,是有产者,并不是无产者。

彭:那也不是中产阶级。

钟:比中产阶级低一点。小市民,有的中产阶级也算小市民,在意识形态上,因为他不是社会精英,不是高级的人士。高级人士不一定有钱,他没有钱,但是他是那个阶层的,精神贵族。

彭:是啊,我们现在一天到晚讲贵族不贵族的,讲他们吃得怎么样,生活做派怎么样。这无非是留下来的生活习惯,他们即使很穷,拿着破搪瓷缸子,也会烧咖啡喝,会在那里看书。就像吃饭,这么简单的饭菜,你们家每一个人也要弄两双筷子,很讲究的。

钟:两双筷子是朱纯的规矩,我是按照她的生活习惯,就我和她两个人吃饭,也是每人两双筷子。

彭:所以这个跟穷富是没有关系的,就是曾经有条件地生活过,留下的习惯。学不会的。

三

钟先生的经历充满了戏剧性:他因为坚持出"周作人的书",让领导很担心,被"选下"了岳麓书社总编的位置;周作人的在天之灵很可能不会想到,当年这个拖板车的年轻人,有一天会为他出书。当年这个年轻读者向他索求著作和墨宝时,周作人都没有追问读者的背景,就给年轻的右派钟先生寄去了。他只是感念一个爱读他的书的读者,谁都不会想到死后的事情……

钟:给周作人写信要他的书和墨宝,是当右派拉板车的时候。小时候,他对于我就是书上的一个作家,慢慢知道他跟日本人合作了,开始抗战后,教科书上就不选周作人了。后来发现了旧书店里卖他的书,便买了一本两本,对他渐渐产生了兴趣。解放以后,我到长沙读高中,又买过周作人的《苦茶随笔》《夜读抄》。这个读起来就很有味道了。划成右派,被开除以后,看的书多了些,思索也多了些,才开始有意识地去搜集他的书来读。后来知道周作人还活着,就写信到他家里,问他要书。这样就谈到我对他文章的理解和尊敬。

周作人的意义在哪里?在于他是中国旧的读书人蜕变成一个现代知识分子的一个标志。曾国藩就不是。曾国藩的时代,外国人已经来了,容闳带学生去留学了,这就是曾国藩做的决定。办江南制造厂,也是曾国藩拍的板。曾国藩要李鸿章出面,他晓得明哲保身,他要李鸿章去搞第一线的事,主意还是他拿的。他已经接触了外国人,但是对外国人的态度还是"师夷之长技以制夷"。他知道中国不变已经不行了,但是他要变的目的也是为了保留旧的体制和文化,曾国藩是旧体制的最后一个大人物。他不仅仅是一个大文人,也是一个大的军事统帅,但他是有学术的,有文章在,有他编的书在。而且就在那么忙的时间里,编了那么多书,他也是搞编辑的一个标兵!中国古代的很多大学问家都是大编辑家,孔子他也是述而不作,"删诗书订礼乐",删和订都是编辑工作,《诗经》也不是他自己的作品,是民歌总集,是他选的三百篇,选和编就是编辑做的事。孔子自己没有什么著作,留下一部《论语》也是别人记的他的口述、他的语录,他就是一个编辑。刘向①也是一个大编辑。曾国藩编的《经史百家杂钞》《十八家诗钞》都是传世的读本,在古文里面是一派,湘乡派。吴汝纶、黎庶昌他们曾门四子,是晚清时候的文章大家,讲传统的文学史都要讲这些人。所以曾国藩是旧时代旧文化的集大成的人。但是研究曾国藩的重点是什么?旧文化发展到同治、光绪年间,已经是晚清,已经千疮百孔了,没有再生能力了,只能拆屋重来,慢了一步,不可能明治维新了。明治维新还来得及,就是因为日本的天皇制度没有完全腐朽,为什么没有完全腐朽?因为有幕府顶了缸,对于日本的维新派而言,天皇制度还有利用价值。日本的天皇"万世一系",没有改朝换代这回事。它为什么没有改朝换代?因为古时天皇不管事,只是一个象征。

彭: 就像英国一样的。

钟: 所以没有必要去打倒他。反对只是反对执政者,反对幕府。明治维新推

---

① 刘向(约公元前77—前6),西汉经学家、目录学家、文学家。本名更生,字子政,今江苏沛县人。汉初楚元王刘交四世孙。治《春秋穀梁传》。曾任谏大夫、宗正等。成帝时,任光禄大夫,终中垒校尉。曾校阅皇家藏书,撰成《别录》,为我国最早的目录学著作。著有《新序》《说苑》《列女传》等。

翻的是德川幕府。幕府是经常变换的，好比平家讲的《平家物语》，源氏、平氏就是朝代的替换，只换当家的人，天皇没有权力，甚至于吃饭还要去领去讨，变成高级叫花子。但是对幕府来讲，日本幕府的武士阶层本身来讲，还有一种接受西化、革新自己的能力，所以天皇也可以不被打倒，并不需要打倒他，只需要把政府换了，全部换成西洋的留学生搞就行了。中国不行。中国旧制度的八字不好，加上有一条，最后的朝廷是异族，不是汉人，不是百家姓里的人，"赵钱孙李周吴郑王"里面没有一个"爱新觉罗"，汉人终究不能接受一个异族来统治。辛亥革命孙中山十六个字，"驱除鞑虏，恢复中华"这两句话百分之八十的人都同意、接受。"建立民国"就只有百分之二十的人同意，"平均地权"则百分之一同意的人都没有。搞社会革命，那时还太早了，但有百分之八十的人不要满洲人来搞，要我们汉人来搞，要复国啊。所以开始成立的时候，黄兴他们叫做大汉军政府，四川的铜板上是一个"汉"字，这也就是中国的君主制度不能不完蛋的原因。曾国藩帮忙是帮满族人。所以孙中山他们起义的时候就不接纳曾国藩，觉得你不能帮助满族人，洪秀全至少是汉人。

彭：曾国藩就退出历史舞台了。

钟：曾国藩他是一个例子，就是论个人能力曾国藩是最为卓绝的，他的能力是无与伦比的，跟拿破仑这样的人一样，几百年几千年才出一个的。他做事时间不长，四五十岁才出来做事，都做成了。清朝已经没有办法，眼看就要亡了，太平军已经打到天津了，被他收拾得干干净净，清朝的正规军不能打了，是他带出来的湘军，湘军不要国家发粮饷，自己筹钱，这是群众组织，是读书人组织领导的农民武装，居然搞成了这个事，在短短时间内扫平了太平天国，把清朝从就要灭亡的时候救起来，居然成了"同光中兴"，还有能力去派学生留美，在那里搞现代化的机械厂，他虽然没有看到这件事情成功，他死的时候还不满六十一岁，累死的，太累了。

彭：他还把湘军解散。

钟：他把儿子也教育成功了，他家里没有大少爷，曾家几代，到台湾去了的，也都是人才。

彭：他把湘军解散，基本上是华盛顿的作风，解甲归田。

钟：因为他那些事情都做得很完美，他识人、知人善任，教育儿子也是最成功的，他教儿子的话，别的不说，《曾国藩教子书》，连儿子写字的笔法怎么样他都教，在那么忙的时候，写上千字，非常具体，很细。那个人付出的是太多，所以他很早就死了，他的儿子也都成了材，曾纪泽曾纪鸿他们，但是他的儿子也都早死，他要求他们读书太多，太累了。

彭：他后来一代一代都很成功。

钟：曾家后人都还可以，家教好。

彭：他们的家教一直传下来了！

钟：他教儿子几条，第一条他绝不给儿子任何特殊化和照顾，他给女儿也是这样讲的，绝不给她任何东西，出嫁只给一百两银子，你丈夫把你领走，按照旧的观念，嫁出去了就绝不能回娘家，更不能说娘家有力量有势力去压你的丈夫或者你的婆母他们，这个东西，旧的伦理道德，他做到了极致，所以他的女儿都很不幸，他五个女儿只有小女儿好一点，曾国藩死后，嫁给聂家，生儿育女，曾国藩死后曾国荃他们就是，一方面这是自己的侄女，另一方面哥哥死了，要善待他的侄女。给她很强大的支持，婆家也不敢怎么对她不客气，这事实上有很大的关系，曾国荃是两江总督，聂是做事的，上海这些地方都归他管。是因为曾国藩死了，他如果没有死，她也没有好日子过，这一点他对女儿太不好，这是一个问题。他在教儿女上都是很严的，他真的做到了这一点，所以他的儿女都是自己成功的。

彭：据说他们家现在过了好几代，每一代都很成功。

钟：只有五六代，在台湾都很成功！比如说曾约农就是东海大学的校长，这是他的后人。李鸿章的后代就不行了，因为钱多，第二代必然会腐化，曾国藩的没有腐化。研究曾国藩的意义在什么地方？即使个人杰出到曾国藩这种程度，也无救于这个制度的灭亡，这就更深刻地说明了这个制度是不能不变的。虽然出现这样的人物，也没有办法改变清朝走向灭亡的命运。刚才讲了，任何国家都有特殊性，特殊的是最后中国这个王朝是一个爱新觉罗的满族人，汉人不能接受，一个国家去强力地统治一个民族，不管你是统治者也好，被统治者也好，都是不可能的。民族自觉和民族自决都是不可避免的，这也是我的基本观点。

彭：那钟先生，你为什么花那么大力气，出版"走向世界""曾国藩"和"周作人"三套书，这个想法是怎么慢慢形成的？

钟：判刑以后，没有想到自己还会当编辑，没有这样的预见性。任何有预见性的人都不会想到这一点，但是我预料到毛泽东死后，我会从牢里放出来。因为我看到反革命团级以上人员，毛泽东生前就决定全部释放了。他又讲给大家戴什么帽子都摘掉，我就知道他自己也晓得把对立面越搞越多不行了。本来不是敌人的你给他戴上敌人的帽子，这是对你自己不利的，对于这个被戴帽子的人也当然不利，但是被戴帽子的人不利还小些。我划了右派以后，还是活下来了嘛。得罪我们这些人没有关系。但是，得罪了我们，也是他的损失。我可以不当干部，作为老百姓我也可以生活。讲老实话，我生活得还可以。我做工具做得很好，我画的图纸比学机械的人画得好，我自学工科我可以做机械设计，到劳改队去能够绘图纸，那是不能滥竽充数的,设计起重机,五吨的、十吨的,掉下来打死了人,你是要判刑的,图纸是不能出差错的。我做事向来认真,大家都承认,反对我的人也承认这一点,我不能让别人讲我不行。我做事一定要做好,而且我也能够做好。假如不能做好,比如说打球我不行,我就不去打球,我就不去那个领域。

彭：你出来后怎么会弄这三套书？

钟：我认为中国应该走世界人类共同进步的道路,就是中国要接受全球文明,中国必须要走全人类共同走的道路,所有世界上地球上的民族国家都要走的这条路,就是现在还在实行奴隶制的国家,也迟早要走上这条路。

你发给我的一个问题我已经看见了,你说为什么在东欧的国家,为什么在这个体制内文学水平就高一些,这个问题很好答复,捷克、匈牙利、波兰它们原来就是欧洲的一部分,他的文学有那样的根底,他们原来都有很好的文学作品。匈牙利跟奥匈帝国是哈布斯堡王朝一起统治的,维也纳是音乐的首都,它有那种发展,那种传统。共产党,劳动人民党,在匈牙利执政以前,就有了那些作家。捷克更早就是发达的西方国家。斯柯达、野牛商标的重型汽车,皮革工业,玻璃工业在一次大战以前就领先世界的,布拉格是神圣罗马帝国的一部分。

彭：卡夫卡在布拉格河边的,他讲德文。

钟：你了解欧洲历史的,他们都属德语文化区域。奥地利是和普鲁士在德意志联邦里争雄失败了,才来搞东方帝国,奥地利帝国,后来变成奥匈帝国变成二元帝国,因为匈牙利强大了,匈牙利跟它平起平坐,后来又准备把塞尔维亚也提升上去,搞三元国家。了解欧洲历史的都知道,这是历史常识。但是我们有很多人,包括一些党校的博士,都没有学过欧洲史,我也没有读过,是自己看书看了一点,这都是常识的范围。总是要走向世界,难道还能不走向世界？现在北京的奥运会不就是"同一个世界,同一个梦想"？一个世界,就是一个地球,就是全球文明,你怎么有两个世界、三个世界呢？全球文明就是走向人类共同进步。自由、平等、博爱,这是人类长期追求的社会理想和政治理想,也不是属于西方的,中国也有民主自由的传统,还有很大程度的自由,传统中国、传统文化不是黑暗一团,过去并不是全部都是专制生活。中国人也有自己的政治民主,只不过不用这个词语。我举个例子,甲午战争,有人主张对日本打,有人主张不要打要和。左宗棠带兵到新疆去平叛,李鸿章就主张不要去嘉峪关以外的地方,我们不要去进入它,军费拿起来在这里把海军建设好,把海防搞好,因为关外永远不会成为中国的危险。他发表这个政见是公开的,这就是当时的民主,他发表意见没有人算他的账的。要不要办洋务？四品以上都可以公开发表意见的。那几本《洋务运动》,各省的奏折都在那里,张之洞主张怎么样,哪一个省主张怎么样,谁主张怎么样都可以。林则徐主张禁烟,有人主张不要禁烟,这都是公开的。这就是民主。康有为向皇帝上书主张变法,是非常危言耸听的,"如果还不变法,'皇上求为长安布衣而不可得矣'",就是你会亡国,做老百姓都不可能了。康有为当时有权这样说。

四

喜欢听钟先生的讲述,是因为他总是会把很复杂的东西,用最简单的句子表达清楚,就像他的文章,很"短"。他在最随意的闲聊里,那些不经意的话语之间,蕴含着很深的道理。他不吊书袋子,都是他长年积累沉淀的流露。

彭: 钟先生,能谈一下你对"五四"的看法吗?你觉得你们这一代人受到"五四"的影响吗?

钟: "五四"的影响完全是正面的,"五四"在历史上的地位我认为是要肯定的,是传统中国走向现代中国的很重要的一段历史。

彭: 你对"五四""反传统"的这一点,是怎么看的?

钟: 反传统没有错,因为中国的传统确实在很大程度上阻碍了中国的现代化,传统文化在这方面起着很重大的消极作用。但是任何一个民族的传统文化都不是可以全部否定的,事实上也否定不了。比如说我是黑头发、直头发、黑眼睛,我永远是直头发黑眼睛,传统诗词我也很喜欢,中国的汉语文、中国的文言文我都很喜欢;文言文有很多可取的地方,一个是,它没有什么很严密的文法,它的词性是可以变动的。所以全世界的文字,叙述同一件事情,纸张最少的是古汉语,这是它的优势。所以古汉语很难取代,这个优势我很喜欢它,我选了几百篇古文,原来是选给我外孙女读的,结果她们没有谁好好地学,倒是她们的母亲学了一下。现在还有一本《学其短》,《念楼学短》则有几个本子,"罗辑思维"买版权在印,挂了一个名字"千年的简洁"我也同意。出版社去印,我也可以收一点稿费。印几万册,帮助人们学一点古汉语。学古文有两条途径,一条是从《弟子规》《百家姓》入手,另外一条是从《大学》《中庸》入手,都是错误的。《三字经》《弟子规》这些东西,"五四"时候就反对了,世界观很旧,《儒林外史》就批判它了。《四书五经》对少儿读本也不适合,太深了。我选的这些文章,是给高中生的读本,是一种基础的古汉语。我们当然要做现代人,要走白话文的路,穿汉服,扮古人是很可笑的,你很不方便嘛。学一点古文绝不是提倡复古。

彭：你认为"五四"是有积极意义的，但是它很激烈，产生那种"左翼"的文化，都是因为"五四"的原因产生，你怎么看？

钟：也不能完全这么看。第一，矫枉要过正，我不讲矫枉必须过正，矫枉会有一些过正的现象，不可避免，但是它自己就会纠正的。你看那些"五四"的现象，它后来自觉不自觉地都纠正了自己的偏向。鲁迅、周作人都是"五四"的健将。

彭：包括陈独秀。

钟：都有激进的成分，但后来自然会修正的，破除传统婚姻，破除这个男尊女卑会带来女性解放，包括性解放，会有一些偏颇。

彭：钟先生，你觉得"五四"对你一生的成长有影响吗？

钟：当然有影响。我是无条件地接受"五四"先行者的观点。胡适也是"五四"健将，真正搞旧学搞得好的也是"五四"那些人，对不对？当时反对"五四"的那些老先生，有一派人，搞古代学术搞传统学术，他们那些人也不如新的人，因为时代变了，方法变了，手段变了。所以时代在前进，我们要肯定这一点。

彭：不对，时代也会重复历史的错误。

钟：那是局部的。会出现逆流，会出现回潮，但是总体上人类总还是在进步和发展。假如这一点我们都不相信，那就很糟糕了，那我们就没有信心了，我们干什么呢？

彭：我觉得不会，人类像转圈子一样，也会倒退得很厉害。

钟：不会，总体上来讲是进步的。

彭：进步什么？埃及文明就灭亡了，你到埃及去看看，一塌糊涂。

钟：文明灭亡了，现在的埃及人还是比古埃及人过得好。古埃及尼罗河再泛滥也养活不了几千万的人。就是那时的几百万人，把那么多巨额的黄金去陪葬君王，比起那种制度来，如今总还是进步了。

彭：埃及文明没有了。

钟：现在是阿拉伯人，这是一个文明史的问题。所有的古老文明，七大古文明古国，原来讲四大文明古国，四大文明古国唯一存留至今的就是原来我们汉人，你和我都是殷墟先民的后裔。古老的巴比伦，现在的伊拉克，是阿拉伯人了，古老的埃及现在也是阿拉伯人了，古代的印度文明现在是雅利安人，也是外来的，印度的文字已经变成英文，印第文、梵文没人认识了。印度人懂梵文的还不如英国多。现在只有我们中国的汉字还是殷墟的那个字，男、女、东、西、南、北，都是原来的。所以我们这个民族是很古老的，说明我们这种文化的复制能力非常强，复制能力强的文明也就是保守的文明。日本便由明治维新一下子现代化了。

彭：他们的传统文化为什么比我们保护得好呢？

钟：正因为他们全盘西化，所以他就能够保存得那么好。他晓得传统文化应该珍视。日本人为什么，刚才我没有回答你那个问题，都是在19世纪才开始被迫开发，中国和日本在这一点上没有什么不同。日本原来是没有文字的，它是叫做全盘唐化，它什么东西都是学隋唐，文字也是拿汉文去拆开去做拼音，拿了汉字才去创造日本文字，他们原来读书也是读汉文，只是搞不一样的注音，把日文搞出一个文法来标注。最早的日文典籍是这样的，字还是一个一个都是汉字，后来慢慢地，日本的文字变成汉字只记专有的名词了。正因为它原来没有文字，所以才能够全盘唐化，后来又能全盘西化，全盘西化就变成了现代化的民族，现代化的民族就知道自己传统的可贵，它才能真正用科学的态度来整理和保存它自己固有的文化，传统文化比中国保存得好得多。它全盘唐化，也没有变成唐人的殖民地，中国人从来没有去统治过日本。它全部西化，美国人也没有把它变成殖民地，而且它还把美国打趴在珍珠港。它们全盘西化也没有问题，全盘西化了，日本人还是日本人，并没有变成金头发、蓝眼睛，还是黑头发、直胡子，变不了的。

彭：钟先生，刚才您家的事情还没有说完，你爸爸是很宠你的，你们家几个兄弟姐妹？

钟：我的这个母亲生了四个，两个姐姐一个哥哥，我是最末一个。我母亲是我的父亲的第三个妻子，她比我父亲小二十一岁，民国元年，我父亲是三十八岁的中年人了。我父亲生我的时候是五十八岁的老年人了，那是民国二十年，我就是一九三一年生的。我不愿意他带我出去，带我出去同学都认为他是我的爷爷。我生在这个家庭里面也是有很多旧时代的畸形。我的母亲因为年纪比我父亲小得多，她在家里并不如意。我是她最小一个儿子，按照道理应该爱自己最小的儿子，相反，我母亲对我特别严，我认为她近乎苛刻，为什么呢？她喜欢我哥哥，因为他比我"听话"。我的哥哥还在，比我大七岁，也是一个离休老干部。我的哥哥比我聪明，也比我长得好。他小的时候是我的偶像，我写什么东西都向他学，我写诗词也向他学。我哥哥自己也始终认为他比我聪明，他没有划右派。

彭：他现在还活着？也住在这个楼里？

钟：活着，没有住在这个楼。他九十四岁，他的聪明就是尽量少做事，尽量求平安，他也确实做到了。母亲是我在牢里去世的，她是七七年去世的。

彭："文革"都结束了。

钟：母亲的死，我是在牢里面知道的，我当然很难过，因为我母亲也不容易，她是一个农家女，我父亲是中年丧偶，丧偶的时候，我母亲因为长得还好看，才成为我的母亲。我们兄弟姊妹都不难看，完全是我母亲的遗传，但是她的文化比我父亲低得多,智商则比我父亲高,这也要谢谢我的母亲。我母亲对我的确很严,因为我小时候不是很听话,顽皮。但是我认为没有到顽劣的程度,后来我有一个毛病,我因为母亲管得严,所以我的逆反心理特别强,你如果讲"你不听话不听话",我就会更加不听你的话、不去讨好你,也不会去表现给你看,绝不会。

彭：你觉得你母亲聪明表现在哪里？

钟：我母亲是文盲,父亲读诗,凭她听的记忆都能背诵很多首唐诗。这就说明她很聪明。就凭这一点！另外还有一条,她坚决要我两个姐姐读书,一定要她们读,不要她们做家务,所以两个姐姐都不会搞一点家务。其实我认为女人和男人一样,都要会做一点家务,生活才会有一点趣味。我也不是不能做家务,我做饭也能做；但是我老了,确实不想做,我事情多,做得手上油腻,无法做事。

我父亲家里有点钱。在清末,我父亲是不敢革命的,他怕他那些干革命的民党朋友,就是因为他们借他的钱从来不还。那些人,参加同盟会的国民党老党员,其实都比我们家有钱,但是他们再多钱也是不够的。父亲有钱就借给他们花,他们也不还。所以后来他们当了权,也给他一个官做,就是中华民国二年湖南省财政司(就是现在财政厅)"制用科"的科长,他再不能上去了,司长就是杨德麟。(1913年3月,出任湖南省财政司司长兼民政司司长。)我父亲解放后没有受打击,解放以前领干薪,解放后仍然领干薪,虽然不高,温饱没有问题,"文革"家里也没有抄家,他是一个民主人士。后来安排在文史馆。毛泽东讲,文史馆不反右,要反右个个是右派。他也不上班,不学习的,特许。钱,不是很多,比我还低。

我妈妈嫁进钟家,日子是难过的。我坐牢时,女儿看到奶奶,她就说："你爸爸关在那里不知道是什么样子了。"母亲哪有不爱儿子的,她之所以对我严格,因为哥哥他们读书去了,只我在她跟前。她丈夫比她大二十岁,是个老头,她生活不满意,就在我头上撒火。我也理解,这是我后来自己成家才会理解到这个层次上。小孩子的时候,你对我凶我就离开你。所以我只要有可能总在学校待很久,待到没有办法才往家里走。她越守着我,我就越这么干。她倒有一点好,她也不知道我在看什么书,她认为只要在她面前看书就是好的,这也让我得益。这种感觉都是后来才会明白的,是理性地分析出来的。当时我只觉得她偏袒姐姐,偏袒哥哥。后来懂些事了,我就同情她了。她没有读书,年龄那么小,丈夫常常不在家,她回到平江后,大家庭,侄媳妇年纪都比她大,别人都是门当户对嫁过来的,欺负她虽不敢,因为她是长辈,但内心里是看不起她的。好比说我在那里调皮,他们暗中示意,公开又不敢讲,暗示着："这到底是乡下女人养出来的孩子"。

彭：那你两个姐姐呢？

钟：两个姐姐,大姐姐是右派,二姐姐还在,大姐姐去世了。大姐姐为什么会划右派?也与我有关系,第一她在那里也不能划右派,解放前参加民主同盟,解放后是长沙市东区妇联主任,后来到市妇联当办公室主任,也算一个官。长沙市只等于上海的区的级别。她后来讲,她觉得自己当了主任,就应该要管一点事,就这一条,就成了右派。再加上要鸣放的时候,早几天在我家里听我扯淡,听我谈什么南斯拉夫也不一定错,苏联也不一定对。我是看了苏联原来骂南斯拉夫,后来赫鲁晓夫又跑去向铁托认错,喊"亲爱的铁托同志",这是报上登出来的。原来情报局通过一个决议《在杀人犯和间谍掌握中的南斯拉夫共产党》①,那个决议的名字就是叫这个。

彭：你姐姐听了就出去说了?

钟：她在那里讲,把我的话出去讲,因为她还讲不清楚,确实也讲了几句,并未多讲,因为她的国际知识还不如我多,我也没有很多。首先我是不懂外文的,国际知识是有限的,但是我看了中文的东西,我没有看到什么内部知识,反正你公开发表的,你原来说"铁托是杀人犯、间谍",现在又是"亲爱的铁托同志",我信谁的呢?我只能信你的呀。我姐姐她听我这样讲,大概觉得不错,于是也说了几句,就这样被打成右派了。

五

进入老年是让人恐慌的,人会恐慌于虚无和病老的肉身。但是钟先生的存在,让人看见了精神富足以后的老年,他依然自信、骄傲;他的意志又主宰着他的精神继续饱满。他向我们证明了一个现实,世俗之人,也可以不媚俗、不空虚、不愚昧。

钟：我到现在对做编辑工作还是有兴趣,因为编别人的书比自己写书好,别人的书本来就写得好些、深刻些嘛。自己的文字自己总是看不得,看了就要改。这是一个毛病,我认为是变成一种毛病了。改来改去,后来甚至觉得原来的还好一些。周作人他们用毛笔写的,一气呵成,很少改动。这就是水平,是我和他们的差距。钱锺书也喜欢改,他给我写的那序便改过三次,稿子都在我这里。他还授权我可以改,我也确实改了,改什么?改掉他褒扬我的话,他也认可了。信都在这里,他自己

---

① 1949年12月,苏共情报局第三次会议上通过的决议。

讲"文改公之谥法,所不敢辞",古人讲文正公、文襄公,他说文改公,开玩笑的。

论文字水平,在我们那一代人中间,比如说在"新干班"同学中间,朱正和我应该说还是在平均线之上的,看书比较快,也比较记得住,涉猎范围比较广,有的书好像当时没有什么用,但实际上是有用的。好比说,我看周作人谈河水鬼,周作人有一篇文章,他收录到《草木虫鱼》里面的,他讲日本也有河水鬼……

汪：落水鬼？

钟：日本人认为它是一种实有的生物。谭延闿日记里面谈到,他们乡下也有人讲,落水鬼是一种动物,这就很有意思。最近我才读到谭延闿日记,这就可以印证。我在《儿童杂事诗笺释》里面有一节说河水鬼,现在便可以把谭延闿的日记加进去。朱正写我的一篇文章,就是《述往事思来者》,他讲自己只看与自己研究有关的东西,其实他也不是这样。我被划为右派后还买天文学的书,到现在仍然感兴趣,在劳改队时也看,最早复刊的杂志是《天文知识》和《化石》,还有《集邮》,我都记得。那些东西好像于个人没有一点用处,但是却有意思。古代天文学家没有现代仪器,最初连望远镜都没有,望远镜是偶然发现的,他就是肉眼观察,把恒星、行星的轨道算出来了,古人算出来的月点的距离和现代精密测量的相差不很大,那很了不起的。古人有的毕生就是观星,一生如此,毫无功利,这才是最伟大的人。他纯粹是个人兴趣,没有任何功利性目的,所以也只有奴隶主和贵族才有可能去研究,他衣食无忧,他不要去谋衣食,如果有老婆孩子要养,还要去赚钱,就没有时间去进入那种超然的境界了。

比如我们现在看谭延闿日记,这是台湾整理的,错误很多,台湾的大学生去整理这些,应该说台湾大学生、研究生一般比大陆的(大学生、研究生)中国语文(水平)高一点,但是他们同样对清末民初的掌故不一定很熟悉,对于湖南的社会人文更不熟悉,所以错误很多的,我们就能看出来。他(谭延闿)用古文写的东西,他们书读得比我们多,他们的文字能力强,文笔也好,他们随便谈的东西都是古代的典故。读谭延闿日记没有语词困难,困难在于人名,事物,你不懂得这个名物,看句子是看不通的。

汪：是的。

钟：前辈学者之所以强于我们,就是这些方面强于我们,我们比起周作人真的差距大得很,而且那是不可比的数量级的差异,为什么呢？严格来讲,作为一个现代知识分子,如果没有外语就不可能成为完全的知识分子,很多东西没有办法接触资料,也没有办法用比较的方法去观察,周作人他们就强在这一点,他们读的西方、日本古典的东西都是读的原著。我们读的都是译本,译者的水平已经大打折扣了。

钟：（又）好比讲蔡伦造纸，还有"郑和号"，把兵舰叫"郑和号"，简直是开玩笑，一个太监，外国海军是最代表国家的阳刚之气，我们也并不是歧视太监，但是太监不逗人喜欢。这是事实，他本人被残废以后，他的心理肯定不是正常的心理。所以太监没有做好事的，魏忠贤、李莲英、刘瑾都是反面人物，都是害人的人。郑和，航海是一种专业，我们都不可能去航海，我们只去做旅客。他从小（入宫）做太监，怎么可能懂得驾海船？他去航海，这不可能的事。他去航海是事实，是皇帝派他去监察的，太监是皇帝的耳目，他只对皇帝一个人负责，是一个人的奴隶、家奴。明朝的皇帝，派一个太监去监军，直接向他报告。永乐皇帝派人下西洋的目的是寻找建文皇帝的下落，既不是通商，更不是殖民，也没有要求到国外去发展经济，扩充领土，都没有这些事，就是搞了点奇珍异宝回来，而且他一死，就没有搞了，因为这个是很耗费国家财产的事。

汪：他跟儿子两个人都是状元。

钟：状元读书当然是很会读的。南宋是文化和经济最发达的时候，四川和江浙、福建的深度开发都是因为南宋。如果没有南宋，中国早已统一于金了，中国在元朝以前（就会）出现一个金朝。南宋有一百五十年历史，南宋时词是最成熟的词，文学南宋最发达。

汪：那时候为什么那么发达？是有亡国压力在？

钟：跟那个没有关系。文化和人口往南边来了，人口增殖、人口流动有助于文化的发展。没有文化的人就不会逃难，地在那里，谁来就向谁交粮。而且后来金人也已经汉化了，元好问就是金人，曾国藩选十八家诗，他是最后一家，成了汉诗的代表。后来金亡于蒙古，金和南宋都是亡于蒙古的。在建康时，宋高宗刚刚在南京建立南宋时，如果那时和金人打仗，肯定是南宋灭亡。

汪：我还挺好奇的，像您写《走向世界丛书》这些书的绪论，您其实是在劳改、右派的时候做了很多准备，您做笔记吗？

钟：没有。在劳改的时候并没有想到会来编《走向世界丛书》，但是对这些人这些事情我从来都很感兴趣，我曾经将黄遵宪的诗句集成了好几首诗，不知道是几首了，送给朱正，他还记得里面的几句。这些都没有笔记的。

汪：那你以后写绪论的时候都不需要参考，马上可写出来？

钟：还是要找书。

汪：马上都能找到，都在脑子里？

钟：也有一些新发现的资料，首先把别人研究过程当中的东西都找来看，好像台湾有一本郭嵩焘年谱，便有不少资料。他也写日记，我也正好在整理郭嵩焘日记。我那时是1979、1980年左右。《走向世界丛书》，为什么要取这样一个书名？因为我不想它看起来像古籍。不是说岳麓书社只是一家"专业分工的古籍出版社"吗？我就是要打破这个框框。它们本来就不是古籍，写的是火轮船、德律风（电话）、巴力门（国会）之类的现代事物嘛。我本是世界的一个人，牢狱也是世界的一部分，不可能和社会隔绝，思想更是牢门管不住的。在坐牢的时候，我就长时间思考过中国该往何处去，中国为什么会走到现在这一步，以至于把我这样的从不犯法更不造反的读书人都关到牢里了。钱先生为我书写的序不就是说，"走向世界？那还用说！难道能够不'走向'它而走出它吗？哪怕你不情不愿，两脚仿佛拖着铁镣和铁球，你也只好走向这世界，因为你绝没有办法走出这世界，即使两脚生了翅膀。人走到哪里，哪里就是世界，就成为人的世界。"

天下士与小说家

■ 对话/朱天文　木叶

> 好风如水。花忆前身。
> 2010年春夏之际,《有所思,乃在大海南》等四部作品在大陆出版。8月,作家朱天文来到上海。
> 阿城曾说她的《荒人手记》有点像李贺写诗,"有时手下太密了一些"。她自己也说,待到了《巫言》,"就更没有故事了"。终究,这是一个浸染于故事并渐渐由故事构成的女子,有着或强悍或柔韧的不同面目,触碰石头,触碰鸡蛋,裂帛,裂土,她试着让故事在字与字的缝隙中析出,岔开,弯转,归来,又复去……
> 从《小毕的故事》,到《世纪末的华丽》,再到《记胡兰成八书》,直至《荒人手记》和《巫言》,这都是她,这里又有着太多的声音与物象。在或契或阔或澄明或晦涩的气息里,还透出父亲朱西宁、母亲刘慕沙的魂魄,间或牵系到张爱玲、胡兰成的万般方寸,关注电影的人还可能感受到侯孝贤的光色,而天心、唐诺等人的轻盈与辗转亦不断围拢过来……
> ——木叶,2010年

木叶:你曾说"家,是用稿纸糊起来的"。我就从你们这个富于文学性的家庭谈起。在1968年版《张爱玲短篇小说集》扉页上,张爱玲题字:"给西宁——在我心目中永远是沈从文最好的故事里的小兵。"我有两个问题,一,怎么看沈从文?

二,朱先生和军旅文学的关系(如何)?

朱天文:她知道我爸爸随国民党军队撤退到台湾的时候,是一个年轻的小兵,跟沈从文以前的经历有一个共通。我父亲背包里只放了一本《传奇》,从大江南北到台湾。这件事情让张爱玲非常感动。我父亲出版了《铁浆》,托出版社转寄给张爱玲,她收到,就写了一个明信片来,提到辗转听人家说了我父亲的这件事,给常年流离中的她非常大的安慰。

父亲的身份是军人,因此大家说他是军中作家,这是一个错,希望你能够订正这句话,大家觉得他(写的)是军中文学,大大的不是。

木叶:还有"反共文学"一说。

朱天文:那更不是了。(笑)其实你只要看他早年的成名作《铁浆》,看《狼》,看《破晓时分》……非常像鲁迅的路子。他的小说我觉得很早就超过了军中作家的设置。

木叶:张大春也有类似的看法,他很喜欢朱先生的作品。

朱天文:有些人成名之后,他不讲我受谁影响,可是大春是公开地说,白纸黑字地说,他说他的文学启蒙是来自我父亲的。

木叶:在台湾还有什么人可能受朱西宁先生的影响?

朱天文:在台湾大概是跟我同年龄的、比我大十岁的文艺青年全部看我父亲的东西。像齐邦媛,她刚写了《巨流河》。20世纪60年代,她公开说认为现在能够得诺贝尔奖的就是朱西宁。

木叶:这个评价相当高了。

朱天文:她就是对父亲当时的《铁浆》《狼》《破晓时分》这几本集子,还有长篇《旱魃》说的,齐邦媛是公开说的,不是私底下。

父亲已经早早超过军中作家或者反共作家的范围了。他的风格非常多变,早期大家说的比较多的是乡土小说,主要写他自己的记忆和乡愁。可是,我觉得跟他那一辈最大差别就是他受鲁迅影响很大,对旧社会的批判性很强,《铁浆》写的就是这个,《破晓时分》也是批判性很强的。

木叶:相比而言,母亲刘慕沙对你们姊妹的影响似乎谈得少些,对此读者们也很好奇……

朱天文:我们从小看她翻译的日本文学,川端康成啦,三岛由纪夫啦。她对我们的影响就是放牛吃草,她永远乐观和信任我们,完全不管的。

木叶:1971年,朱西宁先生编"中国现代文学大系"小说部分,排第一名的就是张爱玲。也是受夏志清的影响?

朱天文：不，他不受夏志清的影响。台湾现在人人奉张爱玲为"祖师奶奶"。可是此前非常长的时间，她在台湾被看作是"鸳鸯蝴蝶派"，是"言情小说"，是不入文学殿堂的。

第一个一直公开说她小说的，是我父亲。他在上海，在抗战时期，就喜欢读张爱玲，也不认为是什么"言情小说""鸳鸯蝴蝶派"，这只能归于个人鉴赏力。所以在20世纪六七十年代，他写作有影响力的时候，或者到学校里去讲创作的时候，提到的就是张爱玲，可是当时大家尤其是学西洋文学的那些学院派，都觉得她是流行小说家，不值得一谈。

夏志清在美国，他先以英文写了《中国现代小说史》（1961），把张爱玲提出来。所以等到夏志清跟我父亲在台湾见面的时候，他们互相握着手说，辛苦了。

夏志清当时在哥伦比亚大学，他知道学院怎么看她，他知道我爸爸作为创作者在台湾一直在讲张爱玲。所以一个是创作者，一个是学院里的，都推崇张爱玲，时间略有先后，但一个在国外，一个在国内。

木叶：那朱西宁先生是在什么时候萌生写《张爱玲传》之意？做了多少工作？我知道1975年，张爱玲明确来函说"希望你不要写我的传记"。

朱天文：当时的资料比起现在来太有限，当时最主要的来源，一个是在抗战时期，张爱玲有什么书出版我父亲就看，还有南京我的六姑姑等一群fans在看。后来拿到了胡兰成的《今生今世》。其实父亲在南京时，就已经读过胡的《论张爱玲》，觉得此人才气是完全无可挡的。

木叶：他动笔写传了，然后被拒？

朱天文：没有，从头到尾都没有，他是有这个想法要写。后来，听说胡兰成在台湾，就赶去见，而且把这个信息报知张爱玲，他当然是用文章报，就是《迟覆已够无理》（覆的是三年前张爱玲那封谈赖雅开刀住院的信。刊在《人间副刊》，写这趟与胡见面的经过），把信写成文章的方式来说这件事情，张爱玲知道了，就写信来表示不要写。我父亲就不会再去写她的。

木叶：他不以此为憾？

朱天文：父亲当时要做传，是对张爱玲的崇敬，受她的影响而启蒙，想让更多人知道她，其实离真正提笔还有很长一段距离的。

木叶：后来把胡兰成引至隔壁，也是有张爱玲的缘故。

朱天文：是呀，最主要的是因为当时胡兰成在台湾，出版了《今生今世》的删节版，删了六万字，没想到好多人喜欢。之前是先出版《山河岁月》，基本是一个文明史，写到最后，是抗战岁月。所以当时台湾的文化人（有批评），余光中带头，他怎么这样写抗战？抗战是这样子吗？很多人都说他是汉奸，本来《今生今世》都出版了，政府就说这个书不要出了，禁了，一再要请他回来教书的人也不好讲话了，甚至学校把他解聘。我父亲第一时间就把他接到我们家，刚好隔壁有人搬走了，就住隔壁了。

木叶：我看到你笔下也有"汉奸"等字眼，朱西宁先生怎么看汉奸或者跟汉奸相关的评论呢？你又怎么看？

朱天文：我觉得现在仍然太近了，其实还未定论，掌权者取得诠释权。所以我觉得这个还未定，近代史是太近了，时间还不够长。

木叶：你有一句话，"三三终至没有做到胡老师所期待的那样的千万分之一"，他的期待跟你们讲过吗？

朱天文：因为他的文字不能发表，我们办了《三三集刊》（共28期，胡以"李磬"之名撰文），后来又成立了"三三书坊"（出版社），我们当时就是要宣传他的思想，要写一流的汉文章，要唤起三千个"士"，唤起三千个士中国就有救了。而且，我们是到各大学、高中去座谈演讲，因为高中生大学生都读我们的东西，我觉得我们就是要宣传"不安全"的思想学说，和他所教给我们的东西。那个时候我们是在补修中国学分，重读四书五经，所以我们当时就要复兴汉文明，实际上像大家讲的这种中国文明，中国崛起，大国崛起，不只是一个经济量，背后总要有一个中国文明提供给世界新的想法和推动。当时我们的狂言是什么？就是扬雄那句话——文章小道，壮夫不为也。三千个士是胡老师所提醒我们的，你要做天下士，你写出来的是一个士的文章。小说家算什么，只不过一技一艺，但士以天下为志。

木叶：现在自认是他讲的这种士吗？

朱天文：当年热情地做"三三"，可是慢慢地你就知道，最大的关口就是我们自身。我们是经过几次大关口、几次自我叛逆的，最大的关口就是大学毕业，毕业以后你还能像在大学时那么办"三三"吗？不行啊，大学时管不到生计，大家就像是在一个"夏令营"里。大学毕业，服兵役的服兵役，出国的出国，到社会做事的到社会做事……路线之争就不少，像我妹妹的先生唐诺，他说要继续读书，用功读书；还有丁亚民一派，因为他跟我们很贴心，我们三个人被人家抓去写电视剧《守着阳光守着你》，写这些电视剧时我们就说要进入社会了解社会。这是两个路线之争，还夹杂着个人的感情，既是革命同志又夹杂着个人感情，一塌糊涂，毕业的那个阶段吵得非常厉害，蛮痛苦的一个过程。分歧出来以后，就各自做各自的，这跟"三三"以前所做的有一个断裂。其实这个断裂，按成长历程来说也非常自然。那就各人走各人的，胡老师像智慧老人，他一生的结果，像一个智慧老人的果实，可是他这个果实是他一路滚刀板滚来的,是水里去火里来的。

木叶:当时很多作家都很牛的了,有没有什么交流或冲突呢?

朱天文:大家各自一把号,各自吹。

木叶:白先勇他们呢?

朱天文:他们比我们早很多。大概都成名了,甚至有的都不写了,出国了。他们办的《现代文学》引进现代主义。其实,我们始终是现代小说,只是到办"三三"的时候,我们是"回归派",整个回归到中国文化,要发扬汉文明,自觉是跟现代文学蛮不一样的一支。我们那时候年轻,东西出来是高中生、大学生、大学毕业生都看的,尤其是《击壤歌》,因为是写自己的生活,人手一本,大家都想到台北来,要过书中那样的日子。我们就四处煽风点火,说,来帮我们刊物写东西啊。

木叶:胡兰成曾赞《击壤歌》,说"天心像一阵大风,吹得她姐姐也摇摇动"。

朱天文:本来就是啊。天心的文章不限于文学人阅读,非文学人都能看得津津有味,我的就比较有些门槛,这是我最羡慕她的。

木叶:你们内部也有竞争,姐妹也有潜在的竞争。

朱天文:应该说,良性竞争,有竞争对手是一件幸运的事。我们东扯西扯扯到哪里去了?(大笑)刚才我话还没有讲完哩。我刚才讲的什么?台湾那些现代派,早就成名了,我们读他们的东西长大。跟胡兰成先生补修中国学分的意思就在这儿,我们是从小读现代小说,读法国新小说,读黄春明他们的乡土小说,我们看的全部是欧美翻译小说,连电影都不看国片,我们是看美国电影听美国音乐的,谁要听什么中国音乐、戏曲,我们的生长环境是这个样子,一直到我们碰见胡兰成,才补修中国学分,回归。整个"三三"做的,在当时是蛮不同的。也的确在学生界有认同我们想法的,给我们投稿,跟我们一起做这件事情。

有一个问题我还没有回答,就是距离胡老师的期望……等胡老师去世,我们毕业、各自走各自的路,七十岁老人给你一个果实,像是画龙先点了一个睛,其实那个龙身都还没有呢。就是说,你那棵树根本还没有,便先得了一个智慧的果实。所以我们是倒过来的,先得了一个果实,然后再去长枝叶,长树干,先点了睛,才去画龙身。当你去画龙身的时候,发现严重不足,当你要补不足之处时,每一个人的样态都不一样,渐渐地你就知道人一生其实只能做一件事情,我们能做的也许是做好小说家该做的。想想看,当时谁要做一个小说家啊,这个差距何等之大,以前根本视小说为一艺而你要做的是天下之士,但真正去画那条龙的时候,你才开始明白你的立足点在哪里。

木叶:其实如果说有一个"士"的实践的话,可以解释成做编剧,因为电影在当代文化当中,可能更属于一种显性或介入的状态,而小说的影响要弱一些。我再回到胡兰成,想求证一下,《胡兰成全集》在台湾出了,有多少字?

朱天文:1990年,出版了一共九册,数百万字。《今生今世》是上下两册,《山河岁月》也厚,像《禅是一枝花》等则一般书的厚度。

木叶:对于胡兰成,评说不一,你在书中说他最大的一个"教条"大概就是"无名目的大志",这么说还是很笼统的,到底胡兰成影响你们的是什么?

朱天文:视野,我想影响最大的是视野。第一,重读中国的东西。第二,跨界,跨界阅读包括自然科学、政治经济、人类学,像《相对论》什么的都读,都是做一个士的训练。第三点,我们很年轻的时候,二十二岁(1979)我到日本住了一个月,看了他们最传统跟最现代的东西,胡老师带我们看做陶的人,看舞能乐的人,看石刻画家……各种都去看,就把你的见识都扩大。而胡老师和胡奶奶他们两个人基本上就是历史人物,你怎么样看他们两个,这两个人就在眼前,我们共处了一个月,第二年又去他们家住了一个月,这个打开了你的人生阅历。

木叶:很有意味。胡兰成在日本先后有三十年。但是据说未入日籍,自称"亡命"。他对于自己的经历,自己的才情,自己的爱情,在你们"三三"流派小团体之间有没有表露过?

朱天文:没有,大家看他书是各取所需,各领一份。历史上很多人物自己并不写文章的,而胡老师写的,一本一本在那儿,所以我觉得丝毫不必替他辩护,也丝毫不必当他的传声筒。你去看他的文字吧,如果他一骂就倒的话,那就被骂倒算了。

木叶:胡兰成说"平生知己乃在敌人与妇人",我不知道你自认是他的知己吗?

朱天文:"三三"我们都是啊。这是他自己在文章里面说的,他说今天只有"三三"是我的知己。他也写过这个文章,他说到了日本,大家都接待他,汉学界在一起游宴做诗,互相答唱,我来日本岂是做这个呢?他就离开他们了,以后,遇到数学家冈洁,遇到得诺贝尔奖的物理学家汤川秀树,他是怎么跟他们交流的?中国有《易经》,能够在他们物理学的尽头、数学的尽头跟他们相遇,在这个尽头,然后超过了他们走过来,所谓超过他们走过来,是物理学有物理学的限制,数学也有数学的限制,这都是汤川和冈洁他们自己说的。胡老师说,不是他个人超过他们,而是说中国文明,包括《易经》等综合学问,超过他们。

木叶:看《记胡兰成八书》,还有访谈录等,好像很少感到你对胡兰成看法的变化,比如说对他的什么东西有所怀疑了,或者觉得他做的什么是有些遗憾的,或者他的什么做法你是不解的。

朱天文：（长时间思忖）我只能说我们只能做我们的。这个很难讲。

木叶：胡兰成这个圈的确是很难走出来的。

朱天文：只能说是你一部一部地写出来，用你写的东西来说明一切。

木叶：人们对胡兰成的文字说法各异，恶语亦多，暂不录，略举持中或赞许的几个：妖娆，狐媚，清嘉，别是一格……你具体怎么看呢？

朱天文：还是那句话，"作者给他所能给的，读者取他所能取的"，各人各自领一份，领到的是妖娆，是狐媚，那合该也属于他领得的了。

木叶：你曾说张爱玲"像年轻数学家在二十五岁前就完成了她的传世杰作"，那么看了《秧歌》《赤地之恋》到近来"出土"的《小团圆》，以及英文写的《雷峰塔》等等，还坚持当时说法吗？

朱天文：她的经典二十五岁就完成了，《传奇》。她的《秧歌》我觉得很好，比《赤地之恋》更宽，《赤地之恋》因为是以一个知识分子作为主角的，稍微窄一点点。这两本我觉得非常好，这是她三十几岁离开大陆在香港时写的。最近，又披露了《异乡记》，是她二十五岁稍后的，写1946年去温州看胡兰成的事，实在是太精彩，是她巅峰期所写。《小团圆》初看时，觉得她是个"人肉炸弹"，把胡兰成爆掉了，也把自己爆掉了。可是等你沉淀下去再来看，我还是致以最大的敬意。现代小说，鲁迅之后有张爱玲，这个是胡兰成早年就讲出来的话。他们是中国现代文学的开山祖，现代文学的最大特色是什么？就是"除魅"，去神圣化，魅就是这种神圣的东西。他们在思想上是没有印度的"圣牛"这件事情的，所有的神像都有它的黏土脚，你可以看到神像背后有黏土脚，但也幸亏有此黏土脚，神像才得以立足于人间吧。所以所谓的现代文学就是除魅，去神圣化，之前有鲁迅，后来有张爱玲，就是对人的处境进行逼视，让真实的人生给大家看到。现在轮到她自己了，《小团圆》，她对自己毫不手软。

木叶：我觉得《小团圆》真的是应了那句话：拆自己生命的房子，然后用这些砖头来建小说的房子。不过，从文学价值上来讲，可能有人会有一点点迟疑。

朱天文：我不想用成功和不成功来评断它，因为我看电影也是认导演的，当你认定她这个作家跟你频率对，就会一直追下去，其实就是追她的人生，她在人生里面有失败之处、跌倒之处，无所谓，你就是看她的轨迹，她走到什么阶段是什么样的，她带给你不同的视角，不同看世界的方法。所以到了五十几岁写《小团圆》的时候，不管基于任何原因写的，张爱玲对自己也不手软，把自己"除魅"了，她像一个现代小说战场上的老将军，最后一战战死在沙场上。所以我对她致以敬意。

木叶：你曾说自己看出了"张爱玲的破绽"，但言之未尽。

朱天文：她的破绽啊？出在对白。譬如《心经》，破绽最多、最大。小寒向父亲表露爱情的对白，他们父女之间纠葛迎拒的对话，那个善好到像圣者的母亲的对白，当情感的波折变化全部依赖对白推进的时候，整个变成是戏剧的张力和台词，所以这篇小说更接近舞台剧。但只要是描人写景叙事的部分，都精准，都神采。

木叶：这是其一，其二呢？

朱天文：其二比如《倾城之恋》，我觉得范柳原跟白流苏那段半夜打电话讲诗经死生契阔的迷人对白，是"写"出来的，写出来可以成为一个文学作品的，可是我现在再来看这段对话，觉得文字的魅力大于真实。它是经过一个折射，经过文学处理的，她是借助文字的滑翔飞过了真实。

还有《红玫瑰与白玫瑰》，后来他们重逢在公共汽车上，佟振保看到红玫瑰王娇蕊的时候，她再嫁了，他们那一段对话我觉得也不大像红玫瑰会说的。你问我具体是哪句话？这得回去翻书看。（经翻书后，是这段娇蕊回答振保说："是从你起，我才学会了，怎样，爱，认真的……爱到底是好的，虽然吃了苦，以后还是要爱的，所以……"）。这比较像张爱玲自己会说的，而非红玫瑰说的。难怪马奎斯（马尔克斯）最不愿意写对白，他是说仿佛西班牙语特别不适于对白似的。所以这个其实有一点不足为读者所道，因为这是同行的……挑剔。

木叶：嗯，可能每个小说家的取舍和侧重都有所不同。电影《色·戒》出来，也有人讨论，到底女人会不会为这么一个男人而舍弃生命。

朱天文：我觉得在《色·戒》里面完全可以说服人，拍成电影就无法说服人，看《色·戒》的小说我相信可以的，可是看电影我不相信。

木叶：电影怎么让人不相信呢？

朱天文：你会觉得，她就是为了一个钻石吗？天啊她就是为了一个钻石吗？小说里易先生陪王佳芝买钻石的那一幕，寥寥几笔把易先生写得动人之极，那紧张得拉长到永恒的一刹那，不确定之确定，是我，也会放走易先生的。但是拍成电影，这一刹那太难表达。电影用三场惊悚的性爱戏来代替那一刹那，若无这三场戏，更没法说明她何以放他走了。

木叶：像很棒的《金锁记》，也有人认为它对女性之黑夜的长驱直入太多了一些。

朱天文：这就是现代小说的除魅啊。《金锁记》非常好，当时傅雷还特别评论了它，对《金锁记》评得非常高（"至少也该列为我们文坛最美的收获之一"），可是后来改写为《怨女》,就不如《金锁记》。我觉得《金锁记》是非常厉害的,因为现代小说就是凝视跟逼视,注定了要去看阴暗看黑暗,逼视那些暧昧不明的,非常幽微的,除魅除到那种地步谁会舒服啊?把你逼视到不可逼视之处,这绝对不是一件愉快的事情。

木叶:闻言你笑说跟张爱玲"打平手",指的是《巫言》吗?

朱天文:也许到《荒人手记》就有点这样的感觉了,因为写出她的范围了,起码对我自己来讲。我以前要摆脱她的阴影,摆脱不了,可是到《荒人手记》自我感觉良好了吧。

木叶:看张爱玲,读者很容易进入的。阿城也说,《荒人手记》有点像李贺写诗,"有时手下太密了一些",文字使情节受到了侵犯,对阅读构成一定障碍。

朱天文:很难,我觉得这是没办法。我以前写故事,可是到某种阶段的时候,你只能这样写,所以是非不为也,实不能也。那到《巫言》就更没有故事了。

木叶:张爱玲是一个讲故事的绝对高手,她能把故事讲得直指人心。来之前有一个女孩对我说,她喜欢天文小姐的散文胜过小说。因为散文很容易进入,早年的一些小说也容易进入……

朱天文:(笑)越写越不懂。

木叶:这是对自己的一种挑战、背离,还是真的到了某种状态后的自然而然?

朱天文:三个都是。作为一个认真的小说书写者,其实每一个小说都觉得这里或那里没有做到,这些没做到的在下一部就想做到,或者,这个小说已经写过了,到下一部就不想再这么写了……每一个是对上一个作品的补足,或者反逆。我就是这样一路走来的,到现在离开端真的很远了。你说张爱玲是讲故事,后来我不讲了,我终于脱离这个大阴影了。

木叶:还有一个,你和侯导合作十几部了,有一些共性:蛮澄明的。但是你的小说,其实从《世纪末的华丽》开始,已经渐渐偏离这个了,有点浑沌了。

朱天文:很狰狞。我自己的说法是狰狞。

木叶:蛮得意于此?

朱天文:不能说得意,是没办法。

木叶:注重于"文字的炼金术"是好的,不过就整个小说的可读性来看,不易接受了。

朱天文:是啊,所以我觉得还是这句话:作者给他所能给的,写他所能写的。他可以喜欢好多好多,但是到他写的时候,其实只能写一种。

木叶:这种说法非常好。无论你还是唐诺先生,最近都不时提到卡尔维诺,他说小说的深度是隐藏的,"深度藏在文字的表面,藏在结构和文字的描述中"。你的文本实验很有意味,但在接受上,也就是说在读你的《巫言》和《荒人手记》时,感觉这种"隐藏"显得"晦涩"了。

朱天文:(笑)真是对不起啦。深度是隐藏的,藏在哪里?就藏在表面。就像张爱玲让故事自己去说,你自己不要说。小说两百年来的发展,"说什么"只占了这开头的四分之一,后来四分之三是"怎么说"。在小说的发展上我们不能无视于人家做过的,是踩着人家一步一步走到现在,小说越来越难写,因为似乎什么东西都有人写过了,我们其实举步维艰。所以我试着不说故事,走到底去看看是怎么回事,《荒人手记》叙事已经非常低了,到《巫言》叙事是零,就是鸭蛋这样子,那总要走到底吧,我自甘于走到这个叙事为零的阶段。

"到得归来"。走到底之后再怎么回来?我不知道,也许从此就丧生了也不一定,这个是半由人半不由人。但《巫言》是对自己的一个反叛、挑战。接下来,我要讲一个《时差的故事》(短篇集),把"故事"特地标出来,我不是为读者,是挑战自我,就是到《巫言》已经叙事为零、故事为零,走到底要回来了,我是想写写故事了,不讲故事的人讲故事会讲出什么故事来?还有就是和侯孝贤导演合作的电影《聂隐娘》,是讲一个女杀手最终杀不了人的故事。

木叶:其实跟杨德昌也合作过《青梅竹马》,那么和导演的合作,对文字有没有伤害,或是有什么美好的推动?

朱天文:我觉得电影对文字很难影响,在电影拍摄上侯导他是暴君,你休想影响他什么东西。在讨论的过程,大家各自抛东西出来,完全是开放的,可是到他自己拍摄或者剪辑的时候,你在旁边啰里啰嗦,这个那个的,他不听的,他只听命于他自己内在的命令,他不会听别人。同样的,电影会不会影响到文字?我觉得也休想。文字本身是有生命的,文字有的时候是带着作者走的。

至于来自电影的美好的推动,我觉得不一定在于电影本身。你想想看,一件事情其实足够你做一辈子。可是我很幸运,在短暂的一生里,除了文字,也有机会参与了一个用影像讲故事的顶尖创作——尽管你们谁也别想干预谁,这是两个强大的主体。要说是有一个美好的影响,我觉得是指这部分,并不是什么关于电影技术、编剧技术的,而是完全另外一个系统、一个领域,你有幸参与其中。

木叶:与侯孝贤导演合作了近20部电影(如《悲情城市》),一直没想过或没有机缘和张艺谋、陈凯歌、贾樟柯合作吗?

朱天文:人生苦短,我一向在用剧本的收入养小说写作。

木叶:如今怎么看早年的作品,如处女作《强说的愁》,以及和侯孝贤结缘的

《小毕的故事》,还有《乔太守新记》《椰子结在棕榈上》《传说》等？我发现天文小姐当初小说集的序和再版序,均很简单,谦卑,抑或怅然。

朱天文：就当作是成长的轨迹吧,留待给也想走写作路子的年轻朋友们一个遗骸展示,哦原来这样就可以开始了,那么"有为者亦若是"。

木叶："当莫言这一批作家,以生活、人民题材为盛,壮大口语文学传统的时候,台湾文化就显得太文人气、太秀气。"大陆当代作家作品比较喜欢哪几个？两岸作家最突出的差异可能在哪里？

朱天文：最突出的差异也就在你引述的"口语文学传统",和"书面文学传统"两脉之异吧。中国文明相对于其他古文明国的消亡而至今未绝,是因为它有书面文学传统这一脉一直在发展繁衍,不得小觑啊。我来2010上海书展之前正在看的大陆当代作家的作品喜欢的是李娟,她写新疆,一点不猎奇,也不"异国情调",与我们很近的。还有一位笔名叫讴歌,以前写过《协和医事》,刚出了一本长篇小说《九月里的三十年》,在我有限的阅读里没看过谁写这一段,补足了我对大陆某时期某阶层人的生活的理解。当然,最好时候的阿城,直达沈从文的境界,令80年代台湾读者惊艳咋舌。

木叶："也许在大陆,80年代的那一批作家就那几支笔,是一个阶段的盛世。目前,我认为接续这几支笔的,可能在台湾。"这里面是不是包括舞鹤和骆以军等人？

朱天文：没错,舞鹤,和骆以军。

木叶：生于马来西亚的黄锦树撰文称,"胡强调的王风文学,温柔敦厚的儒门诗教：哀而不伤、怨而不怒,甚至情而不淫……一直让朱天文的写作体现着一种古典的节制——即使最放肆的《荒人手记》也不涉淫猥"。你怎么看待"性描写"的尺度和深度？

朱天文：性在今天已不是禁忌,A片人人可看,比A片更奇观的性癖好也都看得到,结果反而走回古典,要看被限制、被抑郁的性。《暮光之城》为何全世界年轻人爱看,就因为吸血鬼情人连亲吻都得压抑,这比礼教还杀人,具备了戏剧最大的张力。我认为比突破尺度和深度更要紧的是,你知道尺度在哪里吗？若不知尺度在哪里,往往你以为非常突破的,其实又安全,又平庸。知道界限在哪里,才会有跟界限的对话。张力与新事物,总是产生在界限之际。

木叶：从父亲的国民党军人身份,到老师胡兰成的遭际毁誉,再到两岸的意识形态之迥异,我想你也许对于政治与文学的关系别有一种感触,愿闻其详。

朱天文：把政治关进它自己的鸟笼里去吧,我们若多一点社会力,那么就少一点政治力。应当厚植民间的社会力。文学看起来最没用,但世界之大,也要一些没有用的东西存在着。

木叶:"我是处女座的,处女座有个能力,好比说进一个房间,就像带着个照相机,'啪'地一下就把周围的环境给拍下来。"这话虽有些玩笑的意思,却有趣。那么,有没有想过张爱玲和胡兰成的星座与文学的勾连?

朱天文:胡兰成是双鱼座。张爱玲有一度被认作处女座,现在应该是天秤座。

木叶:总是被问及张与胡,会不会偶尔也有些疲惫或无奈?还是一如既往的欢喜?

朱天文:如果尽是八卦层次,很烦呐。

木叶:在上海书展上你说"阅读正是斩杀了女妖美杜莎的珀尔修斯的翅膀,让人的灵魂超越肉身,就像女人用保养品努力在抗拒地心引力一样"。最近在看什么杂书或电影?

朱天文:为了上海会见到的人,我读毛尖最新的书,孙甘露的书。电影暂时都没看,倒是有一本野上照代写的《等云到——与黑泽明导演在一起》已有简体字版的翻译。

木叶:朋友们常会谈起你们这个家族,从作为作家和翻译家的父母,到你们两姐妹,再到唐诺和女儿谢海盟,都有着不凡的文学基因和实绩,这样的阵容在历史上亦少见,你们有没有谈过类似话题?或者说,你们彼此还有什么期许与"无名目的大志"?

朱天文:类似话题么……古诗有句"健妇把门户",我或天心不论谁在写作状态比较弱、比较自顾不暇时,会跟对方说,这阵子劳你去撑着啦。你问我撑着什么?撑着文学堂屋这个门户啊。看多了我们同时代人同辈们纷纷收山,停驻不走了,我们愿意互相作为炯炯的目光盯住对方不松懈。

木叶:海明威曾经说自己很多好作品都是在爱情之中写出来的。我的问题有两个方面:你的爱情观、婚姻观终究是什么状态?你在写作上有什么雄心或遗憾?

朱天文:(笑)遗憾还早得很,八十岁也许不行了,但是七十岁还可以写,如果你还有二十年还可以写,现在就还谈不到遗憾,还没有盖棺论定,可塑性还有。还有一个问题是什么?

木叶:就是对爱情和婚姻的选择。

朱天文:我觉得结婚对我会越来越难。因为早早结婚很容易。爱情和婚姻是两件事情,婚姻是双方要好好培养的,就像种一棵植物一样,你要培养它。爱情哪儿需要培养?爱情是你看我对,我看你对,是一种荷尔蒙发作,一种激情的。

木叶：你身边优秀乃至杰出的艺术家蛮多的。
朱天文：蛮多也没办法，人家已经结婚啦。（笑）
木叶：有没有一个小说或电影中的理想男性理想伴侣呢？
朱天文：我喜欢《战争与和平》里年轻的安德莱公爵。

评论

跨界群体与 80 年代思潮：
以《今天》与"星星画会"互动为例

"星星只有在黑暗中闪光"：
文艺"星系"中的"星星美展"

作家狄金森

城市的心像石头一样坚硬
——彼得·阿克罗伊德《霍克斯默》的城市书写与历史意识

人生的错位与错位的人生
——论李佩甫小说《平原客》中的李德林形象

跨界群体与 80 年代思潮：
以《今天》与"星星画会"互动为例*

■ 文／李徽昭

有学者认为,《今天》杂志是反抗伤痕文学成规的一种行动,可以作为新时期文学开启的一种标志。① 确也如此,以新的思想质素并对 80 年代中国文艺产生深远影响的乃是带有先锋特质的现代思潮,《今天》文学群体作为文艺前导,在形式及主题上有独特探索,显示出审美意义上文学"新元素",开启了八十年代文艺的新空间。此外,应该注意的还有,由《今天》派生的"星星画会"同样创作了大量带有现代主义特质的美术作品,影响了 80 年代现代美术的发展,打开了 80 年代视觉观看新视角,与《今天》有着割舍不断的群体联系。深入《今天》与"星星"群体,可以发现,"文革"地下文艺群体酝酿了《今天》文学和"星星画会"的诞生,"文革"地下文艺群体文学、美术交叉互动的多元实践,其实是"新时期"文化闸门开启的前置预备。那么,值得回溯与思考的是,《今天》文学与"星星画会"的往来交集是否可以看作一个群体,这一文学与美术跨界群体所凝集的现代思想能量来自何处,这种现代文艺思潮是以何种方式发生发展的,文学、美术交叉互动的文艺跨界群体在 20 世纪中国文化发展脉络上是一种什么样的存在,对 80 年代及其后的文艺发展有着哪些影响？本文拟由此出发,对文艺跨界群体聚集的心理因素及其活动、主题进

---

* 本文为国家社科基金项目"八十年代文学思潮与美术思潮互动研究"(18BZW157)资助成果。
① 黄平：《新时期文学的发生——以〈今天〉杂志为中心》,《海南师范学院学报》2007 年 3 期。

行探讨,考察"星星画会"和《今天》文学共同的群体性,并在不同群体跨界关系的结构性视角下,思考文艺跨界的群体方式与80年代文艺思潮发展的意义。

一、群体范畴及地下文艺群体

群体是社会科学研究中的一个概念,主要区别于个体。生态学上也有类似"群体"的"群落"概念,其主要基于时间、空间状态下对生物种群的研究,1955年,美国学者斯图尔德(Julian Steward)通过对生态学术语的借用,提出了文化生态学的群落理论,以探究不同地域空间状态下的文化艺术等。笔者认为,较之无人文关怀的生态学群落范畴,群体概念更具有社会意义,可以反映人际互动性和文化属性。在结构上来看,国家或民族所覆盖的社会可以看作一个大的群体,大群体内部则因政治思想、知识文化、年龄地域、兴趣爱好等形成各个不同的小群体。小群体之间与其上位大群体或同层级的其他小群体等,形成不同结构下的稳定状态。当社会政治发生变动时,不同群体之间的文化意识及稳定状态会有所变化,从而引发与推动社会文化思潮的发生发展。日常生活中,大小不同结构状态下的群体,在心理和行为上分别显示出不同的文化思想趋向,形成群体之间的张力关系。

文艺群体在中国现代文学与美术发展中承担了不同角色,大多引领了时代艺术风潮,他们或以刊物为中心集聚成员、倡导文化变革、提出新的文化艺术理念,或是以文艺创作为核心、进行不同层面的艺术探索,或是往来交集聚会、成为时代艺术的堡垒。其最为突出的是20世纪上半叶,新文化变革之际,以《新青年》杂志为核心,形成了文学、美术等多元文艺门类交织的新文化群体,提出了文学革命、美术革命等诸多振聋发聩的文化艺术革新理念,直接影响了中国文化艺术现代转化。其后的"新月派"群体也同样如此,如闻一多、徐志摩等,不仅在诗歌领域有着诸多理念和探索,也在美术活动、日常交流上有着跨界实践,是中国现代文学与美术均绕不过去的文艺群体。这两个群体与20世纪早期的"创造社""决澜社""天马会"等相对单一的文学、美术群体不同,显示出文艺跨界的明显特征,以刊物为平台集聚了文学、美术不同文艺人才,提出了诸多影响时代变革的文学、美术新观念,在文学与美术彼此交叉互动中汲取不同的艺术文化营养,由此影响了中国现代文学、美术的共同发展。20世纪下半叶,受当代文艺体制影响,同人性质的文艺群体明显减少,甚至在某一时间段消失,直到70年代末,"无名画会"、《今天》文学、"星星画会"等崭露头角,并直接引领了80年代文艺发展。但限于学科限制,研究者多从单一的学科内部视角审视这些文艺群体,多将《今天》文学群体和"星星画会"分列审视,即便有所涉及,也是浅尝辄止。实际上,《今天》文学和"星星画会"不但在"文革"地下时期即同属一个大致明确的文艺跨界群体,而且在1980年前后更是彼此交叉互动,在人员、活动、理念、创作,乃至财务上都表现为同一群体,是80年代最有影响的现代文艺跨界群体。这种文学、美术交叉互动的群体方式呼应与接续了20世纪早期《新青年》、"新月派"的跨界传统,通过文学、美术跨界汇聚现代文化艺术能量,推动了80年代文艺思潮的演变发展。

从心理学角度来看,群体心理是"群体成员在群体活动中共有的、有别于其他群体的价值、态度和行为方式的总和"①,群体行为"是指那些在相对自发的、无组织的和不稳定的情况下,因为某种普遍的影响和鼓舞而发生的行为"②。"文革"中,整个国家形成了相对稳固的一体化意识形态,也即一种宏大的群体心理。"样板戏""高大全""红光亮"等不同艺术及规约已成为国家这个宏大群体的统一文艺律法。"文学批评最流行的方法是组织写作小组","'集体创作'得到鼓励和提倡,尤其是'工农兵'的创作",③因此当时"一部分有影响的作品,就是以'集体写作'方式实现的"。④ 作为一个大群体的社会,被限制于一个意识形态束缚中,渺小的个体只能以隐秘方式纤弱地表达自我,或者以小群体结构方式抱团取暖,对大群体文化思想意识进行疏离或抵抗。"文革"时期,分布全国各地的文艺小群体正是以渺小潜在的地下方式,隐秘地书写着"精神经历上的深刻震荡,和个体对真实感情世界和精神价值的探求"⑤,以此抵抗着一体化的政治意识形态制约下的"集体写作"。其中比较典型的有三个地下文艺群体,即:李坚持、黎利文艺群体(主要活动于1967—1970年,代表者为毕汝协及其小说《九级浪》)、赵一凡文艺群体(主要活动于1970—1973年,代表者为赵一凡、郭路生、依群等,北岛、芒克、史铁生及白洋淀诗群均与该群体有过接触,与《今天》文学、"星星画会"有着内在思想关联性)、徐浩渊文艺群体(主要活动于1972—1974年,代表者是白洋淀诗群的芒克、多多、根子,以及其后的彭刚、严力等,是《今天》文学、"星星画会"的主要来源),⑥他们潜在隐匿地汇通西方现代文艺创作,彼此交流,形成了各个小的地下文艺群体,构成国家这个宏大群体内一种文艺结构上的暗流。

---

① 胡波:《历史心理学》,广东高等教育出版社1993年版,第215页。
② 弯美娜等:《集群行为:界定、心理机制与行为测量》,《心理科学进展》2011年5期。
③ 洪子诚:《中国当代文学史》,北京大学出版社1999年版,第186页。
④ 同上书,第187页。
⑤ 同上书,第212页。
⑥ 参见杨健:《1966—1976的地下文学》,中共党史出版社2013年版。

"文革"比较典型的地下文艺群体有这样几个特征。从地域、年龄、经历来说，群体人员构成主要是北京各中学的学生，年龄相仿，多有红卫兵或上山下乡进工厂的生活经历，北京是他们信息来源的中心。从思想资源来看，他们都以秘密方式传看一些专供高干阅读的西方文化思想书籍。如李坚持文艺群体传阅的"灰皮书"，以苏联、南斯拉夫政治哲学文学书籍为主。① 赵一凡群体传阅的"黄皮书"，既有西方先锋艺术代表作品，也有现代主义文学思想代表作。② 西方不同时期具有现代主义特质的文化艺术书籍打开了"文革"封闭的思想视野，给予地下文艺小群体鲜活的思想动力资源。从群体活动内容上来看，地下文艺群体涉猎的艺术门类主要以绘画、诗歌为主。如徐浩渊群体成员多是"业余画家和知青诗人"，他们常常"聚在一起唱歌、看画展、交流书籍画册"等③。因此这些地下文艺群体不只是文学或诗歌群体，而是一种综合跨界的文艺群体，画家的表现也很突出，如当时彭刚已是具有鲜明现代风格的画家；芒克和彭刚还曾组织最早的"先锋派"，邀请多多参加，试图进行更现代主义的试验。④ 以诗歌名世的多多"画的漫画让每个被丑化的人都开心之至"⑤；北岛当时"不仅写诗还学美术、摄影、唱歌"⑥。"文革"地下文艺群体将文学与美术融汇沟通，现代主义绘画与诗歌共同实践，作为情感宣泄最直接的艺术形态，诗歌(以语言的充沛表达)与绘画(以视觉化的显性方式)成为地下文艺群体共通的文艺实践艺术形式。

　　社会群体与个体之间的关系"有一个极为复杂的具体的历史行程"⑦。在"文革"灰暗时期以及"新时期"开启过程中，个体情感与心理存在着不同意义与层面的沟通交流。个体间的相互容纳、依赖、交流，形成了白洋淀等各个小的地下文艺群体，在特定历史时期，小群体的心理相容、群体意识凝聚、行为趋向一致等，便是一种值得审视的群体心理现象。赵一凡、徐浩渊地下文艺群体的核心部分——白洋淀地下文艺群体(是70年代末"星星画会"与《今天》群体的主要来源)便是从

---

① 杨健：《1966—1976 的地下文学》，中共党史出版社 2013 年版，第 47—48 页。
② 同上书，第 56 页。
③ 同上书，第 72—73 页。
④ 不同研究著作对此均有记载，详见杨健：《1966—1976 的地下文学》，中共党史出版社 2013 年版，第 81 页；查建英：《八十年代：访谈录》，生活·读书·新知三联书店 2006 年版，第 70 页。
⑤ 杨健：《1966—1976 的地下文学》，中共党史出版社 2013 年版，第 73 页。
⑥ 齐简：《诗的往事》，见刘禾：《持灯的使者》，广西师范大学出版社 2009 年版，第 12 页。
⑦ 李泽厚：《中国现代思想史论》，天津社会科学院出版社 2003 年版，第 197 页。

"文革"到八十年代过渡的重要群体。在"文革"社会相对封闭状态下,赵一凡、徐浩渊文艺群体受到西方"灰皮书""黄皮书"①的直接影响,形成了特定的群体意识和文化先锋精神,并以独特的小群体意识突破了"文革"一体化的思想樊篱,成为八十年代文化思想突破的先锋。

二、跨界群体的心理意识

跨界文艺群体的形成并非一种天然的产物,而有着情绪聚焦、类化趋同等内在的心理因素,这些心理视角是审视《今天》与"星星画会"共同的地下文艺群体来源及其后引爆80年代现代思潮的重要因素。情绪聚焦是群体心理研究中的概念,指的是"由于社会比较导致人们在主观上产生了不公正感,或相对剥夺状态,为了表达由不公正感所带来的负面情绪(如愤怒等),人们选择了参与到集群行为中"②。对于本应独立表达个人心性与思想的文学艺术创作个体而言,"文革"一体化的政治意识形态(也即是宏大群体的内在规约)压抑了创作主体的个体表达,"文革"对文艺创作者的不同戕害也使得年轻作家、美术家感受到了一种"相对剥夺"的不公正感,不公正的内在感觉及共同表达形成了一种群体情绪。赵一凡、徐浩渊地下文艺群体核心人物北岛、芒克、食指、多多、严力、彭刚、黄锐、阿城等,以及其后外围的舒婷等一大批出生于新中国成立前后的作家、美术家,受"上山下乡"政策影响,或是离开城市,到偏远山区、田野,或是远离父母,进入工厂、工地,年纪轻轻便产生一种家国疏离感。这种疏离感是群体情绪聚焦的起点,如"一种被遗弃的感觉——我们突然成了时代的孤儿。就在那一刻,我听见来自内心的呐喊:我不相信——"③,从而以一种小群体方式对时代、家国的宏大规约表达了独特的小群体情绪。"我与我的同代人一起,将英语课本(我的上大学的梦)和《普希金诗抄》打进我的背包,在撕裂人心的汽笛声中,走向异乡"④,显示出知识青年群体离乡背井、踏入他乡的困顿迷茫。再如"感到一种被抛弃的痛苦和惆怅,一种强烈的幻灭感和对前途的渺

---

① "黄皮书"是"文革"期间专门为高干阅读的内部读物,多是西方现代文化思想代表作品,参见查建英:《八十年代:访谈录》,第69页。
② 弯美娜等:《集群行为:界定、心理机制与行为测量》,《心理科学进展》2011年5期。
③ 北岛:《断章》,见北岛、李陀主编:《七十年代》,生活·读书·新知三联书店2009年版,第35页。
④ 舒婷:《生活、书籍与诗》,见刘禾:《持灯的使者》,广西师范大学出版社2009年版,第129页。

茫"①,有着理想的幻灭、被时代遗弃的凄凉悲伤。这些都是地下文艺群体心理、情绪凝集的聚焦点。当"文革"结束,时代变革大潮首先在他们内心掀起波澜,地下文艺群体纷纷回城,面对新的时局,自然"想出各种怪招子满足自己的精神需求","大家更是有一种强烈的逆反心理:'你让我做?说我干不成?那就非要干给你们看看'"②。

情绪聚焦推动了地下文艺群体的形成及创办跨界的《今天》杂志、筹划了两期"星星"美展。群体形成后的心理相容便是文艺群体持续发展并扩大影响的关键。心理相容指的是群体成员之间、成员与群体、群体领袖与一般成员间的相互吸引、尊重、信任的群体心理现象。③ 在"文革"文化一统化年代,文艺群体活动只能是隐秘但活跃的,有着一种历史使命感的青春激情,在共同的知识文化背景、年龄、地域、阅历等因素作用下,相互之间关系友好而切近,并因隐秘的地下状态,超越了浅层次的吸引关系,彼此尤为尊重与信任。如北岛对70年代白洋淀的回忆:"在中国北方的水域,四个年轻人,一盏孤灯,从国家到监狱,从哲学到诗歌,一直聊到破晓时分。"④共同知识文化来源、地域、年龄、爱好等众多因素的作用,在相互吸引、信任、尊重等基本点上,年轻的思考灵魂才有彼此依靠的心理相容,才有透彻的倾心交流。再如严力生日之时,芒克将自己的诗歌选集抄到笔记本上,作为礼物送给严力,⑤衬托出灰暗年代,地下文艺群体成员彼此的心理深度相容。心理相容还体现在不同艺术类型的交叉互动上,诗歌、绘画、音乐等都成为"文革"地下文艺群体共通而集中的议题,他们在绘画大师家里欣赏欧洲带回的精美画册,还在家里办了小型画展。⑥ 这种群体心理相容形成一种群体凝聚力,在后来办《今天》和"星星"美展遇到各种困难时,均以特别强烈的群体意识,共同解决资金问题,共同向主管部门提出诉求,直至赢得尊重,这是心理相容作用下群体凝聚力的显现。

群体情绪聚焦促进了群体兴趣指向的一致。作为群体之间约定俗成的自律标准,西方现代主义文学与绘画是地下群体时期及其后《今天》与"星星画会"聚焦关注的两个艺术类型,文学与绘画在群体活动中形成了深切互动关系。绘画

---

① 宋海泉:《白洋淀琐忆》,见刘禾:《持灯的使者》,第100页。
② 徐浩渊:《诗样年华》,见北岛、李陀:《七十年代》,第57页。
③ 卢秀安:《现代心理学纲要》,广州出版社1994年版,第366—367页。
④ 北岛:《断章》,见北岛、李陀:《七十年代》,第36页。
⑤ 严力:《阳光与暴风雨的回忆》,见北岛、李陀:《七十年代》,第311页。
⑥ 徐浩渊:《诗样年华》,见北岛、李陀:《七十年代》,第56—57页。

作品具有视觉直接感知效应,文学集中了充沛的语言思维与情感,两种不同的感官体验方式彼此互补,不同艺术形式交叉互动,不同艺术主体及主题相互介入。群体对文学、绘画互动关注的原因之一就是,群体的思想文化资源除了西方文学作品,还有西方现代绘画、电影、音乐等多元文艺形式。这既与《今天》、"星星画会"及地下时期的群体由画家、作家的多元组成有关(上山下乡进厂的大调动大组合使不同文化、爱好、背景的青年有了相互认识与深入了解的契机),也与当时封闭的文化氛围有关(一统天下的革命小说、群众诗歌与样板戏和电影已然成为新的文化桎梏)。《今天》与"星星画会"的文学、美术交叉互动关注点在70年代初地下时期已有较多显现,如北岛,在写诗之外,还学美术、摄影,绘画艺术形式自然地丰富与影响着北岛的诗歌表达。群体中"这些人的爱好不光是诗歌,还有小说、绘画,几乎大家都是这样",这种"同样的嗜好"①扩展了《今天》与"星星画会"作为一个跨界文艺群体的审美视野,对诗人、小说家的艺术感知也是极大的提升。

群体的形成与发展依赖领袖人物的引导,也即心理学所说类化趋同,指的是群体其他成员会模仿领袖人物的行为,从而形成群体心理与行为的相对一致性。在"文革"灰暗时期,隐秘而危险性的群体行为更需要小群体领袖人物引导。随着郭路生诗歌"如春雷一般轰隆隆地传遍了全国有知青插队的地方"②,郭路生于是成为"文革"地下文艺群体的精神领袖,引导着不同地下文艺群体对个体生存的反思审视与现代诗歌意象的新塑造(也是其后《今天》与"星星"群体"自我表现"艺术口号不可忽视的思想来源),地下文艺群体的文化主体与现代意识也得以唤醒。北岛自陈是被"郭路生诗中的迷惘深深地打动"了,才"萌动了写新诗的念头"。③ 宋海泉认为郭路生的《相信未来》使其"看到了一个新的世界"。④ 在郭路生这一群体领袖影响下,地下文艺群体形成了艺术思想上的现代新意象。如黄翔"文革"时期"诗艺的尖锐、集中,整体意象的变形,都产生出强烈的形象效果,显示出强烈的探索精神与浓厚的现代主义色彩"⑤。芒克、多多、根子等诗歌则"具有更纯粹的现代主义特征,直接预示和影响了'文革'后诗歌

---

① 马佳:《马佳访谈录》,见刘禾:《持灯的使者》,第268页。
② 戈小丽:《郭路生在杏花村》,见刘禾:《持灯的使者》,第155页。
③ 查建英:《八十年代:访谈录》,第71页。
④ 宋海泉:《白洋淀琐忆》,见刘禾:《持灯的使者》,第102页。
⑤ 陈思和:《中国当代文学史教程》,复旦大学出版社1999年版,第171页。

领域的现代主义的艺术探索"①。地下文艺群体的现代主义艺术与思想趋向形成了"文革"中的一股奔涌不息的潜流,直接流淌到80年代,推动了《今天》文学群体、"星星画会"的兴盛发展。

由地下文艺群体开启的精神新路向直接导向《今天》和"星星"群体精神,指向"自我"与艺术表现问题,这一精神指向是《今天》文学和"星星画会"可以视为同一文艺群体的关键所在,也是群体引领80年代文化艺术发展的思想焦点。《今天》文学与"星星画会"共同确认了自我的价值。《今天》诗歌"在呈示自己与隐藏自己之间建立起表现诗歌真实世界的艺术格局"②,也逼近着诗歌的现代主义面貌。如杨炼所说"我要首先记住作为一个人而歌唱"③,自我抒情是《今天》同仁诗歌的重要起点,其后才是带有"人的存在感与历史使命感"④的社会抒情。与《今天》诗歌一样,"星星"美术家们的作品也"把投向自己周围环境的目光投向自身,艺术本身的目的以及形式的地位被提上了议事日程",⑤严力《对话》、李爽《神台下的红孩》都显示出美术家对形式自身进行发掘的兴趣。在创作之外,"星星"美术家还提出了有关自我的理论命题。在《自我表现的艺术》中,曲磊磊提出"艺术以自我表现为目的","艺术的本质,就是画家内心的自我表现",⑥自我表现问题成为"星星"绘画艺术的核心问题。在《今天》与"星星"的实践和理念影响下,官方刊物《诗刊》与《美术》也对这一问题进行了广泛探讨,使得"自我表现"为核心的现代主义思潮在八十年代得到扩散。《今天》与"星星"都以有效的艺术实践颠覆了官方话语一统天下的状态,开辟了"自我表现"的话语空间,是80年代现代主义审美意识率先突破的证明。

在"文革"意识形态一体化及70年代末时代变革的宏大群体语境中,《今天》、"星星画会"作为一个跨界的文艺群体,以文学、美术贯通的互动意识进行着超越时代的文化艺术实践,他们的文艺实践既有相同的情绪聚焦基础("文革"中被时代遗弃的疏离感,70年代末的自我表现意识),有心理相容的情感交会(都是年轻人,在文艺与家国情怀中互相吸引、沟通,并在文学与美术等不同艺术形式中互相汲取思想资源),也有共同的历史文化取向(在艺术形式和思想上都受到西方现

---

① 陈思和:《中国当代文学史教程》,第173页。
② 骆寒超:《20世纪新诗综论》,学林出版社2001年版,第269页。
③ 杨炼:《我的宣言》,《福建文学》1980年1期。
④ 骆寒超:《20世纪新诗综论》,第270页。
⑤ 吕澎:《中国当代美术史》,中国美术学院出版社2013年版,第188页。
⑥ 曲磊磊:《自我表现的艺术》,《美术》1980年第3期。

主义文化资源影响,能借鉴文学与美术跨艺术的方法,面对自我体验,进行现代主义的自我探索)。作为跨界艺术群体,《今天》与"星星画会"的思想方式与国家宏大的群体语言形成一种结构性的潜流存在,不仅是群体相互取暖与彼此慰藉的思想火炉,也是其生存的明证,以这一潜在的小群体方式抵抗着时代的荒诞,并以这种跨界艺术的群体方式撞开了八十年代张扬个性与自我表现的现代主义思潮之门。

三、时代变局中的群体跨界行动

如前所述,《今天》和"星星"有着同一个源头,即"文革"时期北京地下文艺沙龙和白洋淀诗歌群体。"黄皮书""灰皮书"及外国绘画、音乐是《今天》和"星星画会"共同的思想资源。"文革"结束后,地下文艺群体成员大多回到北京,各人情形呈现出诸多差异性,或就业,或待业,或闲散无事,但源于情绪聚焦、类化趋同等群体心理影响下往来互动的群体行为却已延续下来,显示出群体心理驱动的巨大感染力。直到1978年,在国家思想意识层面放松背景下,以北岛、芒克、黄锐、马德升等人为中心,创办了油印刊物《今天》,群体的凝聚更是得到加强。

从"文革"时期"白洋淀"地下文艺小群体到《今天》创办,这个前后有着内在延续性群体的主干人员基本没有变化,他们主要由美术、文学不同背景人员构成。"文革"结束后,在时代大潮翻涌中,他们往来交流依旧繁复多元,仍热切地关注着文学、美术等现代艺术。如唐晓峰所述:"《今天》的几个人常到刘羽家来,我在那儿会过芒克、多多、舒婷、江河、彭刚等。除了这些诗人,美术、音乐、摄影、文学等各色真假豪杰,也常来刘羽的小屋。"[①]在此情境中,随着时代大氛围的变化,《今天》创办的契机已然诞生,其中细节自不待言,构成仍是前述地下文艺群体的主要人员,主题也多在文学、美术跨界之间。也正因此,"一些不明来历的外地画家是编辑部的常客"[②]。不同人员与艺术之间的交流形成了一个强大的跨艺术话语协同场域,在此场域中的群体成员得以从绘画、文学、音乐等不同艺术中受益。

文学、美术跨艺术的话语协同场域是《今天》文学与"星星画会"作为一个现代文艺群体审视的重要特征。如北岛所言:"那时候不分门类,只要气味相投,就会走

---

① 唐晓峰:《难忘的1971》,见北岛、李陀:《七十年代》,第274页。
② 马佳:《〈今天〉与我》,见刘禾:《持灯的使者》,第59页。

到一起。"①"不分门类"是文学与美术复合文化场域形成的关键,"气味相投"则是由"灰皮书""黄皮书"及西方现代派思潮所构成的共同思想倾向。因此,创始之初的《今天》汇集了不同类型的诗人、画家、小说家。作为《今天》文学核心人物,北岛"不仅写诗还学美术、摄影、唱歌"②,这使其很早就结识了各路美术人才,也在《今天》创办时团结了一大批具有绘画特长的作者。如黄锐是"星星画会"与《今天》共同的发起人,《今天》的封面也由其设计。③"星星画会"主干人员马德升在创刊号上发表了短篇小说《瘦弱的人》及木刻。"阿城几乎从一开始就成了《今天》的主要评论家——王克平最初则是以朗诵者的身份,出现在1979年春天《今天》举办的诗歌朗诵会上。曲磊磊是从第三期起随着他的线描画一起进入《今天》的。兼诗人与画家双重身份的严力,很早就在《今天》发表诗歌。"④作为同人刊物,《今天》群体成员本身的跨艺术构成,使杂志形成跨界的办刊策略,内容除了诗歌、小说、评论,也有诸多美术插图、木刻版画、美术评论。因此,《今天》并非单纯的文学刊物,而是带有现代派风格的大文艺期刊(当下许多期刊也有类似特质,可以说是综合性的文艺刊物)。

因此可说,由"文革"地下文艺群体走来的《今天》与"星星画会",在办刊活动之初就交互协作、密不可分,期刊的跨界多元也是其后群体派生(但实际思想精神依旧相同)的重要契机。后来,在《今天》杂志的协同运作中,由于文字刊物属性和条件限制,黄锐等美术家觉得"除了画画插图,并没有多少施展的余地。于是他们另找出路,开始筹备自己的团体——'星星画会'"。可见"《今天》与'星星画会'就像孪生兄弟一样"⑤,或者说"星星画会"是从《今天》派生出来的美术团体。⑥ 由于关系相当密切,并都属于《今天》,派生出来的"星星画会"依旧与《今天》保持着密切往来,不分彼此。如"星星画会"第一届美展前言就由北岛撰写,美展说明也是《今天》帮助印制的。⑦ 第二届"星星"美展中,不仅《今天》许多人员直接参与到美展布展中,还提供财力支持印刷美展说明书,供其在现场出售,获

---

① 北岛:《在历史的偶然钢丝上——关于星星画会》,见《古老的敌意》,生活·读书·新知三联书店2015年版,第104页。
② 齐简:《诗的往事》,见刘禾:《持灯的使者》,第12页。
③ 北岛:《北岛访谈录》,见刘禾:《持灯的使者》,第228页。
④ 北岛:《在历史的偶然钢丝上:关于"星星画会"》,见《古老的敌意》,第104页。
⑤ 同上。
⑥ 查建英:《八十年代:访谈录》,第75页。
⑦ 芒克:《芒克访谈录》,见刘禾:《持灯的使者》,第239页。

得了社会的广泛反响。① 这不仅印证了《今天》与"星星画会"在人员、财务上的交集甚至同一的关系,也是艺术理念会心默契而形成的群体情感。除了人员、财务交集,艺术创作活动上的互动也是核心所在。1980年"星星"第二届美展中的大部分画作均相应配上了《今天》诗人的诗歌作品,形成了相当强烈的思想与艺术互文效果。1979年"星星"首展受挫后,《今天》刊物许多同仁走上街头,进行游行抗议,支持"星星画会"活动。总之,从人员、经费到活动,"星星画会"和《今天》几乎不分彼此。

正由于人员构成与往来密切乃至于同一,《今天》和"星星"的宣言也有诸多相似处。《今天》第一期《致读者》说,"历史终于给了我们机会——我们不能再等待了,等待就是倒退",表明了《今天》群体强烈的紧迫感与责任意识。"星星"第一届展览"前言"指出"过去的阴影和未来的光明交叠在一起,构成我们今天多重的生活状况",与《今天》阐释的历史意识、当下存在感是一致的。《今天》谈到了"精神"的"形式"问题,在批判文化专制虚伪的形式之后,提出了由人内心出发的文艺创作观,宣告"今天,在血泊中升起黎明的今天,我们需要的是五彩缤纷的花朵",深切的当下时间感,也即阐释了刊物名称"今天"的意义,带有一定的存在主义色彩。②"星星"二届美展"前言"呼吁"要用新的、更加成熟的语言和世界对话",认为"那些惧怕形式的人,只是惧怕除自己之外的任何存在",并再次提出"今天,我们的新大陆就在我们自身。一种新的角度,一种新的选择,就是一次对世界的掘进"。"星星"第二届美展"前言"文本在接续《今天》"致读者"的时间感基础上,"开始把投向自己周围环境的目光投向自身,艺术本身的目的以及形式的地位被提上了议事日程"③。从时间序列上看,三个宣言文本相继提出了文艺创作主体的时代意识、创作个体的主体性、文艺形式自律等问题,具有大致相同的文艺创作观,显示出群体共同的思想精神取向。

在第二次"星星"美展上,《今天》与"星星"融洽互动的群体同一性得到更充分体现。为印制美展说明书,同时也是《今天》与"星星"艺术理念的默契,《今天》诗人为美展大多数绘画作品配诗,诗歌与绘画艺术文本构成了强烈的互文关系,"星星画会"和《今天》诗群也彼此烛照,形成一种协同汇合的先锋文化意识冲击效果。

---

① 李建立:《转折时期先锋文艺的公共性——以第二届"星星"美展的运作过程为中心》,《文艺研究》2015年第10期。
② 洪子诚:《中国当代文学史·史料选:1945—1999》(下),长江文艺出版社2002年版,第573页。
③ 吕澎:《中国当代美术史》,中国美术学院出版社2013年版,第188页。

"星星画会"与《今天》诗歌的这一行动对于现代绘画或新诗而言,可说是一种群体艺术情感(即前述群体情绪聚焦心理)的共同回归,是先锋艺术行动有效的当代群体实践。实际也可见,《今天》、"星星"有着与地下文艺群体时期一致或连贯的先锋主义或现代主义美学取向,这种时代先锋或现代主义倾向自然构成一种美学上的"新时期",一直引导或影响着整个80年代文化艺术思潮的发展,并延续到九十年代甚至当下。

作为一个跨界艺术大群体的《今天》和"星星"有着共同的先锋或现代主义取向,这一思想取向有着特定的时代背景,除了前述地下文艺时期的"黄皮书""灰皮书"等西方现代派文艺影响外,二者间不分你我的跨界往来互动,形成公开而独特的文化艺术场域,这种跨界汇合文化场域既是新思想形成的孵化器,也是80年代文艺新思潮开启的引爆点。诚如北岛所言:"当时形成了一个跨行业跨地域的大氛围,是文学艺术的春秋时代,"①在国家政治与文化大变革时期,不同创作个体间的身份区隔,不同艺术门类间的审美与技术差异,都被时代需要和个体情感迫切表达所掩盖,催促地下文学时期孕育的文化新意识急速爆发出来,并被这种情感所裹挟,汇合形成一股先锋或现代主义的时代潮流。其次,从创作主体来说,《今天》诗人和"星星"画家都没有经受学院教育,没有比较难以舍弃的职业身份,他们或来自工厂车间,或来自乡村田头,没有专业或审美上的规训与束缚,反倒使其艺术表达更加无拘无束,无需过多的思想负累,甚至某些成员"'贵族的'家庭背景和他们的自身的'卑贱的'的社会地位所构成的反差,可成为理解这段历史的切入点之一:正是反叛释放了对'正统'的破坏力"②。《今天》诗歌与"星星"绘画的这种深切互动,其艺术文本"很容易让我们看到在人类文化早期相互共生的原始思维与综合性审美意象"、③看到充沛的时代激情及其具有强烈形式突破的自我表达。因此,"星星"和《今天》的"开创性意义是不可替代的:它把自由精神和勇气归还给艺术家"④,也呈现出形式突破与社会文化意识有效结合后的强大爆发力。或许是大时代选择了诗歌与绘画自由而深切的互动,《今天》诗歌与"星星"绘画的深切互动也成就了文化艺术突破的大时代,共同为80年代中国文化艺术发展提供了新的可能。

---

① 查建英:《八十年代:访谈录》,第75页。
② 北岛:《在历史的偶然钢丝上——关于星星画会》,见《古老的敌意》,第106页。
③ 杨乃乔:《比较文学概论》,北京大学出版社2014年版,第172页。
④ 北岛:《在历史的偶然钢丝上——关于星星画会》,见《古老的敌意》,第105页。

四、跨界群体的影响及意义

在1980年前后那个特殊的历史阶段中,"星星"与《今天》频繁互动交集,组织了持续两三年的群体行动,成为撬动80年代社会文化变革的一个重要支点。随着意识形态不断规约,80年代初,《今天》停办,"星星"第三次展览受阻,相关成员在内外多重因素作用下,或转或散。作为80年代重要跨界群体的《今天》、"星星"成员多归于个体创作的相对沉寂与转向,或漂泊异国,或步入体制,或默默生活。但这个跨界群体的文化变革支点在文学、美术乃至80年代整个文化思想界产生的影响是尤为深远的。《今天》诗歌引发了一系列文艺思潮探讨活动,促进了朦胧诗话语逐渐成型,旧的现实主义审美意识在一定意义上受到质疑,新的现代主义美学原则逐渐为年轻诗人接受,并成为有效的时代审美资源。《今天》诗歌逐渐向朦胧诗转场,现代主义诗歌潮流进入了新的历史阶段。在《今天》影响下,韩东、于坚、杨黎、翟永明等第三代诗人逐渐走向历史前台。韩东等第三代诗人多是在北岛诗歌影响下走上具有自我风格的现代主义诗歌道路的。韩东自陈其"最早开始写诗,是受北岛那帮人的影响",北岛等诗人提供了他们诗歌写作启动的动力。[①]"星星画会"两次美展同样拱开了现实主义一统天下的写实绘画模式局面,为1985年新潮美术做了一次预演。"星星画会"的历史意义在于其使"艺术在中国承担了新的角色,艺术家自解放以来第一次自发地行动了"[②]。"星星"美展释放了作为公共艺术的绘画的思想扩散力量,绘画文本以深刻的自我表现和社会批判影响着社会文化思潮的转向。表面看来《今天》与"星星"这种影响分别在80年代诗歌和美术领域,实际如前所述,其影响力的精神思想资源与文学、美术的跨界互动有着割舍不断的关系,作为一个跨界群体来审视的《今天》和"星星"由此显示出时代思想精神合力的社会文化价值。

从跨界的大群体视角来看,《今天》和"星星"在接续了20世纪上半叶《新青年》、"新月派"等群体传统的基础上,也分别以跨界吸纳的思想精神资源开启了80年代文学、美术不同领域的群体运动,使群体运动成为80年代思潮发展转化的

---

① 李徽昭:《从乡土小说、高晓声谈起——访谈韩东》,见《退隐的乡土与迷茫的现代性——当代中国文学的乡土透视》,中国社会科学出版社2013年版,第159页。
② [英]迈克尔·苏立文:《20世纪中国艺术与艺术家》下,陈卫和、钱岗南译,上海人民出版社2013年版,第360—361页。

重要力量。诗歌群体在80年代尤为兴盛,诸多外省青年们以诗歌之名组成各不相同、林立丛生的诗歌群体,成为80年代新兴的诗歌潮流和力量,其中比较突出的有南京"他们"、四川"莽汉主义"、"非非主义"、上海"海上诗群"等第三代诗歌群体。面对《今天》诗歌,青年诗歌群体有着影响的焦虑,于是提出"pass 北岛"的口号。尽管要越过北岛为代表的《今天》诗歌,但就诗学理念和文本实践而言,第三代诗人"关心的是作为个人深入到这个世界中去的感受、体会和经验",①并没有离开北岛及《今天》所开辟的自我表现、形式探索的现代主义道路,而是在艺术深度和文化思想上丰富延展了北岛所开辟的现代主义先锋艺术道路。80年代美术群体运动丝毫不亚于诗歌群体,从中国现代美术史来看,80年代"是一个唯一以'群体'和'运动'命名的艺术时代",群体是八十年代美术运动发展的主体,运动依赖于群体进行推进,由70年代末"无名画会""星星画会""草草画会"等(影响最大、意义深远的当属"星星画会")开启的美术群体运动,到"八五新潮美术"形成了此起彼伏的发展高潮,大小群体层出不穷,"从1985年到1987年初,全国共有近百个自发的艺术群体出现",②这些群体大多与"星星"以展览集结人员相似,在创作理念、视觉方式上与"星星"一脉相承,对形式主义、理念主义等艺术方式有着更多的思考与实践。

尽管80年代诗歌、美术群体运动不断,对《今天》、"星星"有着内在的精神承接和延伸,但多在诗歌与美术内部展开的,远远没有象"文革"地下文艺群体和1980年代前后的《今天》、"星星"跨界互动那么频繁、密集,有着思想审美等方面的多重交叉融汇。这种群体跨界互动匮乏的原因与80年代学院体制逐渐完善有关,学院化是现代性发展到一定阶段的要求,学院教育要求文学、美术各自在专业化轨道上运作,诗歌与画家、文学与美术由此形成相互隔绝的活动场域,有自己的一套话语体系和媒介环境。此外,80年代文艺群体运动的主体是更年轻一代的诗人、画家,80年代初起的开放环境使他们不必再像《今天》、"星星"群体那样,要在地下状态接受多元的文化滋养,西方各种书籍的公开出版传播使他们可以在单一专业方向上吸纳无穷无尽的文艺资源,也很少再有更多时间和精力顾及其他专业类型。

总体来看,《今天》、"星星"之后,文艺跨界群体十分匮乏,但外省也有部分青年因各种机缘和兴趣,形成了少量诗歌与绘画往来频繁、艺术互动交叉的跨界群体文艺现象,其较突出的是川渝与南京两个地域油画、诗歌群体的交集互动。80年

---

① 徐敬亚:《中国现代主义诗群大观1986—1988》,同济大学出版社1988年版,第52页。
② 高名潞:《群体与运动:八十年代理想主义的社会化形式》,《北方美术》2007年4期。

代初,川渝地区"非非"、"莽汉"等诗人与油画群落往来相当密切。欧阳江河自陈"经常跟画画的混在一起",他与油画创作上极有风格的何多苓等画家往来频繁,"经常在一起",还写过有关何多苓画作的批评文章。① 何多苓则自陈受到诗歌影响很大,翟永明更与何多苓从往来交集到结为夫妻。第三代诗人另一策源地南京,其灵魂人物韩东年轻时有过美术学习经历,曾参加过美术高考。在"他们"诗歌群体活动中,油画家毛焰与韩东等往来频繁,毛焰还曾为韩东画过一幅著名的诗人肖像。"他们"群体的车前子本身也是画家。这种绘画与诗歌交流互动的氛围在80年代个别诗歌、美术群体中依然存在,但其互动交集与社会影响程度已明显不再像《今天》和"星星"那样密切的跨界群体。

  无论如何,作为一个总体性视野中的跨界文艺群体,《今天》和"星星"已成为80年代的最后绝响,其思想与精神余绪绵延在80年代文学与美术各自的专业化道路上。90年代以来到新世纪,随着市场经济大潮涌起,消费思维不断介入文学与美术,与之相伴的是城市化进程加快,西方各种文化意识、思想观念逐渐不加过滤地被接受,未经审问的人的主体意识、个体性不断增强。《今天》和"星星"跨界互动所开启的自我表现、个体性等现代意识,在与国家宏大意识的往还交织影响中,逐渐成为文学与美术的常态。与之相伴随的还有,高等教育不断发展,文学与美术的学院化越来越强,逐渐拉大了相互之间的专业鸿沟。而且,"文革"后出生成长的新一代年轻文艺创作主体们接受的是80年代改革开放所带来的多元混杂的思想资源,他们是80年代的文化产物,这些多元杂陈的政治经济文化带来的是文学与美术逐渐进入消费化、个体化时代,思想正是在这样的意义上逐渐淡出。与《今天》、"星星"群体的诗人、画家们饱受生活磨砺、未接受学院教育明显不同,90年代及新世纪崛起的诗人、画家大多疏远社会生活,开始在学院、电脑、书斋、画室、市场中营构着理想的艺术世界。尤其是新世纪起,中国经济加速腾飞,电子传媒信息爆炸式成长,带来艺术消费的大崛起与信息的急速便捷传递,全球视野中的中国文学、美术环境已经完全迥异于《今天》、"星星"跨界群体所引发潮流的那个时代,个体生存不但成为可能,而且信息渠道极为畅通,创作文本可以即时通过传媒引发相当多的关注,其标志便是上海"新概念"作文大赛所推出的韩寒、郭敬明、张悦然等年轻作家,他们可以不必再借助于群体甚至传统文艺媒体,而是经由传媒包装即可畅销全国。美术则在学院化与市场化平台中,经由艺术推广拍卖机构推介获取相应的艺术价值,展览所附加的货币消费含量要远远大于艺术

---

① 杨黎:《灿烂》,青海人民出版社2004年版,第437页。

审美与社会文化含量。

与之相伴的问题便是,文学、美术创造主体们,在纯个体(未经社会历练审视、疏远社会生活)的意义上越来越失去影响力。90年代以来到新世纪,中国文学与美术的思想性越来越弱化,文学与美术所应有的文化艺术能量也愈益消散,大多沦为娱乐装饰品、即时消费品。回顾20世纪中国文学、美术与思想的演变发展,我们可以看到,从《新青年》新文化群体、新月派以及其他各种文艺流派群体(据研究,1925年前后的文学社团群体有一百多个[1]),到80年代的《今天》与"星星",他们无不是中国现代文化思想变革的重要群体,是包孕着思想观念、历史行动、审美文化、个体观念等多元文化意识的时代精神集合体,群体集结起来的社会文化精神力量冲破了时代的束缚。在这里,群体不再是一种简单的组织形式,如同《今天》与"星星"跨界群体的典型互动一样,通过群体行动,形成群体心理上的情绪聚焦与类化趋同,不同的思想观点、艺术主张彼此交集碰撞,由群体集合的力量汇集成一种可能的时代新精神与审美新趋向。

由此反观当下,需要思考的是,80年代活跃的文学、美术群体已经与我们渐行渐远,文学史或美术史研究学者们,是否可以从不同角度对这些文艺群体进行多元观照,探索这些当时极为活跃、介入社会文化变革的群体与80年代思潮演变之间的复杂关系?既可由此接续20世纪上半叶的社团流派研究,也可以重新发掘80年代的另一面。同时还应追问的是,在我们这个个体化、电子媒介化的时代,文学与美术以及其他文艺类型的创作者们,是否可以或应该再群体化,通过群体对话交流方式、在群体的互动交集中建构新的自我意识与个体性(面向社会追问个体生命与社会关联)?我们是否应该思考建构一种不同文化艺术彼此跨界互动的新群体,通过群体大环境的淘炼洗刷,形成一种立足本土的文化艺术向心力?是否应该从文学、美术乃至其他文化艺术门类的彼此互动交集中汲取文化变革的新能量,在世界文化艺术的大坐标中,思考中国文化艺术的可能路向?这或许是《今天》与"星星"跨界大群体给我们当下中国文化艺术发展的可能意义。

---

[1] 杨洪承:《学术史视野中作家群体现象的认知理路——中国现代文学社团流派研究60年述评》,《江海学刊》2010年1期。

"星星只有在黑暗中闪光"[①]：
文艺"星系"中的"星星美展"

■ 文／韦嘉阳

　　1979年前后，对于中国文艺界而言，是一个重要的历史节点。这一两年中国文艺发生了许多大的事情，被参与其中的人记得并多年以后回忆起。1979年9月27日，早上七点，一伙人在美院附中聚齐，前往中国美术馆东栅栏外的小花园，开始了紧锣密鼓的布展，紧张和激动此消彼长。由于司机怕事临时变卦，这批作品是黄锐和王克平头天连夜运到附近的熟人家里的，只被同意暂存一个晚上。据王克平回忆，八点二十分，布展完毕，四十多米的栅栏上挂满了油画、水墨画、木刻、钢笔画，大的雕塑立在地上，树上也挂了一些画，作品旁边配了一些短诗，是"今天"诗人的。"四月影会"的池小宁和助手任曙林扛着机器在树荫和人群的掩护下穿梭，观众越来越多。二十三位艺术家，一百五十余件作品，"星星美展"开幕了。[②]

　　与此同时，一墙之隔的美术馆内正展出着"建国三十周年全国美展"。时间往前倒推一些，七月，"无名画会"举办第一次公开展览；四月，"四月影会"成立并举办第一次影展；大年三十的上海，"十二人画展"开幕；再往前推到前一年，1978年冬夜的一个晚上，通过电波，播音员向中国的每一个角落播报了一份重要文件——

[①] 第一届"星星美展"观众留言。
[②] 第一届"星星美展"的筹办过程详见黄锐、王克平等人访谈，《今天》总79期，《今天·星星画会专号》。

《中国共产党第十一届中央委员会第三次全体会议公报》①,北岛、芒克、陆焕兴回到家中,白天他们刚以张贴大字报的方式共同"出版"了油印的《今天》创刊号,地点是西单民主墙、文化部、人民文学出版社、北大、清华、人大,时间是 1978 年 12 月 23 日。

　　"星星"就是在这样的历史转折的黎明中闪烁的,实际上它的周围存在着一个"星系"。目前关于"星星"的研究,横向的多是在艺术史内部展开,纵向的则集中在两次星星美展的过程和意义,关于对它历史地位的叙述,最为普遍的是"中国当代艺术的开端"。这个叙述本身存在话语的含混和与历史的错位,②而且遮蔽了当时与"星星"同时、甚至更先闪烁的其他"星星",也忽略了这个星系的整体面貌和星球之间错综的运行轨制。

　　当然,这种单一的一元叙述,对"星星"在艺术史的内部研究也造成了障碍和误读,实际上,"星星"是时空上与"文革"文艺平行并置的一股潜流,及至新时期在美术上的喷发。它不是"横空出世"的,任何时代的文学艺术都没有单独的命运。研究大的历史思想背景,并不是单纯的外部研究,所谓新时期文艺是一个整体,思想是流通的,各领域之间互相游历,精神气质相互影响,诚如黄锐所说,"那个时候,文化界的联系是很密切的。诗歌、美术、电影、思想界基本上都处在一个混沌状态的大圈子里。"③不同的文艺样式在大的思想解放背景下,相互激发。因此,作为新时期文艺的一个重要个案,要把"星星"放在这样一个大的时代语境和思想背景里研究,同时,要在辨析"文革"时代文学艺术复杂性的基础上,思考"文革"文艺的某些部分作为新时期文艺的重要源头,美术界的"星星"提供了一种观察的角度。然而需要注意的是,"星星"在 80 年代文艺中的位置也绝不仅仅应该停留在"今天"诗人的社会活动及影响这一层面中被叙述。④

---

① 这篇公报于 1978 年 12 月 22 日通过,全文发表于 12 月 24 日的《人民日报》。
② 当时并没有"当代艺术"这一概念,而是称谓"现代艺术"。"当代艺术"的概念至今也含混不清。
③ 黄锐、朱朱:《黄锐访谈》,《今天》总 79 期,《今天·星星画会专号》。
④ 此种倾向见廖亦武主编的《沉沦的圣殿:中国 20 世纪 70 年代地下诗歌遗照》,新疆青少年出版社,1999 年。"星星"是作为《今天》诗人的社会活动及影响出场的,另见两篇研究"今天"诗人群体的硕、博士论文,梁艳在 2010 年完成的博士论文《〈今天〉(1978—1980 年)研究》中,"星星画展"的历史角色是"围绕《今天》的系列活动之一",当然她也对"星星"在艺术领域的独立价值略作肯定;赵燕芬在硕士论文《〈今天〉(1978—1980):从作品意象到主体形象》中,"星星"整体缺席,只有其作品作为"今天"团体的部分画作被安排在附录中提及。

一、"星星"出世:他们的家庭和少年时代

"星星"成员们大多出生于中华人民共和国成立前后的40年代末50年代初,童年和少年时期在相对平稳的环境中度过,"文革"中他们"具有标准的红卫兵和知青经历,一直生活在火热的'大集体'中,集体意识很强,有理论癖和思考癖,喜欢发表宣言,有明确的思想立场"①。他们这群人也正是因为有着相似的家庭背景和成长经历,彼此能产生认同感,最终才聚集到一起。"星星"成员们及其交往的文化圈子中有相当一部分是高干子弟,有的父母是高级知识分子,比如李爽的父母都在大学教书,北岛(赵振开)的父亲赵延年是版画家,严力的父亲供职于国家科委,多多(栗世征)的父亲是经济学家,曲磊磊的父亲是写《林海雪原》的曲波,王克平的母亲是著名演员,父亲是天津文联主席,邵飞的母亲邵晶坤在中央美术学院任教,艾未未的父亲是诗人艾青。这样的家庭背景,使得他们的人格中并存着理想主义和怀疑精神的"基因",谈到"文革"初期当红卫兵的经历,薄云(李永存)说到"我们的这种狂热革命热情并无个人目的,只想为了理想贡献一切。我们像中世纪的圣徒"②。深受父辈理想主义、英雄主义的影响,③但理想却和现实相忤,"一直到自己也因为革命而被打成反革命以后才开始思索:所谓神圣的革命只是我们的一厢情愿的想象,现实不承认理想"。④ 很快,他们开始怀疑,诚如北岛的《回答》,他们怀疑一切,警惕着,"告诉你吧,世界/我——不——相——信!"⑤他们的家庭大多有过文革挨整的惨痛经历,遭受过磨难,他们"是对危险有准备的人",他们知道恐惧是什么,但"也正是因为我经历过恐惧,所以不再畏惧恐惧,进而战胜恐惧"。⑥ 尹吉男认为,"80年代是精英艺术家的时代",相比之下,"90年代是新生代艺术家最活跃的时期,后新生代也开始进入视野"。相当潮流化的80年代精英艺术家们"在目标上追求思想深度,在表达上都很煽情,具有浓重的哲学味、神圣的社会使命感和神秘的宗教性。在国家改革开放的背景下,表达了精英们对现代化的

---

① 尹吉男:《精英、新生代和新生代之后》,《后娘主义:近观中国当代文化与美术》,生活·读书·新知三联书店2002年版,第205页。
② 薄云、王静:《薄云访谈》,《今天》总79期,《今天·星星画会专号》。
③ 曲磊磊、王静:《曲磊磊访谈》,《今天》总79期,《今天·星星画会专号》。
④ 薄云、王静:《薄云访谈》,《今天》总79期,《今天·星星画会专号》。
⑤ 北岛:《回答》,《今天》第1期,1978年。
⑥ 李爽、王静:《李爽访谈》,《今天》总79期,《今天·星星画会专号》。

想象和焦虑,充满了悲剧意识"。①

　　这些精神富裕的家庭背景也给了他们比常人多很多的接触文学艺术的机会,可以说是一种"文化基因"的遗传。李爽的外祖家是北京著名的古董商,从小就从祖辈接受艺术上的熏陶,读书、看画册。②杨益平、艾未未都谈到当时可以看到不少国外的画册、资料:"当时的资料都是外国人带来的,文革以前我看的都是传统的、西方古典、苏联的。……画册有亲戚朋友带来的,家里也有这样的画册。画院的教师、副院长给的,我认识一个市委宣传部刊物《支部生活》的一个美编,搞版画,他家里有很多画册,我经常到他家里看。"③毕业于中央美院的包泡"在学校影响我们的是罗丹的东西",但实际上,他通过个人阅读,已经受到了现代派后期亨利·摩尔(Henry Moore)、贾科梅蒂(Alberto Giacometti)的影响。④需要注意的是,并不是所有星星的成员都受到了画册的直接影响,比如王克平,他的创作灵感的一个重要源头是荒诞派文学和戏剧,⑤但"星星"的大部分成员都有过阅读画册的经历。

　　除了画册,这批大院子弟能接触到的精神养料还有"黄皮书""灰皮书"。"文革"并没有烧掉所有的图书馆,由于抄家、父母被囚禁、红卫兵掌管了图书馆等种种原因,不少"文革"前非正式出版的专供高级干部阅读的"内部读物"也开始流传到他们的子女手中。⑥萧萧(宋永毅)的《书的轨迹——一部精神阅读史》中,统计了一份对这一代人的思想产生重大影响的"内部读物"书单,其中的作者有托洛茨基(Лев Давидович Троцкий)、赫鲁晓夫(Никита Сергеевич Хрущёв)等所谓国际共运中的"叛徒"或"修正主义作家",他们也曾为革命赴汤蹈火,而后又成为革命的怀疑者和反对者,⑦青年"星星"的怀疑精神在书中找到了回应,这些观点也点燃了他们性格中的反叛因子。此外,还有流传更为广泛的"文革"前出版的数百种西方和俄国的古典文学作品,尤涅斯库(Eugène Ionesco)的《椅子》、萨特(Jean-Paul Sartre)的《厌恶及其他》,爱伦堡(Edgar Allan Poe)的《人·岁月·生活》……这些

---

① 尹吉男:《精英、新生代和新生代之后》,《后娘主义:近观中国当代文化与美术》,第195页。
② 李爽、王静:《李爽访谈》,《今天》总79期,《今天·星星画会专号》。
③ 杨益平、王静:《杨益平访谈》,《今天》总79期,《今天·星星画会专号》。
④ 包泡、王静:《包泡访谈》,《今天》总79期,《今天·星星画会专号》。
⑤ 栗宪庭:《栗宪庭访谈》,查建英主编:《八十年代:访谈录》,生活·读书·新知三联书店2006年版。
⑥ 萧萧:《书的轨迹——一部精神阅读史》,廖亦武主编:《沉沦的圣殿:中国20世纪70年代地下诗歌遗照》,新疆青少年出版社1999年版。
⑦ 同上。

文字和思想浸润着他们的艺术性灵。毛栗子的父母于"五七"干校时期下放,他一个人留在北京,大院子弟之间传阅着"文革"前没有被烧毁的外国文学、文艺理论书籍,他们结伴去图书馆借书、去废品收购站淘书,"带到乡下一直看,受到很大教育的一本书叫《西方美学史》,朱光潜著的"。①

类同的成长环境、知识结构和精神土壤,培育了相似的理想主义、怀疑精神和自由思想,他们独立、反叛,"'星星'画会的成员'贵族的'家庭背景和他们的自身的'卑贱的'社会地位所构成的反差,可成为理解这段历史的切入点之一:正是反叛释放了对'正统'的破坏力"。② 这不仅是他们聚集在一起办展览的前提,也是后来星星美展挑选艺术家的重要准则,更是使得"星星"和"今天"的合流成为可能。

二、"星星"前史:"星星"与"今天"

新时期文艺从"潜流"到"喷发"是一次集体亮相,这其中离"星星"最近的邻星,是"今天"。这里要说明的是,"今天"并不等同于后来文学史上的"朦胧诗",它既是民刊《今天》,也是"今天派"诗人群体,是"新时期文学起源阶段得以出现的'文革文学'的潜流"③。某种程度上来说,"星星"是从"今天"派生出来的美术团体。④ "星星"的一些成员在"文革"时期就与"今天派"诗人有许多交集和交往,严力在七十年代就经常与芒克(姜世伟)、北岛、多多在一起切磋诗艺,互相传抄诗歌、文学,毛栗子与食指(郭路生)、曲磊磊、杨益平是一个大院的。⑤ 得益于手抄本文学作品的流传,文革时期的地下青年们在思想上几乎都受到了食指的影响,⑥他的《相信未来》是一代人的集体声音:"当蜘蛛网无情地查封了我的炉台/当灰烬的余烟叹息着贫困的悲哀/我依然固执地铺平失望的灰烬/用美丽的雪花写

---

① 毛栗子、王静:《毛栗子访谈》,《今天》总 79 期,《今天·星星画会专号》。
② 北岛、朱朱:《北岛访谈》,《今天》总 79 期,《今天·星星画会专号》。
③ 黄平:《〈今天〉的起源:北岛与 20 世纪 60 年代地下青年思想》,《文艺争鸣》,2017 年第 2 期。
④ 北岛、查建英:《北岛访谈》,查建英主编:《八十年代:访谈录》。
⑤ 毛栗子、王静:《毛栗子访谈》,《今天》总 79 期,《今天·星星画会专号》。
⑥ 梁艳在她研究《今天》的博士论文中,详细分析了北岛对食指的继承仅包括食指"异质化"的一面,具体体现在《今天》中对食指作品的选择上,这也反映了《今天》坚决反对主流文学的态度、"今天"群体的艺术标准和文学趣味,在食指创作中的投射。所以,影响了"今天"和"星星"的食指,同时也是被"今天"选择和塑造的食指。见《〈今天〉(1978—1980 年)研究》,2010 年。

下：相信未来……"①相信未来成为了他们信仰崩溃后的共同的新的信仰。②"大家都从略有些宽松的社会生活中携手或分手组成文学艺术的团体——《今天》和'星星',但依然是一根藤上的"。③

1978年冬,黄锐与北岛、芒克共同发起了《今天》,那时他们在八一湖公园、圆明园举行诗歌朗诵会,筹办"星星美展"的想法正是产生于其中一次朗诵会。"星星"团体也是在认识北岛以后形成的,他们在北岛家中举办沙龙,念诗,"北岛是中心人物"④。在"今天"和"星星"都浮出地表之后,"星星"成员们也会参加《今天》的作品讨论会,共同探讨文艺思想。"星星"中的很多成员最先是作为文学青年进入新时期文艺的:黄锐担任《今天》的美编,还参与编务写美术评论,马德升、阿城（钟阿城）、严力、曲磊磊很早就在《今天》上发表作品,或作评论、插图,王克平参加1979年春《今天》举办的诗歌朗诵会。艺术家们感到自己在《今天》可做的事太少,这才由黄锐提出并联合艺术家们举办了"星星美展"。⑤

"星星"的反叛精神与"今天"不谋而合。黄锐曾谈到为《今天》创刊时期所设计的封面,"当时只要印出来,拿到西单民主墙那边,马上一抢而空。就为了这一个蓝色。为什么呢？当时看不见一本书的封皮是蓝色的,全部是红色的、白色的,就是没有蓝色的。蓝色是什么？蓝色是天。天是什么？自由、无限。这是一个小儿科,可是那个时代就是这样的。"黄锐回忆中的这期封面应该属于第二期《今天》。⑥ 其实《今天》创刊号的封面也是很有意味的——如同铁窗中透出了一小片蓝天。"铁窗""铁条"是"今天派"诗人和"星星"团体都使用过多次的一个意象,

---

① 食指：《相信未来》,写于1968年。不少"星星"成员和"今天派"诗人都在回忆中提到过第一次阅读这首诗所受到的震撼。
② 薄云、王静：《薄云访谈》,《今天》总79期,《今天·星星画会专号》。
③ 严力：《我也与白洋淀沾点边》,廖亦武主编：《沉沦的圣殿：中国20世纪70年代地下诗歌遗照》。
④ 黄锐、朱朱：《黄锐访谈》,《今天》总79期,《今天·星星画会专号》。
⑤ 关于《今天》和"星星美展"详细的发起过程,见黄锐：《"星星"旧事》,吕澎、孔令伟：《回忆与陈述》,湖南美术出版社,2007年版;王克平：《"星星"往事》,《今天》总79期,《今天·星星画会专号》。
⑥ 北岛在接受《南方都市报》采访时,谈到"原来第一期封面不是现在看到的样子。它是油印的,在栅栏围住的窗口中有"今天"的字样。因为蜡版刻印的效果不好,封面不够醒目。从第二期起,徐晓弄来学生会介绍信,在印刷厂制成铅印封面,即那个天蓝底色青年男女奋进的设计,后来我们用这个铅印封面重印了创刊号"。见《〈今天〉的故事》,《南方都市报》,2008年7月10日。

北岛在《雨夜》中呼喊:"让墙壁堵住我的嘴唇吧/让铁条分割我的天空吧"。在李爽的版画《挣脱》中,画面中心是一面大铁窗,漆黑的屋子和窗外光芒四射的太阳形成了强烈的对比,一个人在画面的右下部奋力掰扯着眼前的铁窗,几根铁条在用力下发生了弯曲,主人公的肩臂肌肉扭曲着胀起,手臂上青筋暴起。

如果说小黑屋是"文革"的隐喻,那么铁窗就是政治压抑的象征,窗外是思想可以自由驰骋的天空——真正的文学和艺术。画家在这里反映的是他们那一代地下青年共同的心理状态——要冲破思想的牢笼。"星星"此类作品还有赵刚的油画《窗户》、马德升的版画《无题》,窗前的人耷拉着头,目光完全藏在眼眶的阴影中,郁郁寡欢,铁窗占据了巨大的版面,画面氛围压抑。但是人的面部却有着强烈的明暗,暗示着激烈的心理活动。

他们频繁使用的图像,除了铁窗,还有"荒原"。比如李爽《荒野的知音》,夜色中的一只狗孤零零立在荒野上,似乎在呼唤同伴,但是它发出的信号真的收得到回音吗?眼前只有重重的山脉阻断了视线,知音在这里似乎只是个反语。马德升的《无题》,屋顶的荒原中,只有两只睁着的眼睛,望向画外观者的方向,这好像是两只洞悉一切的眼睛,但他们之间被重重的屋顶阻隔着,他们不知道彼此的存在。尹光中的《春天还是春天》,干涸的荒原上,一棵被砍断的树桩旁发出一茎枝丫,岌岌可危。在马德升的另一幅《无题》中,几张面孔隐藏在山脉的阴影里,在山脉阻隔的另一面,太阳却是光芒万丈。曲磊磊的《"祖国"组画之三》(见图1)是对地下青年"地下"状态的直观描绘。画家们用铁窗、荒原这些图像来表达"我"与外界的关系,"我"或者蜷缩在地下,与同伴抱团取暖;或者与铁窗搏斗,挣脱黑暗出逃到蓝天下;然而逃出黑暗抵达的却是荒原。这些被画家频繁征用的图像同时也是"今天"诗人的"诗歌意象"。这是"星星"和"今天"之间有机联系的证据,他们当时面临着同一个困局,都因为不断的碰壁和受挫几乎要被接踵而至的悲观摧毁和吞噬。

在与体制的关系上,"星星画会"与"今天派"也有相似的遭遇。他们的作品在形式上很难归纳出同一种风格,但是"星星"对展览、"今天"对出版的诉求却不约而同。"我们最初办《今天》杂志的时候就是想让我们的地下文学见见世面,所以我们那时候有很多成分是争取出版权利、写作自由。"[1]无独有偶,"星星画展"的初衷也是如此——争取自由创作和展览。[2]

---

[1] 芒克、唐晓渡:《芒克访谈录》,见刘禾:《持灯的使者》,广西师范大学出版社2009年版,第234页。

[2] 见薄云、严力等人的访谈,《今天》总79期,《今天·星星画会专号》。

图 1　曲磊磊《"祖国"绘画之二》,钢笔画,18×12.8 cm,1980.
图片来源:雅昌艺术网,"原点——'星星画会'回顾展"。

三、叛逆的"星星":他们反叛什么?

70 年代是潜伏期,80 年代是表现期。① 事实上,顺着"今天"和"星星"在"文革"时期的潜流可以追溯下去,那里有一个暗流涌动的地下思想界。"更深的潜流是各种不同文化沙龙的出现,交换书籍把这些沙龙串在一起,当时流行的词叫'跑书'。而地下文学作品应运而生,我和几个中学同学形成自己的小沙龙。"②最早的思想文化沙龙应该出现在 20 世纪 50 年代,不局限在北京这样的大城市,朱学勤、陈思和、杨健等研究者都曾经从各自的研究领域打捞这些"思想史上的失踪者"或者文学史上的"潜在写作",思考这些群落的民间性及其与五四启蒙文化之间的关系。

暗流涌动的地下思想界,产生许多影响到当时及未来中国思想和文艺的人物

---

① 按照文艺界通识,这里的 70 年代指 1966 年至 1978 年,80 年代指 1978 年至 1989 年。
② 北岛、查建英:《北岛访谈》,查建英主编:《八十年代:访谈录》,第 68 页。

和群落,像郭世英和"X诗社"、张郎郎和"太阳纵队"、食指、北岛和"白洋淀诗群",像赵京生和陶雒诵,像赵一凡和北京地下文学"收藏",任小宁和"四月影会",陈凯歌、田壮壮等北影子弟……他们几乎都具备对阶级歧视的敏感和对特权的反抗,以及对自由的追求,"不过就是为'自由'二字而已——自由的思想,自由的话语"。①

1976年,"文革"结束,政治气候逐渐转暖,思想空前活跃,西单民主墙实际上充当了当时的民主论坛,如雨后春笋般冒出了一众"民刊",这些由渴望自由和民主的青年们自编的油印民间刊物,其中大部分是政论刊物,而《今天》则是文学的阵地。"星星"的潜流正是在这样一个大的思想背景下顺势喷薄而出。从"自由发声"的意义上讲,"星星美展"作为其中一个艺术阵地可说是"西单民主墙"的延伸,后来由于展览被中止,"星星"在《今天》和《四五论坛》成员的协助下举行了游行,②游行过后《今天》举行了第二次朗诵会,"我们这次朗诵会有很明显的挑战色彩,因为我们特别加上了政治性特别强的诗"③,这些都使得"星星"在事实上成为了那一时期民主运动的一部分。

"星星"在艺术史叙述中的另一种追认是"对文革美术的拨乱反正"④,与那个更为普遍的"中国当代艺术的开端"的书写似乎存在不言自明的因果关系。笔者对此存有疑问。首先,对"星星"是"中国现代艺术的原点"的追认,并不确切。将西方语境下的"现代艺术"概念直接挪用到中国的做法对研究新时期艺术不一定有效。朱朱认为,"星星"等在当时的语境太特殊了——那是一个"以深度'介入'的方式反抗政治现实"⑤的语境,"星星"做的事是对一统天下的主流话语的反抗,摆脱意识形态的限制,恢复艺术的尊严。诚如北岛的评价:"在历史转折处需要鲁迅所说的'铁屋中的呐喊'。在这个意义上,'星星'的出现是革命性的,它改变了中国艺术的航道。"⑥但事实上"星星"仅仅是从外部环境上为后来的中国艺术打开了一个缺口,让后来者有了更多的可能性,由于政治的原因,"星星"并不是针对艺术陈规有意的反叛,自然也没有在美术界内部引发一场深刻的变革。这就涉及第二个问题,"对'文革'美术的拨乱反正"是反对什么?说得准确一些,"星星"的所

---

① 张郎郎:《宁静的地平线》,北岛、李陀:《七十年代》,生活·读书·新知三联书店2009年版。
② 关于游行的细节,见黄锐、王克平等人访谈中的回忆,《今天》总79期,《今天·星星画会专号》。
③ 北岛:《北岛访谈录》,刘洪斌整理,见刘禾:《持灯的使者》。
④ 鲁虹:《越界——中国先锋艺术1979—2004》,河北美术出版社2006年版。
⑤ 朱朱:《原点:'星星画会'》,《今天》总79期,《今天·星星画会专号》。
⑥ 北岛、朱朱:《北岛访谈》,《今天》总79期,《今天·星星画会专号》。

谓反叛只是对"'文革'美术""国家计划意识形式"①的反拨。它包含两层意思,一是以自由创作的方式,反拨片面、极端的主题先行、艺术为政治和为工农兵服务的美术,这是艺术层面的;二是以自由展览的方式,反拨国家权力意志控制下的官方展览,这个层面是超越艺术的。

先说艺术层面。与"今天""星星"几乎同时出现的文艺思潮还有"伤痕",他们都在一定程度上对"文革文艺"进行了反拨,但本质却截然不同。"伤痕文艺"一诞生就被官方话语接受了——"伤痕美术"作品第一次在全国亮相就是参加1979年的"建国三十周年全国美展"——与第一届"星星美展"在中国美术馆内外同时展出,或者说是官方话语主动选择了"伤痕"。② 在改革开放的新时期,官方急于寻求一个新的可以代表"新时期"的模式用以替代"文革文艺","伤痕"适时出现了。"不可否认的是这些作品中的'反思'与官方在当时做出的历史修正姿态几乎完全合拍,它们处在意识形态已然放宽的尺度之内,又在公众那里获得'进步'的美名,最终巧妙地取悦了官方与公众两者。"③

不出意料,"今天""星星"与"伤痕"这一新的"图解模式"产生了分歧。④薄云在回忆中提到"星星"和"伤痕"的对比,认为"伤痕美术"与"文革美术"的创作原则是一样的——都是"主题先行"。对于"主题先行"这一点,"伤痕美术"是承认的,高小华谈作品《为什么》时说,他是在"用心营造出一种悲剧性的气氛……那是一种典型的主题性创作法"。⑤薄云就高小华《为什么》说,"不说那些歌颂虚假繁荣,编造历史,配合政治任务的画,包括所谓的那些伤痕美术也是这样的思路……","它表面上看起来是反思文革,实际上是图解概念",认为画面中几个红卫兵拿着枪在深思的形象是对文革武斗的美化,"这就是图解政治的绘画,无论图

---

① 何平:《"国家计划文学"和"被设计"的先锋小说》,《小说评论》2015年第1期。在这篇关于20世纪80年代"先锋小说"的论文中,何平认为:在整个国家计划体制里,文学当然地想象成可以被规划和计划的。在这种"国家计划文学"体制之下,作家的写作也许是自由的,但文学的期刊和其他出版物却垄断在文联、作协和出版社等"准"国家机构手中。这些"准"国家机构认命的文学编辑替国家管理着庞大的"文学计划",生产"需要的文学"。
② 高小华的《为什么》和程丛林的《1968年×月×日雪》等四幅作品还获得了油画二等奖,并被中国美术馆收藏。
③ 朱朱:《原点:'星星画会'》,《今天》总79期,《今天·星星画会专号》。
④ 《今天》对"伤痕文学"的看法,主要表现在《今天》第1期、第4期发表的两篇文学评论上,分别是《评〈醒来吧,弟弟〉》《评〈伤痕〉的社会意义》,两篇评论对"伤痕文学"持激烈的批评态度。
⑤ 高小华:《中国现代美术史中的"伤痕绘画"》,吕澎、孔令伟:《回忆与陈述》,湖南美术出版社,2007年版。

解的是哪一类政治"。他继而说出了"星星"的任务是"向所有图解政治的绘画挑战"。① 这就进一步解释了，为什么"星星画会"的作品选择借用西方现代主义绘画的形式语言来创作，以及有大量的描绘风景、静物的在当时被扣上"形式主义"帽子的作品。

再来看超越艺术的层面。"星星"激进吗？如果激进，那么这种态度是政治批判的态度，或者，它究竟只是一种对艺术民主的诉求，还是有着艺术审美上的先锋性？由于它在事实上成为了当时民主运动的一部分，"星星"的激进态度在后来被反复质疑和回应。"实际上，我们的所谓'激进思想'只是要求尊重我们的创作自由。而尊重创作自由，就是允许我们表达我们想表达的东西，允许我们与为政治服务的画有平等的展出机会。这也算激进吗？"②显然"星星"反拨的对象是"方式"，其核心是对自由的追求，他们诉求的民主主要是艺术创作和展览行为的民主。"星星"的发起人之一黄锐反复表达过他对"创作本位、艺术本位"目的的强调，③这也是"星星"与"今天"初心的不同，即他们不愿意卷入政治运动。他们在事实上被卷入当时的民主运动，起主要作用的人员发生了变化，且在后来的叙述中，这一事实又被有意无意的放大了。

由于1979年"十一"国庆节的游行规模很大，"声势浩大的时候，就是从西单出发的时候，那时候马德升激昂地演讲，各民刊的演讲，声势浩大的时候达到上千人，就是周围围观的老百姓上千人"④，这段历史充满戏剧性，"星星"的先锋姿态在回忆中总是被无形中放大。然而表面激烈的冲突背后，"星星"其实和官方是有对话的，并且官方是有所妥协的，"但这次游行实际上是一个偶然的产物，（游行前）北京市委非常想妥协，当时他们派了刘讯出来调停……实际上他们给的条件不错，就是给'星星画展'一个展出场地，由官方提供……"⑤，"星星画会"的成员感到谈判成功，兴奋奔走相告。当晚，"星星"的核心成员与北京各民刊的负责人在赵南家开会，会一开始，《四五论坛》的负责人刘青、徐立文等就对"星星"的妥协发表了不满，并以《四五论坛》的名义提议"十一"国庆日在西单墙前开一个民主讨论会，抗议非法取缔"星星美展"。黄锐起初是反对的，但在激进的民刊代表的强势

---

① 薄云、王静：《薄云访谈》，《今天》总79期，《今天·星星画会专号》。
② 同上。
③ 《"星星"访谈录——黄锐、马德升》，《生活》，2008年2月。
④ 北岛：《北岛访谈录》，刘洪彬整理，见廖亦武主编：《沉沦的圣殿：中国20世纪70年代地下诗歌遗照》。
⑤ 同上。

说服下,"星星"最终同意了游行的提议。会后以三家名义给北京市委去了信,要求答复,并再次谈判,刘迅敏锐地感觉到了表达激进政治观点的那几个青年并非"星星"成员。① 游行的标语也是由刘青提出的——"要政治民主,要艺术自由"。游行的口号还有"北京市委必须保障公民权力!取缔'星星美展'就是践踏宪法!强烈要求北京市委严肃处理'星星美展'事件的制造者!必须保证公民有进行社会文化活动的权力!人民万岁!民主万岁!"。② 这些口号有着强烈的民主运动色彩。不难看出,这场让"星星画会"名声大噪的游行抗议其实是在激进的政论型民刊主导下发生的。在黄锐的回忆中,这个事件听起来更像是民运青年们借由"星星"的作品被无理押收而发起的一场政治民主运动。③

再看薄云的这段话也不无夸张的成分,在他对"星星"命运的不满中同样放大了"星星"的先锋姿态:"引起美术界左派反感的是'星星'挑战艺术作政治的附庸,敢把个人感受置于党的宣传任务之上,对于他们,'星星'犯了作品激进罪。但引起行政当局反感的却主要不是我们的作品,而是我们竟然敢于藐视对艺术作品的层层审批制度,自己把画挂在了美术馆外!对他们而言,我们的罪是藐视权力罪,作品倒在其次了。"④然而事实是,为筹办"星星美展",黄锐和马德升曾求助于刘迅,刘迅看过他们的作品后,"十分兴奋,当即表示同意给我们安排展览,只是北京市美协的展厅当年已经排满,要我们等到明年"⑤。"星星"成员担心政治气候反复无常,这才在美术馆外的小花园举办了露天展览。另外,1980年第二届"星星美展"是在时任中国美协主席江丰的支持下,于中国美术馆举办的。对此,黄锐曾谈到:"第一次展览在墙外,第二次展览在墙内。该做的事都做了。有一点是,原来有梦,可是这个梦无非是在美术馆里展出,当然是登上艺术殿堂,这个展出之后我觉得,以后的路要各人来走。"⑥再次印证了"星星"期待的与官方或说体制的关系是被接受和认同,而不是排斥和抵抗。

对"星星"的先锋姿态起到放大作用的还有外媒的关注,和轰动一时的"李爽事件"的持续发酵。"当时'星星'在外国人看来是中国的一种文化启蒙运动……",李爽的先生时任法国外交部文化处外交官,他带着法国第二电视台拍摄的"星星美

---

① 王克平:《"星星"往事》,《今天》总79期,《今天·星星画会专号》。
② 同上。
③ 黄锐、朱朱:《黄锐访谈》,《今天》总79期,《今天·星星画会专号》。
④ 薄云、王静:《薄云访谈》,《今天》总79期,《今天·星星画会专号》。
⑤ 王克平:《"星星"往事》,《今天》总79期,《今天·星星画会专号》。
⑥ 《"星星"访谈录——黄锐、马德升》,《生活》,2008年2月。

展"的纪录片在法国的中国晚间新闻播出,还有外国的学者、记者,参与其间推波助澜,"当时的《纽约时报》《华盛顿邮报》《世界报》都进行了报道。"①李爽后因涉外婚姻被判刑两年,《北京日报》、中央电视台都以专题文章的节目批判"李爽事件",李爽"成为教育百姓的坏典范","李爽事件"惊动了中法两国政府,影响巨大。②

如果说官方对于"伤痕美术"的选择是一种政治策略,那么,关于"星星"的反官方美术的叙述则是相对应的另一种文化策略,它让喷薄的潜流以先锋的姿态得以继续流淌下去,使它成为与官方美术话语权相抗衡的一股力量。缺口打开,浪潮袭来。同为精英艺术家的"85新潮"美术家们继承又异化了"星星"被夸张的先锋性,表现为艺术团体对西方从现代主义到后现代主义的疲命狂奔。先锋艺术推手们也接过了争夺话语权的接力棒,对"星星"当年打开缺口的"善行"只字不提。当然"清污运动"过去以后,政治环境很快明朗起来,艺术家们敞开怀抱接受、模仿、紧跟西方的艺术潮流,"85艺术"团体背后多有各地美协的支持,逐渐从"地下"转入"地上"。与先锋美术争夺话语权的不再是官方美术,而是先锋美术之间展开了权力争夺——看谁的姿态更前卫。

"我们很难脱离历史语境谈论艺术价值。星星的开创意义是不可替代的:它把自由精神和勇气归还给艺术家。那是破冰之旅,让后来者水到渠成。很可惜,'星星'的寿命太短了,没有足够的时间展开自身的轨迹。"③这个开创意义是"星星"超出同时期甚至更早的一些美术团体、画展而被称为新时期文艺重要源头的理由。距离最近一次的"星星"回顾展④已经过去十年,复刊的《今天》也已停刊两年,"今天"和"星星"的使命早已完成。他们退居历史的深处,我们不应还停留在昨天,"我们不能把时间从这里割断,过去的阴影和未来的光明交叠在一起,构成我们今天多重的生活状况。坚定的活下去,并且记住每一个教训,这是我们的责任。"⑤

---

① 李爽、王静:《李爽访谈》,《今天》总79期,《今天·星星画会专号》。
② 1983年5月,法国前总统密特朗访华,为李爽向中国提出"请允许这位小姑娘赴巴黎与其相爱的人团聚并结婚。"最终李爽被提前释放。"李爽事件"是"文革"后第一起中外婚姻事件,对此李爽说"我的两年徒刑为今后的所有中外婚姻打开了一扇门"。李爽、王静:《李爽访谈》,《今天》总79期,《今天·星星画会专号》。
③ 北岛、朱朱:《北岛访谈》,《今天》总79期,《今天·星星画会专号》。
④ "原点:星星画会回顾展",北京今日美术馆,2007年11月20日开幕。
⑤ 第一届"星星美展"前言,见易丹:《星星历史》,湖南美术出版社2002年版,第17页。

作家狄金森*

■ 文／海伦·文德勒(Helen Vendler)　译／王柏华　谢微

艾米莉·狄金森(1830—1886)给世人留下近1800首诗歌；在激情勃发的年月，她几乎一日一首。像所有博大精深的作家一样，她的诗作令人望而却步：要想真正进入她的诗学，读者需要用心（还有耳朵）去熟悉她的全部诗作。理想状态是，她的读者要像她一样牢牢地掌握《钦定本圣经》，要像她一样如饥似渴地阅读前辈的英语诗歌：她熟悉莎士比亚、乔治·赫伯特(George Herbert)、亨利·沃恩(Henry Vaughan)、弥尔顿、华兹华斯、汤姆森(James Thomson)、济慈、乔治·艾略特、艾米莉·勃朗特、伊丽莎白·巴雷特·勃朗宁，等等。她也涉猎同时代著名诗人的作品，包括男诗人和女诗人，她在诗歌和书信里曾提到过朗费罗(Henry W. Longfellow)、惠蒂尔(John Greenleaf Whittier)和布莱恩特(William Bullen Bryant)。她甚至提到过惠特曼，但只是谈及她从未读过他的诗，听说他"无耻"。① 不过，世界范围内的读者，即便缺乏这样的背景，仍争先阅读她的诗歌，回应她的率真、忧伤和智慧。这本狄金森诗选收录了150首诗歌，每一首都有一个短评，目的在于让读者更深入地了解狄金森这位

---

* 本文是文德勒(Helen Vendler)所著《狄金森诗歌评注》(*Dickinson: Selected Poems and Commentaries*, Belknap Press of Harvard University Press, 2010)一书的导言。中文版已授权广西人民出版社，预计2019年出版。文中引用的狄金森诗歌，均由王柏华翻译。——译注

① *The Letters of Emily Dickinson*, ed. Thomas H. Johnson and Theodora Ward(Cambridge, Mass：Harvard University Press, 1958), vols 3, L261.(L是书信Letter的缩写，261是编号，这是狄金森书信通用的编号格式。下同。——译者注)

作家,了解她如何探求自然、死亡、宗教、爱情及思想和心灵的运作方式等永恒的主题,了解她如何另辟蹊径,重新思考这一切,并以自己的方式打造语言。当读者对其中的这一首或那一首诗作发生兴趣之时,这本书也可供读者浏览查阅。

狄金森一家长年订阅几种文学期刊,那是在1862年4月的一期《大西洋月刊》上,狄金森读到了署名托马斯·温特沃斯·希金森(Thomas Wentworth Higginson)的文章《给一个青年投稿者的信》。当时的狄金森极度渴求文学专家的眼睛来品评她的诗作,于是,32岁的狄金森(她在信里表示自己在诗歌艺术领域是一个新手)写了一封信(未署名)给希金森,请对方看看她自己的诗是否"有呼吸"(L260)。她随信附上四首诗,分别抄写在四张信笺纸上,还随信附上了她自己的名片,放在一个单独的小信封里。这一大胆的行动开启了她人生中最重要的文学通信。之后她告诉希金森,他的回应救了她的命。

发现她的诗歌未免过于怪异,希金森提出了(也许正如她所预料的)编辑意见,对此,她表示感激,但并未遵从。希金森暗示出她似乎在寻找发表机会,于是,她回信表示,发表对于她的心灵是如此陌生,就像"苍穹之于鱼鳍——"(L265)。即便如此,从《这是我给世界的信》等诗作里,以及她在私人信件里寄赠了大量诗作的情形来看,她当然也渴求读者。对于自己的诗歌天赋,她心里有数,因此,在给希金森的信里,她说"如果名声属于我,我逃也逃不脱——"(L265)。狄金森料想到她的诗作不会受到出版商的青睐,这一点在她过世之后被证实了:第一批编辑对她的诗作大加修改,不仅用通行的标点代替了原诗里奔涌的小短线,调整了节奏韵律,并且归顺了反常的措辞,删改了过于大胆的臆测。寄送给亲朋好友的几十首诗歌,是她精挑细选的,是一些允许以私密方式"发表"的诗作;那些更加离经叛道的、阴森恐怖的或比较直露的色情之作,她并未寄出。直到1955年,三卷本学术版的狄金森全集才由托马斯·约翰逊(Thomas Johnson)编辑出版,而直到2007年,经富兰克林(Ralph W. Franklin)的细致研究,约翰逊所做的编年才得以更正(富兰克林通过纸张上花纹和手工缝制的小孔,来判断诗稿的顺序,这些诗稿经狄金森折叠并缝成小册子,现在被称作"诗笺")。本书所选诗作的文本来自富兰克林的阅读本(一卷本,1999年),并采用了此版中的诗歌编号;希望看到更多有趣异文的读者,可以参阅富兰克林的异文汇编本(三卷本,1998年)①,

---

① 富兰克林汇编的两卷本《狄金森手稿》(Cambridge, Mass: Harvard University Press, 1981),按年代顺序重新编排。而依原始顺序排列的手稿中,有40册诗人手工缝制的"诗笺"(Fascicles)和15部尚未缝制成册的"分组诗稿"(Sets),这些手稿都是诗歌的抄本,先前的草稿已被狄金森舍弃,但在这些相对完善的抄本中仍有不少修订。

我在解说文字里只引用了其中的一部分。

通过选录这 150 首诗歌,我希望能展现这位诗人的创作的不同层面:从第一人称的到高度抽象的,从抒发极度的喜悦到描写情感的麻木状态,从喜剧风格的趣闻录到惨痛的劫后余生。我选取了许多熟悉的诗作,不过,我也想留出一些空间,给那些几乎没有机会进入选集或很少在课堂上讲授过的因而尚未得到广大读者接受的大胆诗作。这是一批成就不等的诗作,有一小部分展现了因袭传统或应景的狄金森,大部分则证明了她应得的诗名。

狄金森,这位作家,我们如何概括她的特征呢?她警句迭出、言简意赅、出其不意、让人惊喜、令人不安、喜欢调情、野蛮粗暴、迷人讨巧、玄奥高深、充满挑逗、亵渎神明、严肃悲壮、滑稽风趣……这一类形容词还可以继续罗列下去,毕竟我们有将近 1800 首诗作,尽可以用来归纳出不同的特征。让读者惊讶(并且将持续让他们惊讶)的是,狄金森成熟的诗作都是那么**简短**。狄金森仰慕的许多作家,雄心勃勃地从事着史诗、戏剧、长篇叙事诗、十四行组诗、戏剧独白①等各种体裁的创作,但她自己却从未尝试过。她守着一小块田地,坚持一种微小的创作形式,这导致一些读者对她的作品纡尊降贵,直到 20 世纪亦然。为什么是短诗?关于诗歌的规模或体裁这个基本问题,她似乎问过自己,并答之以不同凡响的诗句:"灰烬表明曾经是火-"(*1097)②。她为这简缩的形式辩护道:她的诗是焚毁了"那逝去的造物"的烈火留下的灰烬,这生命现已死去(尽管在濒死之际,曾短暂地在她自己的灰烬上"徘徊")。要理解灰烬是消逝的生命之残骸,读者必须成为化学家,从残留的碳酸盐中还原出死者的本性,现已被火焰燃尽的死者:

Ashes denote that Fire was -	灰烬表明曾经是火 -
Revere the Grayest Pile	敬畏那一堆惨白的灰
For the Departed Creature's sake	为了那逝去的造物
That hovered there awhile -	曾一度于此徘徊 -

---

① 戏剧独白体(dramatic monologue)诗歌通篇采用某一角色的发言,在生动的场景中展现人物性格和生平。罗伯特·勃朗宁是这一诗歌形式的杰出代表,代表作有《我的前公爵夫人》。——译注

② 数字为狄金森诗歌的通用编号。*表示此诗收入文德勒的评注本;不加星号则表示未收入。——译注

Fire exists the first in light	起初,火存在于光
And then consolidates	而后凝固为
Only the Chemist can disclose	只有化学家能揭示的
Into what Carbonates –	某种碳酸盐–

原初的生命先被某种"光"的启示照亮;然后启示被点燃,灼灼燃烧,消耗殆尽。留下来的东西和生命曾经的尘世之躯绝无相似之处:火完成了它的使命,只留下灰烬,即我们在诗人的篇章里发现的被火化的"碳酸盐"。(狄金森也许是从莎士比亚的第73首十四行诗中借用了"灰烬"和"死者的床",她想到了那句"他的灰烬上有他的青春"[That on the ashes of his youth doth lie])狄金森号召我们,读诗歌要像法医化学家一般,从一小堆灰烬——她的诗作——中重建原初的自我,那自我曾被光的洞见滋养,又为火的情感燃尽。

那么读者该怎样按照艺术家的要求来完成这个重建工作呢?由于狄金森是一个富于暗示而非直抒胸臆的诗人,她不间断地激发读者的才智,让他们倍感困惑,同时又积极回应。虽然她也在诗歌首句做开门见山的声明:"禁欲–是一种刺穿的美德–"(*782),"我活着–不能跟你一起–"(*706),"我听到一只苍蝇嗡嗡–我死的时候"(*591)——但在那些直率的声明之后,接下来往往是一些颇为费解的诗行:

Renunciation – is the Choosing	禁欲–是选择
Against itself –	不选它自己–
Itself to justify	它自己证明合理–
Unto itself –	为它自己–

谁是"它自己"?为什么是"它"而不是"他"或"她"?"它"有一个还是两个?"自己"怎么能选择"不选它自己–"?为什么这种选择表达得如此抽象,甚至如同代数?这一选择会导致什么结果?就这样,读者被带入思索的丛林,这样的例子不胜枚举。

在过去,人们普遍认为狄金森的诗歌太业余了,因为她的大部分诗作都采用了一个基本单一的结构,即一种"稚气"的四行一节的赞美诗体:四音步,三音步,四音步,三音步,第二行和第四行押读音相似的尾韵。这个基本的诗体结构有一些变体(如3-3-4-3),但狄金森很少用五音步或连续用四音步写诗。(不过,且来欣赏这个绝妙的四音步诗对落日的戏剧性描写:"金光里燃烧–紫光里焠熄"(321);这样的韵律实验散布于她的全部诗作之中,我在评论中已一一指出。)正因为采用了这种几乎千篇一律的诗体结构,读者一不小心就很容易忽略她在韵律和句法上的灵活多变和有意味的创新之处。例如,我们可以通过"开花是结果"(*1038)来领略一下狄金森对句法的巧妙安排。为了绽放,诗中的花需要在方方面面付出机智而艰苦的努力,它需要:

To pack the Bud–oppose the Worm–	裹住花蕾–抵御毛虫–
Obtain its right of Dew–	获取它的雨露权–
Adjust the Heat–elude the Wind–	调控高温–避开风–
Escape the prowling Bee–	躲过偷偷摸摸的蜜蜂–

("偷偷摸摸的"蜜蜂充满喜剧色彩——但她列举的一系列危险又是对史诗的滑稽模仿:非正义的敌对势力、压迫者、猎食者、拒绝提供必需养料的权威者。)为了表现花的抗争,狄金森将花的种种努力与诗行长度做了相应的安排:在每个四音节诗行中,都有两个斩钉截铁的动词不定式和两个名词;而三音节诗行中,是一个动词不定式和一个名词。在第一个锋利的单音节动词"裹"(pack)之后,诗人用的所有动词都是双音节的,每一个(对此她一定是了如指掌的)都带有拉丁语的前缀形式——ob(反对),ad(向),ex(出来):op-pose, ob-tain, ad-just, e-lude, es-cape。到最后,花的一系列职责,读起来就好像一部战场指南,书名叫《获胜必备》。假使想起那一对古老的双关语"诗歌"和"花束"(poesy/posy),我们还可以把这个诗节读作一个寓言式的诗歌创作指南。如果深求寓意,我们不难发现一套让一首诗"开花"的必备程序:

To pack the Line–oppose Cliché–	裹住诗句–抵御俗语–
Obtain its right of Song–	获取它的歌唱权–
Adjust the Pace–elude the Coarse–	调控节奏–避开粗俗–
Escape the lurking Wrong–	躲过潜伏的错误–

我们可以看出狄金森(像许多前辈诗人一样)为何被花的象征层面所吸引:其操作指南或许就像是一幅速写,描画了自我证明之艰辛,与此同时,她也在崇高的宗教层面上处理写诗这一主题,比如在"我该不该取用你,诗人说"(*1243)这首诗里,她以最靠近上帝座椅的大天使所授予的灵视(vision)来奖励诗人。

狄金森选择了一种隐居的生活；她终生未婚，一直和父母还有妹妹拉维妮亚一起，生活在马塞诸塞州的阿默斯特小镇。直到死后，通过遗作的出版，人们才意识到她是一位作家。但是，狄金森知道诗歌的影响并不会随着作家一同死亡。在她众多惊世骇俗的开篇中，有一句诗指明，人的死亡无关紧要：

The Poets light but Lamps–	诗人只是点亮灯盏–
Themselves–go out–	而他们自己–走开–

但是，她接着写道，如果那些留下来的灯盏仍发着"蓬勃的光"，那么"每个时代，[成为]透镜/扩散/它们的圆周(*930)。而她自己的"灯盏"，从首次发表到现在，已历经四个"时代"，彼此贯穿，或许可以称之为"出版时代""传记时代""编辑时代"和"评论时代"。从1890年以来，她的诗歌陆续出版了若干选集，但遗憾的是诗歌文本被编者大大删改了，直到1955年约翰逊整理出一个可信的文本，同时保存了异文。① 杰伊·莱达(Jay Leyda)的《艾米莉·狄金森的岁月》(*The Years and Hours of Emily Dickinson*, 1960)和理查德·休厄尔(Richard Sewall)于1974年出版的传记，第一次信实地展现了她的生平事迹、家庭关系以及她生活的阿默斯特镇的环境。这些书出版后反响如潮，随后，富兰克林对手稿的整理和诗集的校订(1998)激发了更多的反响。撰写传记、选编诗集和诗歌批评的热情至今仍持续不衰，也正是有了过去五十年间当代编辑和批评家们宝贵的出版成果②，我才有幸能够教授狄金森的诗歌，并从事相关著述。这只是一部狄金森诗歌选集和短评，感兴趣的读者若能在此有限的篇目之外阅读更多，必将有更深入的理解。但我希望通过专注于狄金森的作家身份——纸页上的一种新的诗歌形式的创造者——来强调她是一位富于直观性和力量感的革命性的诗歌语言大师，而这是专题研究做不到的。

每个时代的"透镜"都播散着她"生而不灭的光"的圆周，因而狄金森逐渐获得了稳固的历史地位。批评家将她和同时代的作家相比，包括男作家和女作家，他们

---

① *The Poems of Emily Dickinson: Including Variant Readings Critically Compared with All Known Manuscripts*, ed. Thomas H. Johnson, 3 vols. (Cambridge, Mass: Harvard University Press, 1955).

② 怀特(Fred D. White)的《走进艾米莉·狄金森：1960年代以来的批评潮流和反潮流》(Rochester, N.Y.: Camden House, 2008)列出了大量英文参考文献(见第195—213页)。网上资源"狄金森词典"(The Emily Dickinson Lexicon)给狄金森使用的所有词语的所有义项提供了词语索引，目前正在修订之中。

都处理了大致相似的主题。这些批评和研究加深了我们对狄金森的理解,并进一步证实了她的与众不同,不论是她顽强的意志、怀疑的心性,或特异的想象,还是她与语言永不停息的搏击。虽然模仿者众多,但读者总可以轻而易举地将她从模仿者中分辨出来,通过无与伦比的高度集中的能力,她将无限的热情、错综复杂又常常违反常理的逻辑、敏锐的洞察力以及出乎意料的灵视,都凝铸在一首小诗里。正因为狄金森清楚地知道她所承继的诗歌传统,因此她特别注意把自己的诗歌观念和表达方式与其他人区分开来。比如她从莎士比亚那里借用的诗歌观念:鲜花完成了自然生命过程,死后留下了精油的香气;不过,莎士比亚视之为"蒸馏"(Sonnet 5),而她视之为一种痛苦的"螺旋的馈赠":

Essential Oils-are wrung-	精油-历经扭绞-
The Attar from the Rose	来自玫瑰的香油精
Be not expressed by Suns-alone-	得以榨出-不单靠太阳-
It is the gift of Screws-	它是螺旋的馈赠-
	[﹡772]

我的评论首先关注狄金森如何把想象上的和语言上的"螺旋"诉诸自己的情感经验,以便提炼其精油(精华),并赋予其相应的结构。虽然我重述了难懂的段落,但我的最终目的是想指出,狄金森如何为她的热情和忧伤找寻单词、短语、句子、谜语、谚语、化身、脚本和策略,如何让它们与她禁不住要表达的个人或非个人的人类情感彼此相称。她告诉希金森,当她说"我"的时候,她指的是"一个假设的人"——她努力让她的诗歌建构与他人的经验相关(L268)。读者很难抵挡这种诱惑——将狄金森的诗歌视为她私人生活的直接反映,忘记一首诗不论其起源如何私密,总需要对个人经验做出筛选,并配之以恰当的语言姿态。虽然有点困难,但必须记住每一页纸上都同时存在着两个狄金森:"有代表性的"说话人和诗人本人,也就是那个创造者。我用"狄金森"这个名字来指代两者,相信读者可以辨明我何时指说话人,何时指创造者——那个隐藏在说话人字里行间的警觉清醒的作者。狄金森蓄意"天真",以及持续使用第一人称,这是她的策略,为了让我们忘记,我们正在阅读的复杂而精细的成品其实都是由语言和艺术完成的。正如诗人暗示的那样,我们可以通过"灰烬",推测出"火"和被火燃尽的"生命",但这种阅读仍然是我们的建构,是从一首特定的诗中永恒不变而又不断丰富的字词里推断出来的。关于如何探索诗歌结构,狄金森这样说道:

For Pattern is the mind bestowed	因为形式是心灵的赠予
That imitating her	模仿于她
Our most ignoble services	我们最卑贱的服务
Exhibit worthier –	显得价值更大 –
	[1219]

对于现实生活的尴尬、粗糙和遗憾，狄金森无比清醒，因此她寄希望于纸页上的美学形式，让经验层面上或许比较低下的事物更有价值一些。她通过献身于"形式"上的自律，而不是早些时候通过灵魂上的自律，让卑贱的服务"价值更大"。

狄金森不仅通过选择形式化的抽象来实现"代表性"，让感性和智性的原料"显得价值更大"，并且也为她内心深处对私密的渴望找到了相宜的抽象。她投身于这种抽象，并服从自己"对付灵魂／如同解代数"（*240，见 A 版）的命令。（她会给出象征性的 X 和 Y，而我们则供应自己的个人变量。）虽然她有时也写某种一阶（first-order）诗歌，读起来就像某个生活事件的转写，比如在死者的床前守夜。但更常见的情况则是，她找到一种二阶（second-order）"代数"，对应于某种情感体验，无论是欣喜若狂的或是心烦意乱的。她的象征性的对应物常常来自情感的磨难：

Before I got my eye put out	在我的眼睛挖掉之前，
I liked as well to see –	我也喜欢看 –
As other Creatures, that have Eyes	正如其他造物，有眼睛
And know no other way –	知道别无他法 –
	[336]

但她的象征也常常源自喜悦，情不自禁，尤其是爱的启示：

To my small Hearth His fire came –	他的火涌入我的小火炉 –
And all my House aglow	我的房子通体灼热
Did fan and rock, with sudden light –	扑闪，摇动，因突来的光 –
'Twas Sunrise –' twas the Sky –	那是日出 – 那是天空 –
Impanelled from no Summer brief –	列名陪审团，非因短暂的夏日 –
With limit of Decay –	亦无衰败的限定 –

'Twas Noon－without the News of Night－ Nay, Nature, it was Day－	那是正午－没有黑夜的消息－ 不,大自然,那就是白昼－ [703]

在她的二阶象征层面上,确实发生着生活事件,但却以一种超现实的方式呈现,就像残忍地挖出眼睛一样:"冬天在我的房间/我遇到一条肉虫/粉红、细长、温暖"(*1742),我们不得不立即对这场相遇做出解读:诗人说那条肉虫(变成了蛇)"他看穿了我－",对此我们怎么理解?狄金森在我们心中点燃的解码热情,证实了她的表达方式丰富多彩,但我们的解码仍需基于对整首诗的还原,而这只能通过考察她所塑造的语言形式和诗歌的音乐性才能达成。

阅读狄金森的一大乐趣是读着读着,我们会发现并熟悉狄金森的诗歌世界中一套近乎无限的模板:

以时间来看,从年岁、季节、小时到分钟;
以圆形几何来看,有圆心和圆周,以及连接它们的"辐条";
以垂直方位来看,从"甲虫的地窖下面"延伸到满天繁星;
以水平方位来看,从东边的黎明扩展到西边的日落;
以地理坐标来看,从新英格兰延展到南北极;
以神话的文化疆域来看,涵盖希腊、罗马和犹太;
以异域谱系来看,遍及欧洲、亚洲、非洲和印度;
以时间、空间和气温网格来看,有刻痕、测量、度数、阶梯、落差;
以人数来看,从一个人到一群暴徒;
以信仰理论来看,从祈祷到绝望;
以情感病理来看,从冷漠麻木到精神错乱。

这个单子可以继续罗列。这些原料一个一个构成了诗句的支柱。但令读者迷惑不解的是,狄金森如何将一个模板或网格加于另一个之上,让她得以在不同的平面间自由跳跃:

From Blank to Blank－ A Threadless Way	从空白到空白－ 一条无线索的路

I pushed Mechanic feet —	我拖动机械的脚步－
	[484]

这个神秘难解的"空白"可能来自若干网格：它可以是一种无迹可寻的浪费，一种麻木的感觉，或者一条不可见的通道；"无线索的路"暗示神话故事中的迷宫；"机械的脚步"暗示自我在机械的网格中自行描绘；"拖动"暗示一次前行，但却在麻木和无知中完成。如果我们按照诗人的指示来阅读，追随她的脚步，我们就会晕眩，就会以她所假定的立场生发出某种运动倾向——跨过一个空格，两手空空，无人引导，强迫自己迈出脚步，而每一步都是那么僵硬和木然。与"从空白到空白"对应的是另一首著名的"剧痛过后，有一种徒具形式的感觉"(*372)，此诗将这一类网格漫不经心地混合在一起：

The Feet, mechanical, go round —	脚步，机械地，走来走去－
A Wooden way	一种木然的路
Of Ground, or Air, or Ought —	不管脚下延伸着
Regardless grown,	地面，或空气，或任何什么－
A Quartz contentment, like a stone —	一种石英的满足，像石头－

一条"地面"的路可以是"木然的"吗？什么样的"满足"存在于一种稳定的晶体结构中？我们体内的感觉器官通过奇思妙想的模仿，产生这般前后相继的隐喻，我们感受到机械的双脚，那条路不再有生命的弹力而是木然的地面；那条路似乎是由缥缈的空气构成的；那条路是你能想象得到的任何路（aught，这个词常常被狄金森拼写为ought）；我们呆滞迟钝的目光；我们石头般坚忍的"满足"。唯有迫使自己的感官紧紧跟上狄金森警觉的意识，我们才能回到词语结构本身，将它们与前后文系在一起。

即便狄金森有时候写得比较直截了当，她的意象仍保持着神秘感，有时她以一连串不相容的明喻开始一首诗，但却并不指明它们的实际喻体"它"到底是什么：

'Twas like a maelstrom, …	它像一个大漩涡，……
…	……
As if a Goblin with a Gauge —	仿佛有个哥布林妖精带着计量器－
…	……

As if your Sentence stood-pronounced-	仿佛你的判决已成立,被宣布-
	[*425]

正如狄金森喜欢用"它"传达抽象意义一样,她也喜欢用没有时态、单复数或语态变化的动词。通过用动词不定式代替变位动词,她确保了一个更为普遍的意义层面:

I never saw a moor-	我从未见过荒原-
I never saw the Sea-	我从未见过海洋-
Yet know I how the Heather looks	但我知道石楠像什么
And what a Billow be-	还有汹涌的巨浪-
	[*800]

如果我们试着用"is"来代替狄金森最后选用的"be",我们就会知道"is"并不一定是"be"所暗含的唯一选项:最后一行诗也可以被写成"[我知道]巨浪**可能是什么**"(might be)或"**应该是什么**"(should be)。这两种读法和"is"一样,都说得通(考虑到诗人从未见过大海,尤其如此)。我们得为这个反常的"be"另找一个不一样的解释:对于这些从未见过的客体(石楠,巨浪),狄金森是基于柏拉图的理念层面上来理解的,在理念意义上,客体始终相同——无论是石楠的抽象理念,还是巨浪的永恒理念。"be"是典型的狄金森式动词中的一个,它以时间上的恒定不变,引导我们着眼于"类型"(type)的永恒王国,而不是"个例"(instances)的变动领域。

正如狄金森喜欢戏谑式的谜语带来的刺激,她也常提出各种带有挑衅意味的定义:"'希望'是……"(*314),"一加一-是一"(497),"这是一位诗人-"(*446),"有两种成熟-"(*420)。她还设法在诗歌开头抛出疑问来抓住读者的眼球——"你敢不敢正视一颗'白热'的灵魂?"(*401),或发出感叹——"文明-唾弃-豹子!"(*276),或提出悖论——"我的生命终结前已终结过两次"(*1773)。延续的物质意义上的"肉体里的戏剧-"(*279),与她严厉但又同样戏剧化的自我审视相结合,既创造出可怖的磨难情景,也生发了崇高的凝思之境。

狄金森从漫长的抒情传统中继承了各种体裁,她如何将它们个人化呢?自然诗、祈祷诗、哀歌和爱情诗都是诗歌读者极为熟悉的体裁,她还能找到哪些富有生机的形式让它们推陈出新呢?她说,"我观看-以新英格兰的方式"(*256),这种地方性成为她颠覆自然书写的重要资源——我们也许可以称之为"人类-自然书写"。她像植物分类学家林奈(Linnaeus)那样观察马萨诸塞州的乡民,为讽刺找到了丰富的题材,从"多么温柔的-天使生灵-"的"女绅士"(*675)到教堂里"恼人的""长老派鸟儿"(1620)。她有一个私家花园,可以据此写出种种寓言,如生机勃勃的"开花-是-结果"(*1038)和令人不寒而栗的"灰土里的来客-"(558)。从春到冬,她细心观察周边的田野和山丘,大自然装点着它们,那里繁衍着"自然的子民"(*1096)——小鸟、毒蛇、蟋蟀、蜂鸟、蝴蝶、甲壳虫、松鼠。她"从未见过海洋-"(*800),但是在她的头顶上有永恒的天空,无论白昼或是黑夜,都装饰着太阳、星辰和明月,还有北极光(至少出现过一次,在某个壮丽的场景中)。风暴和洪水袭击过她的村庄,霜冻和降雪轮番登场。她也对自然的奇观异景怀有兴趣:虫茧、闪电、钻石。通过一个形象或一个形容词,自然诗的大宗产品在她手中发生了变形。闪电是一把"黄色的叉子"(1140);一道"银色的破裂"(950)指冬天河流的表面;雪"抛出颗颗小球,像个邪恶的男孩"(622)。她悄无声息地来到读者面前,列出一串常见的事物,然后把它掷入一个让人紧张不安的他物之中。她对大自然中习见之物的平淡总结,一开始总是无甚出奇,比如:

"Nature" is What We see—	"自然"即我们所见—
The Hill—the Afternoon—	山峦—午后—
Squirrel—	松鼠—
	[721]

正当我们开始为这常规的列举感到乏味时,在亲切的"松鼠"之后我们遇见了什么?"日食"。纯然的黑暗。她赞美北极光如"青铜-烈焰-"(*319),然后我们期待可能会有"诸天诉说神的荣耀"(《圣经·诗篇》19:1)的回响,可是,狄金森宣告极光对她那种威严的冷漠在她身上引发了自我欺骗的姿态,渴望模仿极光的威严:一种虚假的壮丽,"以威严的污点/感染我简朴的灵魂"。(在1896年出版的《诗集》中,"感染"和"污点"被编辑删去了,取而代之的是"它描画"和"色调":可见狄金森的惊喜并不总是那么受欢迎。)狄金森的自然诗在温软和暴虐之间摇摆不定,但却始终是观察人类生活的手段:"自然如我们,有时也被撞见/刚好没戴她的冠冕-"(*1121)。

像其他写宗教诗的作者一样,狄金森也遭遇了约翰逊博士(Samuel Johnson)在《诗人传:埃德蒙·瓦勒的一生》(*Edmund Waller*)中列举的特殊困境:"全能不能再完善,无限不能再增加,完美不能再改进。"而全能、无限和完美(以及它们的同类:不朽和永恒)却是狄金森最常涉及的主题。宗教文本——《希伯来圣经》《新约》和基督教礼拜仪式——给狄金森提供了唯一一套形而上词汇;我在点评里引用的是《钦定版圣经》,这是狄金森熟读的版本。她从未找到一套与她意气相投的秩序系统来代替宗教(在她的同代人里,有的采用了达尔文的进化论,后来的无神论者则与精神分析学或马克思主义结盟)。智性上的诚实阻止她将耶稣当作她的救世主(像她的同学们那样);成年以后,她拒绝再和家人一起去教堂。① 她对宗教和传教士的点评总是带着揶揄的态度,例如:"他鼓吹'宽阔',直到'宽阔'证明他的狭隘-"(1266),但对于耶稣她又是同情的;这对她来说是一种安慰,至少人类最终构想出了这样一位能够承受苦难的神。她确信某些不可见的抽象概念,比如德行,爱,希望,与物质层面的可见的人和物是同样真实的,或许它们无处立足,除了在基督教宣称的超验的国度。但圣保罗定义的信、望、爱,却与她所尝试的牢靠的定义相背离;希望,缺少一个可证明的对象(比如来世),"唱着没有歌词的歌曲-"(*314);信仰经不起质疑,"打滑-笑,恢复"(*373);至于爱,不仅对上帝不适用,那个"盗贼! 钱商!-父亲!"(39),并且在生活中也不可避免地受挫——"出生-做新娘-入殓-/一天之内-"(*194)。但基督教信仰的语汇在她的诗篇里频频出现,从未间断,她全身心坚持不懈地钻研它们。她曾描述过死亡之光照亮了末日审判,这个描述也适用于她的写作:

'Tis Compound Vision-	这是混合的灵视-
Light-enabling Light-	光-成就了光-
The Finite-furnished	有限-被无限
With the Infinite-	装备-
	[*830]

基督教对个人不朽的承诺是她最感兴趣的教义:在可推断日期的最后一批诗作(富兰克林版编号为1683)里,她说过,"我们飞,无论哪条路/都同样被不朽/骚扰"。在最后的日子,也就是审判日,她会和所有她爱的人重聚,这个想法令狄金森感动,为这想象的重聚,她写出了一组最引人入胜的诗歌:

---

① 1873年,狄金森的父亲在一张卡片上写道:"我从此把自己献予上帝",上面留下了签名并注明了日期(L389,note)。

Of all the Souls that stand create -	自所有创生的灵魂 -
I have Elected - One -	我已选中了 - 一个 -
When Sense from Spirit - files away -	当感觉列队离精神而去 -
And subterfuge - is done -	躯壳的伎俩 - 已结束 -
When that which is - And that which was -	现在的所是 - 与曾经的所是 -
Apart - intrinsic - stand -	分离 - 内在 - 独立
And this brief Drama of flesh -	这出肉体的短暂戏剧 -
Is shifted - like a Sand -	翻转 - 如沙粒 -
When Figures show their royal Front -	当一个个形体露出高贵的正面 -
And Mists - are carved away,	层层雾霭 - 被剥离,
Behold the Atom - I preferred -	看啊,那个原子 - 我独喜它 -
To all the lists of Clay!	胜过名单中的所有泥坯!
	[*279]

通常的赞美诗会展望《启示录》里描述的"金城耶路撒冷"(《启示录》21:18),对比之下,这首诗具有强烈的反宗教意味;上帝并未现身其中,福音派对于天堂的喜悦之情也并未呈现。在审判日,天上的各样装置也未被提及,只有两个形象可见:狄金森和她的挚爱。描述这次天堂重聚的词汇不是"黄金的"而是干枯的:我们听到了这样一些术语,如"选中""躯壳的伎俩""内在""戏剧""原子"和"独喜"。尽管没有基督教对审判日的想象,这首诗就无法成立,但它却不可能由一个基督教信徒写就,因为耶稣说,"当复活的时候,人既不娶也不嫁"(《马太福音》22:30)。狄金森所有诉诸基督教意象和语言的诗歌在某种程度上都是对基督教的重写——以智慧的方式,或渎神的方式,或调侃的方式:比如《上帝是远方的堂皇的恋人》(*615),借用朗费罗的叙事诗《迈尔斯·斯坦迪什的求爱》(*Courtship of Miles Standish*),调侃了道成肉身的教义。除了《新约》,诗人还痴迷地阅读了《希伯来圣经》,也就是《旧约》(想必她采用的是这个叫法)。她经常以一种无礼的嘲弄把其中的情节和许诺植入她的诗作:

Abraham to kill him	亚伯拉罕必须杀他
Was distinctly told -	告诉得确切无疑 -
Isaac was an Urchin -	以撒是个顽童

Abraham was old—	亚伯拉罕老矣—
[*1332]	

狄金森重塑了基督教虔诚的死亡观念——以此,坚定而贞洁的灵魂,与自己和上帝和平共处,最终毫无反抗地陨灭——融入到她发明一新的阴森恐怖的挽歌之中。死亡对她而言是个巨大的谜,灵魂被分离,而尸体变成令人蒙羞之物:用她的警句来说,"泥土是唯一的秘密"(166)。她盯着棺材里的尸体,"啊,让它活动—"(1550),她按照上帝创造亚当的步骤,一步步逆向戏仿,建构了关于复活的病态幻想。死亡是她攻不破的墙,是她掀不开的面纱。送葬者把尸体摆放好了,"然后是一种可怕的闲暇/来调整信念—"(*1110)。她知道信念不能被"调整"或控制;它要么在,要么不在。对狄金森而言,死亡是个难解的谜语:"最后,经过谜语—/睿智,必须离开—"(*373)。狄金森自己的睿智,既理性又独立,使她终生与那个谜语僵持不下。死亡所造成的人的消亡,无法破解,这驱使狄金森投入创作,一首诗接着一首诗,一支挽歌接着一支挽歌。

在对自然和死亡的书写上,狄金森的成就远远超过了同时代的美国诗人(除了惠特曼);她对基督教的大胆批判,对其观念的全面审视,在同时代诗人中间是独一无二的。狄金森反思人类头脑的力量,随后对上帝做出了最为犀利的评价:

The Brain—is wider than the Sky—	头脑—比天空宽—
For—put them side by side—	因为—把两个放在一起—
The one the other will contain	一个会容纳另一个
With ease—and You—beside—	轻而易举—还包括—你—
The Brain is deeper than the sea—	头脑比海洋深—
For—hold them—Blue to Blue—	因为—把它们装起来—蓝对蓝—
The one the other will absorb—	一个会把另一个吸尽—
As Sponges—Buckets—do—	像水桶—遇到—海绵—
The Brain is just the weight of God—	头脑跟上帝一样重—
For—Heft them—Pound for Pound—	因为—拎起来—一磅对一磅—

And they will differ – if they do –	二者若是有区别－就如同－
As Syllable from Sound –	音节有别于声音一样－
	[598]

这首诗前两节平淡无奇地道出了一个浪漫主义的声明：头脑之宽广不仅能包容和吸收自然现象（天空，海洋），还可以包容和吸收感知这些现象的人——"还包括你－"。但这两节显然是为第三节而存在的，在第三节狄金森放弃了自然现象转而验证上帝这一观念。头脑和上帝是什么关系？她放弃了包容和吸收的隐喻，进而考量头脑和上帝这两个举足轻重的事物。她说，它们的重量相等——我们把二者分别放在两只手上，就像一架天平的两端："一磅对一磅"，它们彼此等值。头脑不是包容或者吸收对方——它只是在重量上与之相等。但难道我们没有发觉这两者的区别吗？是的——这种区别就是语言：上帝通过自然发声，而唯有人类的语言通过音节发声。诗人存在的意义是在智性的音节里重构那可归属于上帝的非智性的声音。这种自夸——音节高于声音，因此头脑高于上帝——假定神明在力量上被人类超越了。狄金森这种对音节的渎神式的崇拜，使我们想起了惠特曼对身体同样渎神式的崇拜："如果我崇拜一件事物远远多于另一件，那就是我自己的展开的身体，或其中的任何一部分。"（《自我之歌》第24篇）两位诗人都被迫去思考，抛开宗教，还有什么值得崇敬。他们的答案，虽在具体内容上分道扬镳，但在否定由来已久的造物主优越论方面却携手并进。

当狄金森面对爱情，第三个让她难以释怀的主题，她渴望突破陈词滥调的愿望就遇到了最大困境。爱情来了，如同一个惊喜——"我本以为自然就足够／直到人性来了"（1269）——她的早期爱情诗有耽于感伤情调的危险：

Poor little Heart!	可怜的小小的心！
Did they forget thee?	他们将你忘记？
Then dinna care! Then dinna care!	那也别介意！别介意！
Proud little Heart!	高傲的小小的心！
Did they forsake thee?	他们将你抛弃？
Be debonnaire! Be debonnaire!	不如满心欢喜！满心欢喜！
	[214]

起初她不仅依赖于感伤的表达,也依赖于斜体字,比如在《如果他消融》里,她派遣了一位使者给她心爱的人送信:

Say – that a *little life* – for His –	说 – 一个小生命 – 为了他 –
Is *leaking* – red –	滴淌着 – 红色 –
His little Spaniel – tell Him!	他的小猎犬 – 告诉他!
Will He heed?	他是否关心?
	[251]

如此无奈地依靠斜体字来表现诗中的情感悸动,这表明年轻的狄金森曾一度不知如何更好地传达不幸的体验。不过,她最终写出了一首关于心碎的冷峻诗歌,对于在爱情和婚姻的感伤传统中成长起来的女性,这是一次凯旋。在她的成熟诗作中,她更喜欢书写爱的流逝:

I cannot live with You –	我活着 – 不能跟你一起 –
It would be Life –	那将是生活 –
…	……
I could not die – with You –	我死去 – 不能跟你一起 –
…	……
Nor could I rise – with You –	我复活 – 也不能跟你一起 –
…	……
So We must meet apart –	因此我们只能分离
You there – I – here –	你在那里 – 我 – 在这里 –
	[*706]

这是她最有名的爱情诗的梗概,而被剥夺的性爱成为她挖掘最深刻的主题之一。她创作了一系列虚构的婚姻叙事,比如"神圣的头衔 – 属于我!/妻子 – 没有标签!"(*194)和"我是'妻子' – 已结束从前 – /那另外的状态 – "(225)等,随后,她认识到她的诗歌之所以历久弥新有赖于这一信条:"感知一物,其代价/恰是,失去此物"(1103)。每一次丧失都促使她再一次发明创新;正如约翰逊博士所说(又是在《瓦勒传》里),"诗歌的本质是发明创新"。但狄金森所采用的形式或许不会让约翰逊博士感到满意:他接着写道,诗歌提供的乐趣"来自展示自然那迷人的部分,而隐

藏其令想象感到厌恶的部分"。狄金森的写作当然包含了迷人这部分,但她也并不排斥令人反感的部分。她不隐藏爱情内在的痛苦,为了追寻那个对应物,她甚至用扬抑格诗体("一浪推一浪,……/猩红的实验!")模拟一只云雀,因被情人控诉不忠而"劈开"身体,血液从动脉汩汩喷涌:

Split the Lark – and you'll find the Music –	劈开云雀－你会发现音乐－
Bulb after Bulb, in Silver rolled –	银波里流转着,一颗颗圆球－
Scantily dealt to the Summer Morning	甚至舍不得分与夏日的清晨
Saved for your Ear, when Lutes be old –	只为你的耳朵预留,当鲁特琴已旧－
Loose the Flood – you shall find it patent –	松开洪流－你会发现它真切分明－
Gush after Gush, reserved for you –	一浪推一浪,只为你蓄存－
Scarlet Experiment! Sceptic Thomas!	猩红的实验!多疑的多马!
Now, do you doubt that your Bird was true?	现在,你是否怀疑你的鸟儿不真?
	[*905]

尽管这首诗没有脱离歌咏爱情之苦的女性抒情诗传统,但其愤慨的语气却绝不是传统的。尽管"灵魂有被捆绑的时刻－"(*360)参与了死亡之舞的女性哥特传统,但在狄金森设计的情节里,其性别意识比我们预料的更加直白。由于女性讲述者怀疑她的爱人不忠,于是在她心里,爱人被幽灵取代。她饱受怀疑的折磨,感到"被一种鬼魂般的惊悚击中,/它停步,盯着她看－",然后

Salute her, with long fingers –	用长长的手指,向她敬礼－
Caress her freezing hair –	抚摸她快冻僵的头发－
Sip, Goblin, from the very lips	哥布林妖怪,啜饮她的唇
The Lover – hovered – o'er –	恋人－曾流连－在周边－
Unworthy, that a thought somean	不配,一个如此卑下的想法
Accost a Theme – so – fair –	搭上一个－如此美好的主题－
	[*360]

狄金森以各种各样的方式遭遇这一类诡异之事,她思考内心闹鬼的幽灵(如*407"人不需要一个房间－来闹鬼－")。

作家狄金森　97

在她自己保留的完善的抄本里,狄金森没有使用常规的标点符号(不过她寄给朋友的诗作则通常采用常规标点),而是(大多时候)用短线来连接短语甚至单词。她的短线有许多功能。如在《我活着不能跟你一起》(*706)里,短线成为分离的法令:"你那里-我-这里-"。很明显,逗号("你那里,我,这里")不能产生相同的效果,那种痛苦的距离感。或者,当诗人对一个表达有所修正,然后进入另一个表达时,短线可以暗示连续中的间断,创造一个半插入语:"你曾侍奉天国-你知道,/或曾勉力为之-"。一个有预兆的短线也可能纠正了后面的叙述:"我们路过渐渐下沉的夕阳-//或不如说-他路过我们-"(*479)。如果一首诗以短线作结,则尤其意味深长。狄金森显然愿意采用一些正常的标点符号,比如在合适的时机采用问号和感叹号——"你敢不敢正视一颗'白热'的灵魂?"(*401)或者"快乐的,阴惨的,节日!"(*341)她也同样愿意用句号来描述一件已经完成的事件:

The Robin for the Crumb	知更鸟从不为面包屑
Returns no syllable	回报任何音节
But long records the Lady's name	却把女士的名字长久保存
In Silver Chronicle.	在银色的史册。
[810]	

但狄金森几乎总是以短线来结束一首诗作。最后的短线究竟传达了什么?通常是某种存在状态的延续:"先是冰冷-然后麻木-最后随它去-"(*372)。有时表示动作的延续:"麻醉剂无法平息牙齿/对灵魂的咬噬-"(*373)。其他地方,结尾的短线通向无限:

When Bells stop ringing-Church-begins-	钟声停了-礼拜-开始-
The Positive-of Bells-	钟的-确定-
When Cogs-stop-that's Circumference-	齿轮-停了-那是圆周-
The Ultimate-of Wheels-	轮子的-终极-
[601]	

总之,诗歌结尾的每一条小短线都是邀请,邀请读者去思索它可能暗示着什么意味。由于狄金森的许多手稿现已佚失,我们只能依靠狄金森诗歌的早期编者或收件人对这一部分诗歌的转录。在这种情况下,通用标点也会出现,但我们无法确定

这是不是狄金森自己使用的。例如这首著名的无法确定日期的诗作《我的生命终结前已终结过两次》(*1773),其手稿已佚失,我们现在看到的是梅布尔·托德(Mabel Todd)的转录(来自另一个转录的文本),其中有一个分号,几个逗号和两个句号:

My life closed twice before it's close;	我的生命在终结前已终结过两次;
It yet remains to see	尚需静待
If Immortality unveil	不朽是否将第三个事件
A third event to me,	向我揭开,
So huge, so hopeless to conceive	如此巨大无望,无从想象
As these that twice befell.	正如前两次从天而降。
Parting is all we know of heaven,	离别是我们对天国的全部所知,
And all we need of hell.	也是对地狱的全部所求。

也许吧——不过,很有可能狄金森原诗的手稿是这样的:

My life closed-twice-before it's close-	我的生命-在终结前-已终结过两次-
It yet remains to see	尚需静待
If Immortality unveil	不朽是否将第三个事件
A third event to me-	向我揭开-
So huge-so hopeless to conceive-	
As these that twice befell-	如此巨大无望-无从想象-
Parting-is all we know of heaven-	正如前两次从天而降-
And all we need-of hell-	离别-是我们对天国的全部所知-
	也是对地狱的-全部所求-

两个版本比较一下,哪一个看起来更狄金森呢?从结尾的小短线里可以推测出什么意味?而托德的句号则做不到?结尾的小短线似乎假定了一种地狱,它仍在延续,伸入当下之中,因为离别的剧痛在哀悼的灵魂中持续着。尽管这个例子纯属推测,不过,在狄金森的原始手稿中隐藏着她的思维过程,它不仅藏在用词中,也藏在

那些神秘的小短线里。

当我们第一次与狄金森的一首诗相遇,我们会感觉到有某种东西——虽然未经分析——在劝说我们重视语词和声音的那种安排。我们发现某种人类的感性——或人类的预感,我们既无法识别也无法记起:

Presentiment - is that longshadow - on the Lawn -	预感-是草地上-长长的阴影-
Indicative that Suns godown -	表明太阳渐渐下沉-
The notice to the startledgrass	通知惊惶的小草
That Darkness - is aboutto pass -	黑暗-就要降临-
	[487]

读到"预感-",我们也许会把自己的个人经验代入狄金森象征性的"代数学",并觉察到她所暗示的那个结局正步步逼近——背叛,疾病,死亡。读过狄金森的诗作,再看到草坪上悠长的阴影,我们几乎不能不想起那惊惶的小草和令它害怕的黑暗,也不能不想起那个抽象词"预感"(presentiment)的拉丁语特征(暗示不祥之兆)。① 阅读狄金森的诗歌,随着数量的增多,渐渐地,她那抽象和形象的奇特交织,她那出乎意料的交谈口吻(从严肃的到轻快的),开始浸染着、充溢着我们周围的空气,无论自然的,还是智性的,或是道德的。被一首诗作折服之后,我们开始自问,诗人是怎么做到的,竟让人难以忘怀。好奇心促使我们以美学的方式来分析贯穿于诗作中的感性力量,于是,我们再一次被折服。就这样,经由感性和策略两条路径,我们得以进入狄金森的诗歌,成为她的"斜落的光"(*320)的领受者,领受"内在的变化-/意义就在,其中-"。

---

① 其拉丁词源为 praesensio(-onis, f.)。

城市的心像石头一样坚硬
——彼得·阿克罗伊德《霍克斯默》的城市书写与历史意识

■ 文/陈晓兰

一、肉体与石头

"'你在洞里寻什么?''一块石头!''你要用石头做什么?''磨一把刀!''你要用刀做什么?''砍掉你的头!'"①这是彼得·阿克罗伊德(Peter Ackroyd, 1949—)的小说《霍克斯默》(*Hawksmoor*, 1985)中一则起源不明的童谣,流传了几百年,直到20世纪80年代,那些居住在18世纪建造的教堂区的孩子们依然唱着这首充满血腥味的歌谣,重复着同样起源不明、流传久远的充满暴力的"死人复活"的游戏。

石头与人体,是彼得·阿克罗伊德酷爱的意象,"民谣"则是他赖以照亮官方历史回避的低谷和深渊、弥补官方历史书写的缺漏、还原历史多重性和完整性的另类资源。

阿克罗伊德在《伦敦传》(*London, The Biography*, 2000)中把伦敦比作"一半是石头,一半是人体的迷宫"。② 这个由各种街衢、通道、庭院构成的无所不包、不断变化的迷宫,浓缩了人类生活的全部秘密。古老的石墙、石制的十字架、抛光的岩石底座、雄伟的大理石建筑、不朽的石雕……,象征着伦敦的永恒和坚固。伦敦,也

---

① 彼得·阿克罗伊德:《霍克斯默》,余珺珉译,译林出版社2002年版,第32页。
② Peter Ackroyd, *London, The Biography*, New York: Anchor Books, 2003, p.2.

像磁石一样吸引着王国内的臣民,"一切在这里循环、排泄,最终为一切付出代价"（circulates all, exports all, and at the last pays for all.）。伦敦像绞架和大海样,从不拒绝任何人。然而,阿克罗伊德也描绘了伦敦的另一重面目,正如托马斯·胡德（Thomas Hood）的一首诗:"伦敦的石头朝大街上策马飞驰而过的女人大喊——'砸她！砸烂她！把她的脑浆砸出来！让她的血溅出来！'"①甚至连懵懂的孩子、青春期的少年也用弹弓把石子射向路人和飞鸟。而这个城市也曾迷信牺牲儿童可以安抚河水、保护桥梁,那些被选为祭品的儿童被送上断头台。恐惧使得人类通过暴力和牺牲弱者消除自己的恐惧。

阿克罗伊德在《伦敦传》的写作告白中表示:他不可能遵循线性时间撰写伦敦的编年史,"当代理论已经证明线性时间是人类想象的虚构,伦敦本身也证明了这一点。在一个城市里,存在着许多不同的时间"②。伦敦本身就是一个多重时间、多重空间并存又交叉的迷宫。书写伦敦的本质,需要光顾那些被正统历史忽略、无视的沼泽、绝境、溪谷,探索理性分析无法对付的都市经验的高山和深渊,揭示那些隐藏的、非理性的、黑暗的历史所具有的深远影响。阿克罗伊德认为,非官方的历史书写比官方的更重要,文学比历史更能揭示真相,他的《伦敦传》所引证的材料来源包括野史、传说、书信、日记、监狱档案、诗歌、小说、绘画、雕塑、地图以及其他文类界限模糊、难以归类的文本,甚至包括街衢墙壁、建筑物乃至监狱、公厕里的涂鸦,还有街头杂耍、吵架斗殴、马戏表演以及行刑仪式。阿克罗伊德对于那些未进入正统历史的人类社会生活及其经验,那些人类自身不愿正视的神秘、黑暗、非理性的经验怀有浓厚的兴趣。在他看来,"地下的巫术般的经验与官方的经验主义并存"③,他的虚构与非虚构写作把焦点放在"那些没有被历史记录的历史——殊异的、边缘化的、非官方的经验,即地下世界的狂欢经验。"④那些正统历史书写忽略的、被压抑的、看不见的、沉默的、黑暗的历史力量,在历史的长河中不断重现,秘密地发挥着巨大的作用。在他看来,伦敦的贫困、叛乱、疯狂、沉默、死亡的历史,比它们相关联的另一面——财富、秩序、理性、喧嚣、生命的历史,所包含的信息更丰富。正如他在《伦敦传》中所说:"喧嚣是伦敦的特性","是能量和力的象征。"⑤同时,

---

① Peter Ackroyd, *London, The Biography*, New York: Anchor Books, 2003, p.123.
② Ibid., p.2.
③ Ibid., p.43.
④ Petr Chalupsky, "Crime Narratives in Peter Ackroyd's Historiographic Metafictions", *European Journal of English Studies*, Vol.14, No.2, (August) 2010, p.121.
⑤ Peter Ackroyd, *London, The Biography*, New York: Anchor Books, 2003, p.66.

"沉默的历史也是伦敦的秘密之一,整个城市的荣耀就是靠着沉默被掩盖了起来。因此,伦敦也是最适宜于讲述沉默的本质的城市。"[1]无数重大的事件就是靠沉默被遗忘,抹煞了它们的历史存在,而历史的黑暗面作为传统的组成部分却不以人的意志为转移,在无限流动的历史长河中延续,参与未来的历史进程,使得历史的悲剧不断重演。

1985年,阿克罗伊德出版了长篇小说《霍克斯默》,它以双重的时间结构和迷宫式的叙述形式表达了他独特的历史观和对于历史再现的整体性的追求。小说以17—18世纪的建筑师尼古拉斯·霍克斯默为历史原型,创造出两个彼此相对却在精神上又相通的人物——生活于18世纪的建筑师、谋杀者尼古拉斯·戴尔和生活于20世纪80年代的侦探霍克斯默。霍克斯默一直在侦查发生在18世纪戴尔建造的那个教堂区发生的系列谋杀案,但是如入迷宫,毫无头绪。当他最终明白应该从教堂区入手时,他试图借助《大百科全书》了解教堂及其建筑师的历史,但是,官方记载中有关尼古拉斯·戴尔的记录却语焉不详,离真相差之千里:尼古拉斯·戴尔(1654—1715),英国建筑师,克里斯托弗·雷恩的学生,出生伦敦,父母不详,曾为泥瓦匠的学徒,后成为首席建筑师,完成了七个教堂的设计。"这些大型建筑物极其清楚地表明他处理巨大抽象的形状和块面以及阴影的感性(几乎是浪漫的)线条。他毕生似乎没有学生和弟子,而建筑品味的改变使得他的作品鲜有影响和崇拜者。他一七一七年的冬天在伦敦逝世,据说死于痛风。他的死亡记录和埋葬记录已经遗失。"[2]霍克斯默注视着书页上的这些记录,试图发现字里行间所蕴含的过去的真相,但是他什么也没有发现。官方纪录只记载了那些公开的事实和看得见的、已知的成就,对于尼古拉斯·戴尔这个人的经验世界、他的成长历史、他对于世界和人生的看法,以及终身困扰着他的那些混乱无序的思想、信仰,他的内在的分裂以及他在夜晚犯下的滔天罪行,却付之阙如。小说通过全知全能的叙述和尼古拉斯·戴尔个人的回忆,弥补了历史记录的缺漏,揭示了尼古拉斯·戴尔不为人知的黑暗面。

尼古拉斯·戴尔本身就是被历史书写无视的那部分黑暗的传统所塑造的人物,他本人对此有明确的意识:"人生缺乏光明,我们都是黑暗的产物。"[3]他出身卑微,在伦敦一所摇摇欲坠、濒临倒塌的屋子里度过童年,听大人讲述恐怖的传说,在

---

[1] Peter Ackroyd, *London, The Biography*, New York: Anchor Books, 2003, p.76.
[2] 彼得·阿克罗伊德:《霍克斯默》,第266页。
[3] 同上书,第11页。

教堂里玩捉死人影子的游戏,登上教堂的尖塔俯瞰脚下的城市,眼前浮现出先知的预言、吞噬的烈火。伦敦大瘟疫发生时他11岁,失去了双亲,在伦敦四出游荡。"幼年的记忆,如同处于胚胎期的身体,所留下的印象永远不能抹去"。① 瘟疫和大火以及由此带来的社会动荡、信仰的混乱,历史性地决定了尼古拉斯·戴尔的一生。他终身无法摆脱这一历史时期的经验,他注定背负着历史的重担前行,那些黑暗恐怖的历史经验让他不得安宁。那种世界一片死寂、身临绝境的恐惧使人们怀疑上帝的存在。就是在瘟疫流行的那年,他认识到世界就像一个蛛网,被一个顽童用手指扯坏。人生脆弱而愚蠢,人类从不知自己面临深渊。瘟疫消退后,整个世界变成了一张死亡清单,但是活着的兴高采烈,忘记了死者,他们自我放纵,魔鬼行走在街上。就在这大混乱的时期,异端邪说、迷信巫术、假先知浮出历史地表。无家可归的尼古利拉斯·戴尔成了黑暗邪灵的信徒,他从这里学到了创造世界的神也是死亡的制造者,人类只能以作恶躲避神灵的愤怒。人是永恒的邪恶,亚当的罪传给了后世,父母的罪传给孩子,魔鬼撒旦才适合受人膜拜。为了摆脱恐惧和危险,人们根据自己的需要改变耶和华、耶稣基督、撒旦的形象,崇拜各路神仙。按照时代需要被改造歪曲的基督教教义与古老的信仰、占星术、巫术的大杂烩,通过秘密的仪式和口口相传在民间传播并实践。戴尔在瘟疫和大混乱中变成了一个精神上的流民。直到生命最后,他问自己:"我缺少什么?缺少整个世界,因为我就像一个幽灵在这个世界游荡。"②这个终身的流浪者,他毕生的追求就是建造永恒、坚固的教堂,但他崇拜的并非属灵的耶稣基督,而是物质的、坚硬的石头。

  大火后的伦敦人像埃及人一样用石头建造房屋,在死神出没的地方耸立起辉煌的教堂,开启了英国人崇拜石头的历史。戴尔相信:"让石头成为你的上帝,而你将在石头中找到你的上帝。"③戴尔成了石匠的学徒,对于石头有着特别的敏感和天赋,因此深受建筑师克里斯托福·雷恩的赏识,成了他的助手。他的老师雷恩,在建筑设计中喜欢破坏古物,他认为人们已经厌倦了古代的遗物。戴尔深深地被维特鲁维《建筑书》中的名言打动:"渺小的人类,与石头相比何其短暂!"④戴尔渴望在这浮世间建立自己的不朽功名,他后来成了一名知识渊博、风格独特的建筑师、皇家建筑协会的检察官。在他看来,石头永恒,甚至连尘土也是永恒的,只有来

---

① 彼得·阿克罗伊德:《霍克斯默》,第14页。
② 同上书,第258页。
③ 同上书,第62页。
④ 同上。

自尘土的人脆弱渺小,人类不过是坚固的石头的迷宫中的过客。他常说:"人生在世,如同在旅馆小憩,然后一去不返。"①既然土地污秽、自然衰退、每个人都在这个世界上漂浮不定,那么,就应该建起自己坚固的石头建筑流传千古。当他凝视着巨石镇时,他感到"一切都变成了岩石,连天空和我都变成了岩石,我仿佛也融入了像一颗石头一样飞过太空的地球"。② 巨石镇巨大的石头被祖先称为魔鬼的建筑,这里也曾是祖先敬拜魔鬼之地,参观者稍不小心就会坐在祭祀的石头上。由这些石头,戴尔联想到令人生畏的神的形象、神的力量和永恒的印记,联想到三千多年前的孟菲斯,三十六万人用二十年建造的金字塔,这些威严的山丘在法老死后依然发挥着统治作用。他想象着自己在伦敦建一座金字塔,成为建筑领域里的巨人。人类残暴、自然衰退、现实生活痛苦不堪,一切都将流逝,都将倒塌在尘埃之中,但至高无上、坚不可摧的圣殿将流传千古。戴尔的杰作是将七座教堂布局成一个七边形图案,与天堂的轨道的七个平面、天堂的七个圆环、小熊星座的七星以及卯宿星座的七星相呼应,而最后一座教堂小圣修则落在地狱里,他的手、脚、肋和胸上共有七个印记,代表七个魔鬼。然而在众人的眼里,戴尔设计的教堂及其布局遵循着基督教精神及圣所的既定风格。几个世纪以来,这些教堂一直矗立在那里,成为伦敦居民的礼拜场所和国内外游客的游览胜地。

但是,这个基督教殿堂的建筑师,却是最不相信基督教的人。他熟知基督教教义,但却对它做出完全相反的解释。他吸收了基督教历史中的黑暗成分并将其发扬光大,他从各种异端邪说、巫术迷信、瘟疫与大火的痛苦经历以及现实生活中总结出一套自己的价值观、人生观和艺术观。他按照恐怖和辉煌的原则设计、布局、装饰教堂,使之成为极尽庄严肃穆的圣地,为此,他献上了无辜者的生命,他相信教堂同时也是祭坛。按照英国的习俗,教堂落成时,石匠的儿子爬到塔楼的顶上,放上最后一块石头。石匠黑尔的儿子托马斯被选中爬上脚手架完成这古老的仪式,他意外坠落在他们的脚下立刻断了气。按古老的习惯他被埋在坠落的地点并长眠在那里,成为建筑师需要的祭品,他为孩子的死而暗中庆幸。戴尔在精神上认同他所熟知的《圣经》中的该隐,那位杀兄弟、流浪者和城市的建造者。戴尔在感情上与伦敦的流民息息相通,他熟悉这个城市里那一大群情同手足般一起生活的流浪者,他们有自己的语言和法则、自己的管理形式和生活方式。戴尔只有穿着乞丐的服装在大街上夜游,才能缓解那折磨自己的恐惧和焦虑。新的教堂落成了,戴尔

---

① 彼得·阿克罗伊德:《霍克斯默》,第8页。
② 同上书,第72页。

需要为它准备祭品,于是他来到流浪者出没的区域,他的影子落在一个流浪汉的脸上,他对流浪汉说:"所有生命开始和结束只不过是痛苦和过眼烟云",流浪汉神秘地死去。之后,建筑师来到泰晤士河边乞丐聚居区,在他眼里,他们不过是全世界都可以唾弃的寄生虫,人们惩罚贫穷,好像贫穷是一种罪恶,罪恶招致惩罚。建筑师不过是按照这个社会的逻辑和法则惩罚了这些贫穷和罪恶。他袭击露宿荒野的扒手,为他的另一座教堂准备新的祭祀。作为流浪者的戴尔,对于他所熟悉、甚至精神上相通的流民极其残忍,他杀害他们为自己的教堂奉献祭品,看到死亡通告后便以更轻松的心情从事布鲁斯伯里和格林威治教堂的工作。当他疑心同事知道自己的秘密时,便将他杀害,献给了另一座教堂。然而,世人永远不知道他们的死亡真相,历史当然也不会纪录他们的存在和死亡的事实。

二、历史的循环与停滞

死人呼唤活人,如同谷子烂在地里,重新发芽。

小说独特的叙述结构正是为了配合这一主题。小说奇数章中将全知全能的叙述与主人公的自叙传形式相结合,以建筑师戴尔1711—1715年间的生活和他对于自己1654—1711年间生活的回忆为核心。双重时间、双重叙述,再现了尼古拉斯·戴尔不为人知的秘密经验、双重人格和分裂的自我及其历史成因,揭示了他的历史经验如何塑造了他自己及他的建筑。偶数章的时间是20世纪80年代,叙述中心是侦探霍克斯默对于发生在教堂区的一系列谋杀案的调查,这些教堂正是奇数章中的戴尔所设计建造并曾经屡发谋杀案的地方。在20世纪伦敦的地平线上,不仅矗立着18世纪建造的崇高壮丽的教堂,同时也投下了17—18世纪的历史阴影,重演着几百年前的罪行。通过17、18世纪和20世纪几个历史阶段的并置、比照,揭示了那些不为历史所记录的黑暗的历史经验,作为传统的内在组成部分,在后世重现。阿克罗伊德试图揭示黑暗的历史,作为传统的组成部分,常常被坚持继承传统论者所遮蔽,又成为否定传统者的依据,但是不论正统历史正视还是回避,不论人类承认或是否认,它们都一直存在并影响着历史的进程,人类常常被自己所否定、所不知、所压抑和抵抗的黑暗势力所塑造,他们甚至重复他们所反对的黑暗。

20世纪80年代,来自四面八方的游客参观戴尔建造的教堂,听导游讲述瘟疫时期的死亡人数和坟场;有关瘟疫、大火、巫术、地下迷宫的传说在孩子们中间流传;孩子们依然唱着戴尔童年时唱过的歌谣、玩他玩过的游戏。一个叫托马斯·黑尔的孩子在游戏中被一群孩子欺负、羞辱,他被他们围困,他们问他希望被烧死还是被活埋,然后大家齐声说"活埋"。他们围着他唱:"托马斯·黑尔不是好东西,把他剁碎当柴烧,当他死去,煮沸他的头颅,用来做生姜面包。"①托马斯·黑尔的哭泣淹没在飞机的噪音中,无人听见。这个面包师的孩子内心孤独,躲在阁楼上阅读孩子们的流行读物:那些自17世纪以来就在民间流传的浮士德的故事,被戴尔们所崇拜的米拉比利斯,作为祭品的孩子们被关在地下室里折磨致死的故事。他在通俗读物中所阅读的那些传说,正是戴尔童年时期所经历过的历史事实。这些被历史纪录所摒弃的迷信和罪恶,通过民间传说一代代流传了下来,被改编、补充得更加丰富。这些暴力和罪恶在现实中以不同的形式重复。夜晚,一个神秘的黑衣人在教堂区和大街上游逛,托马斯·黑尔为躲避那个神秘的幽灵般的影子的追踪,躲进教堂的地下迷宫,跌断了腿,他就像17世纪被当作祭品的孩子那样在地下室熬了七天七夜,在临终之际,他梦见自己从教堂的塔顶上飞落下来,如同17世纪从教堂的塔尖跌落下来的石匠的儿子——与他同名的托马斯·黑尔。这些叙述与戴尔的童年回忆遥相呼应。17世纪后期那场大瘟疫之后,戴尔在街上遇见了巫师米拉比利斯,被带到举行秘密献祭的"圣地",某个被作为祭品的孩子被囚禁在地下,他坐在黑暗中七天七夜,第八天,欣喜的人群从洞穴中挖出他的尸体。成为建筑师以后,戴尔就在这些秘密的地下迷宫和所谓的"圣地"上建造了他的坚固的基督教圣殿。当他告诉人们,他的教堂的地基所在地,正是大瘟疫时期埋葬尸体的坟场。没有人知道他内心的秘密和所指,甚至无人关心教堂与这些古老的"圣地"之间的关系。他的老师雷恩反对教堂与坟墓接近,认为大量的死尸会造成教堂的腐烂,对人的健康造成危害。而戴尔则要在死者身上建造教堂。他认为,煤炭是黑暗的元素,浓烟遮蔽了阳光,却给城市供暖,并用出售煤炭获得的金钱建造教堂。那些流传千古的设计,地下都埋藏着死人。地下的墓地蕴含着一种力量,"古代的死者散发出一种巨大的力量,将融入这座新建的结构中。"②他的第三座教堂就在肮脏的街区拔地而起,那里是一切腐朽和传染病的根源,历史上发生过无数次的谋杀,凶手在行凶的地方被绞死,孩子无辜死亡或因偷了六便士在那里绞死,伦敦市民在那里观看各类行刑。尽管法令规定不许崇拜邪灵,但恐惧使人诉求于邪灵。建筑师走在大火后重建的大街小巷,耳边回响着过去的声音,黑暗的记忆纷至沓来,他的内心世界一片黑暗。正是从这种黑暗中,他获得了设计那些庄严、肃穆的教堂区的灵感。他在儿时生活的黑步巷,在绞刑场,重新建起新的辉煌。20世纪

---

① 彼得·阿克罗伊德:《霍克斯默》,第35页。
② 同上书,第76页。

80年代,辉煌的教堂是旅游胜地,它的地下迷宫则一直是当地各种谣传的来源,只有孩子们到这些地方来探险,黑暗对于他们具有极大的魔力。

随着小说的进展,奇数章和偶数章出现了越来越多的重复。17、18世纪的空间、事件、场景、人物在20世纪重现。他们有着相似的身份、性格、人际关系,他们甚至做同样的梦、说同样的话,犯同样的罪,以相似的方式死去。一切都似乎应验了《圣经·传道书》中的那句名言:"已有的事,后必再有;已行的事,后必再行。日光之下,并无新事。"[1]巨石镇依然是参观的名胜,人们会坐在同一块石头上,会遇上同样的天气。如同18世纪的居民,站在教堂的阴影下,仰望着教堂的双塔,抚摸着它黑色的墙壁、白色的柱子。白天的大街依然车水马龙,被遗弃的角落依然堆积着垃圾,流浪者们依然按照延续了数世纪以来的方式活动在他们的领地,管理他们的区域,甚至受到从前的谋杀案的蛊惑重复同样杀人的技艺。数世纪以来,在这些不为人知的城市的地下世界一直发生着死亡、卖淫、暴力事件。建筑师戴尔曾经预言:"我自己的历史就是日后他人可能所要仿效的模式。"[2]20世纪80年代的凶手对侦探霍克斯默说着戴尔曾经说过的话:"我不相信这世界上有上帝,即使有的话,我也对他充满轻蔑。"[3]小说最后,侦探霍克斯默终于找到了走出迷宫的线团:一个绰号"建筑师"的流浪者,常常神秘地游逛在夜晚的大街上,他是连环谋杀案的嫌疑犯。但是,这个嫌疑犯却一直游离于小说的叙述之外,就像几百年前在大街上夜游的尼古拉斯·戴尔,他的秘密罪行和黑暗的内心世界同样不为公众所知也不为历史记录,于是,他变成了一种神秘的传说,像划过暗夜的幽灵一样给这个世界打上罪恶的烙印。

然而,尼古拉斯·戴尔所代表的黑暗对于人类的影响,并非只限于生活在黑暗的地下世界的那部分人类。小说中的侦探霍克斯默,与生活于17—18世纪的尼古拉斯·戴尔同样存在着精神上的联系,他们是作者从建筑师尼古拉斯·霍克斯默派生出来的两个人物。只有全知全能的叙述者明了他们之间的精神联系。霍克斯默同样经历着信仰的丧失、自我的分裂、与社会的疏离。他认为现实复杂危险,前途黯淡无光,而自己也像流浪汉一样在这个世界上漂泊无依,他与他所追踪的那些流浪汉有着某种奇怪的认同感。他也相信星座,并且患有梦游症,他也在寒冷的冬天走在戴尔曾经走过的街道,身边经过的陌生人同样惊讶地回头看了他一眼,他听

---

[1] 《圣经·传道书》1:9。
[2] 彼得·阿克罗伊德:《霍克斯默》,第254页。
[3] 同上书,第137页。

到了同样的叫卖声,他甚至在睡梦中梦见了相似的情景:鲜血像硬币一样落在他的身上。也正是这种相似的经验,使得他最终找到了迷宫的出口,他将连环杀人案聚焦在一个绰号"建筑师"的夜游者身上。

阿克罗伊德为《霍克斯默》精心设计的叙述结构形象地揭示了其一贯的历史观。他让我们联想到爱德华·希尔斯在《论传统》中的论断:一切都处在"过去的掌心中"。"尽管充满了变化,现代生活的大部分仍处在与那些从过去继承而来的法规相一致的、持久的制度之中。"①生活于任何特定时期的人们"与过去所创造的事物、作品、语词和行为模式的直接接触,无论是无知的还是象征性的,其范围则要广泛得多,在时间上可追溯到很远的过去。他们生活在来自过去的事物之中。他们的所做所为、所思所想,除去其个体特性差异之外,都是对他们出生前人们就一直在做、一直在想的事情的近似重复。……过去毕竟冲破了生与死的障碍而在今天重现。"②希尔斯阐释了与过去大相径庭的信仰和行为如何与那些同过去相似的信仰和行为并存且相互依存。T.S.艾略特说:"过去决定现在,现在也会修改过去。认识了这一点的诗人将会意识到任重道远。"③阿克罗伊德就是艾略特所说的那种"有历史意识"的作家,他通过虚构与非虚构写作,在断裂的历史和碎片化的事物中寻求一种连续性和稳定性,揭示人类经验的历史延续性,他的创作揭示了英国传统和英国性的另一种面目,他使我们看到被历史书写有意忽略的历史黑暗面是如何在民间流传并作用于个体与集体。阿克罗伊德颠覆了线性时间观,强调历史的循环、迂回以及文明的停滞乃至退化。苏珊娜·欧尼迦(Susana Onega)在论及《霍克斯默》时说:"小说中并不存在时间的推进(无所谓进步),同样的事件无休止地重复,同样的人出生又死亡,仅仅就是为了生而经历同样的事件,陷入一种永恒的生与死的循环中。而人物的交替和事件的循环又通过叙述得到了强化:交叉出现的事件并非沿着从18世纪向20世纪的单一方向前进,而是以迂回的形式发展,打破了传统的线性时间观,而是采用循环的、神话的时间观。"④爱德华·海恩(Edward Ahearn)则将阿克罗伊德的这一叙述结构及其所体现的历史观追溯到基督教传统,认为作家吸收了一种"启示录般的幻想,即通过写作揭示世界、人、时间、空间、意识和性别身份的稳定性,以及与这些稳定性相关的有关社会和历史的宗教

---

① 爱德华·希尔斯:《论传统》,傅铿、吕乐译,上海人民出版社2014年版,第2页。
② 同上书,第37—38页。
③ 托·斯·艾略特:《艾略特文学论文集》,李赋宁译,百花洲文艺出版社2010年版,第3页。
④ Susana Onega, *Peter Ackroyd*, Plymouth: Northcote House Publishers Ltd., 1998, p.45.

与意识形态的确定性。20世纪的事件使得哲学家和批评家将启示录式的写作视为核心文类,把后启示录时代视为人类的基本状况"①。阿克罗伊德作品中的世界确实是一个社群解体、个人孤苦无依的世界,那些居住在同一座城市里的男男女女,毫无关联,但是,他们却拥有共同的姓氏、共同的祖先,他们的祖先曾经居住在伦敦的某个特定的街区,从事着某种特定的行业,他们拥有共同的历史并被这种历史无意识地塑造。阿克罗伊得试图在川流不息的碎片化的城市中寻找并再现一种跨历史的联系,这种联系正是将互不相识的人与这个共同居住的城市连接起来的共同的纽带。

---

① Edward J. Ahearn, "The Modern English Visionary: Peter Ackroyd's 'Hawksmoor' and Angela Carter's 'The Passion of New Eve'", *Twentieth Century Literature*, Vol.46, No.4(Winter), 2000, p.453.

人生的错位与错位的人生
——论李佩甫小说《平原客》中的李德林形象

■ 文/关爱和

中原作家李佩甫的小说新作《平原客》2017年由花城出版社推出。善于讲述中原故事的李佩甫,这次写的是一位留美博士、国家小麦专家,官至副省长的李德林杀妻的故事。《平原客》的写作没有故弄玄虚的噱头,没有血腥暴力的场面。作者以冷静平实的笔触,在世俗生活的娓娓道来中,显示了故事的男主角,由偶然的人生错位,渐至错位的人生,最终走向人生毁灭的命运悲剧。

人 生 错 位

《平原客》的故事讲述,主要是围绕李德林进行的。李德林的家乡在中原中部一个叫梅陵的地方。这里是黄河与淮河你来我往"斗"出来的冲积平原,是南北气候的交接带,土壤与气候都特别适应植物生长。梅陵的种植有两大特产,一是小麦,二是梅花。李德林是一个农民的儿子。他小时候的最大梦想是吃上白馍。再长大点,梦想变为"实现千百年来的民间传说,让一棵麦子上结十二个穗,让全国人都吃上白馍"。李德林怀揣这个梦想,在恢复高考后,报考了农学院。在大学读书过程中,他是最刻苦的学生。上大三时将假期在梅陵农科所的小麦实验结果写成学术论文,并在《美国土壤学会杂志》上发表。本科生取得如此重要的科研成果,在农学院引起巨大反响。副校长吴天铎因此通过跳级直保将其招收为自己的研究生。李德林研究生毕业留在农学院工作。后来又得到公派留学美国的机会。三年后,成为洋博士的李德林返回母校,很快获得国家农业部专家、"863计划专家"等学术称号。除学术称号纷至沓来之外,归国后的李德林还官运亨通。先是被破格任命为农学院改名农科大后的副校长,47岁时又成为中原农业大省主抓农业工作的副省长。

李德林人生的错位,就是从小麦专家平步青云,成为副省长之时开始的。学而优则仕带来的人生变化让李德林本人也感到猝不及防。从科学家到官员,李德林面临着人生的跨跃。在《平原客》中,已是大学副校长的李德林是在一个"请托"故事中出场的。同乡后学刘金鼎高中毕业,要保送大学,于是就在梅陵种花商人谢之长的带领下到农学院李德林家拜访。初次见面,刘金鼎眼中的李德林是这样的:

> 细看,校长也就四十来岁的样子,虽然鬓角处有白发,但头发梳理得一丝不乱。一张古铜色的脸像丘陵一样,却也棱角分明,三道抬头纹呈沟状,似有老日头晒出的底子。牙根上有陈年黑渍,那一定是吸烟过多的缘故。这人个儿虽不高,但气宇轩昂,两眼放射出逼人的光芒。他穿一件对襟的、手工缝制的、有双排盘式布扣的白棉布上衣,下边是牛仔裤,脚下是一双圆口布鞋(脱在门外的那双是旧的,这是一双新的)。如果单从面相上看,他的底版就是一个地地道道的农民。特别是口音,是梅陵老东乡特有的,四、十不分,那是含在骨头缝儿里的东西。

看重乡情的李副校长留两位乡亲在学校招待所吃饭。惜才的李德林醉眼惺忪中接过刘金鼎殷勤递上的热毛巾、牙签,满意地说:"金鼎,重器呀,好,我记住了。"被李副校长许为重器的刘金鼎在李德林的帮助下,顺利入学。到刘金鼎毕业时,李德林已经要当副省长了。师生之间有如下一段谈话:

> 刘金鼎知道,前一段,学校里都在私下悄悄地议论,说李副校长已经内定为副省长人选了。看来,这是真的了。刘金鼎说:"好,太好了,当然是好事了。"
> 李德林说:"好事?"
> 刘金鼎说:"好事。咱梅陵老家那边,出一大官,不知有多高兴哪!往后,您就是省长了。"
> 也许,李德林觉得他是家乡人,差着级别,也差着辈分,不妨事,就把话说得更近了些。李德林说:"小老乡,给你掏心窝子说,我其实就是个育种的。种

种小麦,给学生们上几堂课,尚可。干别的,实在非我本意。"

刘金鼎说:"您是国家级专家,一个副省长,有啥不能干的?我看,当省长也是早晚的事。"

李德林摇摇头,笑了,说:"年轻人,口气不小啊!你倒说得轻巧。这一步迈出去,也许就回不来了。"

此时的李德林,心情是矛盾的。没有"内定"的做官目标之前,李德林对自己所做的育种事业,是心中有数气定神闲的。对夫人希望的"种出一个哥德巴赫猜想"目标也意有所属跃跃欲试。面临提拔做官,书生本色的李德林没有育种那样的自信和底气,对做官之后能不能"回来"也没有把握。做官虽非其孜孜以求,但官位近在咫尺唾手可得时,育种专家李德林也不会拒绝。官位与育种,是不一样的成功。两种成功对李德林都具有诱惑力。交谈中,李德林主动写条子帮助刘金鼎找工作。小说中写到:"当李德林说写个'条儿'时,他自己都没意识到,他已经在用副省长的语气说话了。"

真心不希望李德林走向仕途的是夫人罗秋旖。

李德林在读农学院研究生时期,认识了林学院罗教授的女儿罗秋旖。他研究生毕业后两人走入婚姻殿堂,育有一女。李德林读研究生的八十年代,是一个社会崇尚知识,也崇尚念书人的时期。李德林的导师吴天铎,与林学院的罗教授是棋友。每次老友聚会,总爱夸学生李德林。罗家独生女儿罗秋旖对李德林的名字早不陌生。加上徐迟的报告文学《哥德巴赫猜想》发表,摘取数学皇冠明珠的奇人陈景润,成为大学生心目中的偶像。对科学家的崇拜。使得读中文系的罗家小姐生出许多遐想。父亲好友吴教授"嫁人就嫁李德林这样的科学家"的玩笑,在罗秋旖心中激起涟漪。于是罗秋旖主动出击,两次到梅陵看望李德林,促成了两人的婚姻。作为女性,罗秋旖是漂亮而性感的,李德林的相貌,无法与之相比。在罗小姐第二次到梅陵时,作者写道:"其实,最初,她并没有看中李德林。当年,她身边的追求者太多了……李德林个子矮不说,还长着一张倭瓜脸,看上去木疙瘩一样。但是,李德林那双眼睛,加上《哥德巴赫猜想》的作用,最终还是打动了她。"第二次到梅陵,罗秋旖已经主动留宿在李德林单人床上,虽然约法李德林"只允许抱一抱",但对李德林来说,已经是受宠若惊了。书中写道:

后半夜,万籁俱寂,只有小虫儿在鸣叫。当罗秋旖枕着他的一只胳膊睡熟之后,他还是没有一点儿睡意。月光从窗外照进来,就像是一面水做的镜子。

> 凭着月光,李德林轻轻地掀开被子,侧过身子,闻着她秀发的香气、她的呼吸,从上到下,一点儿一点儿地偷看罗秋旖那雪白的脸庞、脖颈,起伏的胸乳,浑圆的臀部,还有修长的腿……他禁不住一遍遍地阅读,竟有一种醉生梦死的感觉。
>
> 两人结婚后,李德林曾经不自信地问过罗秋旖,她怎么会喜欢上他呢?他不过是个农家孩子,到底喜欢他哪一点儿?罗秋旖想了想,很认真地说:"眼神儿,有光。"

没有罗小姐的主动和猜想的光环,李德林是没有能力和条件抱得美人归的。李德林的第一次婚姻持续了七年。

第一次婚姻走向破裂是罗秋旖主导的,原因是七年间猜想的光环渐渐褪去。进入生活轨道之后的婚姻,精神追求、情感吸引等形而上的问题,渐渐让位于柴米油盐、吃喝拉撒等形而下的问题。婚姻中乡下男和城市女双方有观念与行为差异,没有认真积极沟通,缺乏有效的控制与调适,李、罗的婚姻便以破裂告终。首轮的冲突来自婚礼。李、罗的婚礼举行两次:一次在省城,按照罗秋旖的意思进行,只请了亲朋好友,请一桌饭便大功告成。一次是在梅陵乡下,按照李德林的意思,又按照家乡旧的礼俗进行:流水席待客,画老公公花脸,跨火盆入门。最让罗小姐无法接受的是闹洞房。当"也不知有多少双手,从四面八方一起伸到了罗秋旖的身上"时,罗秋旖崩溃了,盛怒下骂走了众人,独自在黑暗中坐到天明。当人们把醉得不省人事的新郎送回来时,她选择了"抱着那床满是酒味和呕吐物的缎子被褥从二楼的窗口扔了下去",然后离开给她带来屈辱记忆的乡下。第二轮的冲突来自约法五章。婚礼的冲突后,罗秋旖为了缓和矛盾,主动提出中秋节请公公来省城家中小住。公公接来后三天,种种不卫生的习惯让罗秋旖难以忍受。三天后李德林只好把父亲送回乡下。罗秋旖以此事为鉴,不失时机地提出了家庭约法五章:戒烟、戒酒、工资上交、养成良好卫生习惯,最要命的一条是不准乡人,包括李德林的父亲踏进家门。约法五章使嗜烟如命的李德林,每次进家就像进监狱一样的难熬,逐渐由不愿回家发展到下决心出国读书,逃离家庭。约法中不准乡人入门也使李德林面临很多脸面上的尴尬。对李家帮助很多的村长来访,也硬是没有能进家门,盛怒下的村长向李德林吼叫"休了她"。李、罗婚姻因约法五章而进入冷战时期。第三轮冲突是执意回国。李德林获得公派留学的机会和罗秋旖怀孕,双喜临门,给冷战初起的小家庭带来回暖。三年中李德林在美国节衣缩食刻苦读书,罗秋旖在国内带孩子手忙脚乱含辛茹苦。三年中,先是书信往来,后是电话沟通,夫妻都渴望结束等待,早日团聚。三年到了,李德林突然回国,使罗秋旖带孩子奔他而去,在美国发展的梦想破灭。更不可接受的是经过美国个性化发展教育的李德林,由原来的谦虚畏懦,变成了自信固执,变成了坚持己见。而嗜烟、邋遢、不修边幅的毛病却一点未改。在猜想的光环褪去,留洋的梦想破灭,面对一个烟酒无度,一身坏毛病的"乡下人",罗秋旖开始怀疑这日子还能不能过下去。而李德林虽然觉得对不起罗秋旖的地方很多,但处处受管制的生活,也让他感到压抑。罗秋旖两次提出离婚都是在李德林升迁之时。李德林提拔为副校长的当天晚上喝醉了。回家高喊"开门!我,李德林,来自中国!开门!我,李德林,来自中国!!"罗秋旖第二天早上才为在楼道抽烟的李德林开门,然后把写好的《离婚协议书》摆在李德林面前。李德林考虑刚做副校长,影响不好,便认错检讨,两人的婚姻进入不冷不热的时期。又几年过去,当学校传言李德林要当副省长,亲戚朋友纷纷前来、或以电话祝贺之时,罗秋旖不胜烦扰,再次提出离婚。理由正当得使李德林无法回避:这就是以免当了副省长离婚影响其官声。办完离婚手续,罗秋旖提出一块到咖啡店谈谈。罗秋旖告诉李德林两点:一是反对他当副省长,"副省长谁都可以当,而小麦之父只有一个。"二是要切断和家乡的联系。家乡的人还在用"胃"思考问题,他们会毁了你。正像结婚是罗秋旖主导的一样,离婚也是由罗秋旖主导。

既然是李德林提拔是"内定"的目标,因此罗秋旖分手时"不当副省长"的忠告势必落空。小麦专家平步青云副省长,万人羡艳,一时是梅陵父老乡亲茶余饭后热议的话题。成为家乡人骄傲的李德林与家乡的联系只能是越来越紧密。坐在副省长位置上的李德林,忙于政务,原本孜孜以求的小麦的育种研究,也便自然是门前冷落了。在经历过书生向官员的人生错位后,李德林也便开始了随波逐流的错位人生。

错 位 人 生

李德林本质上是一个书生。书生有读书人的才华天赋、读书人的襟抱情怀、读书人的刻苦耐劳,同时也有读书人的天真迂腐、读书人的不谙世事、读书人的利令智昏。如果只是读书,他可能获得如鱼得水的自在。但社会需要读书人做官,李德林在幸抑或不幸的喝彩中被推至高位。身在高位后的李德林,读书人的长处,受到压抑;读书人的短处,则被放大于社会与众人。

《平原客》对李德林初入官场的表现有如下的描述:

当了管农业的副省长,李德林有一段时间很不适应。突然之间,他就成了一个"陀螺",旋转在一个一个会议之间的"陀螺"。

说来,这是个内陆省份,也算是农业大省。一个主管农业的副省长(在这里叫"农口",农、林、牧、副、渔,统归"农口"管辖),要开的会太多了,每个会议都要他去讲话。有时候,一天要奔赴两三个会场,一不小心,就把会议讲稿拿错了……讲话稿虽是秘书提前准备(也有各厅局临时提供)的,可他最初还是出了些"洋相"。

李德林最不适应的是听汇报。各个地市都来"汇报工作",其目的大多是要钱的。他们一汇报起来就长篇大论,一讲就是一两个小时,让他连个撒尿的机会都没有。有很多事情他并不了解,所以常常会走神儿。听着听着,他就想到别处去了。

适应是需要过程的。不过,他到底是喝过洋墨水的博士,是被犹太导师维尼教授强化培训过的。不就是讲话么,在会议室里浸泡久了,也就很快适应了。渐渐,在他不熟悉情况的地方,他也慢慢学会了使用"宏观语言",按照大政方针总结出"一、二、三、四"来,偶尔还会来上几句美式幽默,也很"GOOD"。

所以,在省直机关干部中,李德林的口碑一直很好。一是他没有架子、为人平和;二是他虽是留过洋的博士,却一口家乡话,让人觉得亲切;再加上他还是全国有名的小麦专家,他的亲和力也是一般的官员没法相比的。特别是他分管农业,每每下基层查看庄稼,戴一顶草帽,说蹲下就蹲下了,一亩地有多少棵麦子、一棵麦穗结多少籽,他门儿清。所以被媒体称之为"平民省长"。

李德林作为分管农业工作的副省长,达到可以说几句应景官话水平,这可能是一个高级公务员为官之能的最低标准了。李德林在接人待物中,始终保持着平和亲切本色的为官之德,一定程度上弥补了能力欠缺的不足。一个农业大省主管领导所需要的创新型思维、创造性工作的思想能力,处理复杂问题、复杂局面的智慧本领,对这位专家省长来说,便成为一种奢望。《平原客》中,有两段李德林处理突发事件场面的描写。第一次是梅陵县突发一场大火,八百亩已经成熟马上可以收割的小麦化为灰烬,负责现场处理问题的政法委副书记刘金鼎不着边际地说了几句"限期破案"之类的话,引起了李德林的不满:"李德林手里举着一把黑灰,说:'粮食呀,这都是粮食呀!一夜之间化成灰了,你们不心痛吗?'当他说到这里的时候,嘴唇哆嗦着,眼里含着泪花。"在这里,小麦专家对粮食的感情是真挚的,但对处理突发事件的副省长来说,大家的期望可能远远不止于此。第二次是李德林在黄淮市视察工作,恰逢"6·29"农民因征地矛盾卧轨拦截京广线列车事件。李德林刚刚站在人群前说一句"乡亲们",便被生鸡蛋砸回。最后请武警清场,瘫痪两小时四十六分的京广大动脉才得以恢复。突发事件后,黄淮市书记市长双双免职。李德林也请求免职,因为其特殊的专家身份,只受到通报批评。李德林事后对同在冲突现场的学生刘金鼎说:"你以为官就那么好当?"

官不好当,业也难理。官不好当是因为当官需要德能勤绩;业也难理是因为"业精于勤,荒于嬉"。以专家身份初入官场时,官场中人因尊重其专家身份,留着三分客气;专业中人看重其官位官权,平添七分敬畏。但这种客气与敬畏不会持续太久。能力不足、用非所长使这位高官常常感到是在疲于奔命。"可自从当了副省长后,一天要赶三四个会场,还有酒场。实验基地是没有时间去了。他的实验室里也落满了灰尘。'小麦'离他的生活越来越远了。其时,他很无奈。"辗转于会场酒场,无暇光顾实验基地实验室,"小麦之父"离小麦越来越远。李德林被撕裂被异化的无奈,只能是冷暖自知了。

冷暖自知的还有婚姻。在经历罗秋旖婚姻期间家乡人不能入家门的屈辱之后,李德林索性以"能跟老爹吃一锅饭"作为第二次婚姻的标准。而正是因为第二次婚姻的失败,最终导致了李德林家庭与个人的彻底毁灭。

李德林在研究小麦杂交优势劣势时认为:优秀的父本与优秀的母本结合,可能会走入优优转劣的误区。把优优转劣小麦育种的理论,与教授女儿婚姻的失败教训迭加互证,李德林择偶观念走向了另外一种极端。时任黄淮市市政府办公室副主任的学生刘金鼎,在读书工作期间,都曾得到李德林的帮助,在帮助李德林办理家庭杂事的过程中,逐渐成为李德林身边最贴心可靠的人。看到老师孤独,希望已经做副省长的老师开个条件,尽快建立新的家庭。面对刘金鼎的问询,李德林的三次表达如下:"我这个年龄,还是要实在一点。太年轻不行,太漂亮也不行……""就一条要求,会照顾人,能跟老爹吃一锅饭。哪怕是没文化的,也行。""还是在家乡找吧。你帮我找一个传统点的,人要朴实,会照顾人,没那么多心眼。要是找着了,就先让她照顾老爷子一段,试试。"因为李德林表达的条件内涵含混,不知是要择偶还是要雇保姆,刘金鼎追问一句:"老师,你是说,先找个保姆?"此时,恐怕李德林自己也没有完全想清楚是找保姆还是找夫人。按照老师"能善待老人,能吃一锅饭,将来,再说"的想法,刘金鼎将一个梅陵当地叫徐二彩的女孩,带到李德林父亲家。徐二彩28岁,考两年大学,没有考上。中等偏上的个头,单薄而干净利索。眉眼也看得过去。眼神中有某种执拗或者坚韧。一口乡音,一手熟悉的家乡饭,还有父亲"会照顾人"的夸奖,使初见徐二彩的李德林瞬间便有了亲人般的感觉。再后来,李德林带父亲到省里过年,在过年的家庭气氛中,李德林和徐二彩有了第一次肌肤之亲。在订婚时,李德林与徐二彩约法三章:照顾好老人,做好家务;不能假公济私,干预政事;不经同意,不能接受任何礼物。徐二彩一一答应。很快,因为当了副省长夫人,又因为不久又生下了李家三世单传的男孩,徐二彩在社会上的感觉和在家庭的地位便发生了巨大反转。在社会上,她感受到了过去从未有的尊重。这种被尊重让人受用。这种受用又是刚性的,一旦被侵犯,便会觉得不习惯,甚至于大光其火。徐二彩想要改名徐亚男,户警有不敬之言,徐二彩马上亮明省长夫人身份,并威胁要给县委书记电话。家里下水道堵了,一个电话打到政府办公厅,叫来了两拨修理人马。在公共权力运用方面,省长夫人比省长更深谙其道。在家庭里,因为生子而打了个翻身仗,李德林向她提出的约法三章被废除,改为徐亚男反向李德林约法三章:按月上交工资奖金;三天一次夫妻生活;与前妻女儿不能有来往。在家庭权力的运用方面,省长夫人也比省长更有压迫性。当徐亚男新的约法三章实施后,一切便进入徐亚男的统治范围。李德林的父亲经常被赶出家门;徐亚男不顾李德林的劝阻在家乡大办满月宴,收受礼品礼金;最后连夫妻之间徐亚男称为"交公粮"的事情,也让李德林感受到粗暴和压迫。此时,李德林感到自己把婚姻比附于小麦杂交的理论是错误的,婚姻后实践更是匪夷所思。

李德林又不愿意回家了。不愿意回家的李德林遇到了刘金鼎安排在梅庄小麦实验基地的王小美。四十岁左右的王小美与李德林很快互相点燃了对方心中的柔情。之后便有徐亚男的捉奸,有每夜徐亚男对李德林无休止的拷问折磨。面对徐亚男的语言与行为上的暴力,李德林已经无法正常地工作,也无法正常地活着。于是李德林与刘金鼎便有了把徐亚男"办了"的谋划。此时,李德林的第二次婚姻仅仅持续了五年。徐亚男被刘金鼎雇人杀害了。李德林、刘金鼎随着案件的侦破,也受到了应有的惩罚。留洋博士、小麦之父、副省长因为杀妻,亲手给自己的事业和生命划了句号。

在李德林错位的人生过程中,刘金鼎是一个不可或缺的人物。被李副校长许为重器的刘金鼎,回乡后发展顺利。发展顺利的刘金鼎,由办公室副主任,到政法委副书记,再到常务副市长,处处得到老师的关照。刘金鼎知恩图报,也便成为李德林身边最重要的人物。刘金鼎经常到省会陪老师吃烩面。顺城街大马勺下的烩面,两个凉菜,两个小瓶二锅头,使两人成为无话不谈的朋友。后来,在刘金鼎的带领下,李德林吃饭的地点偶尔改在星级酒店,酒足饭饱之后再安排"按按"。在私密空间相处时,刘金鼎还不失时机地提醒老师:"省级干部,该端时候,也得端着点。"在与社会交往中,刘金鼎以己长袖善舞之所长,弥补着老师冬烘迂腐之所短。在学校时,李德林曾经是刘金鼎的导师;而在红尘滚滚的现实生活中,刘金鼎反而成为李德林的导师。这种师生关系的错位被后来的事实证明是一种灾难。刘金鼎帮李德林办理的第一件大事是选择徐二彩。徐二彩以保姆身份入门,很快成为省长夫人,这种乌鸦变凤凰的结果是刘金鼎也始料不及的。徐二彩成为省长夫人后,得知李德林给前妻孩子的抚养费、学费都是刘金鼎转交的,而向刘金鼎发飙。对徐二彩翻脸不认人的德性,刘金鼎难以接受。刘金鼎帮助李德林办的第二件大事是让李德林认识了王小美。王小美是刘金鼎高中时的同桌。同学时刘金鼎对王小美有点青梅竹马的感觉。王小美因病休学,勉强上了本地的师范。后嫁给一个局长的儿子,遇家暴而离婚,有轻度抑郁。刘金鼎以合伙入股的方式,在黄河滩地办了一个叫"梅庄"的小麦实验基地。刘金鼎请王小美到基地来,一是管理财务,二是想把王小美介绍给李德林。在把王小美介绍给李德林之前,刘金鼎亲自在床上与王小美"实验"过一次,但未能成功。王小美事后幽幽地对刘金鼎说"你不是点燃我的那个人"。点燃王小美的那个人是李德林。李德林很快在王小美这里得到了两次婚姻都没有的温柔与酣畅。刘金鼎帮助李德林办的第三件大事就是雇凶杀了徐亚男。徐亚男在多次跟踪后,终于在小麦基地有了一次报警捉奸的行动,并由此开始了每天对李德林偷情的拷问。在拷问中,副省长因不能自圆其说而成为跪地乞求放过的"说谎的孩子",而徐亚男站在道德的高地上,完全没有了初做保姆的卑微,而成为左右李德林命运的法官和大打出手的女汉子。在徐亚男"捉奸"后的第十八天,李德林对刘金鼎有了"办了"徐亚男的交待。"办了"是个很含混的概念。刘金鼎在用拐卖、送精神病院等方案征求老师意见时,李德林都认为不妥。刘金鼎在没有得到老师明确意图时,又用了一个"送她走"的表达,然后设计游泳溺水、车祸等办法,老师仍对具体"送走"的办法不表示认可。李德林最后默默地说:"要是有路,还是不走极端。"既要"办了"徐亚男,还要求"不走极端",这种"君子远庖厨"式的模棱两可、含混不清的官场表态语言,用在决定自己夫人命运、决定一个四岁孩子母亲命运时,显得是多么地冷酷可怕,又是多么地充满心机。最终刘金鼎雇凶"办了"徐亚男的方式是扼颈窒息,然后沉水。

  如果说做官是读书人李德林错位人生的起点的话,杀妻则是副省长李德林错位人生的终点。案发后三个月,当所有证据链最终指向副省长李德林是徐亚男被杀害的始作俑者时,李德林被请进红楼。刚入红楼,李德林"端着"副省长的架子,抽烟必须是"中华",与审讯人员夸耀他的留学故事,大讲他所从事的"小麦育种"的重要性,希望办案人请示省委、请示中央,再给他六个月,给他留出培养出"黄淮一号"双穗小麦的时间。这种死到临头的摆谱和法外开恩的奇想,均是书生气十足的表演。当办案人水库打捞现场照片、审讯被雇杀人者照片及刘金鼎发在李德林手机上"成功"二字的照片在审讯室的屏幕上一一显示出来时,李德林才轰然倒下,"'那个人'突然消失了。那个一直让他们敬畏的人,那个穿西裳、打领带,时常坐在电视前侃侃而谈,给他们做指示、讲话的人,那个享受国务院特殊津贴的专家,一下子消失了。"

李德林被送进了看守所。他知道留给他的时间已经不多了。"进了看守所,坐在监房里,戴着脚镣手铐,李德林一直在思考着这样一个问题:他是怎么走到这一步的?从什么时候开始,他走到了这一步?"他想了很多,懊悔也很多:

> 不该呀,他不该丢了小麦。其实,李德林最喜欢一个人坐在麦地边上,点上一支烟,默默地坐着,倘或说这是在与小麦对话。那是一种心碰心的、无语的交流。是呀,坐在麦地边的田埂上,脱掉一只鞋(他喜欢穿布鞋),把鞋垫在屁股下,光出一只脚丫,用脚趾去蹭田埂上的热土,闻着小麦或青涩或甜熟的香气,就那么默默地坐着……这是他人生最惬意的时刻。
>
> 是的,他自小是在麦田边上长大的,是小麦给了他梦想。他是先有小麦,后有人生的。他能一步步走到了今天,也全都是"小麦"赐予的。如今他离开了小麦,也就什么都没有了。他仿佛听到了小麦的哭泣声,小麦是为他哭的。
>
> 他说:"麦子黄的时候是没有声音的,头发白的时候也没有…… 我怎么就信了呢?"

死刑的判决终于下达了。李德林已经没有亲人可见,只希望见一下王小美,告知她把放在梅庄的蓝色笔记本找到,本子里记录着"黄淮一号"实验数据,希望自己没有完成的培育,能在王小美手中继续。

客 心 何 寄

随着李德林的生命结束了,李德林的小麦研究结束了,李德林疲于奔命的仕宦生涯结束了,李德林吵吵嚷嚷约法送出的婚姻也结束了。一切喧闹都变成过程,一切纠葛都归于尘土。

作者对李德林故事的描述极富有传奇色彩。而在中原生活过的读者都心领神会,作者的故事叙述与故事原型是高度相似的。作者没有刻意去编故事,而是用自己的观察和笔触,艺术再现了一个小麦育种事业的成功者和其不成功的仕宦与婚姻悲剧。

李德林的人生悲剧是从人生的错位开始的。一个农村孩子,靠读书奋斗成为小麦专家,成为大学校长,拥有一位貌美如花的妻子,建立了幸福的家庭。这是一个典型的"凤凰男"以知识改变命运的故事。在李德林的第一次婚姻中,婚姻矛盾的焦点所在,是城与乡的文化、行为差异,是走进城市的凤凰男和嫁给凤凰男的城市女如何调整自己,适应对方及家庭的价值观念、行为方式甚至是生活习惯,在不断的协商调适改过中,过好吃喝拉撒睡平凡日子的问题。罗秋旖、李德林都不屑于协商调适改过,因此而有婚姻的破裂。凤凰男李德林做了副省长后,其工作重心由科研变而为政务,其个人能力的长短所向也发生了整体的错位。在凤凰男与城市女的婚姻结束后,李德林痛定思痛,其择偶标准竟降至"能吃一锅饭就行",并将择偶的范围限制在家乡。这种"走极端"的思维方式与择偶标准,为第二次婚姻埋下祸根。在李德林的第二次婚姻中,留洋博士、副省长由居高临下到节节败退,村姑徐亚男由卑微屈膝到颐使气使,致使婚姻生活发生了最初的逆转;随着徐亚男用暴力的方式取得"上位",李德林又以"暴力"的方式结束了徐亚男的压迫,人生便有了最后的结局。如果说徐亚男的"暴力"尚属"家暴",李德林的"暴力"触及了法律的底线。法盲与利令智昏的留洋博士、副省长,亲手导演了家庭同归于尽式的毁灭。

作者李佩甫在题为"蝴蝶的鼾声"的《后记》中自言:《平原客》的写作准备了十年,写作了两年有余。小说名《平原客》是因为:"在平原,'客'是一种尊称。上至僚谋、术士、东床、西席;下至亲朋、好友,以至于走街卖浆之流,进了门统称为'客'。是啊,人海茫茫,车流滚滚,谁又不是'客'呢?""我写的是平原的一个涉及官员的案件。其实我写的是一个特定地域的精神生态。""社会生活单一的年代,我们渴望多元;在多元化时期,我们又怀念纯粹。但社会生活单一了,必然导致纯粹。可纯粹又容易导致极端。社会生活多元了,多元导致丰富,但又容易陷入混沌或变乱。这是一个悖论。总之,对于人类社会来说,所谓的永恒,就是一个字:变。"关注平原地域的精神生态,关注社会文明变革时代群体与个体精神路程,是《平原客》主旨所在,也是李佩甫小说的一贯主旨所在。《平原客》描写了中原精神生态下的众生相。除留洋博士外,还有他的两任妻子,有平原上种花人及当市长的儿子,有公安上的预审员及其作游戏开发的儿子。他们的生活命运喜怒哀乐,升沉起伏,是平原地域精神生态催生的产物,又是这一精神生态的物化显现。在深刻变革的社会生活中,如何在多元与单一、纯粹与丰富、物欲横流与守志固本的矛盾和悖论中把握自己,是生活在这个时代的群体和个体都需要认真思考的问题。

"开始了,车轮滚滚向前。那只蝴蝶,卧在铁轨上的蝴蝶,它醒了么?"作者在《后记》充满诗意的结语中,透出无限的空灵。

记忆

红色摩登:上海电影人的50年代

红色摩登:上海电影人的50年代

■ 文/张济顺

在今天的中国影视圈,上影演员李明①的名字已鲜为人知。大概只有20世纪50年代的影迷和电影史的研究者,才依稀记得她在新中国早期影片中塑造的革命形象。在40年代的新四军苏中抗日根据地,李明却是远近闻名的"四大名旦"之一,红极一时。②但自1949年进入上海电影制片厂,这位顶着"共产党员"革命光环的漂亮女演员如流星划过,早已淹没在无数关于新中国电影人的记录中。

作为李明的后人同时也是历史学者,我并不想为她在上影博物馆里争得一席之地,也不只是为了找回那份不该忘却的记忆。因为即使比李明更为平凡的普罗大众,也有他(她)不该被遗忘的历史价值,类似的工作可以重复无数。之所以正在写一本关于李明的传记,是在她那一大摞有心或无意留给我们的"私家材料"里③,我发现了一个如贺萧(Gail Hershatter)所称的"足够好的故事",它"不是展现一种无缝隙的、已经完成了的叙述",而是为中共领导的无产阶级革命与都市摩登

---

① 李明(1923—2011),女,原名王大经,江苏泰州人。
② 李明于1940年11月加入新四军苏北指挥部战地服务团,皖南事变后改为新四军一师服务团。因出演曹禺名剧《雷雨》中的繁漪、《日出》中的陈白露以及《蜕变》中的"伪组织"而成名,被戏称为苏中根据地"四大名旦"之一。
③ 除了自印本《今生无悔——李明诗文集》和大量照片之外,李明的"文革"交待、检讨、个人档案抄件、申诉材料及部分信件、诗稿等,均未向家人披露,也未作任何身后交待。

的开放性阐释提供了"足够的空间"①。也就是说,李明的"私藏"并不能让我们对她所经历的革命运动有一个完整的理解,但这些刻满政治印痕、时有矛盾的材料释放出许多关于个体生命史连接大历史的线索。而对我最具挑战性的,则是再思"都市如何远去,摩登何以犹在"②,被改造与被规训的都市文化人是否参与、如何参与革命的塑造,中国革命是否有个都市摩登的面相?

对我而言,私家材料的运用也是一种尝试。如何从回忆录、"文革"交待中梳理出真实与虚构,又如何在个人叙事与官方档案记载"不同方向的声音"中作出合乎历史逻辑的解读,尤其是如何对"尊者"的私藏"带感情保持距离"③,也是这个故事能否呈现得"足够好"的巨大难题。

本文聚焦在李明的私家材料与官方档案所呈现的 50 年代上影基层政治的故事,描绘一个"革命演员"和她身边的"旧明星"在政治与文化权力双重掌控下的纷争、纠葛与重塑,揭示社会主义的红色影星如何生成,上海摩登之延续如何可能。

银幕上下"党的人"

1949 年 5 月,李明随中国人民解放军华东野战军南下,占领大上海。她受命接管国民党的"军友沙龙",任小组长。11 月,李明和她的丈夫天然④被军管会分配至中央电影局直属的上海电影片厂(以下简称"上影")任演员,成为"开厂元老"⑤。

国营上海电影制片厂新建之初,与昆仑、文华、国泰等私营影业公司仍有短暂

---

① 贺萧(Gail Heshatter):《记忆的性别:农村妇女和中国集体化历史》,张赟译,人民出版社,2017 年,第 4 页,注①。
② "都市远去,摩登犹在"是笔者对 1950 年代上海历史主题的基本看法。拙著:《远去的都市:1950 年代的上海》,社会科学文献出版社,2015 年。
③ 魏斐德(Frederic E. Wakeman)告诫说,如何把各种不同的叙述话音和它们特有的节奏,同那些必须是相对外在的、独立的分析性的话糅合在一起,也就是如狄尔泰所指的"带感情保持距离",是处理历史叙事"声音"的"巨大困难"之一。氏著,梁禾主编:《讲述中国历史》,人民出版社,2013 年,下卷,第 811 页。
④ 天然,原名吴德雄,1920 年出生于上海一个广东人家庭。1939 年入上海剧艺社当演员,1941 年赴苏北根据地,入新四军一师战地服务团。1949 年 5 月随中国人民解放军华东野战军政治部接管上海,同年 11 月进入上海电影制片厂,先后任演员、副导演、导演,1987 年离休。2011 年在上海逝世。
⑤ 上海电影制片厂成立大会于 1949 年 11 月 16 日举行。上海档案馆藏(以下简称"上档")B177(上海市电影局档案)-1-1。

的并存时期①,面市的国产影片,绝大多数是私营公司的出品。作为"央企"的上影,故事片产量极低,从1950至1952年底,共9部,1951全年为零,1952年只拍了一部②。毛泽东亲自发动对电影《武训传》的批判以及接踵而至的文艺界整风,将上海电影界置于政治漩涡之中,一年多不知所措。

刚入电影门的李明却十分幸运,她在1950年上影最初的两部故事片之一《团结起来到明天》中,扮演舞女出身的纱厂女工彭小妹,在罢工斗争中英勇牺牲。这部以1948年上海纱厂申新九厂工人罢工为故事原型的革命影片,几经修改在1951年3月才审查通过上映,不久便销声匿迹。③《团结》一片没到"明天"就被人遗忘,就连电影界内部也未留下只言片语的评论。但这毕竟是李明从影生涯的开端,特别是和大名鼎鼎的明星白杨(1920—1996)一起共事,在影片里她与白杨是姐妹。

1957至1958年是李明银幕创作的顶峰时期。这两年里,她主演和任重要角色以及参演的影片有6部,其中多部电影四十年后还在中央电视台电影频道作为"红色怀旧经典"播出。在这些影片里,李明扮演了多个共产党员的角色,有抗战时期中共海南琼崖纵队的地下交通联络员林妈,有策动国民党军舰起义的中共上海地下情报员柳初明,还有农村合作化时期乡村工作队指导员王琦。④

银幕上的"共产党员"当然是表演的,无论是旧明星还是新演员,都可塑造出各种革命形象。银幕下的李明却不必如明星那样,"像革命者一样演戏"地设法迎合与跟上"党的要求"⑤,她以自己17岁入新四军、19岁入共产党的革命资历为荣,

---

① 自1950年9月起,上海私营昆仑、文华、国泰等影业公司,先后被重组或合并为公私合营长江影业公司制片厂、上海联合电影制片厂,至1953年1月完全并入上海电影制片厂,私营影业公司不复存在。
② 上海市电影局(以下简称"市电影局")编印:《影片目录》(1950—1962年),市电影局内部资料,1963年8月,第1页,李明收藏。
③ 中央人民政府文化部电影局:《关于〈团结起来到明天〉须进行修改令》,1950年12月21日,上档B177(上海市电影局档案)-1-209。
④ 林妈是影片《椰林曲》(王为一导演,上海江南电影制片厂,1957年出品)中的主要人物;柳初明是影片《长虹号起义》(高衡导演,上海江南电影制片厂,1958年出品)中的女主角;王琦是影片《凤凰之歌》(赵明导演,上海江南电影制片厂,1957年出品)中的主要人物。
⑤ 毕克伟(Paul G. Pickowicz)曾考察了私营文华影业公司和著名电影演员石挥(1915—1957)在中华人民共和国早期对新政权革命的回应,他们竭尽所能地"扮演革命者",但无论怎样做,都难以达到党的要求。至1957年,石挥被打成右派后,以"一场经过精心安排的、深具仪式意味的自杀"的形式作了"一次强有力的抗争"。《像革命者一样演戏:1949—1952年间的石挥、文华影业公司和私营电影制片厂》,周杰荣(Jeremy Brown)、毕克伟(Paul G. Pickowicz)主编:《胜利的困境——中华人民共和国的最初岁月》,中译本,姚昱等译,香港中文大学出版社,2011年,第271—302页。

抱着相当的政治优越感,自认为是"党的人"。一切政治运动她都走在前列,极力表现着共产党员的"先锋模范作用"。

上影党组织也确实一直把基层一线的"党权"交给李明,从1952年起,凡有李明参加的摄制组,不管主演还是无名角色,几乎都由她兼任党支部书记。60年代,她又先后兼任上影演员剧团赴山东演出团党小组长、剧团党支部委员并一度代理支部书记,海燕电影制片厂演员组支部书记。①

上影一直是中共直接通达的重要阵地。从批《武训传》起,毛泽东数度对影片发出"最高指示",几次接见上影的知名人物。周恩来几乎事必躬亲,指导得具体而微。文化部、上海市委也层层把控,1958年成立的上海市电影局,是全国唯一的地方主管电影的局级行政机构。但"党的领导"如何在基层行使,特别是摄制组党支部书记的职权与置位,却多年没有制度性规定。② 相反,"摄制组是野战军,导演是兵团司令"之类的说法,在50年代的上影十分流行。③ 即使"反右"以后突出强调"捍卫党对电影事业的领导"④,但到生产现场,究竟是"枪指挥党",还是"党指挥枪"仍是个"真问题",摄制组支部书记的角色实在比银幕上的书记难"演"得多。

1953年参加拍摄反映少数民族生活的故事片《金银滩》让李明尝到"支部书记"的最初滋味。本来她在片中镜头很少,几乎是个"群众演员"。但厂党委以摄制组党支部书记的"重任",让她率领近百人的队伍到青海高原藏区拍摄外景。边疆生活日久,一部分主创人员不能忍受日晒雨漏的帐篷生活,也不习惯没有蔬菜,以牛羊肉为主的一日三餐,便"吵着要回上海"。李明先"个别作思想工作",无效后"只得开大会不点名地批评"。事态虽然平息,被批评者却大为不快,不时在

---

① 李明:《中国共产党党员登记表》(草稿),1985年5月1日,个人收藏;市电影局党委:《关于上海电影演员剧团党支部选举结果的批复》,1963年2月1日,上档B177-1-117。
② 据目前可查的档案,关于摄制组党支部工作的文件规定,最早见于1961年11月13日文化部下发的"关于加强电影艺术片创作和生产领导的意见"(草案)。文化部存档资料,吴迪编:《中国电影研究资料,1949—1979》,中卷,文化艺术出版社,2006年,第383页。1965年1月5日和10月18日,市电影局党委先后制定《摄制组党支部暂行工作条例(草案)》《摄制组(队)政治指导员工作条例(草案)》。上档B177-1-110。
③ 于伶:《对上海电影制片厂领导工作的检讨》(节录),1952年6月26日。上海电影制片厂档案,吴迪编:《中国电影研究资料,1949—1979》,上卷,第290页。
④ 1957年12月,中国电影出版社连续出版两集对钟惦棐等电影界的"右派分子"的大批判文集,题为《捍卫党对电影事业的领导》。吴迪编:《中国电影研究资料,1949—1979》,中卷,第159—160、166页。

人前人后对李明"挖苦泄恨"。①

尽管如此,矛盾心态中的李明还是有强烈的"组织意识",十分自觉地向上级报告着摄制组和剧团的风吹草动,特别留意那些被列为"内控对象"的名导和明星②。在她私藏的"文革交代"里有不少这样的记录③:

如,1957年参加影片《情长谊深》④的拍摄,虽只是一个配角,属于"阶段演员",但仍然发现"导演徐昌霖等'五花社'的人⑤对党的不满情绪",及时向党委作了汇报。

又如,1962年上影演员剧团赴山东演出期间,向剧团支部反映过"反动权威们"种种"资产阶级自由化"和"反对领导"的言行,并在"四清"运动中"作过初步揭发","文革"中再进一步"作过较详细交代揭发"。

再如,1965年"四清"运动中,向市委派驻上影厂的工作队揭发演员孙道临(1921—2007)的"问题"。

这些"小报告"未必都得到厂领导的重视,李明却执着地认为,这是一个共产党员的分内之事,是对党忠诚的表现。直到经过"文革"炼狱,她才幡然猛醒。为此,她付出了人际关系的高昂代价,以至于离休后,不被承认是上海电影演员剧团的一员,一些公开活动不通知她参加,连剧团"逢十"的庆典也被排除在外。李明自然是万分痛苦郁闷,好在她不去怨天尤人,相反对自己的毛病做出了算不上深刻,但不乏真诚的反思。她申明自己既非那种"坐探"式的小人⑥,也非恶意整人的"左派",而是"从小就在部队,听党的话,崇拜毛主席"所致⑦:

---

① 李明:《自叙:哀乐人生》,氏著《今生无悔——李明诗文集》,自刊本,2004年,第27页。
② "内控"是指因某些"历史问题"而被组织控制使用的干部或知识分子。
③ 李明:《交代我在被反动派逮捕期间自首叛变的罪行及十七年执行文艺黑线的错误罪行》。
④ 徐昌霖导演,江南电影制片厂,1957年出品。反右以后受到严厉批判,至1962年,经文化部"重新甄别"列为"有缺点"但可以继续发行放映的影片之列。文化部:"关于各地不得自动禁映影片的通知",1962年7月12日,文化部办公厅编印:《文化工作文件资料汇编》(二),吴迪编:《中国电影研究资料,1949—1979》,中卷,第412页。
⑤ 1956年"双百方针"提出后,上影厂鼓励导演和编剧组成小型创作集体。以石挥为首的五位编导组成"五花社",徐昌霖(1916—2001)是其成员之一。在《情长谊深》中,石挥扮演一位逐渐失明的工人。"反右"运动中,除谢晋外,五花社成员都被打成右派。
⑥ 《中国电影》编辑部:"右派野心家向'上影'进攻",1957年7月。吴迪编:《中国电影研究资料,1949—1979》,中卷,第141页。
⑦ 马笑冬采访、唐怡整理:《采访自述》,李明:《今生无悔——李明诗文集》,第167页。

自己思想从参军起即相信跟着毛主席和我军陈(毅)、粟(裕)司令员就能胜利,解放后自然是紧跟党的路线方针政策,凡正确的倒也为党作了些工作;而"左"的路线同样紧跟,并形成自己思想偏"左"。①

虽有此领悟,但为时已晚。李明从影的最初岁月,在革命影星的红色芳华掩盖之下,更多的确实是"无法弥补的遗憾与苦涩"②。

他们也是"党的人"?

从40年代初上海剧艺社三个月的"临时演员"起,李明孜孜以求的未来,是当个话剧名角,返回上海大舞台和都市摩登生活,是她始终的梦想。不管在根据地的土台子上煤气灯下,还是在行军途中,她都憧憬着这样的未来:

> 战争年代如遇白天行军,我们就边走边聊,聊得最多的是胜利后到上海第一件事干什么?有人说去霞飞路俄式大菜馆痛快地吃罗宋汤,有人说到最好的"兰心"剧场去演戏。③

无产阶级革命的洗练并未磨去她内心深处的追求,她和战地舞台上的同道们一心想着胜利后要拿出"和上海的演出比美"的创作去见"国统区的文艺工作者"。用她"自我批判"的话说,"虽参加革命多时,那灵魂深处的小资产阶级王国却还稳坐着江山"④。

上影的银幕和舞台,既为李明昭示了梦想成真的机遇,同时也迎来了她命运的多事之秋。

踏进明星云集的上影,李明感到前所未有的压力。虽然她曾经有过新四军土台子上主演大戏的成功,但与镜头面前的电影创作完全不可同日而语。1954年,初出茅庐的李明还未从"彭小妹"的银幕创作中缓过神来,就遭遇了被撤掉扮演

---

① 李明:《自叙:哀乐人生》,《今生无悔——李明诗文集》,第26页。
② 同上书,第25页。
③ 马笑冬采访、唐怡整理:《采访自述》,李明:《今生无悔——李明诗文集》,第24页。
④ 李明:《忆一九四二年》,《上海戏剧》,1962年,第4—5期,第33页。

《渡江侦察记》①女主角"刘四姐"的挫折。当众宣布的原因有二:原定"刘四姐"由两个演员分饰并不合适,因为这个角色的年龄跨度只有八年;其次是试片之后,感觉李明所演的"大刘四姐"爽朗有余娴静不足,故决定由"小刘四姐"演员一人完成。②这事在上影引起了很多议论,其中既有对领导使用和培养演员"不够慎重周密"的意见,也有不少对李明被撤的"第三或第四个理由"的猜测③。李明当然无从得知被撤的幕后真相,只有一个现实必须接受,在上影立足,绝不比当个文艺兵容易,虽不需要出生入死,但机遇的获得不仅需要艺术的真功夫,还需要掌握她在部队生涯中"浑然不知"的"人际关系"学问。④

所幸的是,李明受挫之后没有被淘汰出局,她很快就走出了"刘四姐"的阴影。1955年初,在上影演员剧团公演的曹禺名剧《雷雨》中,李明被组织安排扮演主角繁漪。在行内,谁都知道这个角色对一个演员的艺术生命具有何等的份量,何况,这次演出的阵容非同寻常。特别让李明兴奋不已的是,她在导演赵丹(1915—1980)的悉心调教下,从最初与其他两位演员"轮流坐庄"的繁漪"C角",到由她主要担纲。⑤

"繁漪"开启了李明迈向"红色影星"的艺术之门,一系列上银幕的机会向她走来。在品尝舞台和电影创作的甘苦和收获的欢愉时,李明十分感念赵丹的提携与信任,折服这个"卓越的性格演员"同时又是"富有研究精神的严格的导演"⑥。她也非常庆幸自己被王为一(1912—2013)、赵明(1915—)等名导选中,能与张瑞芳(1918—2012)、上官云珠(1920—1968)、舒适(1916—2015)、王丹凤(1924—2018)等同片或同台演戏。

---

① 汤晓丹导演,上海电影制片厂,1954年出品。
② 上海电影演员剧团:《对于1954年故事片表演艺术的意见——在全国故事片编、导、演创作会议上的发言》(节录),1955年2月,文化部电影事业管理局办公室编印:《业务通报》(10)。吴迪编:《中国电影研究资料,1949—1979》,上卷,第422页。
③ 上海电影演员剧团:《对于1954年故事片表演艺术的意见——在全国故事片编、导、演创作会议上的发言》(节录),1955年2月。吴迪编:《中国电影研究资料,1949—1979》,上卷,第422页。
④ 李明:《自叙:哀乐人生》,《今生无悔——李明诗文集》,第27页。
⑤ 一个角色同时由3位演员扮演,按场次轮换。一般按照知名度排序,且A角上演场次最多。见上影演员剧团《雷雨》节目单,1955年2月19日起,上海大众剧院;1955年4月24日起,上海长江剧场。
⑥ 李明:《戏剧、电影编、导演讲座上的发言》,上海群众艺术馆,1983年1月2日,《今生无悔——李明诗文集》,第194页。

然而,大明星的日子并不都是丰收的喜悦,李明始终有隐隐的边缘感,烦扰不断,困惑甚多。艺术上的悟性没能取代她执拗的革命原则,人际关系的学问在她头脑里仍付阙如。如前所述,党支部书记的身份经常把她置于上下左右的矛盾纠葛之中,为"坚持原则",她不惜得罪那些"大明星"同事。但李明最感惊讶的是,连她的上级也对那些"通天人物"绕道行事,不敢轻易冒犯。

> 至60年代,记得有位局党委书记刚上任就找我,说我是老同志了,向我了解"通天演员"情况,通向何处?我倒是就所知说了,这时方知为官之道是对"通天演员"小心从事,但我悟到已晚了。①

李明确实是对"上影政治"近乎木讷,不善应对。尽管她非常清楚,也有切身体验,上影要拍出好影片,这些昔日的名人不能须臾离开。若不是有郑君里、汤晓丹、赵丹、孙道临、上官云珠等这样的影坛"大腕",私营昆仑影业公司的《乌鸦与麻雀》、上影的《渡江侦察记》以及《南岛风云》怎么可能摘得新中国第一次国家级的电影大奖——1949—1955年文化部优秀影片一、二等奖的桂冠②。但与他们近距离接触后,李明对他们那种"旧明星"做派与混乱的私生活实在不敢恭维。她大不理解,同样是在"党的统一领导之下,上影依然是帮派林立",所谓"香港来的干部""解放后接管留用的干部""老区来的干部""新区来的干部"各种无形的人脉圈子心照不宣,甚至还有"昆仑"与"文华"更小的派系之分,"错综复杂,各有往来"。③社会主义的上影还是"旧电影厂的习惯":"大明星说了算,对他们是老虎屁股碰不得的"④。

类似的想法不止李明一人。上影早期的中共党员中,对党组织"治厂无方"颇有意见。他们认为,1953年以前的思想改造工作确实"有些粗暴",而此后主要是"右倾保守和放弃领导"。部分党员的矛头所向直指那些"通天人物",甚至直言不

---

① 李明:《自叙:哀乐人生》,《今生无悔——李明诗文集》,第27页。
② 《乌鸦与麻雀》(郑君里导演,昆仑影业公司1949年出品)和《渡江侦察记》获一等奖,《南岛风云》(白沉导演,上海电影制片厂,1955年出品)获二等奖。吴贻弓主编:《上海电影志》,上海社会科学院出版社,1999年,第932—933页。
③ 李明:《自叙:哀乐人生》,《今生无悔——李明诗文集》,第27页;上海电影制片厂党委书记林琳:《在中共上海市委知识分子工作会议上的发言稿》,中共上海市委知识分子问题办公室印,1956年3月14日。上档A22(上海市委宣传部档案)-1-276。
④ 李明:《自叙:哀乐人生》,《今生无悔——李明诗文集》,第27页。

讳说"统战"已成为他们的挡箭牌：

> 我们厂是国家企业单位，都是国家机关工作人员，不应当有什么统战，有些演员不通过组织，一下子就统到了部长、陈市长那里，一点事情这些首长都知道，都是些通天演员。
>
> 业务培养，为什么不培养党员，如分配上官云珠演《归队》(《南岛风云》原定片名——笔者注)组的护士长，……她思想意识这样坏，生活作风这样乱，为什么还给她这样的戏演。①

这似乎与50年代运动不断的政治氛围十分吻合，且这些受过根据地整风规训的中共党员对明星的排拒亦有历史经验可循。但他们低估了明星们的政治热情与能量，更没有料到党的知识分子政策变化如此之速。

与50年代改男造女貌全新的上海一样，魔都影人的摩登形象突然远去。明星们迅速改装，在人民政府号召的各种政治活动中异常活跃。报章上不时有他们的报道和文章，如，最权威的上海市委机关报《解放日报》刊登了1950年1月24日身着"列宁装"②的女明星"倡募国家公债"的大幅照片，并配以这样的说明：

> 为了弥补明年度的财政赤字，为了平稳物价，这2亿份公债已列为1950年度财政收入，人民胜利折实公债的被踊跃认购，将对1950年的经济作战起很大的作用。为了倡募公债，演艺明星们身体力行，互相挑战，差不多都把年终奖金全部认购了公债，并且每个月或多或少在薪金里提出一部分来买公债。③

不但有紧跟的行动表现，而且自"晴天霹雳"般的《武训传》大批判和随之而来"触及灵魂"的文艺界整风，编导、演员们开始学会写检讨，写历史自传，写批判文

---

① 上海电影制片厂：《知识分子情况调查报告》，1955年12月6日。
② 以苏俄十月革命前后列宁穿的衣服命名。在中国逐渐演变成与"中山装"齐名的革命女性的服装。延安时期的女干部穿这款衣服，亦称"女干部服"。1950年代初期，"列宁装"成为革命的、进步的城市女性最崇尚、青睐的服装。直至中苏交恶，"列宁装"逐渐淡出。
③ 解放日报编著：《开国那几年：1949—1953》，上海三联书店，2015年，第71页。

章,向党"交心"。

这个过程当然是汗流浃背,人人自危,不过,他们得到了来自总理周恩来等中央领导的指点与抚慰。毛泽东亲自撰写的《应当重视电影〈武训传〉的讨论》一文见报之前,由周恩来主持的关于电影工作的小范围会议决定,"需事先与该片编剧(也是导演——笔者注)孙瑜(1900—1990)先生谈通",并通知上影厂厂长于伶(1907—1997)出面与孙瑜"打招呼",说明"那是为了求得澄清中国文化界的'混乱思想',并不是为了追究'个人责任'"①。上海市市长陈毅也特别嘱咐市委宣传部部长、文化局局长夏衍(1900—1995)和教育局局长戴伯韬(1907—1981):"对留用人员,你们一定要掌握分寸,开一些小型座谈会,不要开大会,更不要搞群众运动。你们可以公开说,这是陈毅的意见,也是市委的决定。"②事隔一年之后的1952年春天,周恩来在出席上影欢迎茶会时,告知孙瑜及在座,他在北京对《武训传》问题"作了检讨",并在第二天上海干部的"万人大会"作国际形势报告时,又"顺便简略"地提到批判《武训传》之事,说他"也应负一部分责任","孙瑜、赵丹(武训扮演者——笔者注)都是优秀的电影工作同志"③。

度过了批《武训传》、文艺整风后的沉寂,上影的故事片生产开始复苏。虽然仍有不少编导、演员被闲置,不过他们的政治"上进心"日益迫切,到1955年,"自觉要求"加入中共的知名编导和演员有40多人④。如,广受欢迎的左翼影片《一江春水向东流》《乌鸦与麻雀》的导演郑君里(1911—1969)在1951年就口头申请加入中共,1954年1月又正式提出书面申请;又如,演员黄宗英1952年提出加入中共的书面申请,"每逢'七一'都是向党很热情地写信打招呼"。她在社会活动中也全情投入,屡屡到学校、工厂去义务演出,最为拿手的节目是诗朗诵《把一切献给党》。⑤后来成为电影界"大右派"的石挥(1915—1957)也对毛泽东和中共领导钦佩

---

① 《电影工作的领导等问题》,在中南海西花厅召开的有关电影工作会议纪录,1951年3月24日,文化部存档资料;孙瑜:《影片〈武训传〉前前后后》,《中国电影时报》,1986年11月29日、12月6日、13日。吴迪编:《中国电影研究资料,1949—1979》,上卷,第84、110页。
② 夏衍:《〈武训传〉事件始末》,《中国电影时报》,1994年7月16日。吴迪编:《中国电影研究资料,1949—1979》,第199页。
③ 孙瑜:《影片〈武训传〉前前后后》;夏衍:《〈武训传〉事件始末》,吴迪编:《中国电影研究资料,1949—1979》,第111、198—199页。
④ 上海电影制片厂党委书记林琳:《在中共上海市委知识分子工作会议上的发言稿》,1956年3月14日。上档A22-1-276。
⑤ 上海电影制片厂:《知识分子情况调查报告》,1955年12月6日。

有加,1957年3月赴京聆听毛泽东《如何处理人民内部矛盾》报告①返厂后,逢人便说:"(毛主席的报告)好,解决问题。主席与总理很随便,谈笑风生,这样很好。党内会议,党外人都参加,不见外,我很感动。"②另一位后来的"大右派"吴茵(1909—1991)也多次表示"我们是要求靠拢党的",相反是"领导上(指上影厂——笔者注)对同志们不大靠拢"③。

确如吴茵所说,在明星入党的问题上,包括李明在内的上影中共党员中弥漫着浓厚的"关门主义"情绪,普遍存在"三怕"思想:"一怕他们经历复杂,不敢负责当介绍人;二怕材料调查麻烦,要费很多时间;三怕吸收这些人会降低党的水平和纯洁性",还夹带着党员身份掩盖下的名利之争,以至于到1955年,只发展了4人入党。④

而上影的"顶头上司"夏衍早就对明星入党高度重视。他曾亲自找上影党总支书记谈话,说"金焰(1910—1983)、白杨、张骏祥(1910—1996)、舒绣文(1915—1969)等人向他提出入党,他觉得这些人工作上、生活上都有了适当解决,就差政治上,我们要考虑他们的入党问题"。但是,上影党员对夏衍的指示大表不敬:"发展党员要按标准,要我举手不行","要不叫他去圈好了"。⑤

李明也始终固执己见,她认为对30年代的明星入党,就是要严格审查,不能迁就。在她看来,这些人中间,有的"有历史问题未查清楚",有的是"资产阶级少奶奶",还有的"怕苦、怕组织约束,表现不好"……他们根本不符合共产党员的标准,即使入了党,充其量是"党内的统战对象"。她尤其反感那几个"通天人物"动不动就找领导"哭诉","入党也要通天";对"要考虑某某的入党问题、转正问题"一类的高层指示,她和几个党员经常顶着"不理这个茬儿";对领导们动辄"以反对宗派主

---

① 1957年3月6日至13日召开的中共全国宣传工作会议邀请了科学、教育、文学、艺术、新闻、出版界的党外文化人士约160人参加。会议首先听取了毛泽东在最高国务会议上所作的《如何处理人民内部矛盾》讲话的录音,3月12日下午,毛泽东亲临会议讲话。中共中央文献研究室编:《毛泽东年谱(1949—1976)》,第3卷,中央文献出版社,2013年,第91—111页。
② 市委宣传部:《传达毛主席关于正确处理人民内部矛盾问题报告后的初步反映》,1957年3月21日。上档A22-2-554。
③ 上海电影制片厂:《知识分子情况调查报告》,1955年12月6日。
④ 上海电影制片厂党委书记林琳:《在中共上海市委知识分子工作会议上的发言稿》,中共上海市委知识分子问题办公室印,1956年3月14日。上档A22-1-276。
⑤ 上海电影制片厂:《知识分子情况调查报告》,1955年12月6日。

义为名,来对下面党员施加压力",她意见满腹。① "文革"前十七年,李明未介绍一人入党。她始终怀疑,这些"旧社会"的明星,怎么可能是"党的人"?

他们都是"党的人"

1955 至 1957 年,中国知识分子的命运随政治风云的变幻大起大落,素有政治风向标的上影更无例外。

中共"知识分子问题工作会议"前后至"双百"、鸣放,上影明星的政治、工作、生活待遇都大有改善。1956 年初,孙瑜、张骏祥、郑君里、汤晓丹等 7 位导演与演员白杨、金焰、张瑞芳、舒绣文、赵丹被列入"中央管理的文教系统全国著名专家名单"②;稍后公布的"上海市高级知识分子"第一、二类,即"最著名"和"著名"的艺术家名单,上列各位加上吴茵、上官云珠、孙道临、秦怡(1922—)、石挥等荣列其中③。

名导、明星入党的问题也突显转机,不为上影基层党员采纳的"夏公"意见变为"积极发展高级知识分子入党"的中央"红头文件"④。曾在上影党支部内"翻来覆去地研究"但只被列为考察对象的积极分子黄宗英在 1956 年 4 月入党;一个月后,导演张骏祥加入中共。1957 年先后入党的有"武训"扮演者赵丹和导演郑君里;白杨于次年 6 月入党;演员秦怡、导演沈浮的入党在 1959 年。⑤

在大明星入党的问题上,基层党员和支部书记越来越"人微言轻",有时,组织程序也只是"例行公事","走过场"而已。李明曾记下几位明星的入党或"企图混入党内"的实例,虽属"文革"期间"交代揭发",不乏贬损,但反映了她所持的心态。其中,最详细的记叙是关于她初上银幕的同事,并扮演了她"姐姐"的白杨:

---

① 李明:《关于(上影演员)剧团修正主义建党路线的情况》(交代材料),1970 年 1 月 1 日。李明"文革"档案,后退还本人。
② 《中央管理的文教系统全国性著名专家名单》,原件无日期。上档 A22-1-286。
③ 上海市委知识分子问题办公室:《高级知识分子标准说明》《上海市高级知识分子及著名艺人第一批名单》,1956 年 2 月 23 日。上档 A22-1-285。
④ 中共中央:《关于接收高级知识分子入党问题给上海局的复电》,1955 年 3 月 31 日。中共中央文献研究室编:《建国以来重要文献选编》,第 6 册,中央文献出版社,1993 年,第 137 页。
⑤ 上海电影制片厂党委书记林琳:《在中共上海市委知识分子工作会议上的发言稿》,1956 年 3 月 14 日。上档 A22-1-276;市电影局:《党内 17 级及文艺八级以上干部名册》,1964 年 1 月 16 日。B177-1-89。

1958年春夏间,白杨从长影回来后,先是王力(江南电影制片厂①党总支书记)向我说:"白杨有入党要求,而她过去很少来厂,脱离群众,群众有些意见,她这次回组,你多帮助她一些。"当时我只理解是教育帮助问题,曾与白杨所有接触,并汇报过情况,后因我去摄制组而中断。

……当时党员中有些意见曾反映过,但听到说,市委已经说了,"你们不要搞宗派","你们不发展,就由市委发展"。

至江南厂支部讨论时,袁文殊(上海电影制片公司党委副书记)特来参加,我们才了解袁文殊、王力是白杨入党介绍人。会前或会上都宣扬白杨在历史上是追随电影左翼运动(即三十年代黑线)拒演坏戏,一直拍进步电影的。支部会上勉强通过了她的党籍,会后群众中即反映了较多意见。我曾向王力汇报,而总支根本不听,反说:"对群众意见要作说服工作"。

至1961年我调回上影剧团后,先听说白杨尚未转正,1961年秋,一次小组会上,忽然说到白杨已于X时转正,支部会上不讨论了。这是完全违反党章的作法。……以后白杨仍经常外出,养病,极少参加组织生活,一般党员均有意见,认为她是党内统战人物……②

得益于中共知识分子政策的改善与"双百方针",上影明星们一度顺风顺水。全国与上海市人大代表、政协委员的各种头衔落到他们身上,有的还身兼数职。民主党派在上影也空前活跃,尤以民盟为最。上影20多位盟员中,吴茵、孙瑜、吴永刚、王丹凤、上官云珠等都赫赫有名。那时能参加"外事活动"是一种很高的政治待遇,参加者需列入上海市委"国际活动指导委员会"的名单,且按知名度分为一、二、三类③。上影女演员们不仅经常去迎接"外宾",而且要陪外宾跳舞④。白杨、张瑞芳、秦怡、王丹凤等名演员曾随中国电影代表团访问苏联等社会主义国家,也出访印度、缅甸、日本等近邻,跨出国门去一展"红色摩登"的风采。

最高的荣耀来自伟大领袖,毛泽东的谈话与接见,是电影明星改变命运的巨大

---

① 1957年4月,上海电影制片厂改组为联合企业性质的上海电影制片公司,下设江南、海燕、天马3个电影制片厂。白杨、李明都属江南厂。1958年底,为支援华东各省新建电影制片厂,撤销江南厂建制。吴贻弓主编:《上海电影志》,第127—128页。
② 李明:《关于剧团修正主义建党路线情况》,文革交待,1970年1月1日。
③ 上海市委国际活动指导委员会:《参加国际活动工作的高级知识分子和著名艺人名单》,1956年2月20日。上档A22-1-285。
④ 上海电影制片厂:《知识分子情况调查报告》,1955年12月6日。

契机。1956年起,由毛泽东指定或组织安排受见的上影名人为数不少,其中上官云珠和赵丹格外引人注目。前者的丈夫在1952年"三反运动"中被查有贪污行为,不但顶着"贪污分子家属"的帽子,本人也被划为"落后分子"①。后者是中国电影知名度最高的男演员,无论在政界、文艺界或是社会上,都是被聚焦的人物。

1956年初,"毛主席请上官云珠吃饭"的消息在上影厂传得沸沸扬扬。身处逆境的上官云珠自然激动万分,"逢人便说真是'想不到的事'"。此后她"经常喜笑颜开",还对向她表示祝贺的同仁说:"我知道你为什么给我握手,因为毛主席曾经握过我的手是么?"②但在她人前背后,持异议者不在少数,不仅是对她抱有成见的共产党员,就是党外人士,也表示对此举大感不解。

> 在毛主席请她吃饭以后,第二天一早演员剧团的负责同志就找支部书记问:"为什么要派上官云珠去见毛主席?"支部书记向他们解释后,他们还说:"这样会不会得不偿失?"……我们的党员还在那里议论说:"你看,现在上官云珠的尾巴翘起来了","她还这样得意呢,好在毛主席还是因为她是落后分子才找她去的",……从这里可以看出我厂干部和党员中宗派主义倾向的严重,这种宗派主义倾向并没有因为毛主席亲自做了上官云珠的工作,而有所悔改,相反的,还在变本加厉的泛滥着。③

对于上影党委来说,厂里宗派主义闹到如此程度虽然非常棘手,但仍然力排众议,"坚决和这些错误倾向作斗争",以不负毛主席的关怀。在1956年3月的上海市委关于知识分子问题的工作会议上,厂党委书记林琳鲜明表态:"今后我们除继续认真学习中央关于知识分子问题的决议与指示外,还将抓紧以上官云珠为典型,通过对上官云珠的争取和教育的事例,教育我们全党,教育我们全体干部。"④谙熟世事的上官云珠对飞来之福格外珍惜,一反消极情绪,对前去"征求意见"的厂领导"有批评有检讨,态度很诚恳"⑤。

---

① 上海电影制片厂党委书记林琳发言稿,1956年3月14日,上档A22-1-276。
② 上海电影制片厂党委书记林琳:《在中共上海市委知识分子工作会议上的发言稿》,1956年3月14日。上档A22-1-276。
③ 上海电影制片厂党委书记林琳发言稿,1956年3月14日,上档A22-1-276。
④ 上海电影制片厂党委书记林琳:《在中共上海市委知识分子工作会议上的发言稿》,1956年3月14日。上档A22-1-276。
⑤ 同上。

上官云珠的命运由此峰回路转,柳暗花明。她作为中国电影代表团的正式成员,带着她主演的《南岛风云》参加捷克斯洛伐克的国际电影节。一部部片子的拍摄任务落到她身上,政治活动和社会活动也日益频繁。上官云珠加入了民盟,1956年11月23日,她在《文汇报》的讨论专栏"为什么好的国产影片这样少"发表文章,呼吁领导切实解决演员没戏拍、没戏演的"老掉牙的问题","让无数埋藏的珠宝发光"。

赵丹是不同于上官云珠的另一个标杆性人物。这位左翼电影运动的干将,在新中国享有同代明星中很高的政治待遇。作为中共重要的统战对象,1954年他和白杨当选为第一届全国人大代表。但在政治运动不断的年代,《武训传》的阴影很难散去。受批判后他连续五年没拍电影,1956年政治气候转暖后,才重登银幕①。此时赵丹重又燃起加入中共的愿望,1957年春机会来临。3月,赵丹与石挥、吴茵、吴永刚(1907—1982)作为党外人士受邀参加中共全国宣传工作会议,总领队、上海市委宣传部部长石西民向他交代任务,"做他们三人的思想工作",并"随时汇报他们的思想情况"②。3月8日晚,赵丹的政治命运发生戏剧性的转折,在中南海颐年堂举行的文艺界座谈会上,毛泽东鼓励电影界要赶上日本故事片的年产量,"你们最好也出他三百部"。这番指示已经让在座的赵丹按捺不住的喜悦,没想到紧接着听到毛泽东直呼其名:

> 赵丹!孙瑜没有安排好吧?你是和他合作过的。有了安排那就很好。你们两个合作搞的《武训传》,曾受到批评,那没有什么,一个作品写得不好,就再写嘛,总该写好它。③

这一刻对于赵丹的生命至为关键。有了领袖的这番激励,入党的大门向他敞开。

宣传工作会议期间,石西民总在关节点上不断指点赵丹,使之与其他三位拉开了距离。根据大会安排,石挥起草了大会发言稿,提议以4人联合签名并由赵丹发言。赵丹拒绝并立即向石西民汇报。石西民要求他把稿子拿给他看过之后,即指

---

① 1956年赵丹先后主演《为了和平》和《李时珍》。
② 赵丹:《139号犯人的报告·57年反右》,李辉主编:《赵丹自述》,大象出版社,2003年,第190页。
③ 中共中央文献研究室编:《毛泽东年谱(1949—1976)》,第3卷,第102页。

示说:"如果他们一定要你联名,你就签上个名,否则好像不让他们发言了。只是你别上台去讲,让他们随便谁上台去讲吧!"赵丹听命,并推石挥上台发言。大会发言后,石西民又一次指示赵丹:"关照他们一声,这篇稿子在大会上念过就算了,不必再拿到报上去发表了。"但阴差阳错,此稿又在《文汇报》刊登了出来。①好在石西民了解其"幕后真相",从北京归来后一个月,赵丹被上影党组织吸收为中共预备党员。

1957年7月7日,毛泽东在"反右"进入高潮时亲临上海,当晚会见了科学、教育、文艺和工商界代表人士36人,同他们围桌谈话约两小时。上影出席者有知名导演、演员8人,赵丹和妻子黄宗英都在其中。他们在领袖身边团团围坐,如沐春风。②

从此,"被毛主席接见"成了的上影党委"政治排队"的一条红线,也成为明星们的保护伞。"反右"运动中,新党员赵丹表现得十分积极,"参加了对右派分子石挥的面对面的斗争大会,又参加了对上官云珠的批判斗争的中型会",还与瞿白音两人"急就章地搞了一篇批判石挥的文字,送给报上登了出来"③。参加过《文汇报》关于国产影片座谈会的导演、演员受到不同程度的批判,民盟中有9人上了右派名单。而他们的"盟友",受过毛泽东接见的江南厂厂长、导演应云卫(1904—1967)和上官云珠却躲过一劫。上官云珠一度虽被"内定"为右派,但最终以"犯有严重右倾思想错误"被"保"了下来。不仅如此,她一生7次受到毛泽东接见④,在上影明星中,也是少有。

左右难辨"党的人"

"反右"运动后,原来帮派林立的上影发生又一次裂变。几位三四十年代左翼电影运动的头面人物,如石挥、吴茵、吴永刚、白沉(1922—2002)等被划为右派,而上影明星公开的表态越来越激进。

1958年1月2日,在周恩来亲临的上海文艺界座谈会后,许多人发表参会感

---

① 赵丹:《139号犯人的报告·57年反右》,李辉主编:《赵丹自述》,第190页。
② 中共中央文献研究室编:《毛泽东年谱(1949—1976)》,第3卷,第185页。
③ 赵丹:《139号犯人的报告·57年反右》,李辉主编:《赵丹自述》,第190—192页。
④ 迄今为止有官方档案记载的,上官云珠生前7次受到毛泽东接见,见于《中共上海电影局委员会关于上官云珠同志的复查结论》,1978年10月13日。转引自刘澍:《孤独的寒星——上官云珠》,团结出版社,2003年,第202页。

想,表示完全拥护处理右派的方针,认为"批判从严,处理从宽"的政策十分必要与正确。应云卫说:"当总理指示对右派分子处理的原则时,起初我觉得稍嫌从宽,后来经总理的详细说明,我完全拥护。"上官云珠表达了幸免于难的感激之情:"从总理的谈话,讲到对右派的安置问题时,使我又一次更深刻地体会到党为了挽救犯错误的人的伟大精神。"但也有为数不少的人认为"太宽大,思想上仍有不通"。听周恩来说"对大右派最高放到政协常委"的政治安排时,一位市人大代表表示"感情上是不舒服的。反正政协常委不是选举的,要是选举,我作为市人民代表,选全国代表,我是不会投那些人的票的"。另一位香港归来的明星态度更为鲜明,说:"我觉得太宽大了,因为右派分子这样反党反社会主义,他们种种行动对社会对群众影响很大","电影是国家宣传的武器,对群众影响更大"。上官云珠又一次成为他们议论的焦点,有人提出:"总理再三说这次下乡劳动锻炼是光荣的,第一批下去的人都是积极分子,但事实上第一批被批准下去的人中像上官云珠就是有极严重的右倾情绪,这种情况如何解释?是作为监督劳动,还是一般的积极分子光荣的劳动锻炼?"类似的意见也把上官云珠指为"与右派分子仅是一板之隔",认为"在他(她)们思想转变前,不应该让他们下乡",若与"积极分子"一样对待,"群众很有意见"。①

政治也浸润到明星的日常生活,赵丹和黄宗英给反右运动中出生的二儿子起名"赵左",大跃进中降生的小儿子名为"赵进",后改为"赵劲",极富时代气息②。

来自解放区的革命影人中有人却在左右摇摆,李明就是其中之一。她认为"反右斗争的大方向是对的,有人反党反社会主义自应反击",但涉及身边的具体人,她却与不能与上级保持一致:

> 当时我是江南厂演员组长,对一些演员很了解,当党内欲定"右派"演员时,我申辩有的人系在香港参加爱国运动被英方驱除出境;有的爱人系老党员,他们因参加了文汇报组织的电影讨论(主要诉苦电影演员没戏拍),而有错误,但不可能反党反社会主义。类似的党内外同志我开脱了几位,他们最终以不同形式检讨了事。我却差点被按上"右倾"帽子。③

---

① 市委宣传部办公室整理:《周总理在本市召开文艺界座谈会后的反映》,1958年1月2日。上档 A22-2-554。
② 赵青:《我和爹爹赵丹》,北京大学出版社,2011年,第89页。
③ 李明:《自叙:哀乐人生》,《今生无悔——李明诗文集》,第26页。

同样因保护一些"右派"言论者免于治罪,另一位"三八式"的老党员、上海美术电影制片厂党总支书记兼副厂长严励(1917—1999)比李明受到更为严重的冲击。他被扣上"右倾"帽子,免去领导职务,发往上海北郊农场劳动一年半,作为惩戒。① 严励妻子是大明星张瑞芳,1938年入中共后,一直受周恩来的直接领导,她是名副其实的"通天演员",与中南海西花厅周恩来办公室可直通联系。但此时,"通天"的妻子也帮不了严励的忙,只能"帮他检查来检查去",结果她自己还有"一大堆的问题想不明白","只能认为自己的政治觉悟跟不上形势,的确需要好好反省和改造"②。

　　李明与这两位"老革命"感同身受。"大跃进"和"拔白旗,插红旗"运动又一次让她左右难辨。一面是电影生产"大放卫星",李明也不甘落后,投入了"纪录性艺术片"的创作行列,自编自演反映罐头厂女工大胆革新,试制成功青豆机事迹的《铁树开花》③。与许多同类电影一样,这部影片相当"短命",起先因票房太差没放几场,1962年,文化部一道命令停止上映,理由是这些影片"存在着宣传'五风',如浮夸风、共产风以及缺乏实事求是的科学精神等错误倾向"④,"铁树开花"终成泡影。"大跃进"中,她主演的《长虹号起义》也放了"卫星"。因领导审片后认为"地下工作者穿得太好,不符艰苦朴素的原则,需重拍",于是重新搭景,一天内抢拍一百二、三十个镜头,劳民伤财,让她和同事们苦不堪言。⑤ 另一面则是她参演的《情长谊深》《凤凰之歌》和她丈夫的导演处女作喜剧片《幸福》⑥受到不同程度的批判,面临被禁映之虞。出自"右派"导演徐昌霖并有石挥参演的《情长谊深》作为"白旗"被拔,李明当然可以想通,但令她与张瑞芳都十分苦恼的是,她们主演的《凤凰之歌》本是一个"旧社会"的童养媳成长为"新社会"的女干部的好故事,居然也作为"问题影片","戴着'帽子'公映"⑦。

---

① 张瑞芳口述、金以枫执笔:《岁月有情——张瑞芳回忆录》,中央文献出版社,2005年,第293页。
② 同上。
③ 李明:《自叙:哀乐人生》,《今生无悔——李明诗文集》,第26—27页。
④ 文化部:《关于对违反当前政策精神的影片停止发行的通知》,1962年9月8日,文化部办公厅:《文化工作文件资料汇编》(二)。吴迪编:《中国电影研究资料,1949—1979》,中卷,第412—413页。
⑤ 李明:《自叙:哀乐人生》,《今生无悔——李明诗文集》,第26—27页。
⑥ 天然、傅超武导演,天马电影制片厂,1957年出品。
⑦ 李明:《自叙:哀乐人生》,《今生无悔——李明诗文集》,第26页;张瑞芳:《岁月有情——张瑞芳回忆录》,第284页。

然而，当时的李明可能有所不知，周恩来总理对这部电影的批评得不轻，指出"影片的思想是个人主义"，其中还包含对张瑞芳和她扮演的两个主要人物的基本否定：

> 《凤凰之歌》没有阶级路线和群众路线，没有正确反映时代背景，而是"五四"时代的反封建，……作者写的是合作化以后的农村，怎么还是封建、流氓横行的世界？富农还可以利用祠堂、封建迷信手段欺骗全村群众？两个正面人物都是童养媳，我不是反对童养媳作正面人物的典型，而是看不到党依靠贫雇农的阶级路线。这两个人是否能构成农村正面人物的典型？地位是否要摆得那么重？①

1959年初，李明和丈夫天然被组织列入支援外省新建电影制片厂的300余人的行列，调往福建②。这是"大跃进"中各地纷纷上马大搞故事片厂的狂热之举，李明夫妇到闽喘息甫定，文化部就下令筹建中的各厂"采取坚决措施，妥善下马"③。8月，上影也发生创作干部和技术人员严重短缺的"人才危机"，反向各省宣传部发出商调请求；11月，经上海市委宣传部同意，分期分批召回支援福建的上影创作人员④。1960年，李明被"借调"回海燕电影制片厂参加一部故事片拍摄，次年5月，她与丈夫正式调回上影。在福建工作期间，李明因发表"各地办电影厂是否头脑太热"，"向共产主义迈进是否提得太早"等"右倾"言论受到组织和群众的批判⑤，直至回上影后的1962年方得甄别。

在忽左忽右的摇摆与动荡中，李明告别了50年代的上影。这个新四军文艺兵出身的红色演员，在中共高层和上影基层政治陈陈相因的复杂权力网络中，在党员与明星的身份冲突及与他者的矛盾纠葛中，摸索得好辛苦！

---

① 周恩来：《在制片厂厂长座谈会上的谈话纪要》，1958年4月18日，长春电影制片厂存档资料。吴迪编：《中国电影研究资料，1949—1979》，中卷，第185页；上海市电影局：《关于周总理对电影方面的谈话纪要》（记录稿），1958年4月18日。上档B177-1-32。
② 市电影局：《支援福建省人员分配方案》，上档A22-1-448。
③ 文化部：《关于各地电影制片厂的建设方针向中央的请示报告》，1959年3月27日。文化部档案，吴迪编：《中国电影研究资料，1949—1979》，中卷，第260页。
④ 市委宣传部致江苏、浙江、江西、山东、湖北、湖南、福建省委宣传部要求协作省商调电影人员 沪宣委(59)字第144号 59.8.14.；电影局呈市委宣传部：《复我局支援福建人员处理问题》(59)沪影人字202号，59.11.7.。上档A22-1-448。
⑤ 李明：《交代我在被反动派逮捕期间自首叛变的罪行及十七年执行文艺黑线的错误罪行》。

结　语

　　历来论及中国革命,都市摩登或被遮蔽,或被否定。早在延安时期,毛泽东在致周扬的信中表达得再明确不过:"就经济因素说,农村比都市为旧,就政治因素说,就反过来了,就文化说亦然";"不必说农村社会都是老中国。在当前,新中国恰恰只剩下了农村"①。将上海"亭子间"作为与革命延安相对立的意象空间,也表明了毛泽东的都市文化观②。这不仅为中共种种"去摩登"的政治行为与文化实践敷设了理论前提,而且深刻地影响了中共革命史的问题意识与叙事路径。与此相吻合,关于1949年前后中国历史断裂的看法,也可引申出毛泽东时代告别都市的"去摩登"叙述。

　　本文所叙述的上海电影人,提供了理解中共领导的无产阶级革命的另一种可能。在50年代的上影,1930—1940年代"浮华电影世界"里的左翼明星和来自解放区的革命影人组成了关系紧张的新共同体。这是一个充满竞争与冲突的场域,有人被边缘化,也有人遭受毁灭性的打击。在各种派别与人际的复杂互动中,社会主义的红色影星依赖领袖和国家的权威建构出来。他们努力调整自己去适应新的革命秩序,以获取党的准许,夺回即将失去的创作权利。但他们并没有被改造得面目全非,"并非全然是'党一统'中盲目行事的成员"③。这恰恰也是中共新政权的急需,因为在都市大众文化的消费性质被革除之后,社会主义文化也不能离开明星的创造。新国家不只需要革命暴力,也需要教育和感化,而银幕上仪式般的革命展演,昔日的大明星仍唱主角。如此,在天翻地覆的50年代,依然有都市摩登隐秘、暧昧、甚至是合法的存在,这似是观察中国革命的另一个面相。

---

① 中共中央文献研究室编《毛泽东文艺论集》,中央文献出版社,2002年,第259—260页。
② 上海大部分住宅都有"亭子间",它位于厨房间之上,露台之下,空间面积狭小。原用于堆放杂物或作保姆间,后因上海住房紧张,多用于出租给住家,租金相对低廉,曾是许多文化人的栖身之处。毛泽东在延安鲁迅艺术学院成立大会(1938年4月10日)和延安文艺座谈会(1942年5月23日)的两篇讲话中,分别用了"亭子间的人"或"上海亭子间来的"涵指都市文化人。见《毛泽东文艺论集》,第13、81页。
③ 周锡瑞(Josphp W. Esherik):《关于中国革命的十个问题》,董玥主编:《走出区域研究——西方中国近代史论集粹》,社会科学文献出版社,2013年,第203页。

心路

白先勇的昆曲之旅

白先勇的昆曲之旅

■ 文/陈均

一、引子

2018年4月10日,校园传承版《牡丹亭》在北京大学百周年讲堂首演。当晚,来自北京16所高校的学子在舞台上演绎汤翁的《牡丹亭》,就如十四年前青春版《牡丹亭》在北大的首演一般,情景如画。白先勇先生依旧在满场的欢呼声中走上前台,欣然谈论的却是校园传承版《牡丹亭》的"人与事"。4月12日,白先勇在已持续九年的北大通选课《经典昆曲欣赏》课堂上,在席地而坐的前排同学之间,纵论"我的昆曲之旅"。

时间无情,从2004年——青春版《牡丹亭》开始巡演的那一年,我与内子初聆是剧(犹忆世纪剧院三层的高高台阶)。到如今又已是十四年。思顾随的一句词"遥天一点见孤星。不知人世改,仍作旧时明。"这十四年来,人世变迁,中国社会的状况,以及昆曲在中国社会中的位置与处境,亦有了巨变。青春版《牡丹亭》亦发挥着它的影响,并被认为是新世纪以来昆曲发展的重要标志。当我回头再来看白先勇先生彼时的言论,发现他所提出的观念、理想,有很大部分得以推行、传播及实现。再由此回溯,不由得为"历史"中的当事人而感慨,"少年心事当拿云",当此事初起时,可说是有这般的心志;而当尘埃落定后,又能见其因果。这便是我此时此地的"心事"了。十四年来,白先勇先生制作青春版《牡丹亭》及新版《玉簪记》,此后又有新版《白罗衫》与新版《义侠记》,再到近时这石破天惊的校园传承版《牡丹亭》出世,便可知白先勇先生于昆曲、于中国文化之理想,亦可明新世纪以来昆曲观念变迁之线索(我以为其变化不亚于民国昆曲与共和国昆曲之变)。更重要的是,青春版《牡丹亭》十四年来,从青春版《牡丹亭》到校园传承版《牡丹亭》,中国大陆的昆曲之时势、人事与面貌为之一变,历史与现实亦有所更新矣。

二、昆曲

白先勇先生的"昆曲之旅",在我想来,这自然有两重含义:第一是青春版《牡丹亭》的十四年之旅,从策划、巡演至功竟,如世间之逆旅,总有一个实存的轨迹与面目在内。(但往往其人及旁人难以识得,故六祖云识得真面目便知"密在汝边")十四年辛苦,非同寻常,所幸当初之志已逐一成为现实,虽或不能把握它的未来,但毕竟差可慰人意。如今,人们每津津乐道于昆曲观众人群的年轻化,如"黑发多于白发",或是昆曲票房之热,昆曲演出门票往往能一售而空,诸剧里独此一家也。这不仅为人所艳羡,亦提示这十四年"昆曲之旅"之历史势能犹在。因自有"青春版《牡丹亭》热",然后便有"昆曲热"也。

提起白先生的昆曲之旅。白先生往往远则追溯于幼时睹梅兰芳与俞振飞之《游园惊梦》,此乃是种一点因于其心;近则回想20世纪80年代之际初睹上海昆剧团华文漪、蔡正仁诸君之《长生殿》(诸昆剧艺术家如今已成"大熊猫",而在北大之课间,刘异龙亦模仿白先生睹剧后之神态,惟妙惟肖。)及至在南京看张继青之"三梦",感曰大陆居然还有如今精妙之昆曲艺术存焉。此既是怀旧,亦是"昆曲之旅"之始吧。(大约同时或稍后,台湾地区的教授及爱昆者亦有两次"昆曲之旅",此后便有台湾昆曲之新天地。)2014年我曾立于台湾翻阅其剪报,此剪报尤为难得,如电影回放之一幕幕,而主题便是台湾昆曲之空间,从初创到文化之养成到"最好的演员在大陆,最好的观众在台湾"之评语,再到现今台湾昆团、昆事之繁多。而在这一片热闹里,则常见白先生往返于美国与台湾地区之身影。台湾昆曲之发展,亦有白先生之推波助澜在内也。

翻罢这些剪报,我便有一个感想,即台湾昆曲经十余年之酝酿所形成之观念(自然亦有白先生的一份),借助于白先生与大陆昆曲艺术家之实践,而光大焉。诸如"昆曲之美""原汁原味""只删不改"等观念之提出,其实迥异于彼时大陆昆曲之观念,而亦成为现今大陆昆曲之主要观念,皆可说是青春版《牡丹亭》影响之所及了。白先生在台湾昆曲之实践,以及形成的诸种观念,又经青春版《牡丹亭》之实践与传播,遂成其大功也。比如,当我读到白先生在策划1992年华文漪《牡丹亭》在台湾地区演出时的言论,竟发现与如今之言论多有相合,诸多观念其实萌于彼时。因此,白先生的昆曲之旅却是在80年代初访大陆,迄今已是近三十年矣。三十年为一世,如追寻其间之白先生与昆曲之因缘,自然会有许多趣味与发现吧。此外我还思及"昆曲之旅中的白先勇",这又是另一重意思,稍后再述。

白先生与昆曲亦因人世种种缘分而聚合,譬如观剧,譬如文字与内心中所存的那一份古典之中国,譬如其大志。白先生自云"志向远大,目标崇高"。我在一篇小文中亦以其提倡昆曲与早年欲修水利之志相对应。凡种种果,皆种种因,故百丈下一转语云"不昧因果"。"情"却是白先生之关键词,如文学,白先生的文字处处皆有"情"在,感时伤世怀人,近于张宗子之风也,故多为读者所赏,亦因此有永久之价值。而白先生于昆曲之认知,亦系于"情"字,其访谈云"一个是'美',一个是'情'",此二者可说是其昆曲观念之核心也。而白先生与《牡丹亭》之缘,抑或是《牡丹亭》之"情"已臻于极致,生生死死,三生之石,皆因于"情"。此乃白先生于《牡丹亭》(以及《红楼梦》)于"情"之通感,故能独赏之、独乐之,并以青春版《牡丹亭》一剧,与世间人共赏之、共乐之。而青春版《牡丹亭》之后,又有校园传承版《牡丹亭》,正是承其余绪,又开出一片新天地。

白先生与"牡丹"一词缘分匪浅,如《牡丹还魂》《牡丹亦白》等,既是指涉《牡丹亭》一剧,亦或成为某种象征(如坊间谑称青春版《牡丹亭》为"白牡丹")。但"词与物"意义之变迁或许不尽于此。昆曲之象征为"兰","兰为王者香",故喻为"国色"。"兰"之所名所喻,或来自孔子,孔子于荒芜之谷见兰遗世而独芳,故制《幽兰操》之曲。而人多以"空谷幽兰"作为昆曲之象征也。这一象征或许恰恰迎合昆曲于现代中国之处境,即"一衰而再衰,衰而未绝",仅为少数知音者所赏。

但白先生却喜用"牡丹",此来自《牡丹亭》之简称,然而我却以为凝有白先生之意念,因牡丹之贵气。而白先生出自将军之家,当日亦是翩翩佳公子,故其视昆曲之视角,难免亦携有一种贵气。故白先生盛赞昆曲于其盛世之繁华、之高超、之精妙、之为世界遗产,故白先生制作青春版《牡丹亭》,欲求其美、其精致、其格调、其完美、其与西方之艺术相抗争,等等,皆是由这份贵气。在小说《游园惊梦》里,白先生也给主角昆曲名票蓝田玉安排了一丛牡丹作为象征,而他人则是月季、辣椒、桂花之流。昆曲之为"非遗"之首,复因青春版《牡丹亭》之推广,在中国社会里,亦复归这一份贵气。既异于民国之时流落于城乡之景象,又与共和国初期阶段及新时期之附庸于政治之景观有所变化焉。也即,昆曲既有"兰"之孤高,如今又是"牡丹"之贵气。且"牡丹"却是中国人之喜气,也就是"曲高和众"之愿景也。

因此,白先生的"昆曲之旅",正是"牡丹情缘"。前年我编白先生的昆曲言说,命名为《牡丹情缘》,情由正是在此。其名大约亦能反映白先生之于中国文化、之于文学、之于昆曲之意念,亦相应于白先生之实践,昆曲之诸种变化。

三、文人

我曾为文,来谈昆曲如今之时势,谓为"官人、文人与商人",其中"文人"即举白先生与青春版《牡丹亭》。近代以来,昆曲于中国社会之浮沉多与文人相关。我曾拟举四大转折之事件:其一为民国初年北京之昆曲复兴,其事由昆弋之进京、名伶竞演昆曲、北大师生之倡导昆曲之合势而成,由此既确立现代中国之观念中,昆曲于中国文化之崇高位置,亦奠定北方昆弋班社此后二十余年辗转于京津之基础。其时居于北京之文人如蔡元培、吴梅、齐如山、张季鸾诸君功莫大焉。其二为昆曲传习所之设立,此乃穆藕初、徐凌云、张紫东等沪苏曲家之功也,由此南昆一脉得以接续,并成就百年昆曲之历史。俞平伯在《昆曲将亡》一文中曾云"昆戏当先昆曲而亡",是之谓也。故民国时期,昆曲如昔时王谢堂前燕,但仍可薪传不绝,其文人扶助之功与焉。其三为共和国初建,因《十五贯》"一出戏救活了一个剧种"。虽是因昆曲迎合政治之时势,却少不了文人之参与及策划,如此剧之改编者,又如田汉、郑振铎、金紫光辈。今人喜谈毛泽东亦看昆曲,如点韩世昌、白云生之《游园惊梦》要带"堆花"云云,而以毛泽东于北大任馆员时曾睹韩世昌之剧也。

其四却在新世纪,自2001年昆曲成为"非遗"之首,且因白先生所制作青春版《牡丹亭》之影响,兼以"非遗"在中国社会的体制化,故成其为昆曲之"盛世"。此亦是百年昆曲之中国社会所能达到的最高"位置"。其中,青春版《牡丹亭》之影响,亦为人所知。我曾言及,虽然国家能赋予某剧种或艺术以资源、以政策,却不能让观众自愿走进剧场,去观赏或喜好这一艺术。故虽然国中"非遗"林林总总,不知几许,然其观众、其推广却大多无甚改观。昆曲之独占风流,青春版《牡丹亭》之功不可没也。而此剧之所以"成功",据傅谨教授说来,一是因白先生之影响,现身说法,招引青年学子入场观剧;二是观者一入场,便觉《牡丹亭》之美,因之入昆曲之门也。故傅教授念念在兹的便是,昆曲及其他剧种之佳剧颇有之,何独以青春版《牡丹亭》得此功,其秘密何在?癸巳仲秋,我与傅教授曾访苏昆,于其情节一一问来,受访者多言白先生,不仅于策划、传播,剧中诸多环节、细部,小如一把折扇(白先生曾赞张继青"一把扇子扇活了满台的花花草草"),大如该剧之理念、剧情桥段之设置等,皆有白先生之深心在焉。

自近代以来,昆曲之所以于中国社会仍可延续,国中仍得以闻大雅之音,其伶人之坚持欤？其文人之独怜欤？此四事外,文人之于昆曲故事甚多,此处不及备述。唯再说俞琳一事,俞氏曾于40年代在北大习昆曲,80年代时居文化部之高职,故倡昆曲,筹昆剧振兴委员会,举办昆曲训练班,昆曲于1986年得一小高潮也。惜后转迁他职,昆曲遂复沉寂也。文人于昆曲之作用,当以白先生最为典型。因其彼时为昆曲之热心观众,又兼以其文学与审美亦是传统与现代交融之理念,且存有昆曲之复兴、中国文艺复兴之理想,及有意志力、行动力实行之,诸多因素聚于一身,名实皆有所归矣。

四、观念

白先生说昆曲谈青春版《牡丹亭》,或他人引用白先生之语,多云"正统、正派、正宗",言及"传统与现代"（白先生在北大、香港中文大学的课堂讲题之一即是以青春版《牡丹亭》与新版《玉簪记》来解读这一理念）,又阐释曰"尊重传统,但不因循传统;利用现代,又不滥用现代"。"传统与现代"之关系,可说是现代中国之一大命题。古今中西之间,如何处理,如何融合？既是国家社会之大事,亦是每一个人所要处理之细事。《道德经》云"执古之道,以御今之有",而另一版本又谓"执今之道,以御今之有",于此后世皆有妙论,其实莫衷一是。是以可见观念歧义,古来有之。而于昆曲之于当前中国,其观念亦多有缠绕复杂之处。但共和国以来之昆曲,官方多持创新、主旋律、通俗之论,民间则有传统、复古之努力（民间亦是鱼龙混杂,未可一而论之）,而80年代以来的昆剧舞台,尤其是本戏大戏,受彼时其他艺术样式影响,多呈现话剧化、歌舞剧化之趋势,并以之为新。如今从老录像里再观彼时舞台之状,光怪陆离,真不可解也。

青春版《牡丹亭》之出,于昆曲大戏之舞台,可谓为一新,或是全方位之变化。从其昆曲制作之理念,如"原汁原味""只删不改",彼时国中多言"三条腿走路"（即现代戏、历史剧及古典名剧整理,然即使言"整理"亦往往将剧词改为通俗）,今时则以"只删不改"为尚;从昆曲演员,彼时以青春版为号召,多有质疑,因中年之后伶人艺更高也。然"青春版"此后成为各院团昆剧大制作之基本类型（并以更年轻相号召）,青年演员从此成为昆剧舞台之主角;从其舞台美术,青春版《牡丹亭》之美学（实则是白先生之审美）,今似已是昆曲舞台之普遍风貌,如其淡雅之色调、细节之雕琢,较之于传统或八九十年代舞台,风光不同矣;从其运作方式,如制作模式、宣传推广方式、展演交流学术研讨出版之系统,等等,彼时多令人惊异,今则多为相关团体借鉴之。再如,近时文化部举行热闹之拜师仪式,称为"工程",然此种风尚之肇始,却是白先生主导之青春版《牡丹亭》"拜师仪式",彼时是新闻,今日却是惯事矣。故青春版《牡丹亭》在国家大剧院上演两百场时,我于大厅偶遇总导演汪世瑜老师,问及感想,我即不假思索便云,感觉"古典"。后思之,此感既来自青春版《牡丹亭》之美学,即白先生之"传统与现代"理念之实践,而得之于舞台之简约与美感也。另一则来自对近来昆曲舞台之感,因大陆各院团之昆剧制作,虽其理念有所变化,但一则审美不能统一,支离破碎,常有败阙;二则细节未臻完善,甚或并不在意漏洞百出。究其因,除缺少持"传统与现代"观念且在美学上不可妥协之制作人外,即在于艺术于政治之依附,因其制作之目标不在于昆曲之兴,不在于观众,而在于庙堂也。古兆申先生批评80年代以来之大陆昆曲在体制内循环之弊即在于此,于今愈演愈烈焉,因新形势下亦有新变化也。

因此,青春版《牡丹亭》之美学,虽亦有可指可点之处,或有更上层楼之余地,然返观之,对照之,却又可资借鉴也。青春版《牡丹亭》之"现代",在青春版《牡丹亭》里,是引而不发的,因诸种现代手段,多是小心使用。其倾向在新版《玉簪记》"显山露水",即如白先生此时所言"琴曲书画"之"昆曲新美学",除古琴是因《琴挑》一出而得之,书画之为舞台美术,之为隐喻象征,在青春版《牡丹亭》中已有设计,而至《玉簪记》则成为主要之特征,几使此剧成为"现代"之剧也。我观《玉簪记》之后,即有感想云:比之云门舞集,又有何差异?此剧实为前卫之剧也。然传统之昆剧观众或不能适应之。又语白先生欲将《玉簪记》排成《牡丹亭》也。因《玉簪记》本一闹热之戏,但白先生却寓以慈悲之意,如《偷诗》中观音画像之凝视俗世小男女,其象征之意昭然。

五、复兴

某日见一戏迷撰文曰"《十五贯》一出戏救活了一个剧种,青春版《牡丹亭》一出戏复兴普及了昆曲",初见此语,又思是否言过其实,但考之再三,又觉恰合今日之昆曲时势也。譬如,诸多场合,常见昆曲艺术家或官员兴奋言及其他剧种观众较少且多老年,而昆曲则不仅多且"座中皆黑发"。回想十年前,昆曲界岂不皆是感叹"座中皆白发"欤?我亦在《话题2007》中分析青春版《牡丹亭》所导致之昆曲观念变化,云昆曲在人们心目中的位置"从陈旧落伍的艺术一变为可消费的时尚"。曾闻某老艺术家回忆彼时去菜市场不敢自称持昆曲之业,而某青年艺术家则说打车不便说去昆剧院,而语剧院邻近之某地。可谓心酸也。较之于今日荣耀之状,又是天地倒转也。而昆曲之于百年历史(虽不能与历史上"国剧"之盛相比),也差可称之为"复兴"也。其中,既有国家意识形态之于"非遗"之动员,亦有青春版《牡丹亭》之风行。

白先生曾云传承,即演员需要传承,观众亦需要传承,此二传承,则通过青春版《牡丹亭》实现之。近些年见昆曲爱好者,谈到青春版《牡丹亭》,多言由其入门。因睹青春版《牡丹亭》而爱好昆曲,此后或更深一步,喜好传统昆曲及习曲,或以"昆虫""粉丝"而参与昆曲,态度或有所异,但对青春版《牡丹亭》多有一份"初心"存焉。因遇青春版《牡丹亭》,而获此"情"此"缘",而得以充实"人生的艺术",如佛家所言方便法门也。白先生力行之昆曲巡演、昆曲进校园(曾云让每一个大学生都看一次昆曲),亦开花结果矣。大约五六年前或更早,白先生又在大学里推动昆曲之传承,如在北京大学、苏州大学、香港中文大学设立昆曲传承计划,在台湾大学亦以其名设立昆曲系列讲座,将以往昆曲进校园之方式由演出变为课程,且这一课程形式,多延请著名昆曲艺术家、学者讲座,且辅以折子戏演出之立体形式,此亦是一大创举,其影响今已日渐彰显矣。校园传承版《牡丹亭》初成,却又是一大转折,拿白先生之语,便是观众的传承之升级,由观众而演员,从看戏到演戏,正是昆曲之传承走向深入之境地的标志。

然而,白先生所言之复兴却并不仅仅是昆曲之复兴。他所寄冀的,乃是中国文化之复兴,而昆曲之复兴只是其始也。也即,因昆曲为中国文化之精粹。因之,由昆曲复兴,而开始中国文化之复兴。这一目标可谓远大,虽其成尚有赖于时势,却可以贯穿历史与现实,以及文学与艺术诸因素。因思之,民国初年,北京之昆曲复兴即被称之为"文艺复兴",而于彼时胡适等《新青年》同人所倡之"文艺复兴"相颉颃。而白先生在台大时创办《现代文学》,其实亦有仿效《新青年》而有"文艺复兴"之志也。今之昆曲复兴与文艺复兴,并而论之倡之,历史自是常有山重水复、柳暗花明之处,然云水相生之时(如"五四"),则亦有英雄之绮思、才子之慨叹也。

读《西厢》、读《牡丹亭》、读《诗经》《离骚》,读古往今来之一流文字,而与古今之佳人妙人晤谈,是为阅读之乐也。观《西厢》、观《牡丹亭》、观《长生殿》、观《桃花扇》(此所谓"亭厢殿扇"是也),犹之乎与古往今来之佳人妙人同处一室,亦可由此明世事得世理,与古往今来之人息息相通,真乃妙不可言。晏几道云"当时明月在,曾照彩云归",杜丽娘歌"但愿那月落重生灯再红",人世变迁,依旧是那遥天孤星,那旧时明月,照耀着我们。白先勇先生的昆曲之旅,乃是寄寓复兴之志的修行之旅,既有"明月出天山"之云海气象,亦堪比作人间的闲庭胜步。

改订于戊戌母亲节前一日

谈艺录

《理查二世》：
君王之罪谁人定？

《理查二世》：君王之罪谁人定？

■ 文／傅光明

一、写作时间和剧作版本

（一）写作时间

《理查二世》写于 1595 年，证据有四：

第一，关于英国历史上的兰开斯特王朝(House of Lancaster, 1399-1461)，莎士比亚原打算写三、四部戏，《理查二世》是第一部。

1594 年年中，莎士比亚加入重组成立的内务大臣剧团(the Chamberlain's Men)，并与剧团签下一份合同，承诺以剧团十股东之一的身份，每年为剧团写两部戏，一部悲剧、一部喜剧。历史剧《理查二世》，《亨利四世》第一部、第二部（或称《亨利四世》上下篇），《亨利五世》，加上《尤里乌斯·恺撒》，均写于 1595—1599 年之间。这意味着，莎士比亚兑现了在 16 世纪最后五年每年写一部悲剧的承诺。此外，从《亨利四世》写于 1596—1597 年这个间接证据，可以把莎士比亚开始历史剧系列写作的时间基本锁定在 1595 年。

第二，显而易见，莎士比亚欠他同时代的诗人、历史学家塞缪尔·丹尼尔(Samuel Daniel, 1562-1619)一笔文债，他的《理查二世》从丹尼尔的史诗《约克和兰开斯特两个家族的内战》(*The Civil Wars Between the Houses of York and Lancaster*)中"借"来一些剧情。《内战》前四卷于 1594 年 10 月 11 日在伦敦书业公会注册出版。1595年年11月3日,朝臣、商人罗兰·怀特(Rowland Whyte)在给政治家罗伯特·西德尼爵士(Robert Sidney,1563-1626)的信中提及,临近年中在伦敦出版的《内战》前四卷十分有趣。由此推断,《理查二世》应写于1595年底之前。

假使真如议员、学者爱德华·霍比爵士(Sir Edward Hoby,1560-1617)于1595年12月7日,写给罗伯特·塞西尔爵士(Robert Cecil,1563-1612)的信中所提邀请他看的"国王理查的戏",指的是莎剧《理查二世》,则可以确定,《理查二世》在1595年9、10月间即已完稿,之后,剧团花一段时间进行排练。

第三,从诗剧文体看,同写于1594年的《罗密欧与朱丽叶》和写于1596年的《约翰王》风格十分相近,韵诗部分极多,约占全剧五分之一,不仅三处用了四行诗的形式(quatrains),还特别爱用"末尾带标点符号的诗行"(end-stopped lines)。也因此,《理查二世》常被视为唯一一部纯诗体莎剧。

第四,作家弗朗西斯·米尔斯(Francis Meres,1565-1647)在其1598年出版的名著《智慧的宝库》(*Palladis Tamia*)中提及,《理查二世》写于1595-1596年。

(二)剧作版本

1597年8月29日,《理查二世》由伦敦著名出版商安德鲁·怀斯(Andrew Wise)在"书业公会登记簿"(Stationers's Rigister)上注册,剧名题的不是历史剧,而是《理查二世的悲剧》(*The Tragedie of King Richard the Second*)。年底前,印刷商瓦伦丁·西梅斯(Valentine Simmes,1585-1622)印行第一四开本,但标题页并未出现"莎士比亚"的名字。

一般认为,第一四开本根据一份手抄稿——也许是经莎士比亚的原稿——或二手抄本改编整理。因伊丽莎白女王曾自比理查二世,印行第一四开本时,删除了第四幕第一场理查王被废黜一场戏,以便顺利通过剧场或宫廷娱乐审查官埃德蒙·泰尔尼(Edmund Tylney,1536-1610)的审查,以避免万一刺激女王,惹祸上身。

除了第一四开本,在1623年第一对开本《莎士比亚全集》中标题为《理查二世的生与死》(*The Life and Death of King Richard the Second*)的《理查二世》之前,还有四个四开本:1598年,印行第二四开本和第三四开本;1608年,印行第四四开本;1615年,印行第五四开本。需要指出的是,在全部莎剧中,除了《泰尔亲王伯里克利斯》(*Pericles, Prince of Tyre*)(旧译《泰尔亲王配力克里斯》),《理查二世》既是唯一一部一年之中印行两版的莎剧,也是两年中连续印行三版的唯一莎剧,可见当初多么受欢迎。

关于五个四开本之异同,简述如下:

第一,第一四开本是个"好四开本",但错误不少。

第二,第二四开本根据第一四开本印行,不仅旧错未改,又添了百余处新错,但莎士比亚的名字首次出现在标题页上。

第三,第三四开本对第二四开本中的错误有所校正。

第四,据 1603 年 6 月 25 日"书业公会登记簿"显示,安德鲁·怀斯把《理查二世》《理查三世》和《亨利四世》(第一部)的出版权转让给印刷商马修·劳(Matthew Law)。此后不久,马修·劳根据第三四开本印行第四四开本,首次添上前三个四开本缺失的理查王被废黜那场戏。不过,对于这增补的 165 行台词是否依据莎士比亚原稿而来,只能单凭推测,不外两种可能:是莎士比亚的手笔;或由剧团演员靠记忆补写。

第五,第五四开本根据第四四开本印行,貌似版本价值不大,但假如这个说法属实,即第一对开本是根据一本改过的第五四开本印行,那它也并非可有可无。

第六,事实上,没人说得清 1623 年的第一对开本依据的到底是哪个四开本。

总之,第一对开本未将之前五个四开本中各自存在的错误全部改正,而且,不仅出了新错,还为了舞台表演的需要,刻意删掉 51 行,即便如此,它也堪称排印最好的版本。从理查王被废那场戏,从对场次的区分、对台词的分配、对脚本的阐释,以及增加的舞台提示来看,它或许最为接近(没准就是)莎士比亚所属内务大臣剧团的演出脚本。

二、原型故事

英国编年史家拉斐尔·霍林斯赫德(Raphael Holinshed, 1529-1580)所著《英格兰、苏格兰及爱尔兰编年史》(*The Chronicles of England, Scotland, and Ireland*,以下简称《编年史》),无疑是莎剧《理查二世》"原型故事"的主要来源。这部著名的《编年史》于 1577 年初版,首印时为五卷本。十年后的 1587 年,出第二版时改成三卷本。1590 年,莎士比亚开始写戏。

这第二版修订本《编年史》为莎士比亚编写历史剧提供了丰富的原材料,《理查二世》、《亨利四世》(上下篇)、《麦克白》中的有些剧情,以及《李尔王》和《辛白林》中的部分桥段,均取材于此。

除了这部《编年史》,莎剧《理查二世》还从别处或多或少借用、化用了一些原型故事:劳德·伯纳斯(Lord Berners, 1467-1533)英译的法国中世纪作家、宫廷史学家让·弗鲁瓦塞尔(旧译傅华萨,Jean Froissart, 1337-1450)写于 14 世纪的《英格兰、法兰西、西班牙及邻国编年史》(*Chronicles of England, France, and Spain and the adjoining countries*),这部《编年史》被视为描写英法百年战争前50年及两个王国骑士文化("骑士的礼仪")的重要来源;1548年出版的律师、议员、史学家爱德华·霍尔(Edward Halle,1497-1547)的《编年史》[*Chronicles*,全称《兰开斯特和约克两个贵族世家的联合》(*The Union of the two noble and illustre famelies of Lancastre & Yorke*)];诗人、剧作家,只比莎士比亚年长三个月的克里斯托弗·马洛(Christopher Marlowe,1564-1593)的剧作《爱德华二世》(*Edward the Second*);塞缪尔·丹尼尔的《内战》;无名氏作者的一部旧戏《伍德斯托克的托马斯》*Thomas of Woodstock*;律师、作家托马斯·弗瑞(Thomas Phaer,1510-1560)的《官长的借镜》(*A Mirror for Magistrates*,1559)。

另外,还有三本法文书值得一提:

第一本是让·克莱顿(Jean Creton,1386-1420)所著《英格兰理查国王之历史》(*Histoire du Roy d'Angleterre Richard*)。

作者克莱顿身份独特,14世纪末,他是法兰西国王查理四世(Charles VI,1368-1422)的贴身男仆,1398年来到英格兰,1399年5月,随英王理查二世远征爱尔兰,两个月后,与索尔兹伯里伯爵(Earl Salisbury)一起被送回威尔士,在康威城堡(Conway Castle)等候理查王归来。他没想到,先后等来了诺森伯兰伯爵和布林布鲁克。诺森伯兰命克莱顿和理查王的主要侍从跟布林布鲁克的传令官离开城堡。克莱顿十分惊恐,担心性命难保,但当布林布鲁克听说他及其伙伴都是法国人,承诺保证他们人身安全。这使克莱顿得以亲眼目睹理查王在城堡前如何与布林布鲁克见面、被捕。同年,克莱顿回到法国,怀着对理查王的同情、悲伤,写下这本英格兰游记,其中详尽描述了理查王遭废黜的全过程。后来,这本游记由约翰·韦伯(John Webb)译成英文,题为《一个法国人眼里理查王被废黜的历史》(*Translation of a French History of the Deposition of King Richard*)。

第二本《叛乱和英格兰理查国王之死编年史》(*Chronique de la traison et Mort de Richard Deux Roy Dengleterre*,1412)出自无名氏之手。这本"编年史"从1397年瓦卢瓦的伊莎贝尔(Isabella of Valois)嫁给理查王起始,写到理查王被废、被杀,伊莎贝尔回到法国结束。同情的文笔似乎透露出,作者可能是伊莎贝拉的家人。

第三本是让·勒博(Jean Le Beau)的《理查二世的编年史》(*La chronique de Richard II*)。

需要说明一点,在莎士比亚时代,前两本只有抄本行世。诚然,对于莎士比亚是否看过这三本书只能推测。不过,这三本书对理查王的同情笔调,或对莎士比亚塑造理查王形象产生了影响。从莎剧《理查二世》可明显看出,莎士比亚对理查王不无同情。

显然,莎士比亚是幸运的!对于不熟悉莎士比亚如何从各种原型故事里汲取"编"剧灵感的读者来说,他那些债主们的作品早已被遗忘。简言之,若不知莎士比亚如何写戏,根本无从知晓他都找谁"借"过东西。也就是说,在读者脑子里,莎士比亚是一个亘古未见的原创作家。实则非也!

今天的莎迷们极难想象莎士比亚是一个跟剧团签了合同,每年必须拿出一悲一喜两部戏,只图"写"戏尽快上演、并能卖座的编剧。这样一来,他哪有那么多闲工夫考古似地挖掘原型故事?而是怎么得心顺手怎么"编"。

关于这部戏的写作,莎学界早有一个说法,认为莎士比亚写之前,舞台上已有一部同名"旧戏"在演,莎剧《理查二世》只是对这部"旧戏"的改写。多佛·威尔逊(Dover Wilson, 1881-1969)在其主编的《剑桥新莎士比亚·理查二世》(1921—1969)导言中说过这样一段耐人寻味的话:

> 他那些无名的前辈们对英国历史烂熟于心,早替他把各种编年史精读一遍,把各种关于理查覆灭的资料加以消化,写成一部戏,留待他修改。那时,剧场生意红火。他所属剧团于1594年新组重建,急于赚钱,一来可以赚回1591—1594年因瘟疫导致剧场关闭造成的损失,二来可与唱对台戏的海军大臣剧团(Admiral's Men)一比高下。莎士比亚是剧团的主要编剧,但在那段时间,他很可能是剧团的唯一编剧。另外,就我们所知与莎士比亚相关的一切而言,可否有理由假设,对于莎士比亚来说,哪条路最省力,他就走哪条路。没什么理由让我相信,为写《理查二世》,他会比写《约翰王》更加费事地去读霍林斯赫德或其他什么人的任何一部编年史。丹尼尔的史诗,一个演员对《伍德斯托克的托马斯》所知的一切,以及我们设想的由当初写《动荡不安的约翰王时代的统治》(The Troublesome Reign of King John)的作者所写的剧作,把这些加在一起,便足以解释清楚一切。

庆幸的是,对莎士比亚而言,这一说法仅仅是假设。否则,这意味着,莎士比亚只是一个用最省事的法子改写别人旧戏的二道贩子,倘若如此,他将退居二流、三流编剧的行列,甚至根本不入流。

总之,莎士比亚写《理查二世》"费事地"花了心思、下了功夫。按威尔逊所说,《理查二世》第一幕第一场以布林布鲁克和毛伯雷在理查王面前相互指控开场,跟爱德华·霍尔《编年史》的起笔十分相似。换言之，霍尔的《编年史》激发起莎士比亚搭建《理查二世》戏剧架构的灵感。威尔逊相信，像理查王在第三幕第三场那段精彩独白——"国王现在该做什么？要他投降吗？国王只能屈从：非要废了他？国王同意退位：他必须丢掉国王的尊号？啊，以上帝的名义，随它去吧：我愿拿珠宝去换一串念珠；拿辉煌的宫殿去换一处隐居之所；拿华美的穿戴去换一身受救济者的衣衫；拿雕花的酒杯去换一只木盘；拿王杖去换朝圣者的一根手杖；拿臣民去换一对儿圣徒的雕像；拿巨大的王国去换一座小小的坟茔，一座特小、特小的坟茔，一座无人知晓的坟茔；——不然，就把我埋在公路、或哪条商贸干道下面，叫臣民的脚随时踩在君王的头上；因为当我活在世上，他们践踏我的心；一旦下葬，怎能不踩我脑袋？"——都得益于霍尔。

接下来，对莎士比亚如何把从以上各处采集来的原型故事融入《理查二世》，做一个大致梳理：

第一，在霍林斯赫德《编年史》里的"兰开斯特公爵"（Duke of Lancaster）在丹尼尔的《内战》里，称呼变为"冈特的约翰"（John of Gaunt），莎士比亚顺手拿来，并把布林布鲁克名字的拼写"Bolingbroke"变为"Bullingbrook"，使其具有了内含"brook"（溪流）的双关意涵。

第二，莎士比亚把丹尼尔笔下伤感的王后形象做了深入刻画。伊莎贝尔嫁给理查二世时，年仅7岁，三年后，理查王被废、被杀时，也不过10岁。莎士比亚把她变为一位成年王后。

第三，莎剧《理查二世》第五幕第二场、第三场奥默尔参与要在牛津谋害布林布鲁克（亨利四世）的戏，可能直接源自霍尔的《编年史》；第四幕第一场卡莱尔主教"这位骄傲的、刚被你们尊为国王的赫福德大人，是一个邪恶的叛徒；……英国人的血将作为肥料浇灌这片国土，……这片国土将化为尸骨遍布的各各他（骷髅地）"那一大段预言，第五幕第一场理查王"缓慢的冬夜，……他们在追悼一位遭废黜的合法国王"那一大段悲叹，取自丹尼尔的《内战》。

需要说明的是，丹尼尔笔下的布林布鲁克对财富的追逐始终大于政治野心，到了莎士比亚笔下，这位新国王也似乎更在乎物质利益。另外，莎士比亚省掉了《内战》中诺森伯兰在弗林特城堡前使诈诱捕理查王那段情节，之所以如此，意在凸显理查王的倾覆是咎由自取。

第四，莎剧《理查二世》第二幕第一场冈特严词谴责理查王的场景，取自《伍德斯托克的托马斯》第四幕第一场；在剧情处理上，莎士比亚把冈特摆在理查王身边那些马屁精的对立面，多少受到《伍德斯托克的托马斯》剧中格罗斯特公爵（伍德斯托克的托马斯)这一形象的影响。

第五,霍林斯赫德《编年史》对冈特死后理查王剥夺他的全部财产,描述十分简单:"兰开斯特公爵在他位于伦敦霍尔本(Holborne)的伊利主教府邸(Elie's palace)去世后,葬于圣保罗大教堂主坛北面他第一任夫人布兰奇(Blanch)的墓旁。公爵之死给这个王国的臣民提供了更加痛恨国王的机会,因为他一手攫取了原属于公爵的所有财产,夺取了理应由赫福德公爵(布林布鲁克)合法继承的所有土地的租税,并把此前颁授给他的特许证书予以废除。"

莎剧《理查二世》对此进行了拓展:第一幕第四场,理查王在探望临终的冈特之前,已放出话来,要将冈特的财产充公,作为贴补远征爱尔兰的军饷。但莎士比亚处理剧情时颇为谨慎,给人的感觉似乎是,理查王决定没收冈特的所有财产,皆因冈特临死前对他严词斥责。冈特正告理查王,布希、巴格特、格林等几个马屁精会叫他看不清自己的病症,这话刺痛了理查王,最后,冈特刚一断气,恼羞成怒的理查王便当着这几个马屁精的面,宣布将冈特全部财产一律充公。

简言之,莎士比亚通过一连串细节使理查王顺理成章地犯下致命错误,恰如约克在第二幕第一场抗议所言,此乃以君王意志凌驾于法律之上。正是这一不可理喻的暴行,为理查王的覆灭埋下引信。

第六,莎士比亚对霍林斯赫德《编年史》最富戏剧性的情节拓展,是叫诺森伯兰逼迫理查王高声朗读霍林斯赫德在《编年史》里详列的33条"指控状",而历史上的理查王则是私下签署的退位书。另外,莎士比亚安排理查王通过讨要一面镜子避开对他不依不饶的诺森伯兰,并手拿镜子搞了一出自怨自怜的表演,最终迫使布林布鲁克并未逼他不读"指控状"不可。

显然,镜子这场戏在一定程度上深化了主题,尤其意在暗示,理查王一旦失去王位,便成为幽灵般的存在,使布林布鲁克刚登上王位便恨不得赶紧除掉他,为理查王之死设下伏笔。

综上所述,莎剧之所以被后世奉为经典,自然跟莎士比亚作为一名天才编剧,除了会采集原型故事,更会发明创造密不可分,《理查二世》中这样两场精彩的情景便属于莎士比亚的原创:

第一个情景发生在第三幕第四场,约克公爵府的园丁及其仆人以修剪草木比喻治国理政,讥讽理查王"没像我们修整花园似的治理国家,"把英格兰王国这座花园祸害得不像样子:"眼下,咱这以海为墙的花园,一整个国土,长满野草,她最美的花儿都憋死了,果树没人修剪,树篱毁了,花坛乱七八糟,对身体有好处的药草上挤满了毛毛虫。"

第二个情景发生在第四幕第一场,威斯敏斯特宫大厅,理查王面对布林布鲁克手持镜子暗自神伤:"皱纹还没变深吗?悲痛屡屡打我脸上,却没造成更深的创伤!——啊,谄媚的镜子,你在骗我,跟我得势时的那些追随者们一样!这还是那张脸吗?每天在它屋檐下要养活上万人。这就是像太阳一样刺得人直眨眼的那张脸?这就是曾直面那么多恶行,终遭布林布鲁克蔑视的那张脸?易碎的荣耀照着这张脸:这张脸正如荣耀一样易碎。"说完,将镜子摔在地上:"瞧它在这儿,碎成了一百片。"

除了以上两处,第一幕第二场冈特与格罗斯特公爵夫人和第五幕第三场约克与这位公爵夫人的戏,还有像冈特临死前的情景,以及诺森伯兰、珀西父子俩参与支持布林布鲁克取代理查王的篡位行动,都是莎士比亚的专利。

三、剧情梗概

(一) 第一幕

伦敦。理查二世王宫。理查王询问兰开斯特公爵冈特的约翰,是否问过他儿子亨利·赫福德公爵(即布林布鲁克)指控诺福克公爵托马斯·毛伯雷,到底是出于往日积怨,还是出于忠心,发觉毛伯雷确有谋逆之心。冈特据实回禀,认为毛伯雷图谋不轨。说话间,彼此互相指控谋逆叛国的布林布鲁克与毛伯雷同时进宫。布林布鲁克向理查王表示"愿上天为我的指控作证"!指控毛伯雷是"一个反贼,一个邪恶之徒"。"若蒙陛下恩准,我愿离开之前,/以我的正义之剑证明我的言词。"毛伯雷不甘示弱,骂布林布鲁克"是一个诽谤的懦夫、恶棍",并为证明布林布鲁克"扯下来弥天大谎",不惜一战。布林布鲁克以骑士决斗的礼仪,把手套扔在地上,向毛伯雷发起挑战:"我要跟你决斗,刀剑相对,证明我的话句句属实,而你图谋不轨。"毛伯雷捡起手套,以示接受挑战。

布林布鲁克指控毛伯雷不仅长年肆意挥霍军饷,"十八年来,在这块土地上谋划、策动的所有叛乱,细究起来,祸首、罪源都在这个奸诈的毛伯雷身上"。而且,"是他谋害了格罗斯特公爵"。毛伯雷指斥布林布鲁克"是上帝和好人们多么憎恶的一个如此说谎的恶人"。他否认一切指控,认为这"全出于一个恶人,一个怯懦的、最堕落之奸贼的仇恨;而对这一指控,我要亲自出手,奋勇抗辩;有来不能无往,我把手套扔在这个傲慢的叛徒脚下"。说完,"最衷心恳请/陛下为我们指定决斗之日。"

理查王打算平息二人暴怒的肝火，但两人谁也不领情，拒绝扔掉手套。毛伯雷表示："您（国王）能命令我的生命，不能命令我的耻辱。/……我遭人指控，公开受辱，名誉扫地，/诽谤的毒矛刺穿了我的灵魂，/除非从他心脏迸射出的毒血，/什么药也医治不了我的创伤。……我既为名誉生，也愿为名誉去死。"理查王力劝布林布鲁克扔掉手套，不想自己这位堂弟死活不肯："啊，愿上帝保佑我灵魂莫犯如此邪恶之罪！"劝解无效，理查王下令："圣兰伯特节（每年9月17日）那天，在考文垂，到时拿你们的命一决生死。"

兰开斯特公爵府中，被害的格罗斯特公爵的夫人希望冈特的约翰看在同根手足的情分上，别再一味隐忍："啊，冈特，他的血就是你的血！造他成人的那寝床、那胎宫、那性情、那同一个模具，也造了你。……他是你父亲生命的影像，眼见可怜的弟弟死去，竟无动于衷，无异于害死父亲的同谋！……为我的格罗斯特之死复仇，才是保你命的最好方法。"在冈特看来，格罗斯特的死只能由上帝裁决，因为他的死由国王一手造成，而国王是上帝的代表，"倘若他死有冤情，让上天复仇吧，我绝不能扬起愤怒的手臂，对上帝的使者下手。"公爵夫人无奈之下，只能寄望于在考文垂决斗场，"愿我丈夫的冤屈注入赫福德的矛枪，刺入屠夫毛伯雷的胸膛！……再见，老冈特：你亡弟的遗孀/必与忧伤相伴，耗尽生命时光。"

考文垂附近的戈斯福德，划出一片草地做决斗场，宫廷典礼官主持决斗礼仪，毛伯雷"以上帝的恩典和这只手臂起誓，我要捍卫自己，证明他对上帝、对国王、还有我，都是一个叛徒：我正当决斗，愿上天保佑！"布林布鲁克"以上帝的恩典和我的勇猛起誓，准备在竞技场证明，诺福克公爵托马斯·毛伯雷对天上的上帝、对理查王、还有我，都是一个可耻、危险的叛徒：我正当决斗，愿上天保佑！"

号角响起，双方骑在马上，手持矛枪，正准备冲向对方一决高下，不料理查王突然"扔了权杖"，示意决斗停止。他将两位公爵召到面前，宣布放逐令：放逐布林布鲁克十年，期间不得返国，一经发现，立即处死；对毛伯雷的判决则是"绝望的四个字：'永不重返，'否则以死论处"。不仅如此，他要二人立下誓言："流放期间永不彼此和好；永不会面；永不书信往来、互相致意；对在国内酿成的阴郁吓人的仇恨风暴，永不和解；永不心怀不轨蓄意谋面，阴谋策动、筹划、合谋针对我、我的王位、我的臣民或国土的一切恶行。"

理查王见冈特眼里透出忧伤，随即改判，将布林布鲁克的放逐时限减为六年。冈特觉得这对自己毫无益处，因为等他流放归来，"未见我儿，死神已蒙双眼。"同时，与儿子分别在即，冈特以人生经验叮嘱布林布鲁克："对于一个智者，凡上天目力所及之地，都是港湾和快乐的避难所。要学会这样谈论自己的危难：危难乃世间第一美德。别想着是国王放逐了你,而要想是你放逐了国王。"

伦敦。王宫一室。理查王对约克公爵之子奥默尔公爵给布林布鲁克送行心有不满,故意问他:"流了多少离别的泪水?"奥默尔一味搪塞,除了一滴泪,便是嘴里一连串"再见"。事实上,理查王是有意将布林布鲁克放逐,因为他懂得"如何取悦于民","他以一副谦恭、亲和有礼的模样,活像潜入了他们内心;他甚至不惜向奴隶抛去敬意,以暗藏心机的微笑和对命运的耐心忍受,讨好那些穷工匠们,好像要把他们对他的深情一起带到流放地去"。此时,理查王的亲信格林提醒他,"眼下倒该关注爱尔兰的叛乱问题"。理查王决定御驾亲征。考虑到国库空虚,为解燃眉之急,理查王想出高招,征战期间,命人以"空白捐金书"的手段迫使有钱的贵族捐出大量黄金。

此时,传来消息,冈特的老约翰病重,恭请国王前去探望。理查王巴不得他赶紧死掉,这样,"正好拿他金库里的库存,为我征战爱尔兰的士兵制备战袍、盔甲"。

(二)第二幕

伦敦。伊利府邸。冈特恭候理查王前来探病,他对约克公爵说:"人生一世,临死之言才受听。"因而他打算死前再向理查王提出忠告:"即使理查对我生之忠告置若罔闻,我临死的苦诉或还能打动他耳朵。"约克公爵劝他切莫"自寻烦恼,也别白费力气,一切忠告对他耳朵都是徒劳"。因为"他耳朵里塞满了奉承话"。约克实言相告:"你行将就木,勿再饶舌多言,/他别无选择,劝也徒费无益。"冈特仿若得到神灵感应一般,对未来做出预言:"那个一向征服别人的英格兰,这回耻辱地征服了它自己。啊,愿这羞耻随我的生命一起消失,那随之而来的死亡该是何等幸事!"

理查王前来探病,冈特毫不客气,直言进谏:"你那王冠没比脑袋大多少,可里面却坐了一千个马屁精;然而,他们虽被关在这么一个小圈里,惹的祸却一点不比你国土小。……你顶多算英格兰的地主,不是什么国王:你现在的法律地位只不过是法律的奴隶。"这番话把理查王气得脸色发白,"以至高无上的王位起誓,你若不是伟大爱德华之子的弟弟,你脑袋里这条口无遮拦的舌头,就会叫你的脑袋跟你狂妄无礼的两个肩膀分家。"冈特并不领情:"你用不着因我是他父亲爱德华的儿子就饶恕我。……叫你的无情之举像个驼背老头儿,把一株凋零已久的花立刻剪断。苟活为辱,耻辱永不随你而死,/从今往后,这句话永远折磨你!"

冈特刚去世,理查王便下令将其"所有的金银餐具、金银钱币、家财资产,一律充公"。为远征爱尔兰补充军需。这样做,等于剥夺了布林布鲁克对父亲爵位和权利的继承权。约克伤心欲绝,不再隐忍,他赞誉理查王的父亲威尔士亲王:"他的花销都是他用自己的尊贵之手赢来的;而从他辉煌的父亲之手赢来的钱,他一分也不花。他的手没犯下叫亲族流血之罪,手上染的都是亲族之敌的血。"希望借此劝理查王收回成命。理查王不为所动:"随你怎么想,要把他的金银器,/他的钱财,他的土地,一抓在手。"

出征爱尔兰之前,理查王任命约克公爵为总理大臣。

诺森伯兰见尊贵的布林布鲁克及其他王室尊亲遭受冤情,感到耻辱:"国王变了一个人,任由那些下贱的马屁精摆布;只要他们出于嫉恨,向国王告发我们中的任何一个,国王都会严厉追究,我们、我们的性命、我们的子女、我们的继承人,无不堪忧。"而且,诺森伯兰从罗斯和威洛比的嘴里得知,理查王"对普通百姓课以重税,民心尽失;贵族们要为宿仇积怨交纳罚款,也早对他起了二心"。"他每天都弄出敛财的新花样,——什么空白捐金书,强制借贷,名目繁多,不知有多少。"诺森伯兰预感到"耻辱和瓦解"已降临在理查王的头上,他决定率部去雷文斯堡,与即将在那里登陆的布林布鲁克的军队会合,要"把被玷污的王冠从典当商手里赎回来,把包住黄金权杖的尘垢擦掉,恢复至尊威严的王权"。

宫中。王后正为理查王离别伤心落泪,格林前来禀报,"希望国王驶向爱尔兰的船还没起航。"原来,不仅"一支强大的军队已在我国土登陆:遭放逐的布林布鲁克把自己从流放中召回,挥舞着武器安全抵到雷文斯堡"。而且,"诺森伯兰勋爵,他儿子、年轻的亨利·珀西,还有罗斯、博蒙德、威洛比等几位大人,全都带着他们有权势的朋友",加入到布林布鲁克的队伍。就连伍斯特伯爵,也辞去宫廷总管,"宫中全部仆从都跟他一起逃向布林布鲁克。"对理查王忠心耿耿的约克,只能无奈地表示:"你丈夫,为保护王权远赴爱尔兰,家里却被别人乘虚而入。他留我在这儿支撑局面,可我年老体衰,连自己都快撑不住。现在,他暴饮暴食带来的作呕时刻已经来临,该他那些马屁精朋友一试身手了。"

约克公爵面临两难选择,因为理查王和布林布鲁克"俩人都是我血亲:——一个是我的君王,誓言和责任都叫我保卫他;另一个是我的家人,国王冤枉了他,良心和手足之情又都叫我替他伸张正义。"

格洛斯特郡荒野。诺森伯兰与布林布鲁克合兵一处,与约克公爵所率临时拼凑起来的王家军队相遇。见到老约克,布林布鲁克向他行跪拜之礼,称呼他"高贵的叔叔"、"仁慈的叔叔",老约克反唇质问:"为何你这遭放逐、禁止入境的两条腿,胆敢再次触碰英格兰国土的尘埃?……你的性质最恶劣,——聚众谋反,犯下伤天害理的叛国罪:你被放逐了,却在期满之前回到此地,以武力反抗你的君主。"布林

《理查二世》:君王之罪谁人定?

布鲁克据理力争:"身为一个臣民,我要求得到合法权益:不准我请律师,那我只能亲自前来,继承本该合法继承的遗产。"尽管约克对侄儿布林布鲁克的冤情深有所感,也曾尽全力为他伸张正义,但他不能接受"以这种方式前来,动用武力,兴兵自救,靠非法之举寻求正当权益。"他甚至对支持布林布鲁克的贵族们说:"你们煽动他采取这一行动,等于支持叛乱,全都成了叛逆。"诺森伯兰表示:"这位高贵的公爵发了誓,他回国只为得到合法权益;而且,我们都已郑重起誓,伸出援手,帮他取得权益。谁背弃誓约,将永无宁日!"

威尔士兵营。因一直得不到理查王的消息,好不容易"聚拢起来"的乡民已逃散,"他们都认定理查王死了。"

(三)第三幕

布里斯托。布林布鲁克兵营。布林布鲁克下令,将被抓获的理查王的两个亲信布希、格林处死,请诺森伯兰监督行刑。

威尔士海岸。再次踏足威尔士,理查王高兴得"一边挥泪一边微笑",祈愿"我可爱的国土,别喂养你君王的仇敌,也别以美味安抚他贪婪的肠胃;让吸满你毒液的蜘蛛和步态拙笨的蟾蜍,遍布在他们的必经之路,只要他们用篡权的脚步践踏你,你就把他们叛逆的双脚来伤害:为我的敌人长出刺痛的荨麻!……只要她合法的国王,还没在邪恶的叛逆武力下摇摇欲坠,这块土地就会有知觉,这些石头也会都变成武装的士兵"。他骂布林布鲁克是"窃贼"、"叛逆",认定自己是涂了膏油的上帝选定的代表,"凡夫俗子的指责废黜不了","布林布鲁克每强征一个入伍的士兵,向我的金冠举起锋利的刀剑,上帝便会天赐一个荣耀的天使来报偿"。

理查王闻听聚拢起来的一万两千名威尔士人"都四散而逃,投奔布林布鲁克",面如死灰。约克之子奥默尔安慰理查王贵为国君,不要轻易灰心丧气。理查王强打精神,指望约克叔叔的兵马可以前来救援。正在这时,斯克鲁普禀报:"布林布鲁克的愤怒汹涌得越过极限,用刚硬雪亮的刀剑和比刀剑更硬的心,漫过您惊恐的国土。……全国男女老少齐叛变,/情形比我说的更糟糕。"见大势已去,理查王不禁感叹:"我的国土,我的生命,我的一切,都是布林布鲁克的,除了死亡和覆盖骸骨的不毛之地上那一小抔泥土,没什么归我所有。"他和奥默尔坐在地上,讲起"国王们如何惨死的故事"。最后,斯克鲁普向理查王道出实情:"您叔叔约克已和布林布鲁克合兵一处,您北方的所有城堡都向他投降,您南方所有武装起来的贵族也都归顺他了。"理查王决定与奥默尔去弗林特城堡暂避一时。

布林布鲁克与约克、诺森伯兰等几路大军来到弗林特城堡外。布林布鲁克请诺森伯兰到城墙下与理查王谈判,"这样宣布:亨利·布林布鲁克愿双膝跪地,亲吻理查王的手,向他最尊贵的国王表达忠诚和虔敬之心;只要他撤销我的放逐令,无偿归还我的土地,我情愿跪在他脚下,放下武器,解散军队。否则,我将以武力的优势,用从被杀英国人的伤口里喷涌的血雨,荡平夏日的尘埃:对此,我虔诚一跪足以表明,布林布鲁克绝无此心,要用猩红的瓢泼血雨浇透理查王翠绿的沃土。"

理查王站在城堡的堞墙上,对倨傲的诺森伯兰说:"我的主人,全能的上帝,正端坐云头为我征召一支瘟疫之军;你们胆敢举起不臣之手,威胁我头上宝冠的荣耀,瘟疫必将毁了你们的后世子孙。……他(布林布鲁克)在我国土上踏出的每一步,都是恶毒的叛逆。"诺森伯兰向理查王保证:"他此次前来别无他意,只为得到世袭的王室特权,并跪求立即结束流放恢复自由:一经陛下允准,他就会任由闪亮的武器去生锈,把披好护甲的战马关回马厩,真心效忠陛下。身为王子,他的誓言说话算数;作为一个贵族,我相信他。"

理查王走出城堡,来到下面的庭院,与布林布鲁克见面。布林布鲁克向理查王行跪拜礼,理查王用手指向戴着头上的王冠,比划着说:"起来,兄弟,起来!尽管你膝盖跪得低,/但我深知你心高,恐怕少说也有这么高。……你想要什么,我都给,心甘情愿;/一旦面对强力所逼,不给也不行。"理查王成了布林布鲁克的阶下囚。

约克公爵府中花园。王后得不到丈夫理查王的音讯,心里无尽悲愁,见一园丁和二仆人前来,便躲到树荫处。王后跟侍女打赌,"他们准会谈论国事"。园丁叫两个仆人修枝剪草,仆人甲把花园比作国土,说:"一整个国土,长满野草,她最美的花儿都憋死了,果树没人修剪,树篱毁了,花坛乱七八糟,对身体有好处的药草上挤满了毛毛虫。"这番话引来园丁的长篇大论:"那个人干瞅着这杂乱的春天放手不管,现在自己也到了深秋;在他宽大叶子下遮阴的那些杂草,看似扶着他,实则侵蚀他,……布林布鲁克把那个败家国王拘起来了。——啊!怪可怜的,他没像我们修整花园似的治理国家。"园丁估计,布林布鲁克会把理查王废黜。听到这话,心里憋闷的王后上前,训斥园丁:"怎敢不修饰园子,竟在这儿粗舌烂嘴胡说恼人的消息?"老园丁又拿天平打比方,回应说:"理查王,已在强大的布林布鲁克掌控之中;把他俩命运放天平上称一称:您夫君这边不算他自己,啥也没有,那几个轻浮的亲信,只能叫他分量更轻;但在强势的布林布鲁克这边,除了他自己,还有所有的英国贵族,凭借这个优势,他的分量就把理查王压倒了。"

得知真相的王后,决定立刻赶往伦敦。

《理查二世》:君王之罪谁人定?

(四) 第四幕

伦敦。威斯敏斯特宫大厅。布林布鲁克质问理查王的亲信巴格特:"尊贵的格罗斯特怎么死的,是谁操纵国王犯下这一血案,又是谁下毒手送了他的命?"巴格特称要同奥默尔对质,指控他不仅害死了格罗斯特公爵,还声称"宁可不要十万金币,也不愿布林布鲁克回到英格兰"。奥默尔为捍卫自己的名誉,扔下手套,要与巴格特决斗:"你撒谎,我要用你的心头血证明你说了假话,哪怕你的血如此下贱,根本不配玷污我的骑士宝剑。"布林布鲁克叫巴格特"忍住,别捡他的手套"。结果,菲兹华特勋爵站出来表示接受挑战,并作证说,亲耳听奥默尔得意地炫耀,是他经受弄死了格罗斯特:"就算你否认二十遍,还是在说谎;你的心捏造了谎言,我要用我的剑尖,把谎言送回你的心底。"俩人僵持不下,亨利·珀西明确表态:"奥默尔,你说谎;他这一指控像他的荣誉一样牢靠,而你,没一句实话。"边说便扔下手套,向奥默尔提出挑战:"你若有胆量,就捡起来。"奥默尔刚捡起手套,又有一贵族扔下手套,也向他挑战:"有胆量就捡起来,与我决斗。"奥默尔一律应战:"还有谁挑战?以上天起誓,我全部应战:在我心间有一千颗灵魂,像你们这样的,两万人我也能对付。"说话间,萨里公爵指控菲兹华特说谎,他对菲兹华特和奥默尔俩人谈话的内容一清二楚。萨里为证明自己所言不虚,向菲兹华特提出挑战:"直到你这个撒谎者连同你的谎言一起躺在地下,像你父亲的骸骨一样安静。……若有胆量,就接受挑战。"菲兹华特强烈表示:"我既然打算在这新天下里顺风顺水,就得如实指控奥默尔所犯罪行;而且,我还听遭放逐的诺福克说,你,奥默尔,派手下两个人去加来,把高贵的公爵弄死了。"奥默尔说诺福克撒谎,若他被召回,为证明自己清白,宁愿与他决斗。

布林布鲁克刚宣布要将诺福克公爵召回与奥默尔决斗,卡莱尔主教接过话茬:"遭放逐的诺福克在光荣的基督徒的征战中为耶稣基督而战,……最后把骸骨埋在威尼斯这块怡人的国土。"布林布鲁克决定:"诸位提出指控的大人们,把你们的挑战全搁下,等我定下决斗的日子再说。"

约克公爵给布林布鲁克带来理查王的口信:"伟大的兰开斯特公爵,……他情愿由您做继承人,把他至尊的权杖交给您高贵的手来执掌。您已是继承人,登上王座吧;亨利万岁,亨利四世万岁!"布林布鲁克欣然接受:"以上帝的名义,我登上国王的宝座。"卡莱尔主教坚决反对,他一面替理查王辩护,认为没有人可以缺席审判这位"涂过圣油、加过冕、掌权多年的一国之君",一面预言,"这位骄傲的、刚被你们尊为国王的赫福德大人(布林布鲁克),是一个邪恶的叛徒;你们若给他加冕,……英国人的血将作为肥料浇灌这片国土,后世子孙将因他的邪恶罪行而呻吟;……这片和平之所将发生战乱,同胞相残,手足相残;骚乱、恐怖、畏惧、叛变,将在此栖居,这片国土将化为尸骨遍布的各各他(髑髅地)。"卡莱尔话音刚落,诺森伯兰下令以叛逆罪将他逮捕。

理查王将王冠交给布林布鲁克,说:"王冠归你了:拿着,弟弟,这边是我的手,那边是你的手。现在,这顶金冠像一口深井,井里两只水桶,一上一下在打水,总有一只空桶半空摇晃,另一只下沉,没人看见下沉的桶,里面装满了水:那只下沉的桶,是盈满泪的我,/正啜饮悲痛;你却已升到高处。"布林布鲁克问:"你甘愿放弃王冠吗?"理查王无奈:"亦愿;又不愿;我既一无所有:/不能说'不愿';因王位已归你。"然后,理查王又将权杖交给布林布鲁克:"我摈弃一切盛典仪仗和君王的尊严;我的领地、租金、税收,全都放弃;我的法令、律令、条令,一律废止。"

这时,诺森伯兰递过一纸文书,上面罗列着理查王及其追随者"所犯背叛国家、谋取利益的严重罪行",命他当众宣读。到了这一步,理查王慨叹:"我在这儿情愿剥去一个国王身上的辉煌;把荣耀变成卑贱,把君主变成一个奴隶,把骄傲的至尊变成一个臣民,把威严变成一个村夫。……假如我说话在英格兰还管用,那我下令,马上拿一面镜子来,让我看看这张脸在威严破产之后能变成什么样子。"

布林布鲁克命侍从取来一面镜子。诺森伯兰不依不饶,逼迫理查王:"趁这会儿拿镜子,把这份指控读一遍。"理查王不无挖苦地说:"魔鬼,我还没下地狱,你就往死里折磨我!"

对着镜子,理查王自言自语:"啊,谄媚的镜子,你在骗我,跟我得势时的那些追随者们一样!这还是那张脸吗?每天在它屋檐下要养活上万人。这就是像太阳一样刺得人直眨眼的那张脸?这就是曾直面那么多恶行,终遭布林布鲁克蔑视的那张脸?易碎的荣耀照着这张脸:这张脸正如荣耀一样易碎。"说到这儿,理查王把镜子摔在地上,继续说:"瞧它在这儿,碎成了一百片。——留心,沉默的国王,摔这一下的用意是:悲伤那么快就毁了我这张脸。"

布林布鲁克下令把理查王送至伦敦塔关押起来,并郑重宣布:"定于下周三举行加冕典礼。"

奥默尔打算与威斯敏斯特修道院长商议,要除掉布林布鲁克"这个毁灭性的污点"。

(五) 第五幕

伦敦。通往伦敦塔的一条街。王后在等待被判了罪的丈夫理查王从这里经过。由卫兵押解的理查见到王后,宽慰她:"莫与悲伤携起手,叫我死得太突然,别这样:仁慈的灵魂,要学会把我们的过往想成一场美梦;大梦初醒,我们的实际情形也不过如此。亲爱的,我已发誓,与糟糕的厄运结为兄弟,……你速去法国,找一处修女院藏身:我那在亵渎生活中垮掉的王冠,/非得在天国神圣的生活里赢回。"王后嗔怪丈夫身心俱变,连才智也被废黜了:"难道你,一头狮子,一只百兽之王,却像学童似的,乖顺地受惩罚,吻着藤条,以下贱的谦恭逢迎人家的暴怒。"理查怅然道:"若他们不是兽类,我至今还是一个快乐的人中君王。昔日高贵的王后,准备离开这儿,去法国:就当我死了;把这儿当成我弥留之际的床榻,跟我生死诀别吧。"

这时,诺森伯兰前来,宣布布林布鲁克改了主意,要把理查押往庞弗雷特城堡,王后"必须立刻动身,去法国"。理查警告诺森伯兰:"你这布林布鲁克借以爬上我王座的梯子,用不了多久,邪恶的罪孽"终会遭报应。

理查与王后依依惜别。王后恳求诺森伯兰:"把我俩一齐放逐,叫国王跟我一起走。"诺森伯兰回答:"这不失恩爱之举,却不算明智。"理查再次宽慰王后:"你在法国为我哭泣,我在这里为你洒泪;/既然再近无法相聚,不如索性各自远离。/走吧,你用叹息、我用呻吟,计算路程。"俩人在悲吟的诉说中吻别。

伦敦。约克公爵府。约克向夫人描述民众迎候新王布林布鲁克和废王理查时的情形:"伟大的布林布鲁克,公爵,——骑着一匹性如烈火的战马,这匹马踏着缓慢、庄严的步伐,——似乎知道背上驮着一位雄心勃勃的骑手,这时,所有人齐声高呼'上帝保佑你,布林布鲁克!'……人们对理查满脸怒容;没人喊'上帝保佑他!'也没有喜庆的言辞欢迎他回来;反倒是,泥土投在他神圣的头上。"

见儿子奥默尔前来,夫人很高兴,约克提醒说:"他不再是奥默尔;他因是理查的朋友,已失去这个名号,夫人,现在,你得叫他拉特兰。我已在议会为他的忠诚做保,保证他永远效忠新国王。"

约克发现奥默尔胸前吊着一小条盖了印章的羊皮纸,便要看他藏在衣服里的文书写了什么。奥默尔执意不肯,约克随手一把从他怀里扯出文书,读完之后,大骂奥默尔是"十恶不赦的叛逆"!并吩咐仆人立刻备马。他要去见新王亨利四世:"以我的荣誉、我的生命、我的忠诚起誓,我要告发这个歹人。"夫人追问,约克道出实情:"这份文书上有他们十几个人的签名,文书人手一份,他们盟约立誓,"要在牛津举行比武和庆典活动时"害死国王"。

夫人心疼自己饱受"分娩之痛所生"的儿子,试图阻止约克去告发,约克责怪她是"没规矩的女人"!为救儿子一命,夫人叫奥默尔"抢先一步,你骑他的马;刺马飞奔,赶在他告发之前,先见国王,乞求宽恕。我随后就到。别看我上了岁数,管保骑得不比约克慢：布林布鲁克若不恕你无罪，我就跪在地上不起来。"

温莎城堡。奥默尔赶在父亲约克之前觐见布林布鲁克，布林布鲁克见他"两眼发直，神情如此惊恐"，问"出什么事了"？ 奥默尔："恳请陛下，准许我与您单独谈一会儿。"布林布鲁克吩咐众人退下后，奥默尔双膝跪地，说："除非在我起身或开口之前，您恕我无罪，不然，我愿双膝永远跪地，舌头在嘴巴上颚粘一辈子。"布林布鲁克表明态度："是打算犯罪，还是已经有罪？若属前者，甭管多大罪过，为赢得你日后的忠诚，我都会宽恕。"奥默尔提出锁上宫门，布林布鲁克应允。正在这时，约克赶来，在门外高喊："主上，当心！留神：您眼前站着一个叛徒。"

见约克向国王呈上文书，奥默尔说："读的时候，别忘您刚才许下的诺言：我真的很后悔；别读我的签名，签的时候，我心手不一。"约克断然道："恶棍，你落笔之前，分明心手合一。——国王，它是我从这反贼胸口扯出来的。他表示悔过，是心里怕，并非出于爱；千万别怜悯他，否则，你的怜悯会变成一条刺入你心里的毒蛇。"读罢文书，国王深感这是一起"凶恶、公然、大胆的阴谋！"，但他决定看在"一个逆子的忠诚父亲！"的情分上，赦免奥默尔"这一致命的罪恶"。约克却坚决要处死奥默尔："让他活着，等于杀我；若给他生机，/饶叛徒一命，无异于叫忠臣去赴死。"这时，公爵夫人赶到，跪地哀求国王赦免奥默尔。奥默尔"听母亲如此哀求，我也双膝跪下。"最后，约克也跪下："我屈下忠诚双膝，反对母子求情。/倘若你赐以恩典，必将贻害无穷！"

布林布鲁克"真心实意宽恕"了奥默尔，公爵夫人赞美布林布鲁克："您真是人间的天神。"

温莎城堡。埃克斯顿的皮尔斯爵士把自己视为国王的朋友，他注意到，当国王说"没有朋友替我除掉这个死对头吗？"时，国王看了他一眼，他心领神会，感觉国王"好像在说：'真愿你就是替我除掉心头恐怖的那个人'"。

庞弗雷特城堡。地牢。沦为囚徒的理查王，"一直琢磨如何把我住的这监牢比成一个世界。……我一个囚犯，可以扮演许多角色，却没一个叫我顺心。有时我是国王；可叛逆的想法又使我希望自己是个乞丐，于是我成了乞丐。然后，贫穷压得我自我劝解，还是当个国王更舒坦，于是我又变成国王：很快，一想到布林布鲁克已废了我的王位，我立刻变得谁也不是。——但甭管我是谁，不论我，还是随便谁，但凡世间人，没什么能满足他，直到死去，一切化为乌有。"

理查王昔日宫廷马厩里"一个小小的马夫"顺路来探监，向他描述布林布鲁克加冕典礼那天，在伦敦街道上见布林布鲁克"骑着那匹巴巴里枣红马哒哒哒从眼前走过，甭提心里有多难受！——这匹马那会儿您常骑，那可是我精心侍弄过的宝马!"并说那匹马因背上驮着新国王而"傲气十足"。理查王随即慨叹:"马呀,……你生来,不就是任人驾驭、由人骑乘的吗?我生来不是一匹马;可我却像驴一样驮着重物,由着那策马腾跃的布林布鲁克踢刺、磨损,弄得筋疲力尽。"

埃克斯顿带着一众随从,手持武器来到地牢。理查王夺过一件兵器,杀死一个随从后,被埃克斯顿击倒,临死前诅咒埃克斯顿:"击倒我的那只手,将在浇不灭的火里燃烧。——埃克斯顿,你那只凶残的手,/用国王的血玷污国王的土地。"

温莎城堡。诺森伯兰、菲兹华特禀告亨利四世,反叛已平息,叛徒的人头被送往伦敦;反叛主谋威斯敏斯特修道院长"抑郁成疾,已入殓下葬";并已抓获卡莱尔主教。布林布鲁克尽管把卡莱尔视为仇敌,但敬重他"高贵的荣誉",判他"选一隐秘之地,择一清修之所,/在更值得敬畏之处,安享余生"。

埃克斯顿偕侍从抬着理查王的棺椁,来到布林布鲁克面前:"伟大的国王,呈上这口棺材,里面是您被埋葬的恐惧:您最大的死敌中最有势力的,/波尔多的理查,我带到此处;/他躺在里面,全无半点声息。"布林布鲁克无法对埃德斯顿表示感谢:"因为你:/用致命的手造了一件招诽谤的事,/毁谤落我头,国体上下皆负恶名。"布林布鲁克对他的"酬劳",是叫他"良心负罪",并要他"无论白与昼,永远不要抛头露面"。

布林布鲁克的灵魂充满痛楚,感觉只有"把血浇在身上,才能使我成长"。他要出征远航,前往圣地耶路撒冷,向异教徒开战,以便"把这血污从罪恶之手上清洗"。

四、君王之罪谁人定?

(一) 莎士比亚历史剧的前后关联

莎士比亚一生共写下10部历史剧,按约定俗成的写作时间排序,先后为"第一个四部曲":《亨利六世》(上中下,1590—1591)和《理查三世》(1593);然后是"第二个四部曲":《理查二世》(1595)、《亨利四世》(上下,1597)、《亨利五世》(1598);另外两部是《约翰王》(1596)和与约翰·弗莱彻(John Fletcher, 1579-1625)合写的《亨利八世》(1612)。

顺便一提,弗莱彻是詹姆斯一世(King James Ⅰ, 1566-1625)时代的剧作家,也是莎士比亚所属"国王剧团"(King's Men)的同事,除了《亨利八世》,他还与莎士比亚合写过两部悲喜剧:《两个贵族亲戚》(*The Two Noble Kinsmen*)和《卡丹纽》

(Cardenio，又名《将错就错》，后来失传。)两剧均写于1613年，这之后，莎士比亚从伦敦告老还乡，回到埃文河畔的斯特拉福德，三年后去世。

若按莎剧中塑造的这些国王们历史上的在位时序排位，这10部戏的先后次序应为：《约翰王》；"第一四部曲"(《理查二世》、《亨利四世》(上下)、《亨利五世》)；"第二四部曲"：《亨利六世》(上中下)、《理查三世》；《亨利八世》殿后。

简言之，这10部戏以舞台剧形式折射出英格兰王国从约翰王(King John, 1166-1216)1199年登上国王宝座，到1547年亨利八世(Henry Ⅷ, 1491-1547)去世近三个半世纪"莎士比亚的英国史"，其中尤以两个相联的四部曲，集中展现了从1377年继位的理查二世(Richard Ⅱ, 1367-1400)到1485年覆灭的理查三世(Richard Ⅲ, 1452-1485)"莎士比亚的百年英国史"。

诚然，在约翰王到理查二世之间，有亨利三世(Henry Ⅲ, 1207-1272)、爱德华一世(Edward Ⅰ, 1239-1307)、爱德华二世(Edward Ⅱ, 1284-1327)和爱德华三世(Edward Ⅲ, 1312-1377)四位国王；在亨利六世(Henry Ⅵ, 1421-1471)和理查三世之间，有爱德华四世(Edward Ⅳ, 1442-1483)和爱德华五世(Edward Ⅴ, 1470-1483)两位国王；在亨利八世之前，还有一个亨利七世(Henry Ⅶ, 1457-1509)，这七位国王莎剧中没写。

纵观这10部历史剧，撇开远在13世纪的约翰王和最后一个亨利八世，两个四部曲几乎全景呈现了从1399年篡位登基的亨利四世(Henry Ⅳ, 1367-1413)开始，历经亨利五世(Henry Ⅴ, 1397-1422)、直到亨利六世结束整个60多年的兰开斯特王朝(House of Lancaster)。生于1564年、卒于1616年的莎士比亚生活的时代，则横跨了都铎王朝(House of Tudor)亨利八世之女伊丽莎白一世(Elizabeth Ⅰ, 1533-1603)和斯图亚特王朝(House of Stuart)的开朝之君詹姆斯一世两个时代。

虽说莎剧中的英国史并非真实的英国历史，莎剧也只为写人物，不为写历史，但莎士比亚塑造的这些国王们，有一点严格按史实而来：约翰王、亨利四世、理查三世是篡位者，理查二世、亨利五世、亨利六世、亨利八世，都是合法继承王位。莎剧《理查二世》正是截取理查二世执政的最后两年，艺术再现亨利·布林布鲁克废黜理查王，成为新王亨利四世。

单从写作时间看，写于1590年的《亨利六世》(中)，1594年在伦敦书业公会以《约克和兰开斯特两家望族的争斗》(Contention of the Two Famous House of York and Lancaster)登记在册，是莎士比亚的第一部历史剧；写于同年的《亨利六世》(下)，即《约克的理查公爵的真实悲剧》(True Tragedy of Richard Duke of York)，是其第二部历史剧；写于1591年的《亨利六世》(上)是其第三部历史剧。

不过,由《亨利六世》(中下)两剧中的两段台词或可推定,莎士比亚在动笔之初,不仅心里已有写国王系列剧的打算,且在艺术上有了大致构想,即围绕王位继承权这一核心主题,戏剧性地挖掘这些国王们什么前因招致什么后果的历史命运。毋庸讳言,这一构想应直接源于霍尔《编年史》前言中的这句断语——"国王亨利四世乃大混乱、大分裂的源头、祸根。"

先看《亨利六世》(中)第二幕第二场,约克公爵向索尔斯伯里和沃里克讲述自己享有王位继承权,追溯到爱德华三世及其七个王子,(七在当时幸运数字)并将七个王子逐一列举,随后,以理查二世之死梳理了一下历史脉络:

> 爱德华黑王子在他父亲生前已过世,留下独子理查,爱德华三世死后,理查继承王位,直到冈特的约翰的长子、继承人兰开斯特公爵亨利·布林布鲁克加冕成为亨利四世,他夺取王国,废黜合法国王,把理查可怜的王后送回法国娘家,把理查送到庞弗雷特:就在那儿,如你们所知,他用奸计害死了无辜的理查。

再看《亨利六世》(上)第二幕第五场,关在伦敦塔中的埃德蒙·莫蒂默伯爵,对他侄子理查·金雀花(Richard Plantagenet,1469-1550)——未来的约克公爵、法兰西摄政王——说:

> 亨利四世,当今这位国王的祖父,把他堂兄——爱德华三世的长子,爱德华国王的合法继承人、第三代嫡亲,给废了。他在位期间,北方的珀西父子对他非法篡位心怀抱怨,竭力拥戴我继承王位。

接着看《理查三世》第三幕第三场,关在庞弗雷特城堡将被处死的里弗斯勋爵,想起理查二世死在这里,不由悲从中来:

> 啊,庞弗雷特,庞弗雷特!啊,你这血腥的牢狱!贵族们的不祥之地,死亡之所!在你罪恶的围墙里,在这儿,理查二世被砍死了。而且,为让你这惨淡之地更遭诽谤,我们把无辜的鲜血供你啜饮。

在此,回首看一下《亨利五世》第四幕第一场结尾处,决定生死的阿金库尔战役即将打响,亨利五世祈祷上帝:

> 别在今天,啊!上帝,啊!别在今天,想起我父王图谋王位的罪孽!理查的骸骨,我已重新埋葬;我为他洒下痛悔的泪水,比他遇害时流的血还多。

总之,布林布鲁克是英格兰王国有史第一位谋朝篡位的国王,攫取理查二世的王冠,成了他当上亨利四世之后不时忏悔的君王之罪,并不断招致贵族、主教们兴兵反叛,因此,早在他登基之初(《理查二世》剧终落幕之前),便立誓要以远征耶路撒冷来赎罪:"我要做一次远航,前往圣地,/把这血污从罪恶之手上清洗。"

也许理查王到死都没想明白:他像先辈国王们一样,自认为在国王加冕典礼上涂了圣油,就是上帝在尘间的代理人,如第三幕第二场卡莱尔主教安慰从爱尔兰回到威尔士的理查王所言:"既然上帝以神力使你为王,他就有力量不顾一切让你保有王位。"何以被废?

千真万确,理查二世是合法的国王。但他是治国有方的合格君王吗?

君王之罪谁人定?如第四幕第一场,当布林布鲁克在威斯敏斯特宫大厅刚向议会宣布"以上帝的名义,我登上国王的宝座"之时,卡莱尔主教随即发出天问:"以圣母马利亚起誓,上帝不准!……哪个臣民能给国王定罪?这儿在座的谁不是理查的臣民?对罪恶昭彰的盗贼尚不能缺席审判;何况对上帝威严的象征,他的统帅、他的管家、他选定的代理人,涂过圣油、加过冕、掌权多年的一国之君?"

难道莎士比亚只管写戏,不管解答?

也许答案在《亨利五世》里。

(二) 理查二世的真实历史

1376年6月8日,还有一周将满46岁的"黑太子"爱德华(Edward the Black Prince,1330-1367)病逝。

在爱德华三世(Edward Ⅲ,1312-1377)统治下的英格兰,这位深得国民拥戴的黑太子,是英法战争中为英格兰赢得1346年克雷西战役(Battle of Crecy)、1356年普瓦捷战役(Battle of Poitiers)、1367年纳赫拉战役(Battle of Najera)、1370年血洗叛城利摩日(Limoges),威震法兰西的伟大英雄。他的死对爱德华三世是致命一击,也使国民对未来的希望破灭了。

黑太子病故,他年仅9岁的长子、波尔多的理查(Richard of Bordeaux)成为王位第一顺位继承人。

1377年6月21日,爱德华国王辞世。7月16日,加冕典礼在威斯敏斯特大教堂举行,英格兰迎来上帝赐予的新国王,也是金雀花王朝(House of Plantagenet)最后一位国王。

10岁的理查二世庄严宣誓：维护祖先法律和旧有习俗，保卫教会，为所有人主持公道，遵守国民公正合理选择的法律。新王接受涂油礼，成为上帝膏立的国王，随后接过象征王权的权杖、宝剑和戒指，最后，由坎特伯雷大主教西蒙·萨德伯里（Simon Sudbury，1316-1381）加冕。

庄严盛大的加冕典礼，万民的欢呼，烙印在10岁理查的脑海。由此联想一下莎剧《理查二世》第五幕第五场，马夫前来探望关在庞弗雷特城堡地牢里的理查王，对他说，加冕典礼那天，布林布鲁克骑着"我精心侍弄过的宝马"，走过伦敦街头，接受万民欢呼，"甭提心里有多难受！"

此处显出莎士比亚的匠心，他让理查王问马夫："告诉我，高贵的朋友，那马驮着他走起来什么样儿？"这句再平常不过的话，已把理查王的心扎出了血。因为此时，对理查王而言，只有马夫这位"朋友"是真正"高贵的"。曾几何时，这位合法国王被那些"高贵的"马屁精们害惨了。马夫回答，那匹马"傲气十足，似乎没把地面放眼里"。理查王不由骂了两句，随即反问："它没要把那个篡位上马的高傲家伙的脖子摔断吗？马呀，宽恕我！我为何要辱骂你，你生来，不就是任人驾驭、由人骑乘的吗？我生来不是一匹马；可我却像驴一样驮着重物，由着那策马腾跃的布林布鲁克踢刺、磨损，弄得筋疲力尽。"从这样的描写可以明显感到，莎士比亚对理查王心生悲悯之情。

理查王1377年继位，1399年遭布林布鲁克废黜，1400年被杀，前后历时二十三年，而莎剧《理查二世》只写了他最后两年。简言之，前二十年的因，造成后两年的果。为便于深入解读剧情，在此将可与剧情建立关联的史实做一简要梳理：

1379年，黑死病席卷英格兰，一下持续4年。

1380年，为凑足军饷，抵御法国，议会宣布向全国征收人头税，导致1381年爆发由瓦特·泰勒（Wat Tyler）领导的英格兰历史上第一次大规模农民起义（暴动）。泰勒的起义军攻陷伦敦城，大肆劫掠、四处放火，许多贵族、大臣、商人被杀，连躲在伦敦塔里、给理查二世加冕的萨德伯里大主教也未能幸免，被冲进来的暴民杀死；布林布鲁克多亏被一名士兵藏进壁橱，才逃过一劫，否则，便没有后来的亨利四世。据1422年去世的编年史家托马斯·沃尔辛厄姆（Thomas Walsingham）描述，暴民的吵嚷喧哗不像人类发出来的声音，堪比地狱居民的鬼哭狼嚎。

伦敦陷入混乱，英格兰前途未卜。在暴乱持续的危急关头，年方14岁的理查二世将瓦特·泰勒约到伦敦郊外的史密斯菲尔德（Smithfield）演武场会面谈判。泰勒不知是计，身边只带了不多的随从。谈判中，双方发生混战，伦敦市长威廉·

沃尔沃思爵士(Sir William Walworth)抽出匕首,给了泰勒致命一击。身负重伤的泰勒挣扎着骑马逃回本部,嘴里喊着国王背信弃义,落马而死。起义军正欲弯弓搭箭,却看到国王催马前来,高声断喝:"我是你们的国王,你们理应服从我。"暴民们瞬间被震慑住,纷纷放下武器,向国王鞠躬。等国王的援军赶到,遂将暴民逐出伦敦,避免了一场流血的暴力冲突。

可见,若不熟悉中古英格兰历史,单从莎剧《理查二世》读不出这位最后惨遭废黜的国王,曾多么富有少年英主的超凡胆略。是的,谈判时,泰勒向他提出要求"……英格兰应只有一名主教,……英格兰不应再有奴仆、农奴或佃农,人人应享有自由、平等"。他假意应承全部答应。平息暴乱以后,他开始残忍复仇,对那些讨要权利的起义者说:"你们是农奴,并将永世为奴;你们永远是奴才,……蒙上帝恩典,我统治这个王国,我将……永远奴役你们,让你们当牛做马,以警后人!"

1381年,理查王迎娶波西米亚的安妮(Anne of Bohemia, 1366-1394)为英格兰王后。

随着年龄增长,为强化王权统治,理查王开始培育像剧中布希、巴格特、格林那样的亲信马屁精;与年纪稍长的贵族,尤其自己的三个叔叔,冈特的约翰兰开斯特公爵、兰利的埃德蒙剑桥伯爵和伍德斯托克的托马斯白金汉伯爵,渐行渐远,招致一些贵族和主教的强烈不满。

1384年,在索尔斯伯里(Salisbury)召开议会,阿伦德尔伯爵(Earl Arundel)直言批评理查王败坏朝纲,理查王气得脸发白,怒斥道:"你竟敢说败坏朝纲全是我的错!胡扯!滚去见魔鬼吧!"

1385年,理查王又与坎特伯雷大主教威廉·考尼特(William Courtenay, 1342-1396)发生争吵,考尼特批评理查王治国无方,激怒了理查王,他当场拔剑要把这位主教砍了。

读过《理查二世》,自然不会对贵族和主教敢于批评国王感到陌生,在剧中,无论临死前的冈特的约翰,还是约克公爵、卡莱尔主教,都对理查二世有过直言犯上的强烈批评和指斥。

随着时间推移,理查王统治下的英格兰王国开始陷入内外交困之中,外部,北伐苏格兰的英军无功而返,法兰西国王查理六世(Charles Ⅵ, 1368-1422)建起一支准备入侵英格兰的史上最强舰队;内部,理查王将亲信好友罗伯特·德·维尔(Robert de Vere, 1362-1392)先授予都柏林侯爵(Marquess of Dublin),使其地位与有王室血统的公爵们不相上下,不久再次擢升其为爱尔兰公爵(Duke of Ireland),又使其将爱尔兰军政大权收入掌中,完全与理查王的三个叔叔平起平坐。

与此同时,理查王与议会的矛盾日益激化,他的神经质偏执越来越厉害。在1386年10月的议会上,面对贵族、议员们的劝诫,理查王大发脾气:"我早知道,我的臣民和平民议员有不臣之心,图谋不轨,……面对这样的威胁,我觉得最好的办法是寻求我的亲戚)——法兰西国王的支持,帮我镇压敌人。我宁可向他称臣,也不向臣民屈服。"

无奈之下,格罗斯特公爵(伍德斯托克的托马斯)和阿伦德尔伯爵向这位不可理喻的年轻国王委婉提及之前爱德华二世(Edward Ⅱ,1284-1327)被废黜之事,才使理查平息肝火,并不得已答应改革,撤掉了萨福克伯爵迈克尔·德·拉·波尔(Michael de la Pole, Earl of Suffolk, 1330-1389)等一批心腹宠臣。因此,以格罗斯特公爵和阿伦德尔伯爵为首的"上诉派贵族"(Lords Appellant)赢得了这次议会,史称"美妙议会"("Wonderful Parliament"),它要求每年定期召开议会,而且,国王必须参加,同时还指定组建一个为期一年的改革委员会。如此一来,理查的王权成了摆设。

1387年2月,不甘失去王权的理查王离开伦敦,打算借巡游之机聚集王党,成立忠于自己的御前会议。与此同时,在伦敦的"上诉贵族们"提出动议,要求清洗内廷,罢免包括德·拉·波尔和德·维尔等五位国王宠臣。

理查王试图招募一支军队,却得不到各郡支持,他只能指望德·维尔。德·维尔率军向伦敦进发,他的对手十分强大,除了"上诉派贵族"代表格罗斯特公爵、沃里克伯爵(Earl of Warwick, 1338-1401)和阿伦德尔伯爵,还有冈特的约翰之子、当时头衔是德比伯爵(Earl of Derby)的布林布鲁克和诺丁汉伯爵(Earl of Nottingham)托莫斯·毛伯雷新晋加盟。双方交战,德·维尔兵败,纵马跳入泰晤士河,得以逃生。

1388年2月,"残忍议会"("Merciless Parliament")开幕。贵族和平民代表齐聚威斯敏斯特宫。五位身穿金线华服的上诉贵族,趾高气昂,手牵手一同步入大厅,瞪了一眼国王,然后屈膝行礼。理查王列席了持续近四个月的议会,亲眼目睹自己所有的宠臣、亲信、盟友,一个个有的被缺席审判定为叛国罪,有的遭受绞刑、开膛、斩首。他恳求饶过一位老臣的性命,被格罗斯特公爵断然拒绝,二人大吵,险些动手。

这次"残忍议会"对21岁的理查王堪称奇耻大辱!

此后,理查王为重新拥有王权,先与刚从西班牙卡斯蒂利亚(Castilla)回国的王叔冈特的约翰兰开斯特公爵修复关系,在他帮助下,王权势力逐步恢复。1389年5月,理查在议会发表亲政宣言。1390年3月,在冈特的约翰协调下,御前会议达成一项协定：所有财政意向须得到国王的三个叔叔(兰开斯特公爵、格罗斯特公爵、约克公爵)一致批准。表面妥协的国王得以与"上诉贵族们"合作，朝政也开始良性运转起来。

但随后不久发生的两件事透露出，这分明是一个有人格缺陷或心理障碍的国王：第一件事，1394年6月7日，安妮王后去世，7月29日在伦敦举行葬礼，理查王招呼所有贵族参加。阿伦德尔伯爵迟到，面见国王时，竟被理查王猛击面部，满脸是血倒在地上；第二件事，1395年11月，理查王的昔日宠臣爱尔兰公爵德·维尔的遗体送回英格兰下葬。他当年兵败流亡法兰西后，于1392年去世，死后尸体做了防腐处理。许多贵族拒绝参加德·维尔的葬礼，尽管如此，理查王依然下令打开棺材，给这位昔日好友僵冷的手指戴上一枚金戒指，对着他的面庞凝视良久。

而几乎同一时期发生的另两件事，又使这样一个国王赢得了国民的信任：第一件事，1394—1395年，理查王为期八个月远征爱尔兰取得胜利，结束了爱尔兰的混乱局面，取得了自亨利二世(Henry Ⅱ，1133-1189)以来的最大成就；第二件事，1396年3月，与法兰西瓦卢瓦王朝缔结为期二十八年的停战协定，并将迎娶查理六世(Charles Ⅵ，1380-1422)年仅7岁的女儿伊莎贝拉为新王后。

一切似乎预示着英格兰将沐浴在和平里，但理查王越来越从心底钦佩曾给王国带来分裂、暴力、腐败和流血，最后死于谋杀的爱德华二世(Edward Ⅱ，1284-1327)。显然，这对英格兰不是一个好兆头！

1397年，理查王30岁，早已成年，但他始终对自己的王权统治缺乏安全感。对此，同样可以通过两件事看出来：第一件事发生在十年前的1386年，当时，理查王曾向格罗斯特公爵和阿伦德尔伯爵吼道，如有必要，他会为保住王位，邀请法国人入侵英格兰；第二件事正是第一件事的前因导致的后果，在不久前与法国谈判签署停战协定的过程中，理查王希望在条约中加上一条：如有必要，查理六世有义务出兵，帮英格兰国王镇压反叛。虽说这一条最终未能加入条约，却足以引起"上诉派贵族"的惊恐。

7月，理查王开始复仇，他突然下令，逮捕了"上诉派贵族"中的三位、与自己对抗了十年之久的格罗斯特公爵、阿伦德尔伯爵和沃里克伯爵。这可以说是一起由国王亲自发动的宫廷政变。三个人的最终命运是：阿伦德尔伯爵被以冈特的约翰主持的议会定为犯下叛国罪，用剑斩首；沃里克伯爵在议会上痛悔不已，哀求饶过老命，理查王判处他流放英格兰、爱尔兰之间的马恩岛(Isle of Man)，终身监禁。格罗斯特公爵先被押往加来(Calais)的监狱，后诺丁汉伯爵托马斯·毛伯雷受理查王之命下令将其害死，恰如莎剧《理查二世》开场不久，布林布鲁克向理查王指控毛伯雷那样:"是他谋害了格罗斯特公爵,他先诱惑格罗斯特轻信了自己的敌人,然后,再像个险恶的懦夫似的,让公爵无辜的灵魂在血泊中流走。"不过,莎剧中并未写明,国王正是害死格罗斯特公爵的幕后黑手。

9月底,理查二世肃清了所有政敌,终将王权牢牢攥在手里。此后,为进一步巩固王权,他恩威并重,一面把从政敌那里没收来的土地赏赐给勤王有功的忠臣,一面下令叫所有参与过"残忍议会"的贵族花钱赎罪。除此,他还专门颁布了一条惩治贵族欺君罔上的法令。至此,理查二世已成为英格兰历史上第一个专制、苛政、暴虐之君。

然而,在这次理查王的复仇之战中,他不仅暂时放过了"上诉派贵族"中的三位:冈特的约翰(兰开斯特公爵)、布林布鲁克(德比伯爵)和托马斯·毛伯雷(诺丁汉伯爵),还把布林布鲁克擢升为赫福德公爵(Duke of Herford),把毛伯雷擢升为诺福克公爵(Duke of Norfolk)。理由很简单:年迈的老冈特为金雀花王朝效力不少,对理查王夺回王权起了作用;堂弟布林布鲁克似乎还值得信任;毛伯雷帮自己除掉了最大的政敌之一格罗斯特公爵。

但没过多久,理查王向这两位年轻贵族下手了。在莎剧《理查二世》中,两位公爵向理查王"互相指控谋逆叛国",最后,国王让俩人以决斗来解决争执:"既然我不能叫你们和好,准备吧,圣兰伯特节(9月17日)那天,在考文垂,到时拿你们的命一决生死。"

真实的历史情形比剧情要复杂:二人的矛盾源于布林布鲁克在1398年一次议会上,告知国王和与会贵族,毛伯雷对国王向"上诉派贵族"复仇惊恐万状,深感自己和布林布鲁克很快会完蛋。布林布鲁克说,毛伯雷告诉他,他们得到的赦免令一钱不值,国王正密谋铲除兰开斯特家族。也就是说,国王要将老冈特和他儿子布林布鲁克从王朝继承顺位排序中彻底排除,并把其家族丰厚的全部财产据为己有。后来,理查王确实这样做了,《理查二世》第二幕第一场是这样写的:老冈特死后,理查王马上宣布,为补充远征爱尔兰的军事需要,"我决定将我叔叔冈特所有的金银餐具、金银钱币、家财资产,一律充公"。约克公爵为此反驳:"莫非您想把遭放逐的赫福德所享有的国王授予的权利和其他权利,都一把抓来攥手里?"

莎士比亚既不照搬历史,便没必要交代布林布鲁克和毛伯雷这两位昔日同为"上诉派贵族"的盟友何以反目为仇。因为,若从历史实际情形来看,倒有可能是毛伯雷意欲借国王之手除掉兰开斯特家族这个政治对手。而对国王来说,这两位曾反对过自己的盟友如今已变成相互指控的仇人,不如趁机把俩人一起铲除。于是,理查王同意他们俩在考文垂演武场以决斗来证明对国王的忠诚。

1398年9月16日（莎剧中是17日），星期一，来自各地的骑士、贵族、主教及到访的外国权贵云集考文垂演武场。上午9点，赫福德公爵布林布鲁克与诺福克公爵托莫斯·毛伯雷将在国王面前一决生死。真实情形与莎剧第一幕第三场相差不多，简言之，当一切按照骑士决斗礼仪就绪以后，决斗双方正欲手持矛枪骑马冲向对方，理查王突然起身，高喊"停下！停下！"所有人不知发生了什么，两个小时之后，布希带来了国王的命令：决斗取消，放逐布林布鲁克放逐十年（后减为六年），毛伯雷终身流放。在剧中，则由主持决斗的典礼官说"停！国王扔了权杖"。随后，国王向两位公爵宣布："我把你们放逐出境；——你，赫福德老弟，在第十年田野夏收之前，只许在流放的异地踏足，在美丽的领土一经发现，处以死罪。……诺福克，给你的判决更重一些，……我对你的判决是绝望的四个字：'永不重返'，否则以死论处。"

这之后的情形，历史与剧情比较相近，简单说就是：1399年7月，流放在外的布林布鲁克趁理查王出兵远征爱尔兰，国内空虚，从雷文斯堡登陆回到英格兰。尽管他的随行者不过百人，但登陆之后，一大批贵族、骑士赶来投奔，其中包括诺森伯兰之子亨利·珀西。没过多久，布林布鲁克的军队已达10万人，由约克公爵临时组建起来的王军无力阻挡。理查二世坐在康威城堡（Conway castle）——在剧中变为弗林特城堡（Flint castle）——祷告上帝和圣母马利亚，希望得到法兰西国王的支援。很快，不仅国民们全都拥戴布林布鲁克，最初还想抵抗的贵族们也开始向布林布鲁克的军队投降，甚至理查王过去的几位重要盟友也投靠了布林布鲁克。到8月初，布林布鲁克已成为英格兰的主宰。

诚然，莎剧中的历史都是戏剧化的英格兰史，比如，历史上的布林布鲁克与理查王在弗林特城堡会面时，向国王鞠躬行礼，国王称他"亲爱的兰开斯特堂弟"，然后，布林布鲁克告知国王："在您召唤之前，我已回到英格兰，……这二十二年来，您败坏朝纲……因此，我得到国民认可，将辅佐您治国理政。"在莎剧第三幕第三场，布林布鲁克先让诺森伯兰带话给躲在弗林特城堡里的理查王："他（布林布鲁克）此次前来别无他意，只为得到世袭的王室特权，并跪求立即结束流放恢复自由：一经陛下允准，他就会任由闪亮的武器去生锈，把披好护甲的战马关回马厩，真心效忠陛下。"等国王走出城堡，向他投降，他还不失礼节地说："最令人尊崇的陛下，到目前我之所得，是因我的效忠理应得到您的恩宠。"

再比如，历史上被囚禁伦敦塔的理查王，在和前来探视的沃里克伯爵的弟弟威廉·比彻姆爵士（Sir William Beauchamp）等几位客人用晚餐时悲叹道："有这么多国王，这么多统治者，这么多伟人垮台、丧命。国家时刻处于勾心斗角、四分五裂之中,人们相互残杀、彼此仇恨。"然后讲起英格兰历史上那些被推翻的国王们。在莎剧第三幕第二场,在威尔士海边的巴克洛利城堡,刚从爱尔兰回来的理查王对奥默尔说了这么一段话:"……我的国土,我的生命,我的一切,都是布林布鲁克的,除了死亡和覆盖骸骨的不毛之地上那一小抔泥土,没什么归我所有。看在上帝份上,让我们坐地上,说说国王们如何惨死的故事:有些被废黜;有些死于战争;有些被遭他们废黜的幽灵缠住折腾死;有些被他们的妻子毒死;还有些在睡梦中被杀;全是被谋杀的:——因为死神把一顶空心王冠套在一个国王头上,……"

又比如,历史上的理查王在他缺席的情形下,被议会以列举出的 33 条罪状废黜,并得到贵族和平民代表的一致拥护。然后,布林布鲁克从议会席位起立,手划十字,当众宣布:"以圣父、圣子、圣灵的名义,我,兰开斯特的亨利,在此宣布,因我拥有仁慈的亨利三世国王的正当血统,英格兰王国、王位及其所有权利和附属物,均归我所有。……上帝赐我恩典,让我在亲朋援助下,收复王位。"登上国王宝座后,威斯敏斯特宫大厅响起臣民的欢呼和掌声。布林布鲁克由此成为兰开斯特王朝的第一位国王。在莎剧第四幕第一场(第四幕只有这一场),威斯敏斯特宫大厅,布林布鲁克当众宣布:"以上帝的名义,我登上国王的宝座。"结果,卡莱尔主教不仅站出来极力反对,还对英格兰的未来做出预言:"……英国人的血将作为肥料浇灌这片国土,后世子孙将因他(布林布鲁克)的邪恶罪行而呻吟。……"接着,布林布鲁克命人把理查王带来,"叫他当众宣布退位;这样,免得有人起疑心。"理查王来以后,把王冠、王杖交给布林布鲁克,表示:"我摈弃一切盛典仪仗和君王的尊严;我的领地、租金、税收,全都放弃;我的法令、律令、条令,一律废止。"这之后,诺森伯兰逼迫理查王当众宣读"指控状"(未说明多少条罪状)。谁也没想到,这个时候,理查王会讨要一面镜子,然后,对着取来的镜子说了一大段富于哲理的独白。最后,布林布鲁克没让理查王读"指控状",只是命人把他送往伦敦塔,随即"我郑重宣布,定于下周三举行加冕典礼。"

事实上,从莎剧对英格兰历史的改写不难觉出,莎士比亚不喜欢这位靠篡位成为亨利四世的布林布鲁克,或也因此,他才会在《亨利四世》(上下篇)中,把哈尔王子(未来的亨利五世)和福斯塔夫塑造得更出彩。当然,从《理查二世》对理查王的刻画也不难看出,莎士比亚对这位最后沦为孤家寡人的"暴君"多少有些同情。他值得吗?

(三) 理查与布林布鲁克:"井里两只水桶,一上一下在打水。"

说实话,《理查二世》是一部结构简单、剧情单一、人物性格单薄的历史剧,诚然,单从莎士比亚的初衷就是要卯足了劲以"诗篇"塑造理查性格这一点来看,该剧成功了。因为,从理查感到将失去王位的那一刻起,他就开始由一个乾纲独断、蛮横无理的国王,变成一个激愤的诗人、一个忧郁的哲人。

对此,该如何解释?

散文集、批评家沃尔特·佩特(Walter Horatio Pater,1839-1894)在其1889年出版的《欣赏:散论风格》(Appreciation, with an Essay on Style)一书中,如此论及莎剧中的英国国王:"也许没有哪部戏剧充满如此丰富、新鲜、绚丽的辞藻,富于色彩的语言和比喻与其所修饰的词组并非简单连在一起,而是全然融入其中。莎士比亚不由自主地把这些绚丽的辞藻用在他的人物身上,……理查把无韵诗运用得那么优美、娴熟,是音乐的变音,是真正的无韵诗。……莎士比亚为理查精心考虑好,他'高贵的血液'如何随情感的骤变上升或下降。……"

但诗人理查和国王理查是同一人吗?

好在抛出问题便能从智者那里寻得答案,诗人、批评家塞缪尔·柯勒律治(Samuel Coleridge,1772-1834)在其一篇莎剧演讲中,这样评论理查的人物性格:"他不失决断之心,在遭谋杀时表现出这一点;也不缺思维能力,全剧都表现出谋略在胸。可他依然十分软弱,反复无常,女人气,多愁善感,鬼使神差,总之,与国王身份不符。处于顺境,他专横粗鲁,处于逆境,(假如我们信约翰逊的话,)他虔诚仁慈。对后者我不敢苟同,因为在我眼里,理查的人物性格一以贯之,开始什么样儿,最后还什么样儿,只是他会见机行事。所以,他在开场和结尾时表现出的性格并非两样……从剧情起始到落幕,他不断显出独特的思维能力。他追求新希望,寻找新朋友,他失望、绝望,终把退位变成一个荣誉。他把精力分散在大量想象里,最后又竭力用模糊的思想回避这些萦绕脑际的想象。透过他整个生涯,人们会注意到一些迅疾的变化:从希望到失望,从无限之爱到极端之恨,从虚假的退位再到最犀利的指责。所有这些,都由大量最丰富的思想活动衔接过渡,若有演员能演好理查这个角色,那他一定比莎剧中任何一个国王更招人喜爱,也许李尔王除外。"

显然,在柯勒律治眼里,理查这种骨子里的性格"一以贯之",从未分裂。若按这个逻辑,便只剩下一个问题:莎剧是如何塑造理查的?

答案其实很简单:莎士比亚手舞鹅毛笔,仅用几大段精彩的独白、对白,便完成了对理查性格的塑造。换言之,在刻画理查这个舞台形象时,莎士比亚只留心理查从国王变成忧郁诗人是否符合戏剧逻辑就够了,不必在意他笔下的理查与历史上的理查是否同一个人。

著名古典学者蒂利亚德(E. M. W. Tillyard,1889-1965)在其《莎士比亚的历史剧》(Shakespeare's History Plays)一书中指出:"理查具有中世纪国王的全部神圣性,作为最后一位这样的国王,他充满了悲剧色彩。莎士比亚很可能意识到了,甭管都铎家族(the House of Tudor)多么强大,并对英国教会拥有无可争议的控制权,他们都不具备像中世纪国王那样的神圣性。因此,他愿向某些反兰开斯特家族(the House of Lancaster)的法国作品学习,把理查塑造成一个殉道者、一个耶稣式的人物,谴责他的人则变成把他交给伦敦暴民的彼拉多们。"

没错,理查直言痛斥那些参与逼他退位的群臣:"不,所有你们这些驻足旁观之人,当我遭受不幸的折磨,——即使你们中有人像彼拉多一样想以洗手表露怜悯,但我终归被你们这些彼拉多送上痛苦的十字架,水洗不掉你们的罪孽。"【4.1】显然,此处是对《圣经》典故的化用。彼拉多(Pilates)是罗马帝国派驻犹太(Judaea)行省的总督,在耶稣被不满的群众带走钉十字架之前,为逃避良心的谴责,当众以水洗手,以显示自己清白。《新约·马太福音》27:24载:"彼拉多看那情形,知道再说也没有用,反而可能激起暴动,就拿水在群众面前洗手,说:'流这个人的血,罪不在我,你们自己承担吧。'"另外,关于以水洗去罪孽,《新约·使徒行传》22:16载:"你还耽搁什么呢? 起来,呼求他的名,领受洗礼,好洁净你的罪!"

如此,便能理解,第四幕理查被废这场大戏,莎士比亚为何这样写了! 要知道,历史上的理查是私下签署的退位书,根本没有公开受辱这档子事!

第四幕第一场,仅剩一个国王空头衔的理查被带到威斯敏斯特宫大厅,亲手将王冠交给布林布鲁克,这时,他心有不甘、满怀酸楚地说出那句著名的寓言式诗意比喻的话:"王冠归你了:拿着,弟弟,这边是我的手,那边是你的手。现在,这顶金冠像一口深井,井里两只水桶,一上一下在打水,总有一只空桶半空摇晃,另一只下沉,没人看见下沉的桶里装满了水:那只下沉的桶,是盈满泪的我,/正啜饮悲痛;你却已升到高处。"

紧接着,便是理查和布林布鲁这对堂兄弟关于王位易手、王权交替的精彩对白,当然,这一"历史时刻"只属于莎剧舞台:

布林布鲁克	我以为你甘愿放弃王位。
理查王	王冠送你;只把悲痛留给自己。
	你,可以废黜我的荣耀与威严,
	废不掉悲痛;我仍是悲痛之王。
布林布鲁克	随同王冠,你给了我不少烦恼。
理查王	你添的烦恼并未扯掉我的烦恼。

　　　　　　　　　我的烦恼皆因未尽到君王之责；
　　　　　　　　　你的烦恼在于赢得了新的王权。
　　　　　　　　　虽说烦恼已给你，可我仍烦恼；
　　　　　　　　　烦恼与王冠相随，却还把我扰。
布林布鲁克　　　你甘愿放弃王冠吗？
理查王　　　　　亦愿；又不愿；我既一无所有：
　　　　　　　　　不能说"不愿"；因王位已归你。

现在，听好，我将如何把自己化为乌有：——我把这重物从头上取下（**布林布鲁克接受王冠**），把这笨重的权杖从手里交出（**布林布鲁克接受权杖**），把君王的骄傲从心底除掉；用自己的泪水冲走我的圣油，用自己的双手交出我的王冠，用自己的舌头否认我神圣的王座，用自己的话语豁免所有臣民向我发下的誓言：我摈弃一切盛典仪仗和君王的尊严；我的领地、租金、税收，全都放弃；我的法令、律令、条令，一律废止：

　　愿上帝宽恕所有对我背誓之人！
　　愿上帝护佑一切对你发誓之人！
　　我已一无所有，愿我不再伤悲，
　　你已得到王位，愿你称心如意！
　　真愿你能长久占据理查的王座，
　　早日叫理查在一个深坑里躺卧！
　　退位的理查说："上帝保佑亨利王"，
　　"祝愿他年年岁岁，阳光普照！"——【4.1】

随后，诺森伯兰递给理查一纸文书，逼他照着宣读自己的罪状，他软中带硬地回应："非这样吗？我非得亲自把编织好的罪恶解开吗？仁慈的诺森伯兰，若把你的罪过都记下来，叫你当着一群如此高贵的听众读一遍，你不觉得丢脸吗？若你愿意读，你会从中发现一项十恶不赦的罪状，——包括废黜国王，违背誓约的强力保证，——天堂名册给谁标上这个污点，谁受诅咒下地狱。"在理查脑子里，废黜国王是有罪的。

接着，理查避开诺森伯兰步步紧逼的锋芒，提出要一面镜子，这便又有了持镜的理查面对镜子说出的那段同样溢满酸楚的自省独白："皱纹还没变深吗？悲痛屡屡打我脸上，却没造成更深的创伤！——啊，谄媚的镜子，你在骗我，跟我得势时的那些追随者们一样！这还是那张脸吗？每天在它屋檐下要养活上万人。这就是像太阳一样刺得人直眨眼的那张脸?这就是曾直面那么多恶行,终遭布林布鲁克蔑视的那张脸?易碎的荣耀照着这张脸:这张脸正如荣耀一样易碎;(把镜子摔在地上)瞧它在这儿,碎成了一百片。——留心,沉默的国王,摔这一下的用意是:悲伤那么快就毁了我这张脸。"【4.1】

需要指出的是,此处"脸"的意象应是对《圣经》的化用,《旧约·出埃及记》34:35载:"他们(以色列人)总看见摩西脸上发光;过后,他再用帕子蒙上脸。"《新约·马太福音》17:2载:"在他们面前,耶稣的形象变了:他的面貌像太阳一样明亮。"《启示录》1:13—16载:"灯台中间有一位像人子的,……他的脸像正午的阳光。"

第四幕只有这一场戏,一场便是一整幕,这在莎剧中也属罕见。它是全剧的高潮点,是整部戏的精华,专属于莎剧舞台的理查在这场戏里塑造完成。借理查"这顶金冠像一口深井,井里两只水桶,一上一下在打水,"这句比喻来说,莎士比亚一方面通过理查从国王到囚徒的"一上一下",把历史中的理查和戏中的理查强扭在一起,另一方面,通过布林布鲁克从遭放逐到谋朝篡位的"一下一上"的陪衬对比,凸显理查的性格。

当代莎学家乔纳森·贝特(Jonathan Bate)在其"皇莎版"《莎士比亚全集·亨利二世》导言开篇即说:"我们如何估量统治者的价值?凭其声称拥有权力的正义,还是执掌政权的能力?理查二世挥霍过公募款项,并深受自私的马屁精们的影响。他一手安排谋杀了他的叔叔伍德斯托克的托马斯,一位放言无忌、抵制其苛政的老臣。可是,他是一个由上帝膏立的合法君王。在莎剧的中心场景中,国王被迫参加了一个放弃王位的仪式。"

事实上,莎士比亚为理查王留足了情面,剧中的理查仿佛只为解决爱尔兰战事才横征暴敛,甚至"用兵之事,非同小可,少不了花销,为补充军需,我决定将我叔叔冈特所有的金银餐具、金银钱币、家财资产,一律充公"。【2.1】这样一来,仿佛理查最后遭废黜,仅仅因他劳师远征爱尔兰。戏剧结构也是这样设计的,简单、干脆,不生枝蔓。全剧五幕共19场戏,从第6场(第二幕第二场)便开始进入废黜理查的戏。在这场戏里,格林告知王后:"我们希望他从爱尔兰撤军,赶紧把敌人的希望变绝望,一支强大的军队已在我国土登陆:遭放逐的布林布鲁克把自己从流放中召回,挥舞着武器安全抵到雷文斯堡。"【2.2】剧情由此反转。

实际上,在此之前,第一幕第四场,出征前的理查已露出败相:"这一战我将亲自出马。由于宫廷花销巨大(王室雇佣人员上万,御厨即占百余人。据载,1397—1398年,英格兰全国收入137 900镑,理查王一人用掉4万镑。),赏赐太过慷慨,国库日渐不支。没办法,我只好把王室领地租给别人(据霍林斯赫德《编年史》载:国王将王室领地租给四位亲信:威廉·斯克鲁普爵士、约翰·布希爵士、威廉·巴格特爵士、亨利·格林爵士,四人预交等额租税之后,再承租出去,收取暴利。),这笔税收可解目前燃眉之急。若还不够用,我再叫留在国内的国事代理人用空白捐金书("空白捐金书":类似空白支票,金额处空置留白,政府官员强迫富人签名或盖章之后,随意填上金额,再勒令照付。这一强制勒索富人钱财的做法为理查二世的虐政之一,遭致怨声载道。);到时发现谁家有钱,便命他们捐出大量黄金,给我送来,供我所用;因为我马上要亲征爱尔兰。"【1.4】

因此,顺理成章,到了第三幕第二场,理查便只剩下寄望于上帝的保佑:"狂暴的大海倾尽怒涛也冲不掉国王身上圣油的芳香(指国王加冕典礼时涂在身上的圣油,以此代表国王为上帝选定的尘间代表,神圣不可侵犯。);凡夫俗子的指责废黜不了上帝选定的代表。布林布鲁克每强征一个入伍的士兵,向我的金冠举起锋利的刀剑,上帝便会天赐一个荣耀的天使来报偿:那便是,那便是,天使助战,凡人溃散;/因为上天始终保卫正义的一方。"【3.2】(此处,应又在化用《圣经》,《旧约·诗篇》34:7 载:"上主的天使保护敬畏他的人,/救他们脱离危险。";91:11 载:"上帝要差派天使看顾你,/在你行走的路上保护你。"《新约·马太福音》18:10;"你们要小心,不可轻看任何一个微不足道的人。我告诉你们,在天上,他们的天使常常侍立在我天父的面前。";26:53 载:"难道你不知道,我可以向天父求援,他会立刻调来十二营多的天使吗?")

能指望上帝吗?

当理查一听说布希、格林、威尔特希尔伯爵这几个亲信都已在布里斯托"丢了脑袋",便知毫无指望,他对奥默尔说:"让我们谈谈坟墓、蛆虫,还有墓志铭;……因为除了把这废黜的躯体埋到土里,我还能留下什么? 我的国土,我的生命,我的一切,都是布林布鲁克的,除了死亡和覆盖骸骨的不毛之地上那一小抔泥土,没什么归我所有。看在上帝份上,让我们坐地上,说说国王们如何惨死的故事:有些被废黜;有些死于战争;有些被遭他们废黜的幽灵缠住折腾死;有些被他们的妻子毒死;还有些在睡梦中被杀;全是被谋杀的:——因为死神把一顶空心王冠(the hollow crown)套在一个国王头上,在里面设立宫廷,一个奇形怪状的小丑坐在那儿,鄙夷他的王位,嘲笑他的威严;死神给他喘口气的那么点时间,给他一个小场面,让他扮演君王,令人畏惧,拿脸色杀人,使他妄自尊大,产生虚幻的想象,——好像这具生命的肉身,是坚不可摧的铜墙("铜墙"应是对《圣经》的化用,《旧约·约伯记》6:12 载:"难道我的力量是石头的力量,我的肉身是铜造的?");死神就这样纵容他,直到最后一刻,死神拿一枚小针把他的城堡围墙扎透,——再见啦,国王!你们把帽子戴上,不要以庄严的敬畏嘲弄一个血肉之躯(此处或是对《圣经》的化用,参见《新约·马太福音》16:17:"因为这真理不是血肉之躯传授给你的,而是我天父启示的。"《哥林多前书》15:50:"血肉之躯不能承受上帝的国,那会朽坏的本能承受不朽坏的。"《以弗所书》6:12:"因为我们不是对抗血肉之躯,而是对天界的邪灵,就是这黑暗世代的执政者、掌权者,跟宇宙间邪恶的势力作战。"《希伯来书》2:14:"既然这些儿女都是血肉之躯,耶稣本身也同样有了人性。这样,由于他的死,他能毁灭那掌握死亡权势的魔鬼。");丢掉恭敬、惯例、形式和礼仪,因为一直以来,你们全把我看错了:我跟你们一样,靠吃面包活着,也一样心有念想,品尝悲伤,需要朋友:凡此种种,你们怎能对我说,我是一个国王?"【3.2】

蒂利亚德认为,这段话是理查最著名的一段话,詹姆斯·贝特对此分析说:"独白和修辞上的精心是戏剧化的自我表现形式。理查通过'让我们谈谈坟墓……'这段漂亮的言语行支撑自我;通过一句'他必须丢掉国王的尊号吗?'把自己变成主观沉思的对象。他留心自己正在失去握在手里的统治:'亦愿;又不愿;我既一无所有:/不能说不愿;因王位已归你。'而且,他越来越明白,活着也是演戏,所有人都是演员:'如此这般,我一个囚犯,可以扮演许多角色,却没一个叫我顺心。'【'第一对开本'此处的'囚犯'(one prison)是对之前'四开本'此处'一人'(one person)的有趣变体。——'囚犯'既很好暗示出理查身处囚禁之所,也暗示出这样的传统观念:身体乃灵魂的囚徒,只在永恒的死亡中得到释放。】他以一个'富于魅力的演员'的姿态离开舞台。"

顺便一提,现在一般把"the hollow crown"译为"空王冠"(意即空的王冠),"空王冠"在汉语中给人的感觉是"一顶里面什么也没有的王冠",这里实则指一顶"空心"或"中空"的王冠。

在蒂利亚德看来,"莎士比亚知道理查的罪行从未达到暴政的程度,因此,直接谋反便是有罪。他在剧中既没说明伍德斯托克是谁杀的,也没明说理查本人要担责。国王的叔叔们表明的观点都很正确:冈特拒绝了格罗斯特公爵夫人要他复仇的要求,认为此事应由上帝裁决;即便他在临死前,痛悼王国境况,直指理查顶多算英格兰的地主,而不是什么国王时,也没撺掇谁谋反。……约克表达出来的也是正统情感,他和儿子(奥默尔)一样主张支持现有政体。尽管后来他的效忠对象有了变化,但他从不支持谋反。……连园丁也反对废黜理查。"

这当然也是造成理查悲剧的一个关键点,比如,在弗林特城堡堞墙上,他对在城堡外替布林布鲁克前来逼降的诺森伯兰说:"我若不是国王,那就拿出上帝废黜我王权的凭据;我很清楚,除了犯罪、窃取,或篡夺,任何血肉之手都休想握紧这神圣的王杖。尽管你以为,所有人都跟你一样坏了灵魂背叛我,觉得我落得孤家寡人,众叛亲离,但你要明白,我的主人,全能的上帝,正端坐云头为我征召一支瘟疫之军;你们胆敢举起不臣之手,威胁我头上宝冠的荣耀,瘟疫必将毁了你们的后世子孙。"【3.3】

这是死抱君权神授不放的理查!

其实,对于中世纪基督教王国虔诚的臣民们来说,上帝膏立的国王神圣不可侵犯,是天经地义的。第一幕第二场,格罗斯特公爵夫人与冈特的对话便清晰折射出这一点,当时,格罗斯特公爵夫人力劝冈特替兄复仇:"难道血缘同宗不能给你更锐利的刺激? 手足之情不能在你老迈的血里燃起火焰? 爱德华有七个儿子,你是其中一个,真好比七只小瓶装着他的圣血,又好比同根生出的七根俊秀枝条:有几个小瓶已自然干涸,有几根枝条也被命运之神剪断。啊,冈特,他的血就是你的血! 造他成人的那寝床、那胎宫、那性情、那同一个模具,也造了你(此处应是对《圣经》的化用,《旧约·约伯记》31∶15 载:"那位创造我的上帝不也造了他吗? /创造我们的不是同一位上帝吗?";33∶6 载:"我们在上帝面前都一样;/你我都是用尘土造成。")。尽管你还活着、有呼吸,但他一死,也等于被人杀了:他是你父亲生命的影像,眼见可怜的弟弟死去,竟无动于衷,无异于害死父亲的同谋! ……为我的格罗斯特之死复仇,才是保你命的最好方法。"

可以说,这段话在晓以理、动以情之外,最要命之处在于直中了冈特的要害。因为,冈特心里很清楚,理查指使人害死了格罗斯特公爵。但他固执己见:"这争执得由上帝裁决;因为他的死由上帝的代表一手造成;这个代表是在上帝面前接受的涂油礼:倘若他死有冤情,让上天复仇吧,我绝不能扬起愤怒的手臂,对上帝的使者下手。"【1.2】

整个剧中,冈特、约克,还有坚决反对废黜理查的卡莱尔主教,他们都认定,即使君王有罪,也只能由上帝裁决。

然而,理查一点不糊涂,现实如此残酷,他的命运只能由布林布鲁克来裁决! 所以,他见机行事,第三幕第三场,在弗林特城堡,他低声下气地请前来谈判的诺森伯兰带话给布林布鲁克:"对他高贵的弟弟前来深表欢迎;对他所提一切合理要求无条件执行:用你所有谦恭的话语,代我向他高贵的耳畔传达亲切问候。"随后,他唯恐遭奥默尔鄙视,赶紧找补一句:"老弟,我低声下气,说得如此谦卑,是不是有失身份? 要不我叫诺森伯兰回来,向这个叛徒发出挑战,一决生死?"

不用说,理查的内心痛苦至极,他祈祷上帝:"上帝啊,上帝啊! 当初我曾亲口对那个傲慢之人发出可怕的放逐令,而今又用安抚的话把它撕掉!啊,愿我像我的悲痛一样伟大,或干脆让我比国王的尊号更渺小!要么让我忘掉过去,要么别叫我记住现在!"

这样一个国王,莎士比亚却把他写成一个诗人!当理查见诺森伯兰从布林布鲁克那儿复命返回,马上预感到自己的命运,随即向奥默尔发出一连串诗人的悲叹:"国王现在该做什么?要他投降吗?国王只能屈从:非要废了他?国王同意退位:他必须丢掉国王的尊号?啊,以上帝的名义,随它去吧:我愿拿珠宝去换一串念珠;拿辉煌的宫殿去换一处隐居之所;拿华美的穿戴去换一身受救济者的衣衫;拿雕花的酒杯去换一只木盘;拿王杖去换朝圣者的一根手杖;拿臣民去换一对儿圣徒的雕像;拿巨大的王国去换一座小小的坟茔,一座特小、特小的坟茔,一座无人知晓的坟茔;——不然,就把我埋在公路、或哪条商贸干道下面,叫臣民的脚随时踩在君王的头上;因为当我活在世上,他们践踏我的心;一旦下葬,怎能不踩我脑袋?——奥默尔,你哭了,——我心地善良的弟弟!——我们能用遭人鄙夷的眼泪把天气变糟,我们的叹息加上泪水,必将毁掉夏天的谷物,给这叛变的国土制造一场饥荒。再不然,我们玩一回比赛流泪的游戏,以苦取乐?像这样;——眼泪老往一个地儿掉,直到在土里侵蚀出一对墓穴;咱俩就埋在里面,——"【3.3】

此情此景,对英格兰历史一无所知的读者/观众,或已对这位国王预支出深切的悲悯和同情,或会在心底祈愿,希望他结局别太惨,及至第五幕第五场,关在庞弗雷特地牢里的理查在被杀前不久,拿自鸣钟里的金属小人自喻,在大段诗人的独白中结束了自己的哲人之旅:"在这儿,我耳朵灵敏,哪怕一根弦失音,也听得出来;但曾几何时,从国家和时代的和谐里,我的耳朵却听不出一丝走调。我损害了时间,现在时间来损害我;因为此刻,时间已把我变成它的时钟:我的思想是刻度上每一分,用滴答滴答的叹息,向我的眼睛——那钟面,——报出每分钟的间隔,我的手指,则像上面的时针,一边不断计时,一边不住擦拭泪水。现在,先生,这报时的滴答声便是吵闹的呻吟,打在我心上,那声音就是钟鸣:因此,叹息、泪水和呻吟,分别表示每分、每刻、每时;——我的一生匆匆流逝,布林布鲁克却踌躇满志,此时,我傻站在这儿,成了他自鸣钟里的小人儿(旧时自鸣钟里金属制的小人儿,(有的身披盔甲),手持小槌,一刻钟敲击一下。)。这音乐叫我抓狂;别出声啦!(音乐止)尽管它能帮疯子恢复神智,可对于我,却能使智者癫狂。不过,那把音乐带给我的人,我祝福他的心!因为这表示一种爱意,毕竟在这充满仇恨的人世,对理查的爱是一件稀世珍宝。"【5.5】

或源于此,蒂利亚德指出,这部戏的"戏剧结构符合传统的悲剧故事观念:一个大人物由世俗的繁盛跌落,灵魂的伟大却在跌落中上升。同情理查的悲剧情绪在最后的场景中占了主导。约翰逊(Samuel Johnson,1709-1784)博士写道:'诗人似乎这样设计,让理查在王权跌落中赢得尊重的提升,并使其因此获取读者的好感。'注意这儿用的是'读者',不是'观众'——说明这部戏更适于阅读欣赏,而非舞台表演。约翰逊接着又说:'他只被动表现出一种刚毅和一个忏悔者的美德,而没把自己表现为一个国王。在他繁盛时,我们看到他专横、压制;一旦落魄,他却变得睿智、隐忍和虔诚。'"

纵观全剧,理查与布林布鲁克像深井里打水的两只水桶似的"一上一下""一下一上"的对比无处不在。单看俩人的命运转换,约克公爵府里那位同样够诗人资格的园丁,向王后说出的那个"天平比喻"更为贴切:"理查王,已在强大的布林布鲁克掌控之中;把他俩命运放天平上称一称:您夫君这边不算他自己,啥也没有,那几个轻浮的亲信,只能叫他分量更轻;但在强势的布林布鲁克这边,除了他自己,还有所有的英国贵族,凭借这个优势,他的分量就把理查王压倒了。"【3.4】

然而,不知此时已对理查心生同情的读者/观众是否忘了,在布林布鲁克压倒理查之前,曾几何时,理查绝不是一个被诗意冲昏头脑的国王。那是一个刚愎自用、反复无常的理查,话一出口,便裁定布林布鲁克和毛伯雷以决斗定生死;那是一个君无戏言、令行禁止的理查,比武场上,把权杖一扔,瞬间叫停决斗;那是一个独断朝纲、不可一世的理查,命令一下,立刻判布林布鲁克放逐十年,毛伯雷终生流放;那又是一个并非不懂帝王之术的理查,他怕布林布鲁克和毛伯雷在流放期间联手结盟,命他俩立下誓言再走:"把你们遭放逐的手放在我的国王宝剑上;……遵守我钦定的誓约:……流放期间永不彼此和好;永不会面;永不书信往来、互相致意;对在国内酿成的阴郁吓人的仇恨风暴,永不和解;永不心怀不轨蓄意谋面,阴谋策动、筹划、合谋针对我、我的王位、我的臣民或国土的一切恶行。"【1.3】

由此,把理查和布林布鲁克这对堂兄弟权谋、心计的砝码放天平上称一称,应该分不出"一上一下"。理查下令放逐布林布鲁克和毛伯雷,貌似对两人各打五十大板,(显然,打在毛伯雷屁股上的板子更重,因为对他的判决是终身放逐,最后毛伯雷客死威尼斯。)实际上,早对布林布鲁克"取悦于民"心怀忌惮:"他以一副谦恭、亲和有礼的模样,活像潜入了他们内心;他甚至不惜向奴隶抛去敬意,以暗藏心机的微笑和对命运的耐心忍受,讨好那些穷工匠们,好像要把他们对他的深情一起带到流放地去。他摘下软帽向一个卖牡蛎的姑娘致敬;有两个马车夫对他说了一声'上帝保佑',他立刻膝盖打弯,像进贡似的致谢,还加上一句'同胞们,亲爱的朋友们,多谢',好像一下子成了万民期待的王位继承人,只要我一死,英格兰就归他了。"【1.4】而毛伯雷策划谋杀了格罗斯特公爵（剧中没明确交代谋杀为理查指使）。因此，借布林布鲁克和毛伯雷相互指控之天赐良机，同时将两人放逐，可免除后患。没隔多久，冈特因儿子遭放逐，抑郁成疾，发病而亡，理查又趁机将冈特的全部财产没收，作为贴补远征爱尔兰的军饷。

真是一箭双雕！但理查没想到，算错一步，满盘皆输，正是没收冈特全部财产、剥夺布林布鲁克合法继承权这把双刃剑，最终不仅害他断送王朝，还丢了性命。

与不惜用好多段精彩独白、对白塑造理查性格比起来，莎士比亚对布林布鲁克吝啬许多。从他后来专写布林布鲁克的《亨利四世》（上下）更容易看出，他不喜欢这位擅以虚情假意取悦民心、以空头承诺笼络贵族的篡位之君。或因为此，布林布鲁克在《理查二世》中虽戏份不少，但没那么出彩。显然，以人物性格塑造来论，理查压倒了布林布鲁克。

第二幕第三场，在格洛斯特郡荒野，布林布鲁克与诺森伯兰之子亨利·珀西（即《亨利四世》中的"暴脾气"霍茨波）第一次见面，布林布鲁克寒暄得十分客气："谢谢你，高贵的珀西；相信我，我有一颗铭记好友的灵魂，没什么比这更让我感到幸运。一旦我的运气随你的爱戴成熟起来，它终会报答你的忠诚。我的心立下这个契约，以我的手为凭作证。（与珀西握手）"不久，布林布鲁克又对前来投奔他的罗斯和威洛比勋爵表示："欢迎，二位大人。我深知，你们以友情追随一个遭放逐的叛徒；眼下我的所有财富只是一句空口白牙的感谢，待我富足之后，对你们的忠心和劳苦，一定酬谢回报。"【2.3】

最终的结果是，当布林布鲁克成为亨利四世以后，对所有许下的承诺丝毫不兑现，导致贵族们纷纷起兵谋反。

第三幕第三场，布林布鲁克授命诺森伯兰前去跟躲在弗林特城堡里的理查谈判："到那古堡凹凸不平的墙下，用黄铜军号，把谈判的气息吹进残破的墙洞，这样宣布：亨利·布林布鲁克愿双膝跪地，亲吻理查王的手，向他最尊贵的国王表达忠诚和虔敬之心；只要他撤销我的放逐令，无偿归还我的土地，我情愿跪在他脚下，放下武器，解散军队。否则，我将以武力的优势，用从被杀英国人的伤口里喷涌的血雨，荡平夏日的尘埃：对此，我虔诚一跪足以表明，布林布鲁克绝无此心，要用猩红的瓢泼血雨浇透理查王翠绿的沃土。……我觉得，我与理查王今日一见，其可怕绝不亚于暴雨雷电交加，发出一声霹雳，便把苍天阴云密布的双颊撕裂。"【3.3】

多么虚情假意！此时此刻，野心勃勃、兵临城下的布林布鲁克，要的是不战而胜，夺取理查的王权、王位、王冠，成为一代新王。

也许莎士比亚想透过塑造布林布鲁克的形象表明，高明的政治家都是出色的演员。布林布鲁克堪称演技高超,当理查走出城堡向他投降,他命令部队站开,向理查行礼,并"屈尊下跪"。理查手指王冠,不无揶揄地说:"起来,兄弟,起来!尽管你膝盖跪得低,/但我深知你心高,恐怕少说也有这么高。"布林布鲁克显出十分谦恭的样子,客气地宣称:"仁慈的陛下,我此来只为我分内所得。"这时,已先自我废黜的理查无奈地表示:"你分内的是你的,我也是你的,一切都是。"布林布鲁克继续不失礼仪地说:"最令人尊崇的陛下,到目前我之所得,是因我的效忠理应得到您的恩宠。"

至此,兄弟俩"一上一下"的地位完成了乾坤逆转。到了第四幕,在威斯敏斯特宫大厅,布林布鲁克向议会宣布"以上帝的名义,我登上国王的宝座"。他命人把理查带来,叫他宣布退位。

然而,退位的理查始终是布林布鲁克的心病。最终,布林布鲁克的马屁精埃克斯顿从他加重语气说了两遍的"没有朋友替我除掉这个死对头吗?"【5.4】这句话,瞅准圣意,决心替新王除掉旧王"这个仇敌"。第五幕第五场,埃克斯顿亲自带人前往庞弗雷特城堡地牢,杀了理查。待他把装着理查尸体的棺材带到温莎城堡,放在布林布鲁克面前邀功请赏:"您最大的死敌中最有势力的,/波尔多的理查,我带到此处;/他躺在里面,全无半点声息。"这个时候,新王不仅不感谢帮他铲除后患的心腹,反而怪罪他:"用致命的手造了一件招诽谤的事,/毁谤落我头,国体上下皆负恶名。"剧终前的最后一段韵体独白,道出了布林布鲁克的心声:"我也不爱你;尽管我真心愿他死,/见他被杀我开心,但我痛恨凶手。/叫你的良心负罪,算对你的酬劳,/我的赞誉和恩典,哪个也得不到。/与该隐作伴,在夜的阴影里游荡,/无论白与昼,永远不要抛头露面。/……我要做一次远航,前往圣地(耶路撒冷),/把这血污从罪恶之手上清洗。"【5.6】

此处应是化用了《圣经》。该隐(Cain),《圣经》人物,事见《旧约·创世记》4·1-16"该隐杀弟":该隐因嫉妒杀死弟弟亚伯,被认为犯下人类第一桩血案,被视为人类第一个凶手。该隐杀弟之后,遭到上帝惩罚:"你要成为流浪者,在地上到处流荡。"该隐抱怨惩罚太重,到处流浪,会被人杀死。上帝回答:"不,杀你的,要赔上七条命。"因此,上帝在该隐额上做了记号,警告遇见他的人不可杀他。于是,该隐离开上主,来到伊甸园东边名叫"诺德"(流荡之意)的地方居住。

从此,埃克斯顿永远消失在黑暗里。布林布鲁克没把他杀掉,已算仁慈。

在以上对比之外,乔纳森·贝特还颇具说服力地分析出一种"语言"上体现出来的对比。第一幕一开场,布林布鲁克和毛伯雷两位公爵互相指控谋逆叛国,都把自己说成真正的爱国者。当理查宣布将毛伯雷判处终生流放,永不得返国,毛伯雷肝肠寸断,痛楚万分。莎士比亚用诗意的形象比喻让毛伯雷由慨叹再也不能说母语,从心底发出对故土的挚爱真情:"四十年来所学语言,我的母语英语,现在必须放弃;……您用我的双唇和牙齿当双重铁闸门,把我的舌头囚禁在我嘴里;迟钝、麻木、愚蠢、无知,成了看守我的狱卒。……您的判决,给我的语言定了死罪,/岂不是把我的舌头从母语中抢走?"【1.3】

由此反观历史上真实的理查,这位"波尔多的理查",不光母语是法语,王后还是法国人,宫廷里的装饰随处透出法兰西风情。理查被指控挥霍耗尽国库财产,他一直受身边马屁精们的欺骗,耗资巨大的爱尔兰战争迫使他把国土"出租"。在此,乔纳森·贝特分析,一定是鉴于爱尔兰问题致使伊丽莎白女王的金库严重透支,莎士比亚根本没打算把理查王远征爱尔兰的详情写到戏里,这既符合剧情需要,也符合现实考虑。因此,剧中只通过病中老冈特指斥理查"顶多算英格兰的地主"那段台词,将理查"出租国土"一语带过:"唉,侄儿,即便你是世界霸主,把他的国土(爱德华的国土)租给别人,也是一种耻辱;何况这片国土是你仅能享有的整个世界,如此使它蒙羞,还有比这更大的耻辱吗?你顶多算英格兰的地主,不是什么国王:你现在的法律地位只不过是法律的奴隶。"【2.1】

综上所述,由整个剧情来看,莎士比亚无意对理查二世的暴君形象做过多渲染,从他发明创造的几处有违史实的剧情不难发现,他就是要描绘一个具有多愁善感诗人气质,不属于历史、而独属于戏剧舞台的理查,一方面,意在以一个怯懦、无能国王遭废黜的故事,呈现英格兰皇家历史上确曾有过这样一个极不光彩,并令人震惊的时刻,即由上帝膏立、君权神授的合法国王,被精通权谋、善于取悦人心的高明政治家布林布鲁克篡夺王位;另一方面,通过挖掘理查治国之昏庸、理政之暴虐、用兵之草率、性情之无常、行为之乖张,揭示他最后招致众叛亲离、王位被废的命运,完全是咎由自取。

这又何尝不是对君权神授的一种反讽,全剧的悲剧性和戏剧性也在于此。不过,莎士比亚显然对这位昏聩无能的合法国王或多或少寄予了同情。或许,他有意留下一个疑问:亨利四世(布林布鲁克)指使亲信埃克斯顿害死被废之君,这一罪孽,比当年理查二世授意托马斯·毛伯雷害死格罗斯特公爵,更不可饶恕吗?无论君权神授的理查二世,还是谋逆篡位的亨利四世,两位国王犯下的君王之罪是一样的!

于是,读者/观众只要稍动脑子,便能理解乔纳森·贝特疑问式的诠释:"假如作为上帝膏立在人间的这位神赐代理人是一个糟糕的统治者,那即便以英格兰和'真正骑士精神'的名义,取而代之是否准许?假如国王等同于法律,那以法律反对国王又自相矛盾,确如卡莱尔主教所言:'哪个臣民能给国王定罪?'君主在传统上被想象成具有两个身体:一个政治身体,国王是国家的化身;一个自然身体,国王是跟任何人意义的肉体凡胎。这便是'国王死了,国王万岁。'这句悖论成为可能的原因所在。舞台上的理查退位时,把在加冕仪式上说过的话颠倒过来,打碎一面镜子,放弃了两个躯体中的一个。

"公众形象一旦剥离,个体自我还剩下什么?按好争吵的公爵们所说,没了'名誉','人不过镀金的黏土,彩绘的泥塑。'但若没了王冠、没了名义、没了尊号,国王会是什么?一旦理查把镜子打破,他便把其王者镜像变成了内在自我。然而,君主政体靠的是外部显示,其内在性质则需通过词语媒介来探究。在莎剧塑造的所有国王中,理查二世最为内向。通过关注理查的个体意识,并从心理层面为其命运着想,莎士比亚灵巧回避了当一个臣子对一位国王作出判决时会出现的令人担忧的政治失衡。'我真把自己忘了:我不是国王吗?'在这一提问中,理查揭出的答案是'不':既然国王有两个躯体,他有称孤道寡('we')的权利,但在此处,他和自称'我'('I')的凡人没什么两样。提到自己时,他忽而以'我'('I')自称,忽而又以'孤'('we')和'他'('he')自称('国王现在该做什么?要他投降吗?')人称代词不一致是他自我失衡的最明显迹象。"

在此顺便一提,考虑到让英格兰国王以中国皇帝自称的"朕"来称谓自己颇显怪异,故译文中一律用"我",不作区分。

到底该如何看待理查及其在莎剧中的历史,爱尔兰诗人威廉·叶芝(William Butler Yeats, 1865-1939)在其1903年出版的《善恶观》(*Ideas of Good and Evil*)一书中,说得十分精到:"我认为莎士比亚是以同情的眼光看待他笔下的理查二世,而非别的什么。他真能理解在历史的某个时刻,理查是多么不适合作一个国王,但他可爱,充满反复无常的幻想,……是一个'狂热的家伙'。在塑造这个形象时,莎士比亚模仿了霍林斯赫德笔下的理查二世,……我认为莎士比亚在理查二世身上,的确看到失败在等着所有人,甭管他是艺术家还是圣人。……中世纪虔诚仁慈的理想不复存在,现代实用主义的思想笼罩苍穹;可爱的英格兰已不存在,然而,尽管人们有这样那样的作为,诗人并未完全失望,因为他还能平静地、以同情的眼光看世界变化的过程。这便是悲剧性讽刺的实质。"

(四) 冈特、约克、诺森伯兰及其他

梁实秋在其《理查二世》译序中指出:莎士比亚为凸显理查二世的性格,在把布林布鲁克作为戏剧陪衬之外,为追去戏剧效果,不惜歪曲史实。以理查的叔叔、

兰开斯特公爵冈特的约翰为例,历史上的冈特并非一个爱国者,他不仅早有不臣之心,且治国理政和军事指挥才能均十分平庸,对激起瓦特·泰勒领导的农民暴动,负有巨大的政治责任。但在剧中,莎士比亚为反衬理查王的专横跋扈,刻意把老冈特理想化为一位具有拳拳爱国之心,且性情耿介、敢直言进谏的忠臣。

莎士比亚亲眼见证过1588年英格兰海军击败强大的西班牙无敌舰队之后伦敦民众的狂热,并深切体会到,这持续不衰的爱国情,仿佛给伊丽莎白女王统治下的英格兰王国注射了一针强心剂。他对农民暴动毫无兴趣,《理查二世》对瓦特·泰勒只字未提。

其实,这正是莎士比亚写历史剧的初衷,即通过舞台演绎剧情,再次激起、呼应民众的爱国情怀。从为剧团和自己挣钱的角度,说到家,观众喜欢什么戏,他写什么戏。比如,观众醉心于爱国情怀,第二幕第一场,他就借"垂死"的老冈特之口"造"出一篇著名的爱国宣言:"这一历代国王的宝座,这一君王权杖下的海岛,这片适于君王的国土,这处马尔斯(罗马神话中的战神)的居所,这另一座伊甸园——地上的天堂;……这神圣的福地,这疆域,这王国,这英格兰,这乳母,这孕育君王的胎宫,曾因其血统强大令人敬畏,又因其业绩威名远扬,……这片拥有如此可爱灵魂的国土,这片可亲可贵的国土,这片誉满天下的国土,……"【2.1】而在此之前,遭放逐的布林布鲁克离别故土,与父亲冈特告别时,也由衷表达出对母国不舍的爱恋:"英格兰的土地,再见;芳香的故土,再见;这故土仍是承载我的生母和奶娘! 不管流落何方,这一点我张口夸耀:/尽管遭了放逐,我乃地道的英国人。"【1.3】

毋庸讳言,从整个剧情看,莎士比亚为凸显理查二世的性格,把所有人物都当成陪衬,诚然,每个角色的陪衬作用各有侧重。拿理查的两位公爵叔叔冈特和约克来说,一刚一柔,恰从两个侧面反衬理查的昏聩、暴虐。冈特对理查从不顾及脸面:"我看不清我的病,却看得清你的病。你临死的病床并不比你国土小,你卧病在床,名誉病入膏肓。……你现在的法律地位只不过是法律的奴隶。"【2.1】这话自然会激怒理查。

与性情刚烈的冈特形成对比,约克不仅待人宽厚,对理查甚至堪称愚忠,并尽力维护,当重病在身的冈特表示要在临死前对理查提出"忠告",约克明确告知:"别自寻烦恼,也别白费力气,一切忠告对他耳朵都是徒劳。"换言之,约克早对理查被一群马屁精包围十分不满,但他深知国王"耳朵里塞满了奉承话,比如,对他至尊王权的赞美:……世上刚一推出什么时髦玩意儿,——只要是新的,甭管多拙劣,——不都很快钻他耳朵里嗡嗡响吗? 欲望向来反叛理性的思考,此时进谏,太

迟了。"【2.1】

但同时,约克始终在试图化解君臣间的矛盾,见理查王前来探病,他善意地叮嘱冈特:"对他(理查王)这样的年轻人,态度要温和;烈性小马驹一旦被惹怒,脾气更大。"可冈特禀性难移,一见国王,劈头盖脸一顿指责,约克赶紧反过来劝国王:"他年事已高,又身患顽疾,出言不逊,恳求陛下不要怪罪;他爱您,我以生命担保,他十分珍视您。"等冈特一死,暴怒的理查立即决定,将其"所有的金银餐具、金银钱币、家财资产,一律充公。"这时,约克终不再忍:"我得忍多久?……但他(指理查的父亲黑王子)只向法国、而从不向自己的朋友凝眉冷对:他的花销都是他用自己的尊贵之手赢来的;而从他辉煌的父亲之手赢来的钱,他一分也不花。……他的手没犯下叫亲族流血之罪,手上染的都是亲族之敌的血。啊,理查!约克伤心极了,否则绝不拿你跟他比。"不仅如此,约克还向理查提出预言式的警告:"倘若您不公正地夺取赫福德(布林布鲁克)的权利,废除他可通过律师申请继承权的权利特许书(指国王颁发给贵族的一份有国王签字的文件或凭证,贵族死后,其合法继承人可凭此向国王申请继承土地及贵族头衔。),拒绝他的效忠声明(指继承人继承土地权利时须向国王公开声明,宣布效忠。),那您就会把千种危险引到自己头上,失掉一千颗仁慈向善之心,还会把我柔顺的耐心刺出一些荣誉与忠诚难以想象的念头。"

理查无动于衷:"随你怎么想:我要把他的金银器,/他的钱财,他的土地,一抓在手。"无奈之下,约克告辞,临走之时,再次正告:"后果将如何,无人能预料;/只要干坏事,无人不知晓,/恶行遭恶报,不会结好果。"【2.1】约克的话一语成谶,理查的悲剧命运从没收冈特的全部财产这一刻,注定了!

有意思的,不论约克怎么发脾气,理查王对这位叔叔的忠心深信不疑,在他挥师远征爱尔兰之前,特命约克担任总理国内事务的大臣。但约克心里明镜一样,当流放中的布林布鲁克趁机重返英格兰,试图夺取王位之时,约克选择站在"正义"一边:"俩人都是我血亲:——一个是我的君王,誓言和责任都叫我保卫他;另一个是我的家人,国王冤枉了他,良心和手足之情又都叫我替他伸张正义。"【2.2】

不过,莎士比亚刻画人物十分节制,他并未让约克一下子和"正义"站在一起,而是安排约克率领临时拼凑起来的王军,在格洛斯特郡荒野,面对布林布鲁克和诺森伯兰合兵一处的叛军时,先声夺人,义正辞严地训斥犯上作乱、称呼他"仁慈的叔叔"的侄儿布林布鲁克:"哼,哼!别跟我提仁慈,也别叫我叔叔。我不是叛徒的叔叔;……你是因涂了圣油的国王(指得到上帝护佑的国王神圣不可侵犯)不在才回来的吗?唉,蠢材,国王还在,他的权力就在我忠诚的心底。"他甚至不无豪勇地表示:"假如我现在还是个血性青年,……我这只遭瘫痪囚禁的胳膊,将多么迅疾地惩罚你,纠正你的罪过!"一方面,约克深知布林布鲁克蒙受冤屈,被理查剥夺一切财产和爵位,但另一方面,他坚决反对兴兵作乱,因为理查是上帝膏立的国王,神圣不可侵犯!

因而,当布林布鲁克反问约克:"仁慈的叔叔,让我知道何罪之有:我触犯了哪条法律,还是品行不端?"约克的回应毫不容情:"你的性质最恶劣,——聚众谋反,犯下伤天害理的叛国罪:你被放逐了,却在期满之前回到此地,以武力反抗你的君主。"

可是,审时度势的约克心里清楚,两军一旦交兵,自己所率王军根本不是对手,必惨败无疑,他不得不颇识时务地表白:"我因兵力薄弱,装备不足,无力回天;但如果可能,我愿以赐我生命的他(上帝)起誓,我要把你们全都逮捕,叫你们跪在仁慈的君主脚下求饶;既已无能为力,我便告知你们,我保持中立。"即便在理查退位,布林布鲁克成为亨利四世之后,约克依然在废君与新王之间"保持中立"。不过,在布林布鲁克成为亨利四世之后,约克又对新王表现出十足的愚忠,他甚至不惜出卖亲生儿子奥默尔,告发他参与谋害国王,并恳请国王对奥默尔绝不容情、处以极刑。若非约克公爵夫人及时赶到王宫,豁出命为儿子求情,奥默尔恐性命难保。

诺森伯兰这个角色,由霍林斯赫德《编年史》中的一些细节拓展而来,莎士比亚写他与布林布鲁克联手,鼎力帮他登上王位,并唯其马首是瞻,似乎只为诺森伯兰在《亨利四世》剧中的角色作用预设伏笔。最典型的一个场景发生在第四幕第一场,威斯敏斯特宫大厅,当理查已将王冠、权杖拱手交给布林布鲁克,诺森伯兰递过一纸文书,非逼理查当众宣读不可:"你本人和你的追随者所犯背叛国家、谋取利益的严重罪行都在上面;只有你承认了,国人才会从心底认为,你理应被废。"理查试图躲开他威逼的锋芒,提出要一面镜子。就在布林布鲁克命人取镜子的时候,诺森伯兰再次紧逼理查:"趁这会儿拿镜子,把这份指控读一遍。"理查不无挖苦地说:"魔鬼,我还没下地狱,你就往死里折磨我!"见此情景,连布林布鲁克也心有不忍,急忙打圆场:"诺森伯兰大人,别再逼他。"

第五幕第一场,被卫兵押往伦敦塔的理查与守在街头等候为他送别的王后相遇。王后见到蔫头耷脑的丈夫,悲从中来,不由反问:"连垂死的狮子在被制服时,为发泄愤怒,如果抓不着别的,都要用爪子抓伤地面。难道你,一头狮子,一只百兽之王,却像学童似的,乖顺地受惩罚,吻着藤条,以下贱的谦恭逢迎人家的暴怒?"夫妻二人悲情话别,诺森伯兰带人赶到,宣布布林布鲁克改了主意,要把理查押往庞弗雷特城堡,并命王后立刻动身去法国。

此时,这位已遭废黜的国王终于发出狮吼:"诺森伯兰,你这布林布鲁克借以爬上我王座的梯子,用不了多久,邪恶的罪孽,就会结成脓头,脓液(以此代指篡位的国王及其同谋)横流:你会想,你帮他得到一切,即使他把一半王国分给你,那也太少;而他会想,你既然懂得如何拥立一位非法国王,稍不称心,便会想办法,再把他从篡夺的王位上倒栽葱拽下来。邪恶的友情化为恐惧;恐惧化为仇恨,仇恨会使一方或双方陷入应得、应受的危险和死亡。"

理查的这段预言,完全是诺森伯兰在《亨利四世》中的命运写照;在《理查二世》中与布林布鲁克一起谋反理查二世的诺森伯兰,在《亨利四世》中再次起兵谋反亨利四世,最后抑郁而亡。诺森伯兰之所以谋反布林布鲁克,皆因布林布鲁克一旦王权在握,便将之前对珀西家族所做报恩的一切承诺忘到脑后。在诺森伯兰眼里,布林布鲁克是一个忘恩负义的国王;而在亨利四世看来,诺森伯兰之所以造反,皆因珀西家族居功自傲,欲早除之而后快。

尽管剧中发生在冈特、约克和诺森伯兰身上的剧情,多为莎士比亚编造,但这三个角色都实有其人、史上留名,而王后、园丁和马夫这三个角色及其剧情,则完全是莎士比亚编造的。第三幕第四场,约克公爵府中花园,园丁吩咐两个仆人修枝剪草,仆人甲把花园比作国土,发了一番议论:"一整个国土,长满野草,她最美的花儿都憋死了,果树没人修剪,树篱毁了,花坛乱七八糟,对身体有好处的药草上挤满了毛毛虫。"接着,园丁长篇大论:"那个人(指理查二世)干瞅着这杂乱的春天放手不管,现在自己也到了深秋;在他宽大叶子下遮阴的那些杂草,看似扶着他,实则侵蚀他,……他没像我们修整花园似的治理国家。"显然,莎士比亚意在通过一个普通园丁之口,反衬理查在治国理政上是一个昏聩无能的国王。

第五幕第一场,莎士比亚以充满同情的笔,把理查与王后在伦敦通往伦敦塔一条街上的生死诀别,写得酸楚不已,令人唏嘘:

理查王　若俩人在一起,二人同哭,悲痛也能合二为一。
　　　　你在法国为我哭泣,我在这里为你洒泪;
　　　　既然再近无法相聚,不如索性各自远离。
　　　　走吧,你用叹息、我用呻吟,计算路程。
王后　　谁的路最远,谁的悲吟最长。
理查王　我一步两叹,我走的路程短,
　　　　沉重的心情,把我的路拉长。
　　　　来,来,简短向悲伤来求爱,

|王后|可一旦成婚,悲痛绵绵无期。
用一吻来堵嘴,默然两分离;(二人亲吻)
给你我的心,你把我心带走。|
|---|---|
|王后|还我我的心;若安守你的心,
悲痛会杀它,这不是好法子。(二人再吻)
好了,我已收回我心,走吧,
我会尽力用一声悲吟杀死它。|
|理查王|纵有哀痛骄纵,如此两相依:
再次告别;其他让悲伤诉说。(同下)|

谁会将此时这个已从神授的君权宝座上遭废黜,正与夫人悲悲切切、深情吻别的凡夫俗子,同昔日那个"我天生不求人,只知下命令"【1.1】,飞扬跋扈、颐指气使的国王联系起来吗?

其实,这正是莎士比亚赋予王后在剧中发挥的角色作用,即以其成年形象凸显作为丈夫理查有其通人性、近人情的一面。试想,此处若照史实来写,年仅10岁的伊莎贝拉王后和理查之间怎能有如此绵绵不舍的深情厚爱?另外,第五幕第五场中马夫的角色作用情同此理,莎士比亚并未依据史实写关在伦敦塔中的理查与威廉·比彻姆爵士等几位客人共用晚餐,而只安排马夫前来庞弗雷特地牢探监,让马夫成为理查在世间唯一仅存的"高贵的朋友"。这也是莎士比亚写悲剧屡试不爽的妙笔所在。

除此之外,布希、格林这两个理查的马屁精在剧中的陪衬作用也值得一提,这两个小人物戏份不多,第三幕第一场就被布林布鲁克在布里斯托军营下令处死。但莎士比亚颇具匠心地让他俩在死前,为理查和布林布鲁克的对比发挥出非同一般的戏剧效果,在下令将布希、格林这两个理查的心腹亲信处死之前,出于法律原因,布林布鲁克历数他俩的罪行:"你俩把一位王子、一位尊贵的国王引入歧途,一个血统高贵、相貌威仪的幸运儿,被你俩陷入不幸、彻底损毁:你们用罪恶的时刻(暗指俩人带着国王四处淫荡)离间国王和王后,打破了他俩愉悦的床笫之欢,你们的恶行叫美貌的王后以泪洗面,玷污了她秀媚的双颊。我,——生在王室贵胄之家,本与国王是血缘近亲,手足情深,直到你们叫他对我心生误解,——在你们的伤害下缩起脖子,跑到异乡的迷雾里吐出我英国人的叹息,啃着放逐中的苦涩面包;而这时,你们却侵吞我的财产,开放我的猎场(王室贵族专有围起来供消遣娱乐的狩猎场),砍伐我的树林,扯下我窗户上的家族盾徽,把我的家族纹章捣毁,弄得我除

了人们对我的口碑和我的一腔热血,再无任何标记向世人证明我是一个贵族。"【3.1】

理查是个矛盾体。莎士比亚是个矛盾体。谁人不是矛盾体?

(五)女王自比理查二世

1601年2月7日下午,埃塞克斯伯爵(Earl of Essex, 1565-1601)的叛乱同谋杰利·梅瑞克爵士(Sir Gelli Meyrick, 1556-1601),付给莎士比亚及其所属内务大臣剧团的演员们40先令,请他们在环球剧场上演《理查二世》,并非要把早先在审查中删去的理查二世被废那场戏加上不可。其实,正因废黜国王的话题在伊丽莎白女王统治后期过于敏感,该剧的前三个四开本才将这场戏删掉。由此可见,埃塞克斯伯爵此举意在刺激女王。然而,撇开看戏的观众多是埃塞克斯伯爵的追随者不说,想靠上演一场《理查二世》以期鼓动伦敦民众反抗女王,实属异想天开。

据乔纳森·贝特分析,埃塞克斯同党付钱给剧团特意安排这场演出,并非因该剧的实际内容,而更多源于亨利·布林布鲁克的崛起与魅力超凡的埃塞克斯伯爵的经历之间具有广泛联系。再说,谁也不能肯定,演出时到底是否真把废黜理查王这场戏加上了。

透过乔纳森·贝特的解释得知,在埃塞克斯谋反女王之前两年的1599年,与莎士比亚同龄的史学家约翰·海沃德爵士(Sir John Hayward, 1564-1627)曾出版《亨利四世国王的生平及其统治(第一部)》(*The First Part of the Life and Rainge of King Henrie IV*)一书,而且,他把这本书题献给"埃塞克斯二世伯爵罗伯特·德弗罗(Robert Devereux, 2nd Earl of Essex)"。由于书中详尽描述了理查王被废,曾引起极大争议。贝特认为:"尽管如此,该剧对埃塞克斯及其追随者极具吸引力,不仅在于它对采取行动反抗优柔寡断的无能君主似乎给出了充分理由,还在于它对英格兰骑士制度的衰退发出哀叹。埃塞克斯伯爵在1590年代崛起于宫廷的主要策略之一,便是把自己描绘成已逝去的贵族时代的英雄。他激活了'名誉'的代码,在'登基日比武'(Accession Day titles)中,朝臣们会像昔日骑士一样骑马持矛进行比武表演,他便借这种表演把自己变成骑士的同义词。"

顺便一提,"登基日比武"兴起于伊丽莎白时代宫廷,专指为庆祝女王登基而精心设计的一系列活动,每年11月17日举行。"登基日"亦称"女王节"(Queen's Day)。

或许,正因为此,莎剧《理查二世》一开场,布林布鲁克和毛伯雷在理查王面前互扔手套,誓以比武决生死,便足以唤起埃塞克斯伯爵对中世纪"骑士礼节"的向往。恰如毛伯雷所言:"人在凡尘最纯之珍宝,/是那毫无瑕疵的名誉:一旦失去,/

人不过镀金的黏土,彩绘的泥塑。/……名誉即我命;两者合而为一:/夺走我的名誉,我命可休矣。/那亲爱的陛下,让我为名誉而战,/我既为名誉生,也愿为名誉去死。"【1.1】这既是中世纪忠于国王的骑士宣言,也是俩人为名誉而战的誓言。

或也正因为此,当星法院(Star Chamber)审理《理查二世》演出一案时,梅瑞克爵士作为安排这次演出的主谋,被判处死刑;埃塞克斯的好友、莎士比亚的赞助人南安普顿伯爵(Earl of Southampton)因参与谋反,被收监入狱,关进伦敦塔,1603年詹姆斯一世(James Ⅰ,1566-1625)继位之后,才重获自由。

1601年8月19日,古文物收藏家、负责管理伦敦塔记录(keeper of the Records in the Tower)的大臣威廉·伦巴第(William Lambarde,1536-1601)去世。在他死前不久,伊丽莎白女王曾对他说:"我就是理查二世,你不知道吗?……他们演这出戏,只因他们把我比作理查二世,准备废黜我,而且,谁知道他们还会对我做什么。"从这句话似乎又可推断,剧团收了梅瑞克爵士的钱,演出时的确把理查二世被废这场戏加进去了。若果真如此,星法院最后裁定,内务大臣剧团演出只为捞取外快,与谋反毫无关联,是得到了女王庇佑也未可知。

总之,莎士比亚躲过一劫!

参考文献:

1.《莎士比亚全集》,Jonathan Bate & Eric Rasmussen 编,外语教学与研究出版社2008年版。
2. *The New Cambridge Shakespeare*, Cambridge University Press, updated edition. 2003.
3. *The Complete Works of Shakespeare*, edited by David Bevington, University of Chicago. seventh edition. 2014.
4. *The Complete Works of William Shakespeare*, The Edition of The Shakespeare Head Press, Oxford, New York: Barnes & Noble, Inc. 1994.
5.《莎士比亚全集》,朱生豪译,人民文学出版社1988年版。
6.《莎士比亚全集》,梁实秋译,中国广播电视出版社2002年版。
7. *The Arden Shakespeare Complete Works*, Revised Edition, edited by Richard Proudfoot, Ann Thompson and David Scott Kastan. 2011.
8.《莎士比亚全集》,上海世界图书出版公司2010年版。
9. *The Oxford Companion to Shakespeare*, edited by Michael Dobson & Stanley Wells, Oxford University Press, 2011.
10. *The World & Art of Shakespeare*, A. A. Mendilow & Alice Shalvi, Jerusalem, Israel Universities Press, 1967.
11. *Shakespeare's Words*, David Crystal & Ben Crystal, Penguin Books, UK, 2004.
12. *The Age of Shakespeare*, Frank Kermode, Phoenix, 2005.
13. *How Shakespeare Changed Everything*, Stephen Marche, Harper Collins Publishers, 2011.
14. *How to Teach Your Children Shakespeare*, Ken Ludwig, New York: Crown Publishers, 2013.

15. *Shakespeare's Restless World*, Neil MacGregor, Penguin Books, 2014.

16. 《英汉双解莎士比亚大词典》, 刘炳善编纂, 河南人民出版社 2002 年版.

17. 《莎士比亚大辞典》, 张泗洋主编, 商务印书馆 2001 年版.

18. 《莎士比亚与圣经》, 梁工主编, 商务印书馆 2006 年版.

19. 《莎士比亚评论汇编》(上下), 中国社会科学院外国文学研究所外国文学研究资料丛刊编辑委员会编, 中国社会科学出版社 1981 年版.

20. 《莎士比亚戏剧辞典》, 罗马尼亚布加勒斯特戏剧影视大学科尔奈留·杜米丘教授主编, 宫宝荣等译, 上海书店出版社 2011 年版.

21. 《俗世威尔——莎士比亚新传》, [美] 斯蒂芬·格林布拉特著, 辜正坤、邵雪萍、刘昊合译, 北京大学出版社 2007 年版.

22. 《莎士比亚与书》, [美] 戴维·斯科特卡斯顿著, 郝田虎、冯伟合译的, 商务印书馆 2012 年版.

23. 《基督教会史》, [美] 威利斯顿·沃尔克著, 孙善玲、段琦、朱代强合译, 中国社会科学出版社 1991 年版.

24. 《圣经的来源》, [英] 菲利普·康福特编, 李洪昌译, 孙毅校, 上海人民出版社 2011 年版.

25. 《莎士比亚的政治》, [美] 阿兰·布鲁姆、哈瑞·雅法著, 潘望译, 江苏人民出版社 2009 年版.

26. 《莎士比亚笔下的爱与友谊》, [美] 阿兰·布鲁姆著, 马涛红译, 华夏出版社 2012 年版.

27. 《莎士比亚的政治盛典》, [美] 阿鲁里斯/苏利文编, 华夏出版社 2011 年版.

28. 《金枝》, [英] J.G.弗雷泽著, 汪培基、徐育新、张泽石译, 汪培基校, 商务印书馆 2013 年版.

29. 《伟大的代码——圣经与文学》, [加拿大] 诺斯洛普·弗莱著, 郝振益、范振帼、何成洲译, 北京大学出版社 1998 年版.

30. 《莎士比亚研究论文集》, 贺祥麟等著, 陕西人民出版社 1982 年版.

31. *The Holy Bible*, In The King James Version, New York: Thomas Nelson, Inc. 1984.

32. *Good News Bible*, United Bible Societies, London, 1978.

33. *Holy Bible*, New International Version, Michigan: Zondervan Bible Publishers, 1984.

34. *The Jerusalem Bible*, Doubleday & Company, Inc. New York: Garden City, 1968.

35. 《圣经》, 中国基督徒三自爱国运动委员会、中国基督教协会 2002 年版.

36. 《牧灵圣经——天主教圣经新旧约全译本》, 西班牙圣保禄国际出版公司 2007 年版.

37. 《圣经》(现代中文译本), 香港圣经公会 1985 年版.

38. 《圣经·新约全书》, 中国天主教主教团教务委员会 2008 年版.

39. 《金雀花王朝》, [英] 丹·琼斯著, 陆大鹏译, 社会科学文献出版社 2015 年版.

40. 《伊丽莎白女王》, [英] 艾莉森·威尔著, 董晏延译, 社会科学文献出版社 2014 年版.

41. 《莎士比亚历史剧研究》, 李艳梅著, 中国社会科学出版社 2009 年版.

42. 《莎士比亚的历史剧》, [英] 蒂利亚德著, 牟芳芳译, 华夏出版社 2016 年版.

著述

至道无难：
奥德修斯的拣择

至道无难：奥德修斯的拣择

■ 文／吴雅凌

（献给丽园路上的师友们）

七　年

从特洛亚回伊塔卡这条路，奥德修斯迂回走了十年。旅人在路上免不了受诱惑。或者，旅人上路本就是冥冥中有所惑。奥德修斯受过的最大诱惑来自神女卡吕普索。在某个特定时候，神意让他的同伴纷纷丧生，一场海难把他带到她的孤岛。她救了他，对他一往情深，温存地照顾他。生之安逸加美人的爱，多少凡夫复何求。卡吕普索的诱惑远不止这些。她承诺给他永生。

这诱惑怎能不让人动心？诱惑，其实就是困惑罢。奥德修斯在那岛上整整过了七年。

七年间，人世发生天翻地覆的变化。希腊将领全都还乡了，连最迟的墨涅拉奥斯也带着海伦回了拉克得蒙。伊塔卡人不再指望奥德修斯有归期，求婚人在第四年上门意欲取代他，王宫被占，财产被挥霍，妻子被迫要改嫁。孤岛上的奥德修斯远离这一切。他看不到老父晚景凄凉，看不到儿子日渐长成。

七年间，在荷马笔下，奥德修斯只做一件事，日日"坐在海边哭泣"①——

---

① 奥5：82，152，160等多处。文中的荷马诗文一律引自罗念生先生和王焕生先生的译本：《伊利亚特》（简称"伊"），人民文学出版社1994年版；《奥德赛》（简称"奥"），人民文学出版社1997年版。个别字词依据文意略有调整。赫西俄德诗文引自《劳作与时日笺释》（简称"劳"），华夏出版社2014年版。

> 他用泪水、叹息和痛苦折磨心灵,
> 眼望苍茫喧嚣的大海,泪流不止。(奥 5：83-84;5：157-158)

卡吕普索(Καλυψώ)字面含"隐者"之义。奥德修斯事后对费埃克斯王后说:"任何天神和有死的凡人均与她无往来。"(奥 7：246-247)奥德修斯归途十年,三分之二在隐者地。

关乎这七年的真相大约是荷马笔下最高深难测的事。再也没有哪件事经得不同人物在不同场合反复说起,再也没有哪件事比奥德修斯在卡吕普索的孤岛度过的七年时光更神秘。关乎那七年,荷马亲口说起过①,诸神说起过②,世人说起过③,卡吕普索说起过④,奥德修斯更是反复说起过⑤。正如世间一切传说,这些说辞不总是相同。

宙斯派神使赫耳墨斯去命令卡吕普索"释放"(奥 5：112)奥德修斯。在诸神眼里,奥德修斯是她的囚徒。雅典娜两次愤愤不平地提起:她"强迫他留下"(奥 5：14),"一直用不尽的甜言蜜语媚惑他"(奥 1：56),他在那岛上"忍受极大的苦难"(奥 5：13)。世人重复诸神的说法。墨涅拉奥斯向奥德修斯之子转述老海神的话,那做儿子的回去转述给母亲听:"他在一座海岛无限痛苦,被强逼留驻卡吕普索的洞府"(奥 17：142-143)。

然而,当事人卡吕普索在赫耳墨斯面前辩解道:

> 我对他一往情深,照应他饮食起居,
> 答应让他长生不死,永远不衰朽。(奥 5：135-136)

奥德修斯事后对费埃克斯人讲故事,从卡吕普索说起,以卡吕普索结尾。到达费埃克斯宫殿当晚,奥德修斯在交代自己的姓名来历之前,先对王后细细说起他刚刚离开的卡吕普索:

---

① 荷马以作者直述的方式说起,奥 1：14 起,5：55 起,8：452 等。
② 雅典娜对宙斯(奥 1：55 起,5：13 起),赫耳墨斯对卡吕普索(奥 5：105 起),老海神对墨涅拉奥斯(奥 4：555 起)。
③ 墨涅拉奥斯对特勒马科斯(奥 4：55 起),特勒马科斯对佩涅罗佩(奥 17：142 起)。
④ 卡吕普索对赫耳墨斯(奥 5：116 起)。
⑤ 奥德修斯对费埃克斯王后(奥 7：244 起),对费埃克斯国王(奥 9：29 起,奥 12：448 起),对佩涅罗佩(奥 23：333 起)。

> 她救了我,温存地照应我饮食起居,
> 答应让我长生不死,永远不衰朽。(奥7:256-257)

惊人一致的说辞。他们共度七年时光。这远远超过他在离乡路上与任何人(神)共处的时间,这也远远超过他回乡后与妻子短暂重聚的时间。光阴的分量凭借微小的细节被予以恰当的尊重。稍后他对妻子说起此事,措辞难免谨慎些,说法却是一致的。

> ……那神女希望他做夫君,
> 把他阻留在空阔的洞穴热情款待,
> 应允使他长生不死,永远不衰朽。(奥23:334-356)

外人传说是一番风景,当事人有别一种滋味。卡吕普索不是不明白,爱情留不住奥德修斯,就算他们夜夜"享受欢爱,互相依偎,卧眠在一起"(奥5:227),他始终离心切切。她有情而他无意(奥5:155)。她承诺给他永生。似乎只有这样,奥德修斯才真正面临两难的抉择。自古在英雄心里,安逸算什么,美人爱情算什么,唯有生死是不得不面对的终极问题。卡吕普索的永生承诺等于向奥德修斯抛出难题:留在孤岛还是返回故乡?归根到底,哪种生活方式对奥德修斯来说更好?

当初阿喀琉斯在特洛亚也遇到类似的两难抉择。他一度坐在营帐里,眼看希腊人连连溃败,为着阿伽门农的侮辱拒绝参战。传说神谕声称等待他的有两种命运:要么早死战场,有不朽的声名传世,要么回乡安享天年,碌碌无名(伊9:410-416)。身为古时英雄典范,阿喀琉斯在"何种生更好"这个问题上明确提供了德性仿效榜样。安逸与声名荣誉无缘,忍辱负重方能扬名后世。汉字的"辱",西文的"humilis",原意均指向人在大地上劳作的本分,耐人寻味不是吗?归根到底,摆在阿喀琉斯面前只有一条正确的路。庸碌世人也许还有得选,而他,英雄阿喀琉斯,他是没得选的。女海神忒提斯几次说到儿子注定短命,决口不提神谕中有第二个可能:"你注定要早死,受苦受难超过众凡人。"(伊1:417,506,18:95)所谓拣择,无非是看清何为正确,在史诗过半篇幅的挣扎里下一个艰难的决心。希腊古人相信,正确的路是更难走的那条路。①

相比之下,落难者奥德修斯似乎有不寻常的际遇。卡吕普索不但给安逸,还承

---

① 劳213—217,286—292。

诺永生,不是如阿喀琉斯死后声名不朽,而是如赫拉克勒斯逃脱终有一死的必然。奥德修斯甚至无须付出辛劳就能得到,这等运气,堪比那娶了海伦而得长生的墨涅拉奥斯(奥4:561-569)。有趣的是,与七年传说不同,这个永生承诺除当事人以外再没有谁提起。雅典娜和赫耳墨斯没有在神族间提起,老海神没有对墨涅拉奥斯提起,特勒马科斯没有对母亲提起。就连先知忒瑞西阿斯在冥府预言将来,也只字不提卡吕普索,更没说起奥德修斯会得永生。荷马小心谨慎的运笔下,从头到尾,永生承诺是卡吕普索的一家之言。这让人不禁要问,孤岛上的"永生"究竟是何种生?

荷马用二十行诗细细描述卡吕普索岛上的无限风光(奥5:55-77)。那是天神也要惊叹的桃花源。见多识广的赫耳墨斯忘了该办的正事,"忍不住伫立,钦羡地把一切尽情观赏够"(奥5:75-76)。但这隐者地,人不知神也不至。赫耳墨斯承认,若不是宙斯命令,"有谁愿意越过无边的海水来这里"(奥5:100)。附近没有属人的城邦,也就没有众生给神献祭(奥5:101-102)。诸神矢口不提是有道理的。这座孤岛在奥林波斯诸神世界的秩序之外。卡吕普索对奥德修斯承诺的永生,没有万千世人对神的崇拜,只有一个隐居的神女"对他如对神般的体贴"(奥8:452)。有别于赫拉克勒斯和神们生活在一起的长生传说天下皆知,孤岛上的"永生"首先是一种抛弃荣誉光环的隐世。

奥德修斯离开孤岛后几次说:"她改变不了我胸中的心意。"(奥7:258,9:33,23:337)而她凭着神女天分对天上人间的事了若指掌(奥12:389),岂能看不透眼前的奥德修斯?即便全希腊都在传说,他是连神也要欺骗的。① 分手的时候,她心知肚明,抚拍他的手说:"你真狡猾,不会让自己上当受骗。"(奥5:182)她不动声色,指点他伐木造船,装备酒水干粮,为他穿上新衣,吹一阵好风送他出发。表面看她是不敢拂逆宙斯的旨意。但她不欠缺"正义的理智和仁慈的心灵"(奥5:190)。她一度吐露心声:"我考虑这些如同在为我自己,如果我也陷入这样的巨大困境"(奥5:188-189)——听上去她在为陷入困境的奥德修斯着想,但她突然变心送他走,何尝不是为自己不自觉中陷入的困境?

赫耳墨斯随身带有两件宝物。金靴是为长途跋涉,穿越大地海洋,到达遥远的孤岛。他特意"又提一根手杖"②。那手杖的功能耐人寻味:"随意使人入睡,也可

---

① 奥德修斯多次对神说谎,如见奥5:171;13:255。
② 早先的校勘家和译家删除这里三行诗(奥5:47-49),似疑这个手杖的细节与行文无关,如见Fernand Robert的法译本(Armand Colin 1931)。

把沉睡的人立即唤醒"(奥5：47-48)。赫耳墨斯受命上孤岛,乃是为了要点化某人。在基尔克的岛上,赫耳墨斯点化了奥德修斯(奥10：277起),但在卡吕普索的岛上,赫耳墨斯没有看见坐在海边的奥德修斯。赫耳墨斯不是来找他,而是来找她。他受命前来点化一时为情迷误的卡吕普索。身为隐者,她的孤岛本是"不足与外人道也"。那武陵人偶进桃花源,停数日,总有辞去之时。

恍悟之下,她心领神会放他成行(奥5：161),毫不隐瞒给他忠告(奥5：143)。她郑重地告别,了断尘缘不复牵挂。卡吕普索就此重新从世间消隐了。

但在世人面前,奥德修斯一次次提起她!他在费埃克斯人面前讲故事讲到夜深,作为漫长的历险故事的结尾,他一边讲起她,一边声称拒绝再讲她,因为"不爱重复那些已经清楚说过的事"(奥12：453)。他"处处志之",一次次告别,一次次难割舍,仿佛那七年之惑在他生命中烙印没有消解的可能。那七年终于沉淀为奥德修斯的一道伤口。

十　字

先知预言奥德修斯的未来没有卡吕普索。他必将度过辛劳的一生,尝遍各种灾难,失去所有同伴,如此回乡之后,还要因杀人再度流亡他乡。他有机会在"安宁之中了却残年",安详地等待死亡降临(奥11：135)。正如世间一切值得期盼之事,此等生命终结是有代价的。

早在踏上卡吕普索的孤岛以前,奥德修斯已经见过先知,已经知晓未来。奥德修斯拣择的结果本无悬念,让人在意的是拣择的经过。"何种生更好"?是孤岛的永生?还是有死的人生?死前的苏格拉底对依依不舍的朋友们说了一句艰涩的话:某些时候而且对某些人来说,死比生更美好(《斐多》,62a)。孤岛七年,日日坐在海边哭泣的奥德修斯莫非也在等待这样的时候降临?

奥德修斯坐在海边哭泣,让人想到阿喀琉斯坐在海边哭泣(伊1：349-351)。阿喀琉斯哭泣同样与拣择有关,克制还是愤怒,荣誉还是安逸,战死还是生还。阿喀琉斯情愿战死,以求声名不死。倘若奥德修斯没有在冥府见到阿喀琉斯,那他本该追逐同一种命运。当奥德修斯看见死去的阿喀琉斯在众英雄亡魂的簇拥中走来时,他依然相信"过去未来无人比阿喀琉斯更幸运","生时被敬若神明",死后"威武地统治着众亡灵"。此等命运让奥德修斯称羡,"纵然辞世也不应该伤心"(奥11：483-486)。

可是,死去的阿喀琉斯却伤心哭泣。他明白告诉奥德修斯,情愿做贫穷困顿的雇农，也不要做统治亡灵的阿喀琉斯！（奥11：489-491）不只阿喀琉斯，所有在世时辛苦获取功名的英雄们，死后在冥府里要么哀伤地不住哭泣，要么如秃鹰啄食肝脏的提梯奥斯、喝不到水吃不到果子的坦塔罗斯和推石头上山的西绪福斯（奥11：576-600）持续遭受惩罚。奥德修斯在冥府中亲眼看见"另一种生"，这使他对生死问题有了切实的认知。有死者"欲求不死地流芳百世"，德性和声誉"被不死地铭记"①。此种英雄生活方式恰恰被冥府中的英雄们自我否定。

离开冥府以前，奥德修斯惊见赫拉克勒斯的亡魂。整个希腊大地上传说，这位最出色的英雄早已去到奥林波斯，"在诸神之中尽情宴饮，身边有美足的赫柏陪伴"（奥11：602-603）。当赫拉克勒斯的魂影"双眼噙泪"（奥11：616）站在眼前时，奥德修斯经历了思想的恐惧与战栗，惊颤得说不出话。他从前信仰奉行的英雄生活方式被彻底颠覆。伯纳德特说，正因为遇见赫拉克勒斯，奥德修斯才下决心拒绝卡吕普索的永生承诺②。冥府见闻让他认识到，人世的诸种美好期盼无不如梦幻泡影，就像他三次想抱住母亲的亡魂，而她三次"如虚影或梦幻"，从他手中滑脱（奥11：205-206）。

柏拉图在《会饮》中总结有死者欲求不死的几种方式，第一种即为"成名的爱欲"，为了"不死地流芳百世，不惜历尽艰险，无论什么辛劳也在所不辞，乃至为之而死"（208 c-d）。这是《伊利亚特》里的英雄生活方式。《奥德赛》似乎从多方面尝试予以质疑。史诗开场，伊塔卡的歌人为求婚人歌唱希腊英雄"从特洛亚的悲惨归程"（奥1：326）。荒诞苦涩的场景不是吗？奥德修斯的传奇成为求婚人吃饱喝足之余的娱乐。他们吃他的，喝他的，求娶他的妻，窥伺他的王位，同时以听他的故事为乐，心安理得仿佛奥德修斯在现实中已死去，从此只活在歌人的吟唱里。费埃克斯人同样以听歌人唱英雄故事为娱乐，他们不能理解有人听了歌不是欢喜反而哭泣（奥8：91,369,538）。身为传唱英雄故事的歌人，荷马对诗教传统的现世影响亲自发出疑问。《伊利亚特》讲述英雄如何建立不朽声誉成为更好的人，《奥德赛》关心英雄如何逃脱传奇的光环更好地存活下来。

柏拉图提到爱欲不死的第二种方式是生育，一种"凭身体"，即生育子女繁衍后代，另一种凭智慧和诸种德性"在灵魂中生育"，包括诗人和艺匠的传世之作，而

---

① 柏拉图：《会饮》，208 c-d。译文引自刘小枫译，《柏拉图四书》，生活·读书·新知三联书店2015年版。
② "正是由于见到赫拉克勒斯，才让人明白奥德修斯拒绝卡吕普索的那个决定。"伯纳德特：《弓与琴：从柏拉图解读"奥德赛"》（重订本），程志敏译，华夏出版社2017年版，第149页。

"最大最美的实践智慧涉及治邦和齐家"(208 e-209 e)。子女后代是冥府中的英雄们最关切的事。阿喀琉斯开口即询问儿子的消息(奥 11:492-503),听闻儿子出众,他收住眼泪欣然离开(奥 11:540)。阿伽门农悲痛中不忘打听儿子(奥 11:461)。就连奥德修斯遇见母亲的亡魂,也切切问起幼子(奥 11:174-179)。不止如此。从冥府回到人间的奥德修斯放弃卡吕普索所承诺的永生,未来的希望就此转向他那刚成年的儿子。特勒马科斯不只是他"凭身体"生育的子女后代,还是他"凭灵魂"实践智慧齐家治邦的传人。因为这样,特勒马科斯的第一次游历是奥德修斯认知版图的必要构成部分,在回到伊塔卡的最初日子里,特勒马科斯还是奥德修斯真实身份的唯一知情者。

虽说"明知答案",奥德修斯这番拣择历时七年,经过本身耐人寻味。至道无难,唯嫌拣择。若说两部荷马诗的重点均在拣择二字不为过。在阿喀琉斯那里,拣择之难贯穿二十四卷中的前十八卷,直至牺牲好友的性命,才令他下决心去走本该走的路。奥德修斯的归乡路上布满分岔小径,时时犹疑,反复思虑何为正确。不只卡吕普索,基尔克和塞壬各有诱惑或者说,各自代表奥德修斯心头的一种困惑,连瑙西卡亚公主也盼他留在费埃克斯王宫做驸马。每一次诱惑都是一个困惑的十字路口。然而,没有哪个十字路口像卡吕普索的孤岛七年那样因为奥德修斯本人的意愿而得到隆重反复的标志。

古希腊人热爱十字路口的譬喻。赫西俄德诗中的佩耳塞斯,色诺芬笔下的赫拉克勒斯。站在人生路口的青年面前有两条路,一条路好走,另一条路难走,一条路叫虚妄或无度或堕落,另一条路叫劳作或正义或美德。所有十字譬喻的故事多是为世人解惑。惑,既是诱惑也是困惑。

> 要想接连不断陷在困败中
> 很容易,道路平坦在邻近。
> 要通向繁荣,永生神们事先
> 设下汗水,道路漫长险陡。①

在明眼人那里,正确的路只那一条,何用拣择?禅宗公案里的老僧说:"是拣择?是明白?"之所以还要拣择,说到底是"不在明白里"②。明白了何为正确也就

---

① 劳 287-290。十字路口的赫拉克勒斯,参看色诺芬:《回忆苏格拉底》2,1,21 起。
② 文远记录,张子开点校:《赵州录》,中州古籍出版社 2001 年版,第 27 页。

至道无难:奥德修斯的拣择　215

无所谓拣择。但我们总是不明白的,所以我们总是还在听故事。何况上行之道如此艰难,每走一步可能付出无比疼痛的代价。在属人的心路交会处,难免生出就此安顿的一丝贪念。好比卡吕普索说奥德修斯:"要是你心里终于知道,你在到达故土之前还需要经历多少苦难,那时你或许会希望仍留在我处,享受长生不死"(奥5:206-209)。有了"一丝微小的贪恋"①,也就有了拣择的两难。所以约拿躲在鱼腹里三日三夜,奥德修斯留在孤岛上七年。拣择,因此又称"时人巢窟"。

<h2 style="text-align:center">故　　事</h2>

有关奥德修斯遇见卡吕普索以前的事,荷马不曾直接讲起,而是让奥德修斯自己去讲。荷马直接讲奥德修斯离开卡吕普索(卷五),去费埃克斯人的国度(卷六至卷八),在那里讲他遇见卡吕普索以前的故事(卷九至卷十二)。

在这些故事里,奥德修斯并非孤身一人,他有同行的伴侣。他们一路有惑。这些惑有所区别,一类是同伴们的惑,另一类是奥德修斯本人的惑。在前一类里,同伴们总是不顾奥德修斯苦劝,因贪恋而惹祸。他们沿路洗劫城邦,没有及时离开,反倒摆宴庆功,以致遭对方援军反攻(奥9:29起)。他们欣欣然吃下洛托斯花,从此忘却归乡(奥9:94起)。他们贪图礼物偷偷解开风神的皮囊,致使狂风大作归途无望(奥10:19起)。他们为了果腹宰杀太阳神的牛羊,终于全军覆没,一个也没有存活下来(奥12:260起)。初次见面时,独眼巨人一语中的,他们"就像海盗在海上四处漫游飘荡,拿自己的生命冒险,给他人带去灾难"(奥9:254-255)。

讲故事的奥德修斯小心翼翼地区分。尽管旅人无不是受诱惑,无不是心中有困惑,但他,奥德修斯,与他们不一样。

他深入独眼巨人的部落、女巫基尔克的住所,目的不是别的,是为了探察(奥9:174,10:152)和见闻。同伴们劝他趁着巨人不在,偷走山洞里的牛羊奶酪,起航逃离。他没有听,一心想见"不知正义和法规"(奥9:215)的巨人。他吃了亏,终于凭计谋胜过那强大的对手。更重要的是,通过认识异邦的族类,他对自己有新的发现。在希腊世界里,歌人不倦地传唱神样的英雄奥德修斯的事迹。在不信宙斯和众神(奥9:275)的异族天地,他只是巨人口中的"瘦小、无能、孱弱之辈"(奥9:515),他确乎就是他对巨人自称的"无人"(Οὖτις,奥9:408)。

同伴们吃过苦头开始懂得怕痛。他们在忧惧中两次劝阻他远离基尔克(奥

---

① 薇依:《柏拉图对话中的神》,华夏出版社2012年版,第170页。

10：265起,10：429起)。他没有听。这让人惊讶。一向冒失的同伴反过来指责奥德修斯冒失(奥10：436),而他明明比任何人享有审慎的美名。他一步步走向女巫的宅邸,一路"思虑着许多事情"(奥10：309)。走向基尔克对奥德修斯而言意义重大。他的见识因此一再地超越凡人不曾踏足的领域。他在赫耳墨斯的引领下见识到只有神才能辨认的摩吕魔草(奥10：306),他在基尔克的指引下去到"活人很难见到的冥府"(奥11：156),他从先知忒瑞西阿斯那里得到未来的预言(奥11：96),他还差一点儿从塞壬海妖们的歌唱中知悉"大地上的一切事端"(奥12：191)。

讲故事的奥德修斯区分寻求解惑的两类旅人。一类为了劫城的财富和胜者的荣誉而远行,一类因为欲求认知而出发。一类是伊利亚特式的英雄,包括奥德修斯的同伴们,乃至奥德修斯本人,一类是讲故事的当下的奥德修斯。他仿佛脱胎换骨,简直就像死过一次。"活着去到哈得斯的居所,两度经历死亡"(奥12：21-22)。从前的奥德修斯不能在愤怒的宙斯降下的海难中幸免。他和同伴们一起死去,他们的船在汪洋大海中化成碎片,他们的尸体像乌鸦一样漂浮在发黑的船边(奥12：288,418)。唯独追求认知的奥德修斯孤身活了下来。

独活下来的奥德修斯遇见卡吕普索,在隐者的孤岛避世七年。七年间,人世发生天翻地覆的变化,日日坐在海边哭泣的奥德修斯同样发生天翻地覆的变化。他为那死去的自己和英雄伴侣们哀悼,他在七年间还对以往种种做出漫长的省思。没有这隐忍沉寂的七年,奥德修斯不可能坐在费埃克斯人面前用那样的方式讲述那些故事。

费埃克斯人为这些故事心醉神迷。他们送他礼物,护送他回家。他们向来乐于护送世间一切飘零人(奥13：174)。但这一次代价惨重。奥德修斯带走的礼物据说超过他自特洛亚一路得而复失的战利品(奥5：38-40)。这批富可敌国的礼物成为费埃克斯人的负担,在某个时候,君王不得不向民众征税(奥13：14-15)。更严重的是,帮助奥德修斯使他们触怒一向爱护他们的海神波塞冬。那艘护送奥德修斯回家的快船没能归航。费埃克斯人原本过着轻快无名的日子,好比他们的船只"迅疾犹如羽翼或思绪"(奥7：36)。奥德修斯之后,这个族群受了诅咒,美好的船只固定成海上生根的巨岩(奥13：164-164),奇丽的都城被群山围困(奥13：158,177,182)。海洋本是世界的起点,就此成了陆地的尽头。费埃克斯乐土在声名远扬的同时消逝无踪,从此只活在传奇里。

在费埃克斯人的快船上,奥德修斯经历"如死一般"(奥13：80)的睡眠。醒来时他身在伊塔卡却没有认出故乡。他以为命运带他去了新的异地。他心神俱碎,声声呼喊"明媚的伊塔卡"(奥 13：212)——

> 奥德修斯怀念乡土，
> 沿着喧嚣的大海岸边漫步徘徊，
> 不断悲怆地叹息。(奥 13：219-221)

有那么一刻，我们几乎以为，他又回到卡吕普索的岛上，经历过死后重生，长久坐在海边哭泣。奥德修斯又一次处在人生的关口。他用了七年时间在隐者地完成对从前的自己的认知，现在他面临在这宛若异地的故乡的自我认知。伊塔卡是奥德修斯认知路上的起点和终点，标注着英雄自我认知的过去现在和未来。雅典娜神给他提示："不让他的妻子国人和家人们认出他，在他惩罚所有求婚人之前"(奥 13：192-193,308 起)。离家二十年，不但他彻底变了，故乡也成了他乡。伊塔卡礼崩乐坏，胡作非为的求婚人即是一例。他们不尊敬主人，不礼遇客人，不保护乞援人，不信鸟讯，不敬神灵。死后重生的奥德修斯面临新的困境，他必须在故乡争取容身之地，重新完成自我定义。

他继续讲故事。回到伊塔卡以后，他讲故事的手段大大升级。他对雅典娜的化身讲故事(奥 13：258 起)，对牧猪奴讲故事(奥 14：199 起)，对求婚人讲故事(奥 17：419 起)，对妻子讲故事(奥 19：165 起)，临了还对父亲讲故事(奥 24：244 起)。在这些故事里，他隐藏起真实身份，佯装成外乡乞丐。某个身份不定的克里特人，时而庶出，出身不高贵，母亲是买来的奴妾，时而是米诺斯的孙儿，显赫的王族后裔。他"天生不喜农活家事"，只喜"率领战士和船只侵袭外邦人民"(奥 14：223，230-233)。他参加过特洛亚战争，去过埃及和腓尼基，一路掠杀，积累无数财富，神意让他随后丧失这些财富，沦为一无所有的人。奥德修斯的谎言里掺杂着事实。这个克里特人与二十年前从伊塔卡出发去特洛亚的奥德修斯何其相似。

从奥德修斯开始"把谎言说得如真的一样"(奥 19：203)的传统。有正义意图的谎言是可能的吗？奥德修斯言说传统里的真实与正义的悖论引发出太多话题，迄今有些仍然无解。据说维特根斯坦的全部哲学沉思起源于同一命题，孩提时代的某一天，他经过一个门口时站住，思考如下问题："谎言若是对自己有利，为什么要说实话？"[①]让我们还是先回到荷马讲述的奥德修斯故事，既然一切从这里开始。《奥德赛》一分两半。前十二卷是奥德修斯回伊塔卡以前，后十二卷是奥德修斯回

---

① 蒙克：《维特根斯坦传：天才之为责任》，王宇光译，浙江大学出版社 2011 年版，第 3 页。

伊塔卡以后。后半部有整整八卷(卷十三至卷二十),奥德修斯的身份是外乡乞丐,直至最后四卷,他才做回奥德修斯,杀死求婚人,与亲友相认。

这个外乡乞丐衰老肮脏,满是皱纹,两眼昏暗,衣衫褴褛,在所有人眼里是"一个卑贱人"(奥13:403),一个"大地的重负"(奥20:379),一个"无人"(Οὖτις)。忠实的牧羊奴看见他,忍不住泪流满面,"想起奥德修斯,我想他也穿着这样的破衣烂衫到处游荡在人间,如果他还活着,看得见太阳的光辉。"(奥20:204-207)外乡乞丐虽是佯装,却与奥德修斯的自我认知相契合。外乡乞丐讲起从前的故事,大发感慨,说出奥德修斯本人心里的话:世人"为了可恶的肚皮,经受各种艰辛,忍受游荡、磨难和痛苦……装备坚固的船只,航行于喧嚣的海上,给他人带去苦难"(奥15:343起,17:286起)。外乡乞丐对以往生活方式的省思和拒斥,正是奥德修斯本人对以往生活方式的省思和拒斥。

他在费埃克斯人的异乡竭力放大"奥德修斯"的光环,到了故乡,"奥德修斯"反而消隐了,只剩一个处处遭凌辱的异乡人,乃至在自家宫殿门口与乞丐争食大打出手。英雄如何安顿,如何逃脱传奇的光环存活下来,这是奥德修斯归乡难的根本所在。奥德修斯如此,其他人亦如此。无论生还的涅斯托尔和墨涅拉奥斯,还是冥府的亡魂阿喀琉斯和阿伽门农,英雄的思与言无不凝固在从前,仿佛当下比从前更不真实,仿佛再无朝向未来开放的可能。在某个特定时刻,奥德修斯要杀死未参加特洛亚战争的求婚人,也就是最后一批幸存的史诗英雄,似乎只有这样的方式才能让他亲手摧毁他所置身其中的那个世界。①

在那之后,一切不是结束,而是新的开端。在那之后,他还要第二次起航,还要"前往无数的人间城市漫游"(奥23:267)。他一路不停地讲故事,讲了好些个世纪。因为那些故事,世人渐渐躲在名叫奥德修斯的伤口里。

修　辞

"在太阳光下。世界之音变得沉寂和稀少。"②(卡夫卡)

古人说一个人看见太阳光,意思是这人还活在世上。看不见太阳光,这人就去了哈得斯的冥府。奥德修斯的同伴们为口腹之欲宰杀太阳神的牛羊,赫利俄斯一

---

① 伯纳德特:"求婚人被认可为英雄世界仅存的硕果,而奥德修斯要么是命中注定、要么是蓄意要毁灭那个英雄世界。"(《弓与琴:从柏拉图解读"奥德赛"》,第217—218页)

② 卡夫卡:《误入世界:卡夫卡悖谬论集》,黎奇译,山西师范大学出版社2002年版,第34页。

怒之下说要沉入哈得斯,照耀冥府,让亡魂"看见太阳光"(奥 13：383)。极有震慑力的威胁。宙斯果然惩罚那群贪吃的人,让他们全丢掉性命去了冥府。

音是调和,与秩序相连。听见世界之音,如同认知世界秩序。世界之音变得沉寂和稀少,确乎是奥德修斯传统的古今关键。

在一段长笔记里,卡夫卡在这句开篇语之后接连讲了三个故事,均系认知爱欲的譬喻。其中第三个故事讲到奥德修斯与塞壬。

在荷马诗中,塞壬的故事同样出自奥德修斯本人之口。奥德修斯从冥府回到人间,第二日即遇到塞壬。基尔克给出详备的指点。这是一群半人半鸟的女海妖。她们的歌声迷人,有死者难以抗拒。过往的人受到诱惑,渴望亲近她们,倾听她们歌唱,就永远回不了家。好些人确乎没回成家。"她们坐在绿茵间,周围全是腐烂的尸体的大堆骨骸,还有风干萎缩的人皮。"(奥 12：45-46)

基尔克指点奥德修斯,凡人用蜡堵住耳朵即可顺利通过。奥德修斯的同伴们就是这么通过的。至于奥德修斯本人,基尔克给出两个选项,他可以和同伴一样用蜡堵住耳朵,但"如果想听歌唱",他可以让人绑在桅杆上,并且要事先说好,万一他听从赛壬的诱惑求人松绑,这时要把他绑得更牢(奥 12：49-54)。

奥德修斯稍后向同伴们转述基尔克的指点。他的转述并非一字不漏。他只说,他们应避开塞壬的歌唱,他是唯一可以聆听的人,仿佛基尔克没有给出两个选项只能这么做似的(奥 12：158-160)。他果真绑在桅杆上没堵住耳朵。当他们行船经过时,他听到塞壬对他一人独发出的诱惑：

> 光辉的奥德修斯,阿卡亚人的殊荣,
> 快过来,把船停住,倾听我们的歌唱……
> 我们知道在辽阔的特洛亚,阿尔戈斯人
> 和特洛亚人按神明的意愿忍受的种种苦难,
> 我们知悉丰饶的大地上的一切事端。(奥 12：184-185, 189-191)

塞壬的歌唱穿透人心,这是因为她们懂得触摸人心最柔软的所在,她们唤醒人心最隐匿的爱欲。不难想象,她们对每个旅人的歌唱定然不尽相同。当她们对奥德修斯歌唱时,她们的歌声就是奥德修斯最为欲求的知识。在遇见塞壬以前,过往的旅人很可能不知道自己最想要什么。奥德修斯原以为他想要回家,现在他知道他更想要认知。但塞壬提供的认知方式是有代价的,选择倾听就回不了家。故事里说,奥德修斯情愿不回家也要倾听塞壬歌唱。他哀求同伴们为他松绑,他们依照约定把他绑得更牢。就这样,他们没有停船靠近塞壬,平安经过那致人死命的地方。奥德修斯临了也没有听成塞壬专为他唱的歌。

没能听成塞壬歌唱,这成为奥德修斯的心结。塞壬(Σειρήν)一词的词源不详,一说与σειρά同根,也即"绳索"或"纠缠"。塞壬的歌声在奥德修斯心中萦绕不去。越得不到越想得到。他对卡吕普索的永生诱惑说不,但对塞壬的认知诱惑,依照奥德修斯本人的说法,他是被迫放弃的。基尔克事先没有明言赛壬的歌唱与认知有关。倘若奥德修斯事先知道,也许事情经过就会两样。无论如何,听从基尔克的指点使他预先对塞壬说了不。事后他极为懊悔,乃至对基尔克的指点生出疑心。在遭逢下一个妖怪斯库拉时,他声称"彻底忘记基尔克的严厉嘱咐"(奥12:226-227)。

我们不会忘记,整个塞壬的故事出自奥德修斯之口。当奥德修斯把不能认知归咎于基尔克时,荷马小心翼翼与之保持距离。正如卡吕普索的永生方式在诸神秩序里不可能,塞壬的认知方式在太阳光下也不可能。如果奥德修斯接受卡吕普索的永生,那么他将从此消隐于那座孤岛,不可能身为隐者而为世人所知。如果奥德修斯去听塞壬歌唱,那么他将和其他无名旅人一样,不可能活着回来见证歌声里的真相。

奥德修斯要活着回来讲故事,这意味着奥德修斯听不到塞壬的歌唱。当卡夫卡的奥德修斯重新出发时,他严格遵守这一悖论的限定。他采用基尔克给出的第二个选项。奥德修斯和同伴们一样用蜡堵住耳朵。这似乎意味着,奥德修斯更想要回家,情愿放弃认知。

我们于是看见奥德修斯用蜡堵住耳朵绑在桅杆上。他天真地相信这足以抵挡住塞壬的歌声诱惑。他凭靠这个手段欢喜地走向塞壬又胜利地离开。只是,天真在荷马以降的奥德修斯传统里没有容身之地不是吗?世人皆知,奥德修斯老谋深算,几乎不相信一切。这个手段幼稚信仰坚定的奥德修斯怎么看都是奥德修斯传统的反叛。

在卡夫卡的故事里有两个声音。一个声音在说天真幼稚的奥德修斯,另一个声音却说奥德修斯狡猾多谋,像只狐狸,命运女神也看不透。卡夫卡的故事还有第二个奥德修斯。他根本不相信传说中的那点蜡和那捆铁链。作为某种计谋和谎言,他在塞壬和诸神面前佯装天真。他假装不知道塞壬的沉默是比歌唱更可怕的武器。他假扮的那个奥德修斯天真地相信自己堵住耳朵所以没听见塞壬在唱歌。老谋深算的奥德修斯说,他的佯装完美无缺,连塞壬也未识破。她们落入他的陷阱,被他征服,做了他的女奴。她们惊愕无比,恋恋不舍,眼睁睁地看他扬长而去。

作为对荷马的忠实模仿，卡夫卡不但依样区分当事人和讲故事的两个奥德修斯，还保留第三种声音，卡夫卡的声音。这个不足千言的故事迷宫充满双关意味。在卡夫卡的认知譬喻里，奥德修斯策划这场佯装作为"对付塞壬和诸神的盾牌"。传说即便有人能躲过塞壬的歌唱，也**无人**能躲过塞壬的沉默。事实上，唯一活着经过塞壬的歌唱的人不是别人就是奥德修斯。现在，他想更进一步，做那个活着经过塞壬的沉默的"无人"（Οὖτις）。这个最初在独眼巨人面前的自况，可以无比卑微，也可以无度狂妄——"那种凭自己的力量战胜塞壬的感觉，那种由此产生的忘乎一切的自豪自傲，是人间任何力量都无法抵抗的。"

荷马诗中只提到塞壬的歌唱。塞壬的沉默是什么？沉默比歌唱更可怕，是否与开场白遥相呼应？——"在太阳光下。世界之音变得沉寂和稀少。"卡夫卡小心翼翼地说，塞壬的沉默"超出有死者的理解能力"，超出太阳光照的限度。无论如何，荷马的奥德修斯不可能活着回来见证塞壬的歌唱，卡夫卡的奥德修斯也不可能在佯装时证明塞壬的沉默。他没法说出他听不见的，只好絮絮说起他看见或自认为看见的。她们"颈项婉转，呼吸深沉，眼噙泪，口微启"，她们"舒展扭动身姿，长发披散风中，在礁石上肆意伸张手爪"。他甚至声称，塞壬放弃诱惑的驯服样子"比以往任何时候更美"。

"塞壬若有意识，她们当时就会被毁灭。但她们依然在，唯独奥德修斯躲过她们。"谜一般的话。以此界定奥德修斯的认知极限。塞壬若当场识破奥德修斯的诡计，当场也就会自行毁灭，因为这意味着她们承认被一个有死者识破——从荷马到卡夫卡讲故事的前提在于，塞壬的秘密不可能为有死者识破。作为唯一可能的结局，塞壬必须"败"给奥德修斯，才能两相保全。故事开头有句话："手段即便有缺陷又幼稚也能救命。"这是老谋深算的奥德修斯对天真的奥德修斯的戏谑。这也是卡夫卡对奥德修斯乃至包括他本人在内的一切有死者的戏谑不是吗？今人不再信亦无可能天真。这个自嘲的姿态无奈且恰当，并且必须总在无奈中才恰当。反讽（ironia）作为现代性修辞隆重取代了苏格拉底式的佯谬（εἰρωνεία）。当自信满满的奥德修斯自恃凭技艺愚弄塞壬和诸神时，有一扇认知的门在他经过时悄无声息地消隐了。

岁月不断流逝，塞壬永是奥德修斯的心结。他盘算着再试这一次。这一次，他堵住耳朵佯装出只想回家不要认知的样子。他不信基尔克，他谁也不信。他肆意彰显那些时光镌刻在他身上的转变，以此小心掩饰从古有之的本性。他再次出发的时候或许已经明了，等待他的是继荷马之后的又一次认命，又一次无可言说的滋味。

认　命

　　塞壬唤醒奥德修斯的灵魂爱欲,让他从此自觉走在认知的路上。依据塞壬提示的认知顺序,他在卡吕普索的孤岛上省思七年,在费埃克斯人那里回顾从前,在伊塔卡人面前杜撰外乡客人的身世,无不是在探究特洛亚战争中包括他自己在内的的人类"依照神明意愿忍受的种种苦难"(奥 12.184,189)。他和妻子相认,当即转述先知的预言,特地添一句:"他要我前往无数的人间城市漫游"(奥 23：267)。先知原本只说他要"出游"(奥 11：121)。游历人间城市犹如塞壬常留心底的那声召唤,催促奥德修斯再度出发,去探知"大地上的一切事端"(奥 12.185,191)。

　　在这一切发生以前,奥德修斯先要亲身经验属人的诸种限度。

　　基尔克告诉奥德修斯,经过塞壬以后有两条路可走。这一次,她不能向他"指明应选择两条道路中的哪一条",他要靠自己"用心判断"(奥 12：56-57)。前一条路上有巨大的撞岩夹击,宙斯的鸽子也飞不过去,更别说凡人的船只,唯一的例外是伊阿宋,他在赫拉女神的庇护下乘坐阿尔戈船经过此处(奥 12：60-70)。后一条路两边布有危险的悬崖,一边崖洞住着六头女妖斯库拉,另一边崖下有吞吸海水的卡律布狄斯海怪,行船走这边要被女妖一次抓走六人,走那边连船带人会遭海怪吞噬——要么"损失六个同伴",要么"全体遭覆灭"(奥 12：109)。索菲的选择。

　　摆在奥德修斯面前的两条路没有简单区分为好走的路和难走的路。基尔克让奥德修斯自行选择,这似乎意味着两条路没有绝对的正误。前一条路无异于死路,除非如伊阿宋般有神相助。后一条路看似尚有一线生机,但一部分人活命的代价是牺牲另一部分人的性命。依据希腊古训,正确的路是更难走的路。但究竟哪个更难？何为正确的问题放大为前所未有的严峻挑战。

　　奥德修斯没有走前一条路。早在开卷的奥林波斯诸神会议上,我们已经知道,奥德修斯('Οδυσσεύς)是为神"愤恨"(ὁ δύσσομαι,1：19-21,62)的人[①],他不可能如伊阿宋般有神相助。风王也不敢接待这个"人间最大的渎神者,受常乐神们憎恶的人"(奥 10：72-74)。稍后他在卡吕普索的孤岛七年,日日坐在海边哭泣,在自我思省中看清这一重大事实。整整十年归途,神未与奥德修斯同在。直至整部

[①] 参见刘小枫:《昭告幽微:古希腊诗品读》,《奥德修斯的名相》,牛津大学出版社(香港)2009 年版,第 86—87 页。

史诗完结前的最后十天,①雅典娜女神才在费埃克斯城外重新现身在他面前(奥7:19)。还在特洛亚的时候,奥德修斯一度殷勤地向诸神献祭,宙斯王也承认他的祭品"最丰盛勤勉"(奥1.59-63,66-67)。回乡路上,除开宙斯王拒绝他从独眼巨人处逃命之后的那次献祭(奥9:553),奥德修斯只向冥府的亡魂行过献礼(奥11:26-37)。到了伊塔卡,他几次遇到隆重的献祭仪式,诸如牧猪奴(奥14:420起,446起)和父亲拉埃尔特斯(奥24:375起,520起)的献祭,每次奥德修斯均在场,却好似不在场。

没有神助的信心,奥德修斯选择相信自己,这使他在走第二条路时没有完全听从基尔克的嘱咐。奥德修斯不肯接受命运的安排,他既想躲过海怪的吞噬,又想保护同伴免受伤害。尽管基尔克明白告诉他不可武装自己,不得妄图"与不死的神明抗争"(奥12:117,227),他还是"穿上辉煌的铠甲,双手紧握长枪"(奥12:228-229),全副武装站到船头平板。他眼望黯淡可怖的悬崖,努力搜寻女妖的踪迹,做好与之作战的准备。在那一刻,奥德修斯似乎相信他有能力拯救同伴,相信凭靠自身力量可以扭转命运。好比卡夫卡笔下那个老谋深算的奥德修斯,他完全凭靠自己策划计谋,期盼全新的胜利。一切僭越注定白费。女妖毫无悬念地抓走六名同伴。他们在洞口被吞噬前,悬在空中不住呼喊,可怕地挣扎,向他伸着双手(奥12:256-258)。一路上奥德修斯亲见太多同伴受难的场面,他们被独眼巨人活活生吃作晚餐(奥9:289-293),被基尔克下药变作九岁肥猪(奥10:238起,390),更不用说在没完没了的战争和海难中纷纷丧生。然而,眼见六名同伴求救却无能为力,"这是我亲眼见到的最最悲惨的景象,虽说我在海上久飘零经历过诸般不幸"(奥12:258-259)。

斯库拉($\Sigma\kappa\acute{\upsilon}\lambda\lambda\alpha$)一词源自动词"$\sigma\kappa\acute{\upsilon}\lambda\lambda\omega$",意思是"撕碎,扯破"。这个可怕的六头女妖确乎伤透奥德修斯的心。伯纳德特说,奥德修斯从斯库拉女妖那里发现自己没有能力战胜邪恶。② 更有甚者,随着这一英雄行为的失败,斯库拉进一步撕破某种道德底线:既然化解这场灾难要有人做牺牲,为什么知情的奥德修斯不牺牲自己,而让同伴在不知情中送死?仿佛某种形式的赎罪,奥德修斯后来讲故事说到,在海难中失去所有同伴以后,他孤身一人再度闯关,拼死渡过斯库拉和卡律布狄斯的险境(奥12:426-446)。

斯库拉粉碎奥德修斯以个人力量征服命运的自信,也彻底撕破同伴的信任。

---

① 程志敏:《荷马史诗导读》,华东师范大学出版社2007年版,第240—242页。
② 伯纳德特:《弓与琴:从柏拉图解读"奥德赛"》,第153页。

他们怨恨他没有事先明言牺牲六人的代价,这直接导致他们经过太阳神的岛屿时群起抗拒他的领导。先知和基尔克先后强调,他们不伤害太阳神的牛羊就能安然回乡,否则奥德修斯必失去所有同伴,迟迟难归乡(奥 11:110-113;12:137-141)。同伴满带敌意,奥德修斯明白"恶神在制造种种祸殃"(奥 11:295)。这一次,他没有催促他们起航。仿佛认命般的,他转而仰靠神的庇佑。他沿着海岛独行,远离同伴,洗净双手,在一避风处祈求诸神(奥 12:334-337)。就在神意让他沉沉睡着的时候,同伴宰杀了太阳神的牛羊。

  从冥府回到人间以后,奥德修斯三番两次触礁撞到属人的可及边界。在他对费埃克斯人讲的最后三个故事里,他没能听见塞壬歌唱,没能战胜女妖拯救同伴,没能在太阳神的岛上躲过命中劫难。伯纳德特说:"先是自己,再是神,三是同伴,这些是他前行路上的万重关山。奥德修斯被迫认命。"①

  在太阳神的岛上,诸神没有呼应奥德修斯的诚心祈祷,这使他醒来后"对不死的神明大发怨诉"。奥德修斯责难的矛头指向"天神宙斯和所有永生常乐的众神明"(奥 12:370-371)。接下来的孤岛七年,他日日坐在海边哭泣,不妨理解为他放弃祈神的一种措辞。哭泣,好比弥补没有呼应的祈祷,好比探寻与神相通的别种方式。直至神意让卡吕普索放他走,奥德修斯才重新祈求诸神。② 但他不是一厢情愿求乞神满足人的心愿,不如说他带着顺服命运的姿态寻求神的启示。因为这样他不再献祭,甚至宙斯王在黎明前的伊塔卡王宫打下响雷给他兆示(奥 20:97-101),他也没有承诺献祭。离开孤岛之后,奥德修斯只有一次向伊塔卡的山林女神承诺"像往常一样敬献礼品"(奥 13:358),不是为答谢奥林波斯神界,而是为他一度以为无望再见的故土山水。

  诗人蒲柏模仿中世纪修女爱洛伊斯的口吻写过一首情诗。诗中那个因灵魂爱欲而受尽苦难的女子告诉往昔爱人阿贝拉尔,把人生交付给神的命运是多么让人喜悦:褪去一切属人的光环,"被世界遗忘,亦把世界遗忘"(The world for getting, by the world forgot)——

  无垢灵魂的永生光照呵!

---

① 伯纳德特:《弓与琴:从柏拉图解读"奥德赛"》,第 153 页。
② 离开卡吕普索的孤岛以后,奥德修斯多次向神祷告:向河神祷告(奥 6:445-450);走进费埃克斯都城以前,在雅典娜圣林向女神祷告(奥 7:323);多次向宙斯王祷告(奥 7:330-333;17:354;20:97-101 等)。

祈者纷纷蒙恩,祈愿全被放弃。①

回到伊塔卡以后,衣衫褴褛的外乡乞丐奥德修斯坐在自家宫殿的门边,默默接受乞来的食物。有个求婚人可怜他,赏他一杯酒,称呼他"外乡老公",祝他"以后会幸运,虽然现在不得不忍受许多不幸"(奥 18:122-123)。奥德修斯语重心长地回答他:

> 大地上呼吸和行动的所有生灵中
> 没有哪一种比大地抚育的人类更可怜。
> 一个人任何时候都不可超越限度,
> 要默默接受诸神赐予的一切礼物。(奥 18:130-131,141-142)

这是哭泣的奥德修斯在卡吕普索的孤岛七年想明白的一件事。生活在大地上的人类遭遇不幸,很大程度在于"他们以为永不会遭遇不幸"(奥 18:132)。不幸源自不会遭遇不幸的祈愿,或者说,不幸源自对属人限度的认知欠缺。所谓拣择,看清何为正确,首先竟要放弃人心中自以为是的美好愿望。奥德修斯历尽苦难回家的真相由此显露:回到伊塔卡,是为了再次离开伊塔卡。

相　　认

伊塔卡不只一次标志奥德修斯认知路上的起点和终点,而佩涅洛佩这个女人,就是在变幻世界里所有那些渴望静止不动的东西的载体。

佩涅洛佩在史诗第一次出场,是为阻拦歌人再唱希腊英雄"从特洛亚的悲惨归程"(奥 1:327)。这位荷马口中的"女人中的女神"款款走下高楼,披戴面纱,侍女相随,含泪对歌人说:"且停止唱这支歌,它让我心破碎,激起无限凄怆。"(奥 1:340-342)在世人眼里,不能回乡的奥德修斯就如死去一般的传奇,连儿子特勒马科斯也认为父亲与许多亡故的特洛亚英雄没有两样(奥 1:354-355)。但只要佩涅洛佩还守在伊塔卡宫中,还在等待不放弃,奥德修斯就活着,不是活在声名的光环里,

---

① Alexander Pope, *Eloisa to Abelard*, 209-210, in *Complete Poetical Works*, Boston and New York: Houghton, Mifflin & Co., 1903; on line edition, Bartleby.com, 2011 (www.bartleby.com/203/)

而是活在亲人的泪水里。

整部《奥德赛》中,佩涅洛佩几乎没有不在流泪中出场和退场的。二十年间,奥德修斯的妻日日以泪洗面,"幽坐家中,任凭凄凉的白天和黑夜不断流逝"(奥13：337-338)。不但雅典娜女神这么告诉刚刚踏上故土的奥德修斯,牧猪奴也这么告诉游历归来的特勒马科斯：

> 你的母亲心灵忍受着极大痛苦,
> 留在你家里,她一直泪水不断盈眼睑,
> 伴她度过那一个个凄凉的白天和黑夜。(奥16：37-39)

就连在冥府中,奥德修斯从母亲的亡魂那里听到的也是一样的说辞：

> 你的妻子仍然忠实地留在你家里,
> 内心忍受着煎熬,凄凉的白天和黑夜
> 一直把她摧残,令她泪流不止。(奥11：181-183)

在佩涅洛佩和她的求婚人之间,对比是惊人的。他们有年轻的心和年轻的身体,吃喝玩乐快活轻松,生活在他们面前盛开,有多少变化就有多少希望。而她心如止水,身体也已枯萎,"自从他乘坐空心船离开,诸神早已毁掉我的容颜"(奥18：180-181；19：124-126)。在求婚人与女仆夜夜寻欢的伊塔卡宫中,佩涅洛佩的身体披挂着悼亡的重纱,让人感觉不到与任何一种活物有关,更像是一件古器,一块墓碑。他们有多少轻狂的喧哗嬉戏,她就有多少刻骨的困顿思虑。她用尽计谋拼了命地抵抗瑰丽变幻的生活节奏,因为这样,在伊塔卡宫中年轻的追逐古老的这一罕见现象自有其合乎情理之处。在荷马笔下,作为佩涅洛佩的一种典型退场,至少有四处重复出现如下三行诗文：

> 她和女仆们一起回到自己的寝间,
> 禁不住为亲爱的夫君奥德修斯哭泣,
> 直到目光炯炯的雅典娜把甜梦降眼帘。①

---

① 奥1：362-364,16：449-451,19：601-603,21：356-358。

佩涅洛佩先是为出门不归的夫君哭泣,等到儿子长大出行,她为儿子哭泣。王后要么"陷入巨大的忧伤,坐在门槛旁哭泣"(奥 4:716-719),要么"躺在楼上寝间,点食未进,滴水未沾"(奥 4:787-788)。特勒马科斯说:"她会一直为我不停把泪流,直到看见我本人。"(奥 17:7-9)整部《奥德赛》实际讲述的是奥德修斯离家二十年的最后四十天里发生的故事。在这些时日里,奥德修斯离开卡吕普索,去过费埃克斯都城,终于回到伊塔卡,特勒马科斯第一次远行,去到皮洛斯和斯巴达拜访涅斯托尔和墨涅拉奥斯。父子二人分头完成重大的生命历险,而佩涅洛佩守在家中,为他们以泪洗面,度日如年。这个从头到尾没有停止掉泪的女人,实在配得上一度在孤岛日日哭泣的奥德修斯。他在外磨难她在家流泪,"二人历尽种种苦难",在奥德修斯事后的感叹里,俨然是同甘共苦的夫妻之道(奥 23:350-352)。

一路上,从基尔克到塞壬,从卡吕普索到瑙西卡亚,留下还是回家是奥德修斯不得不面对的问题。佩涅洛佩同样面临抉择,留下还是改嫁,这个问题随着儿子长大日趋严峻。奥德修斯在孤岛第四年,求婚人相约上门,佩涅洛佩用计谋拖延。三年后奥德修斯离开卡吕普索之际,求婚人也揭穿佩涅洛佩白天织布夜里拆毁的秘密。现在,她织好了寿衣(奥 2:93-114;19:140-156;24::128-146),二十年的等待也到了头,要么夫妻重聚,要么改嫁他人,伊塔卡人早已不耐烦,佩涅洛佩必须赶紧做了断。

一心一意的佩涅洛佩不得不改嫁,除非奥德修斯立即出现在她眼前。当奇迹真的出现时,关键时刻阻碍夫妻二人重聚的竟是他们自己。先是他不肯相认,再是她不肯相认。夫妻相认之难,构成荷马诗中最耐人寻味的篇章。

回到伊塔卡王宫的头一夜,奥德修斯佯装成外乡乞丐,坐在妻子面前,"说了许多谎言,说得如真事一般"(奥 19:203)。当初阿伽门农在冥府曾流泪告诫他不要轻信女人。他果然以试探为名,迟迟不肯让妻子知道自己的真实身份。在杀死求婚人以前,奥德修斯选择相信儿子和忠实的女仆男奴,但不与妻子相认。

那天夜里,佩涅洛佩泪水涟涟,没认出盼了二十年的亲人就坐在眼前。这是让人惊讶的,不但老狗阿尔戈斯一眼认出主人(奥 17:301),连老女仆也起了疑心,因为这位外乡乞丐与主人外表太酷似(奥 19:380)。作为奥德修斯最亲近的人,也是最盼望他回来的人,佩涅洛佩只是伤感地说,眼前历尽沧桑的外乡客人让她想到流浪中的夫君必然也饱受岁月摧残,"人们深陷患难,很快会衰朽"(奥 19:359-369)。

在那夜与奥德修斯交谈之前,佩涅洛佩没有放弃夫君回乡的信念,也不放过向外乡人打听消息的机会。特奥克吕墨诺斯向她预言奥德修斯必能回家,佩涅洛佩信了他的话,还承诺赠礼给他(奥 17:152-165)。可是,在听完奥德修斯伪造身世的种种谎言之后,佩涅洛佩突然说:"现在我再也不能迎接他返回亲爱的故土"(奥19: 257-258)。尽管"外乡乞丐"连连用话语安慰她,赌咒发誓地保证她的夫君定能回家,佩涅洛佩的回答却莫测高深:

> 可是我心中预感,事情会是这样:
> 奥德修斯不会归来,你也不可能归返。(奥19:312-313)

那夜交谈似乎让佩涅洛佩相信,当年乘坐空心船离开的奥德修斯不会再回来。直到这时她才下定比武招亲的决心:谁能有奥德修斯的神力在弓箭比赛中胜出,她就改嫁那人;谁能做到与从前的奥德修斯相似,她就跟随那人。佩涅洛佩新生出的信心是如此坚定,以至于当老女仆上楼来报信时,乃至提起奥德修斯脚上的伤痕作为确凿无疑的证据,她依然不肯相信夫君已经回来,坚持认定是哪个天神杀死了求婚人(奥23:63)。

她下了楼。奥德修斯坐在一根高大的柱旁,低着头,默默等待。她迟迟不肯上前,"在他对面墙前的光亮处坐定","久久默然端坐,心中仍觉疑虑"(奥23:89,93)——

> 她心中反复思忖:
> 是与亲爱的夫君保持距离询问他,
> 还是上前拥抱亲吻他的手和头颈。(奥23:85-87)

这个相认场景哀婉动人,不输给后世所有那些专为言情的爱情故事。佩涅洛佩陷在拣择的挣扎中,一边是重聚的欢乐冲动,一边是认知现实的理性。佩涅洛佩似乎不怀疑(也无理由怀疑),眼前的奥德修斯不是奥德修斯。她的疑虑不在此。她不是认不出眼前的奥德修斯,而是认不出从前的奥德修斯。佩涅洛佩怀疑(也完全有理由怀疑),眼前的奥德修斯不再是从前的奥德修斯。我们说过,奥德修斯的妻的本性是天长地久。变化是佩涅洛佩的敌人。

就这样,别人反复说服她奥德修斯已经回家,她却一而再再而三说起记忆中的他。"我的奥德修斯已经死去不能回来。"(奥23:67-68)"我清楚记得你乘坐长桨船离开伊塔卡是什么模样。"(奥23:175-176)莫非是夫妻情深?佩涅洛佩的知觉比任何外人敏感。离家二十年,几番死里逃生,奥德修斯已然和从前两样!她苦苦等待的那个人不会回来,她所熟知的那个人已经死去。那天夜里,尽管他就在近

旁,她却一夜无眠地哀悼他:

> 今夜里他似乎又睡在我的身边,
> 模样如同当年出征时。(奥 20: 88-89)

佩涅洛佩不肯与奥德修斯相认。这让人想到另一个女人。当年在特洛亚,奥德修斯同样是"装成乞丐,用另一种模样掩饰自己",同样是"潜入城市,瞒过众人",独有海伦在人群中一眼认出他(奥 4: 247-250)。从各方面看,海伦确如佩涅洛佩的反面。一个善变,一个忠贞。一个通灵,一个审慎。一个擅长如歌人般讲故事,一个连歌人的歌也要杜绝。一个拥有使人忘忧的魔力,一个日日哀伤以泪洗面。甚至同是亲手织布,一个用来做婚衣,一个却是做丧服。因为海伦,奥德修斯才离家二十年。佩涅洛佩不肯相认,恰恰以海伦的教训为理由(奥 23: 215-220)。

佩涅洛佩濒临绝望的边缘。她必须从眼前的奥德修斯身上得到哪怕一丝不变的承诺。那张不可撼动的婚床的意义在于此(奥 23: 177-204)。他亲口说出婚床的种种秘密标记,也就亲口承诺她赖以呼吸和生存的夫妻情分尚在,这让她如同在风起云涌的变幻世界里抓住最后一根救命稻草。他们终于相认。当他含泪搂住她时,她就像"海上飘零人望见渴求的陆地"(奥 23: 233)。奥德修斯无数次遭遇过海难,荷马这时用来形容佩涅洛佩,真真是让人心酸的好譬喻。

身为奥德修斯的妻,她"受苦远超过任何同时代女子"(奥 4: 723),"思想和聪慧的理智方面也超过其他妇人"(奥 19: 325-326)。她有与夫君相般配的"聪敏的心灵和计谋":"古人中从未见有人如此聪慧,美发的阿开亚妇人中也没有,谁也不及她工于心计"(奥 2: 117-121)。在相认这件事上,佩涅洛佩确乎与奥德修斯棋逢对手。夫妻二人同享"审慎"之名,在古代神话中仅此一例。

回到伊塔卡以后,佯装身份的奥德修斯先后六次与亲友相认。在这个严整的环形结构里,父与子成对,忠实的男女仆奴成对,最发人深省的对子是奥德修斯的狗和他的妻。

230 著述

老狗阿尔戈斯躺在秽土中,遍体生满虫虱。主人常年外出,女奴们疏于照管,致使它饱受不幸。它认出佯装的主人,却无力走到他身边,当场被黑色的死亡带走(奥17:302-303,326)。和奥德修斯的妻一样,奥德修斯的狗在二十年间忠贞不二坚守阵地,并且为他不在家而受苦。他的狗以死成全不变的承诺,他的妻还要活下去,就不得不接受残酷的事实,正如奥德修斯随即告诉她:"夫人,我们还没有到达苦难的终点。"(奥23:248)

佩涅洛佩欲求天长地久。"我俩一起欢乐度过青春时光,直至白发的老年来临。"这个美好的愿望注定落空。她自己也承认,此等幸福诸神也要嫉妒(奥23:211-212)。奥德修斯不会留在她身边,很快要离开。她既无缘相伴奥德修斯在外乡的经历,也无缘参与奥德修斯在伊塔卡的战斗。杀死求婚人,又与求婚人的亲人和解,奥德修斯在做这些事时并非孤身一人,但佩涅洛佩一概与此无关。他给她下的最后一道命令不是别的,就是不要出门,"不见任何人也不询问"(奥23:364-365)。连那刚刚长大的儿子也屡次教训她区分女人的本分和男人的事情(奥1:356-359;22:350-353)。

她做不得海伦,连充当男人们发起战争的借口也不能(奥23:215-220)。她是奥德修斯的妻,除此以外一无所是。她在奥德修斯的故事里如一粒微尘。他重新上路,认知的足迹遍及大地。他下到冥府,去过隐者地,在神灵的边界穿行。这一切全与她无关,这一切又绕不开她。她置身于所有运动之外,又是他在变幻世界里静止的家,好比那单独留守诸神之家的赫斯提亚。① 薇依在谈自由时说:"我们所能为人类构想的最伟大的事,莫过于这样一种命运:人直面赤裸裸的生存必然,除了自己别无等待,一个人的生活就是一场无休的创造,由他本人完成关于他自身的创造。"②这样一种理想准则在现实中几无可能实现,但奇迹般地存在于荷马以降的奥德修斯故事。出于某种奇妙的悖论,佩涅洛佩的妇人眼泪拯救了这个故事,让英雄传奇从死里活了下来,让世人得以长久躲在名叫奥德修斯的伤口里。关乎这一切,佩涅洛佩告诉我们:"神们给大地上的有死者为每件事安排尺度。"(奥19:592-593)荷马则告诉我们,在奥德修斯的故事里,开头没有佩涅洛佩,结尾也没有佩涅洛佩。

---

① 柏拉图:《斐德若》,247a。
② Simone Weil, *Réflexions sur les causes de la liberté et de l'oppression sociale*, in *Oppression et liberté*, Gallimard, 1955, p.117.

书评与回应

日本作为方法,北京作为题材:
评《文化殖民与都市空间:侵华战争时期日本文化人的"北平体验"》

"国民使命感"与北京的幻象:
评《文化殖民与都市空间:侵华战争时期日本文化人的"北平体验"》

如何认识侵华战争时期日本文化人的中国叙事
——对两篇书评的回应与延伸

"满大人"与现代性：
评《假想的"满大人"：同情、现代性与中国疼痛》

关于《假想的"满大人"：
同情、现代性与中国疼痛》的对话

林纾的现代性方案：
评《林纾公司：翻译与现代中国文化的形成》

翻译与"脑力劳动"：
评《林纾公司：翻译与现代中国文化的形成》

林纾、他的合作者和他的埃及分身：
作者的回应

日本作为方法,北京作为题材:评《文化殖民与都市空间:侵华战争时期日本文化人的"北平体验"》

■ 文/畅雁

一

台湾学者陈光兴主张,在当今的后殖民与全球化为背景的区域性再统合趋势下,亚洲各国应互相参照,以期实现"去殖民、去帝国化与去冷战的三位一体"的运动。他写道,"透过亚洲视野的想象与中介,处于亚洲的各国社会能够重新开始相互看见,彼此成为参照点,转化对于自身的认识"①。笔者认为,基于强烈的文化亲

---

① 陈光兴:《去帝国:亚洲作为方法》(台北:行人出版,2006),页339。

缘性以及紧密关联的现代化历史经验,陈光兴提出的这一方法性视角同样适用于检验和反思亚洲各国,尤其是东亚各国在近现代发展进程中所面临和表现出的诸多问题。王升远《文化殖民与都市空间:侵华战争时期日本文化人的"北平体验"》即是在这一视角下超域研究的成功典范。该书以北京(北平)①为题材、以中日关系为线索,从宏观的政治外交到微观的庶民文化,考察了近代日本文化人笔下与这个城市息息相关的多个层面②,用北京串联了城市发展史、外交史、文化史等各个领域,并通过文史资料的综合分析在追究了近代日本文学/文化总体在战争责任上与帝国殖民主义的共犯关系的同时也肯定了部分日本文化人反殖民、反帝国的可贵姿态。《文化殖民与都市空间》作为学术著作有三点显著的意义。第一,在日本文化/文学视域下的中国研究方面,相较于数量繁多的关于上海和伪满洲的既往研究,作为中国文化和政治重镇的北平尚未被开拓却又亟待关注。该书的出现及时弥补了这一空白,为属于特定历史文化语境下、特定视角的"中国题材日本文学研究"开拓出了一片新的疆域。第二,关于"日本文学中的中国像"这一课题,国内外历来的研究都主要集中在小说这一体裁的解读,对于其余文体则付之阙如。本书不仅关注了小说、诗歌,还广泛涉及了诸如游记、新闻报道、回忆录和私人书信等其他文本。作者似有意模糊"文化人"这一概念的界限。因此,该书囊括的不仅有比如正宗白鸟、佐藤春夫、阿部知二等文学家的作品,也涵盖了像政治家前田利定、汉学家中江丑吉、思想家鹤见祐辅、记者高木健夫等一众日本知识分子的笔迹。如此一来,作者不仅使其考察拥有了更为广阔的射程,也得以描绘出更为复杂、多元、甚至内部矛盾的日本文化人集体想象的北京。第三,《文化殖民与都市空间》不仅是关于北京这座城市的外域文本研究,对于日本文学研究本身而言,该著作同样也作出了具有突破性的贡献。比如,本书着重提及的佐藤春夫及其作品就一直等待着再评价与新发掘。这位曾经与谷崎润一郎齐名的日本近现代文学巨擘,在如今的一般日本民众中早已寂寂无闻。而在学术界,伴随着 20 世纪 90 年代至千禧年左右现代主义与现代性研究的热潮,对于佐藤春夫的关注一度再兴于日本本土又逐渐消退。之后的佐藤研究转向作家与殖民地关系的问题上。在中国台湾地区、北美及欧洲学界已有较多研究成果专门探讨佐藤春夫在日据台湾的活动与创作,而

---

① 除"北平"时期外,书中也涉及大量"北京"时期的史实和文本。为行文方便,下文对非明确指代北平时期的情况均以"北京"表述。
② 中国和日本文学/文化研究界关于"近代""现代"的概念不同。因本书主要涉及日本文学/文化,下文均以"近代"指代本书主要涉及的从日本明治至昭和初期的历史时期,以防歧义。

王升远这部著作的所涉内容则正好弥补了关于该作家在中国大陆方面访问活动和有关作品的考察的相对不足。

二

《文化殖民与都市空间》除绪论和结语外根据各章节的关联性可划分为四个部分。在第一部分的第一章至第三章,王升远将其主要考察视域锁定在了从1873年清日建交至1937年抗战全面爆发、北平沦陷之后的将近七十年间,并沿着这一纵向历史脉络梳理和比较了不同时期日本文化人的北京表象。通过这些他者眼光下的政治观察和文明批评,作者得以剖析并揭示关于北京及中日关系方面近代日本文化人在政治、文化心态上的嬗变。维新以降,日本经历了始自明治(1868—1912)的"富国强兵""殖产兴业",再到大正(1912—1926)的"文化亲善"、加速殖民,直至昭和初期(1926—1945)军部逐步抬头,最终引发全面侵华的变化。与政治情势相勾连,不同时期日本文化人的北京体验也随之相异。明治的日本来京人士主要为政治家、汉学家、评论家和思想家等几类。面对"想象中国"在"现实中国"前的幻灭,他们笔下的北京是古老中华帝国衰败和腐朽的缩影。北京带给了他们感伤与失落,同时也潜在地激发了其殖民欲望与侵略野心。从明治日本文化人关于北京的著述中不难发现的是日本对华态度与政策在之后逐步放肆的诸多伏笔。中日甲午海战及日俄战争的胜利标志着日本进入先进国家行列并成为是时东亚的最强军事力量。在日本政府积极扩张的亚洲战略的影响下,大量著名日本文学家、文化人士伴随大正时期的赴华热潮抵京,而由日本在华"支那通"撰写的北京指南也应运而生。当时虽有少数清醒正直的日本文化人全力批判这一以研究和开拓目标殖民地为目的的集体行为,然而这些稀少的声音终究无法匹敌以"支那趣味"为表、以殖民主义为里的席卷日本全国的媚俗之风。文化名义上的调查、交流与访问麻痹了大部分日本文化人对其本国殖民侵略现状的反思。而若大正时期日本文化人与帝国殖民主义的共犯关系还处于相对无意识的阶段,那么随着昭和初期军部掌权,日本文化界的主流便被彻底卷入了举国动员的漩涡。除却寥若晨星的"知华派"日本知识分子的抵抗身姿,日本文化人与日本官方的在华侵略部署有意识地形成了相互增进的恶性同谋。在全面侵华战争爆发之前,他们对于弥漫于北平的排日风潮表现出了不解与敌意;而在战争爆发、北平沦陷之后,他们甚至喧宾夺主,在带着狐疑的心态试图笼络留平中国知识分子的同时,又以主人翁姿态倡议规训在平日本人的行为礼数。

基于以上第一部分构建的总体历史框架之下并与之呼应,《文化殖民与都市空间》随后的章节转为关于近代日本文学/文化中的北京表象的专题研究。第四章、第五章可视作全书的第二部分。从历史的宏观纵线聚焦到城市的微观面相,这一部分详细考察了代表北京庶民文化生活的两个方面——天桥地区和人力车夫——如何映射于当时日本文化人所编织的文本空间。虽可见少数对亚文化、庶民文化所展现之生机与活力的褒扬,日本文化人对北京天桥与人力车夫的俯视姿态尽染隔膜与鄙夷之色。作者对掩藏于这些文明批判下的双重逻辑洞若观火:在中日双边关系中,日本视北京此景为亟待文明启蒙的野蛮象征,意图正当化其殖民侵略行径;而在"东亚新秩序"所涉多边关系里,却又视北京底层民众为值得怜悯同情的"盟友",以期同化吸收殖民地他者。本书第六至第八章组成的第三部分转入文学领域内的焦点论述。第六章是阿部知二长篇小说《北京》的作品论,王升远通过文本分析和殖民语境下的性别隐喻得以揭示:无论是殖民/侵略抑或被殖民/被侵略一方,在侵华语境下试图撇除政治因素的所谓"理智的行动主义"都不切实际且注定失败。而相较于阿部知二尝试悬置政治维度的乌托邦幻想,第七、第八章则分别以作家论和作品论的形式清算了文豪佐藤春夫有意识、有策略地为虎作伥的战争协助责任。笔者个人尤为喜爱第七章的内容。不仅因为如前所述,该章节与第八章是对佐藤春夫文学作品的新发掘与再评价,更为重要的是,结合对该作家在华活动及文学创作的梳理和分析,并佐以其他相关日本文化人的同时代评价的考察,作者生动而立体地描绘出帝国主义殖民话语的生产是如何体现在借文化交流之名却行政治目之之实的日本文学家身上的。从王升远的调查可以得知,佐藤春夫在赴华之前便在脑海中勾勒出了清晰的殖民地图。"在《北岛旅情记》中,佐藤明言其不乘飞机而乘火车经过朝鲜到'满洲北支'这一路先设定的初衷:'历史上我国的大陆进出都是从这个半岛开始的,我决定也遵从这个顺序从朝鲜进入大陆。'"(第242—243页)换言之,佐藤春夫的中国地理观念之形成不同于"普遍情况下"由实地接触到抽象归纳的顺序。相反,是既存的殖民话语引领着中国的地理空间在佐藤春夫面前渐次展开。笔者由此联想到的是法国哲学家、社会学家让·鲍德里亚关于"地图的先行"的论述:"领土不再先行或久远于地图。从此,地图先行于领土——这是拟像的先行。是地图造就领土……"[①]被这一拟像构造所支配,佐藤春

[①] 拙译。"The territory no longer precedes the map, nor survives it. Henceforth, it is the map that precedes the territory – PRECESSION OF SIMULACRA – it is the map that engenders the territory... ." Jean Baudrillard, Trans. Paul Patton and Philip Beitechman, *Simulations*. (New York: Semiotext(e), cop., 1983), 1 - 2.

夫的北京之行及其创作活动自然就暗合了王升远在前书所揭示的帝国主义殖民逻辑：在他眼中亟须"更新"的北京城市空间两极分化：古迹腐朽，陋巷破败；而在他俯视下的北京城市居民又以女性表象呈现，使其产生厌恶和怜悯的双重情感。佐藤春夫的这一倾向也被其他日本文化人在对待在京中国知识分子时的态度所承袭，与之相关的探讨组成了本书第四部分的三个章节。第九、第十章重点调查了日本方面在对待侵华战争全面爆发后"留京唯一最大文人"周作人时采取的笼络策略。为了实现对中国文学／文化界的"去抵抗化"，日本文化人有意识地歪曲塑造了中国知识分子中抗日派和知日／亲日派各自不同的假象：前者成了盲目、冷酷和非理性；后者变为理智、温和又易合作。第十一章对村上知行《北京的文人》一文的分析则总括了日本在侵华时期文化政策上暗含性别隐喻的表里：面向其本国文化界提出"去'文人'化""去中国化"，以期强调"武威"传统来配合殖民扩张的姿态；面向中国知识分子又宣扬和平与复古，试图对他们进行改造收编。由此，通过这部三十万字的著作，王升远得以勾勒出的是在"日本文化人的北平体验"这一总体表象下相互紧扣、相互影响的多个层面。"北平体验"首先是日本文化人对于北京这座城市的体验，同时也是对于其在北京所遇的人——不仅是北京的中国人，也包括北京的日本人及其他外国人——的体验，并且还是他们身处北京之时关于中日关系的体验。这三层要素合而为一，构成了日本文化人关于他者、自我，以及两者关系的集体想象。

三

承接上文对《文化殖民与城市空间》的简要整理与介绍，本节提出笔者在拜读该作之后所抱的几点疑惑，望与作者探讨，也希冀以此能与笑阅此书评的读者一同打开对该书更深入的理解空间。第一，作者于绪论中在近代中日关系的语境下将上海与北京作为东方的"西洋"与"东洋"并置，并阐释后者在文化、历史、与政治／军事三重维度交错下对日本呈现出的"想象中国"与"现实中国"的二重撕裂（第13页）。然而在近代中日关系史以及日本关于中华文化的观念史中，北京的定位或许有待进一步的探讨与确认，而其结论又将从根本上影响对日本文化人北京体验的解读。"想象中国"并非独个的整体，而是在其下包含着多个具有不同时间、空间维度的子集。众所周知，近代日本文化人普遍对中国抱有浓郁的乡愁情结。但相较于明清以来的北京，让他们魂牵梦萦的"想象中国"却主要是凝聚着汉唐文明的长安(西安)①。因此,不同于书中所引述的、以费正清为代表的将北京视为东方帝都的总体化西方想象(第4—5页),对日本而言的"想象北京"本就在纵向与横向上都偏离于"想象中国"。或者可以说,日本文学/文化视域下的"想象北京"是停留在"前近代"时间与速度的中国华北地区,而其"想象中国"则更多指向着古代中原。另一方面,在近代日本文化人眼中,较诸战祸不断的中国北方,南方在政治与文化上的发展更具稳定性与多样性。书中囊括了小林爱雄对于"南清革命军"的提及(第67页),而作者所引竹内实的中国论②比起北京也更多地关注了上海与南京。这也部分解释了在日本文化人眼中的北京何以没有繁盛只有衰落、不见传承只见停滞:"现实北京"亦不同于"现实中国",后者具有不同面相且尚有充满生机之处。总之,北京是为当时中国政治文化重镇不假,但是否可将其直接定位成在日本文化/文学视域下的"东洋"并以此作为北京题材外域文本研究的基调仍有待商榷。

　　第二,本著作虽题为"文化殖民与城市空间",全书的着力点却似主要侧重于日本文化人关于北京城中的"人"的体验与表现。比如,第四章中提及的关于天桥的"脏、穷、乱、俗"是日本文化人对于天桥民众这一作为"人"的集体性他者的表象而非天桥空间本身;第六章关于阿部知二《北京》的文本分析也仅着眼于小说里日本和中国知识分子之间的交往接触。除却上述第七章中涉及的佐藤春夫关于卢沟桥的表现,整部著作未见太多内容用以具体考察北京城市空间在日本文化人笔下的表象。法国马克思主义哲学家、社会学家亨利·列斐伏尔强调,"空间是社会性的。"③其观点又被法国哲学家、思想史学家米歇尔·福柯的"异托邦"和美国政治地理学家、城市理论家爱德华·索亚的"第三空间"所呼应④。在此列举这些理论

---

① 作者点出,"佐藤在20世纪30年代的中国观发生了全盘的转变,认为中国文化的价值在于唐宋明清而非'中华民国'(实际上这是当时日本知识界极具代表性的中国观)……"(第307页)但这一观念并非完全是为了殖民侵略而炮制的话语策略。"想象中国"=汉唐的观念早已有之,只是在殖民侵略语境下被加以利用了。
② 具体参见:竹内実『日本人にとっての中国像』(東京:春秋社,1966)。
③ 列斐伏尔关于空间生产与生产空间更为具体的探讨可参见:Henri Lefèbvre, 1979. "Space: Social Product and Use Value," (1979) Henri Lefèbvre, Neil Brenner, and Stuart Elden, *State, Space, World: Selected Essays*(Minneapolis, MN: University of Minnesota Press, 2009), p.186.
④ 因篇幅有限,不做赘述。具体可参见:Michel Foucault, Trans. Jay Miskowiec, "Of Other Spaces: Utopias and Heterotopias," *Architecture / Mouvement / Continuité*, 5 (Oct 1984): 46–49; Edward W. Soja, *Postmetropolis: Critical Studies of Cities and Regions*(Malden, MA: Blackwell Pub, 2000).

并非为了纯粹地套用西方文论以阐述东亚问题。城市空间的具体形态反映了近代北京城内错综复杂的生产关系、社会关系、性别关系和国族关系,而其在日本文学/文化中的表象与构形①又反映了这一立体的关系网络如何在殖民语境下被再生产。"文化殖民与城市空间"中的后者究竟如何体现,并与前者如何有机结合是笔者从该书中尚未完全找到解答的问题。

第三,本著作从某种角度而言是针对近代日本对华殖民话语构筑及演变的循迹和剖析,基于此视角与立场,对于书中所引部分日本文化人的文本仍有进一步批判的空间和必要。在分析佐藤春夫"时局小说"《北京》中抑西方文明而扬东方文明的倾向时,王升远认为,"不同于近代以降中日知识界(尤其是留洋归国知识分子)对西方近代文明仰视、推崇的普遍认知倾向,在佐藤春夫的文明比较论中,东方文明是堪与西方文明相拮抗的、对等的文明'另一极'。"(第286页)然而,如果全面关注佐藤春夫的文笔创作便不难发现,该作家对于西洋文明/文化的谄媚态度可谓昭然若揭。② 虽然其"西洋"观念多处于想象层面,但不难断言,佐藤春夫二元文明等级体系与美学观念中的西洋远高于东洋。在这点上,正如日本学者桥川文三在其专著《日本浪漫派批判叙说》③中通篇论述的那样,佐藤春夫和书中所提、与其过从甚密的保田与重郎有着本质的不同。后者的思想核心是国粹主义,而前者则带有西洋崇拜的文明等级论色彩。也因此可知,佐藤春夫在昭和初期对于东洋文化突然的大肆讴歌无非是其对于战时环境下殖民话语建构的自觉或不自觉的融

---

① "构形"一词可以追溯到福柯的权力话语理论,但在此主要借鉴于加州大学圣地亚哥分校文学系张英进教授的定义。"'构形'(configurations)一词包含两个层面的意思。(1)在明显的文本层次,它指文学与电影中的城市形象。(2)在更深的思想层次,它指以文本书写城市的过程中运用的认知、感觉、观念工具。在第一个层次,城市'构形'主要依赖一些'形象'(figures),它们在读者心目中很容易唤起与某城市相关的某些意象,如城墙、塔、庙、公园、市中心的路口、某住宅区的一条曲巷等等。一般情况下,这些单个的、不连续的城市景观'形象'会在某一文本中同时'浮现'(configure),以便在观念、理念上尽量接近回忆与重构中对某城市的整体感觉。在第二个层面上,'构形'涉及一些认知和感觉行为,以便在一个原本无形式的、不可解读的城市环境中把握空间和时间。而且,'构形'还牵涉到一些话语行为,即根据城市网络中更大的思想体系(如道德-社会关系),来表达(重构[refiguring]或转变[transfiguring]自己的日常活动)。"张英进著,秦立彦译:《中国现代文学与电影中的城市:空间、时间与性别构形》(南京:江苏人民出版社,2007),页5—6。
② 就笔者所知范围,就可列举:「西班牙犬の家」(1917)、「田園の憂鬱」(1919)、「美しき町」(1919)等。
③ 关于这一论点的具体论述可参见:橋川文三『日本浪曼派批判序説 増補版』(東京:未来社,1965)。

入。本书作者在之后论及佐藤春夫对鲁迅的推崇之时似已有所意识到这一话语策略的存在①,但终究未能从根本上察觉和揭示该作家所鼓吹的东西文化对等言论的虚假性。

四

除却笔者以为的上述问题,《文化殖民与城市空间》依然是一部掷地有声的开拓之作。从研究对象而言,这是一部站在中国立场上看日本近代文学/文化的超域研究;而从研究角度而言,这又是一部以近代日本文化人的言语文字看北京外域形象演变及日本对华政策发展的跨界研究。作者在绪论中自谦道,"本研究只能有选择性地初步呈现出其'冰山一角',不求面面俱到的'大而全',以研究方法和研究视野上的更新与拓展为首要追求,力图做到'小而精'。"(第25页)最后,受王升远这部著作的启发,笔者僭越提出几点在其射程延长线上可以深化与细化的问题。这些问题绝非《文化殖民与城市空间》存在的缺憾,反倒正是笔者在本著作所构筑的高度上得以看到的新风景。首先,在探讨亚洲或东亚话语现代性时,东西对立的二元结构值得进一步复杂化。本书触及了各种层面的东西相抗——日本人在中国土地上对西方人的敌对感、阿部知二《北京》中蒲氏一族的留美背景和亲日传统、佐藤春夫的东西文化话语策略等。但"东洋"与"西洋"并非仅是简单的对立关系。陈光兴提醒我们,近代以降的西方不仅对立于、而且同时内在于东方:"这个大写想象的西方,在不同的国族主义论述语境中扮演着不同的角色,它曾经是对立体、参考架构、学习对象、丈量标准、追赶目标、(亲密的)敌人,甚至成为论辩及行动时的借口。"②西方犹如潜伏的幽灵,不但随着现代化进程内化进了日本的机体,也同时悄无声息地将后者想象的中国代换成"过去"③。仅在空间概念上将西方单纯视作东方的强大另一极,便无法彻底理解近代日本强烈的身份认同危机,更难于从根本上解明属于东亚的话语现代性。

其次,殖民语境下的性别隐喻在中日关系上同样等待着更细致的分层处理。

---

① 作者在之后提及,"难以否认,'鲁迅'不仅成了佐藤春夫自身肇端于上世纪20年代的'东洋话语'构建之重要支撑,又与此时期日本的整体舆论转向达成了一种微妙的暗合。"(第307页)。
② 陈光兴:《去帝国:亚洲作为方法》,页348。
③ 类似的探讨更多可见于康奈尔大学亚洲研究及比较文学教授酒井直树的诸多著作。

《文化殖民与城市空间》中殖民/侵略的日本持续着"男性"话语的强化尝试,被殖民/被侵略的中国则不断被赋予"女性"表象。这成为"想象北京"与"现实北京"的接点。然而如前所述,"想象北京/现实北京"不同于"想象中国/现实中国"。由于在东亚历史上中国长期所处的优势支配地位,近代日本的"想象中国"虽然在西方面前被置换为"过去",但却一直保持着深远且强烈的"男性"色彩。在此不妨参照"他者"的观点:多伦多大学东亚系教授榊敦子指出,对于近现代日本而言,中国一直支配和保有着以下四种隐喻意义——"外国与异域的;理智、概念与抽象的;男性的;传统与僵化的"①。中国的儒家思想和汉诗文对于近现代日本文学/文化而言即是典型的"男性"表象。因此,将关于东亚殖民语境的思考延展至时间维度,对其下性别隐喻的多重性理解便也随之而来。"想象中国"与"现实中国"的碰撞正是这一多重性别隐喻对近代日本文化人的撕扯,而其揭示的又是日本的另一种身份焦虑。亦即,在日本通过"近代的超克"座谈会意欲超越西方现代性而失败之前,其侵华战争不啻为想要超越东亚传统的俄狄浦斯式的尝试。

此外,《文化殖民与城市空间》给笔者带来的启示还有比较视角下城市/地区外域文本研究的意义与可行性。在这一方面,历来的学术成果似乎都专注于纵向上深入而详尽的梳理。关于京派和海派文学中各自的北京与上海表象的对比研究不乏其数,但却少见外域文本研究领域青睐此法。其实,以中国为题材的日本文学/文字创作在数量和内容上的丰富性为地域、城际间的横向比较与参照提供了足够的可能。佐藤春夫除北京以外就有诸如关于南京、上海、杭州、和福建各地等地的文字创作②。相较于北京在他眼中呈现的古迹/陋巷两极化,作家将南京分为"新南京"与"旧南京",并各自作了生动的描绘。"蒋介石的新南京建设差不多从

---

① 拙译。原文的具体表述如下。"The following four such metaphors, which qualified China not as just another country, but also as the cultural Other, seem particularly dominant, sustaining and thus deserving extended attention: the foreign and exotic (as opposed to the domestic and indigenous); the intellectual, conceptual, and abstract (as opposed to the sentimental, spontaneous, and material); the masculine (as opposed to the feminine); and the traditional and rigid (as opposed to the modern and variable)." AtsukoSakaki, *Obsessions with the Sino-Japanese Polarity in Japanese literature*(Honolulu: University of Hawaii Press, 2006), 4-5. 而之所以说是"他者"的声音,是因为在该书中榊敦子谦逊地坦言,一旦跨语际、跨文化研究中有一方属于研究者本国,那么任何全知和客观视角的姿态都不足取信,而她自己就是站在日本立场上做中日文化比较研究的。
② 笔者所知的范围内即有以下作品:「西湖の遊を憶ふ」(1934—1935)、「曾遊南京」、「廈門のはなし」(1937)、「上海」(1937—1939)等。

那时起展开。从地图来看当时最为醒目的在建屋顶现在是相当于中央军官学校的位置。此外在市里稍微走走看看,所到之处引人注意的尽是堆积的建筑材料和锤打之声。道路被压出深深的车辙印,尘土淹没双履。"① 又如,"此处本是被鸡鸣寺眺望的焦点一带,由此处放眼望去鸡鸣寺反倒成了风景的中心。鸡鸣寺那里没有、而这里独有的风景是沿着莫愁湖可见的古城墙。从湖心亭回程的舟内看到的是城墙上持枪正姿的士兵在烈日暴晒下守望。"② 通过对比,佐藤春夫笔下北京的落魄与南京的新旧相映也都更为明显突出了。

本部分的最后一点笔者希望借以强调《文化殖民与城市空间》所展现的学术态度。王升远在绪论中专门探讨了国内日本文学教育、研究的现状与问题。而在之后的每一章节,作者都将关于学术立场、思路和方法的探讨融入进了其研究实践活动。笔者尤为赞赏的是他对日语原文资料的严谨态度。全书所引日语文献不仅主要为作者自译,且都根据日本学界相对严格的标准作了初出标注。仅以此浩大的工程量便可管窥其所付心力之巨。而且从结果而言,除极个别引注问题③外,其考证之翔实、翻译之精准,在文献资料入手相对困难、重分析而轻原文的当下国内日本文学/文化研究界,不啻为值得学习的楷模。

---

① 拙译。「蔣介石の新らしい南京建設はその時からそろそろはじまつてゐたのである。地図で見るとその時一番目についた普請中の屋根が今の中央軍官学校に相当する位置になる。その外市中をちよつと歩いて見ても到るところに積み上げた建築の材料と鎚の音とが人の注意をひき、道は深く刻み込んだ轍のあとのために埃つぽく靴を埋めた。」佐藤春夫「曽遊南京」、『定本佐藤春夫全集　第 21 巻』(京都:臨川書店,1995),頁 402。
② 拙译。「ここは鶏鳴寺の眺望の焦点になつてゐたあたりであるが、ここから見渡すと逆に鶏鳴寺が風景の中心になる。鶏鳴寺の眺めになくてここにあるものは湖に沿うて見える古城壁であつた。亭からの帰りに舟のなかで見つけた事であるが城壁の上には銃を持つて姿勢を正した兵士が炎天に照らされながら見張りをしてゐた。」『定本佐藤春夫全集　第 21 巻』、頁 403。
③ 比如作者对前田利定所著《支那游记》和关和知所编《西邻游记》作了以下引注:"前田利定:『支那遊記』(非売品)、1912 年","関和知等:『西隣遊記』(非売品)、1918 年"。经笔者调查,前田利定该著作其实由当时颇具影响力的民友社刊行;而如关和知《西邻游记》初出版本无出版社信息的情况下,一来可参阅其复刻收录进《大正中国见闻录集成　第 5 卷》(关和知编『西隣遊記』、小島晋治監修『大正中国見聞録集成　第 5 巻』、東京:ゆまに書房、1994 年)的版本,否则则一般根据日本国立国会图书馆或权威学术文献检索网站 CiNii 的格式,以发行人代出版社记之。记以"非売品"并不符合学术引注规范。

"国民使命感"与北京的幻象：
评《文化殖民与都市空间：
侵华战争时期日本文化人的"北平体验"》

■ 文／王晴

明治时代的后半期，连续发生了甲午战争(1894—1895)、庚子事变(1900)、日英同盟(1902)、日俄战争(1904—1905)等重大历史事件，这一系列历史事件奠定了日本在远东外交舞台上的稳固地位，同时也使得日本从幕末以来的社会震颤中平复下来。特别是日俄战争的胜利，使得日本在世界史的舞台上成为引人瞩目之国。日本的现代化也正是在这一历史背景中展开的。因此，除了促成"国民（民族）"形成这一自上而下的"内向型"动员为主导的"命运共同体"的意识形态建构之外，"日本国的天职""新日本的使命"这一企图在世界序列中占有一席之地的"国民使命感"的建构也正是体现出日本对自身在亚洲世界的定位之认识观，除此之外，如野村浩一所说，"国民使命感"的作用在于"对一个民族在认识自己民族之所以能立于世界民族之林的原因，在寻找自己民族将来的奋斗目标时，有着有形的或无形的影响力。"①而日俄战争以来的这一"国民使命感"之建构，一直持续到中日战争甚至在终战之后清理"战争责任"的时候，也留存下挥之不去的影响。

于此，终战至今越来越多的研究注目于上述这种"国民使命感"的型构过程，如梳理日本人的民族幻想是如何遭遇挫折、日本人是如何通过自画像来建立起身

---

① 野村浩一著，张学锋译：《近代日本的中国认识》(江苏人民出版社，2014年)，页3。

份认同的,但这些研究大部分聚焦于"内向型"的探讨,最终将其坐标放置于日本民族"精神史"的维度进行本质主义式的追根溯源,而忽视了"使命"这一词语的及物特征。也就是说,"使命"一词本身蕴含了授予者、实施者和对象物这一三维关系。忽视了对象物之存在,则会将"使命"的授予者与实施者(即"自我"赋予使命于自身的日本)自然化,从而强行断绝与对象物之间的能动关系(这一认识方式引申到战争责任追问中,则极易使其获取悲情故事的主角位置而忽略掉原理性的追问)。

王升远的《文化殖民与都市空间——侵华战争时期日本文化人的"北京体验"》一书,正是试图在还原对象物(北京这一实在空间及其表达性虚构)之存在的过程中,建立起授予者、实施者和对象物之间的互动关系,在方法论上秉承实证研究方法,在文学、历史、法律、新闻出版等跨学科视域中,揭露日本战争意识形态中的政治神话之人为痕迹。本书除绪论以及附录之外的主体部分共分为十一个章节,前三章分别论述了明治时期、大正时期以及昭和初期的日本文化人的北京体验及其政治、文化心态。作者指出清代中晚期,日本汉诗人的作品中已经出现了作为模糊不清的虚像的"北京"。而在明治时期,来北京的日本文化人感受到中国传统文化以及孔教在"礼仪之邦"的衰落,一方面促使汉学家们痛感儒教的"无用经史"所带来的堕落,另一方面也因此树立起文化自信,伴随着甲午战争的胜利,这一迅速膨胀的文化自信极大地左右了日本文化人的北京书写。进入到大正时期,"支那通"们以及日本左翼文化人在京广泛接触中国文化界精英,以此作为观察中国的视角与逻辑,而未曾对权威者们的话语进行深思。作者同时也对这一过程下的北京书写所具有的侵华意识形态建设作用进行了彻底揭示。昭和初期,随着中日关系的日趋紧张,直至全面侵华战争爆发,"北京"这一空间也历经了"抗日之都""和平之都"到"兴亚之都""大东亚建设基地"一系列形象的转变过程。这期间虽然主流的声音是以横光利一为代表的、福泽谕吉以降的居高临下式的中国观,而另一方面,以仓石武四郎、松本龟次郎为代表的对中国进行"理性、友善而富于良知的认识"之溪流虽细弱但仍延绵不绝。

本书的第四章、第五章则描写了"天桥"这一文明的"耻部"与人力车夫所呈现的相对于文明日本的"他者的容貌"。作者指出,"天桥"这一空间所具有的自足性文化意义以及以"苦力"为代表的多元社会图景,却在日本文人的笔下呈现为被其政治愿景限制的"文野之别"这一认识定式。在第六章到第八章以及第十一章里,作者仔细剖析日本作家笔下"北京"这一空间的"虚像"所具有的功能性结构特点,指出在日本文学、文化视域中,"北京"意义的产生始终与日本的侵华意识形态构建之间具有紧密的关联。作者深入分析山本实彦、村上知行等新闻家以及作家阿部知二、佐藤春夫、伊藤整等,学者一户务、松枝茂夫等人关于北京的报道、创作和翻译活动,归纳出侵华战争高潮时期(1937—1945)日本文化人的北京体验所具有的特征:即日本文化人的中国观察从"超然的漫游者""文化猎奇者"转变为协力于文学报国之目的的政治介入者以及国家意识形态的媒介者,而活跃在北京乃至全国的日本"支那通"们,则通过与这些来京的日本文化人之间建立起的人际关系网络,直接或间接地影响了中国政治、文化的发展。日本文化人以"北京"为装置,为了建构以"近代的超克"及"世界史的立场"为皮相的"国民使命感",他们在北京书写中不断地择其所用,以"中国=精致的、崇文的、文人气的;日本=开拓精神的、尚武的、朝气蓬勃的"这一话语的建构给战争意识形态赋予合法性。在第九章和第十章中,作者以周作人在日本被塑造的"亲日"形象为例,通过揭露周作人作品的翻译、出版、新闻报道等过程中人为修改的痕迹,指出塑造"亲日派文人"这一行为背后隐蔽的政治意图。

基于"方法之前的方法"这一方法论的自觉,作者极力避免运用抽象的概念代替基于文献材料的历史性考证过程,同时历史化的处理则需将研究对象放置于文学、文化、政治、社会等多维度的联动关系中加以考察。在"拒绝归类"的历史性呈现的同时,作者敏锐地发现了日本文化人对北京的话语建构中"东西"参照系的虚伪性,并将其还原到战时日本本土语境下的"近代的超克"这一重要的战争思想意识形态论争的脉络中加以考察。换句话说,考察了日本知识人如何通过"北京"这一空间的幻象描绘,把相对的历史过程置换为带有实质性区别的权威性的上下关系,为创生出政治的神话铺陈与之相应的道德观念,这是理解"国民使命感"最为关键之处。

"近代的超克"这一坐标系来源于1942年9月《文学界》杂志召开的座谈会,参加会议的河上彻太郎、小林秀雄、林房雄等人围绕着"大东亚战争"的世界史意义进行讨论,进而提出"何为近代"这一议题。在近代的超克座谈会上,龟井胜一郎发言说道,"机械的发达导致速度的激增——这一近代文明的特质给我们的精神增加多少重压,带来多大的扭曲呀。比如芭蕉游历时花数月所走的深奥的小道,如今我们乘汽车只需几天而已。"[①]他借此说明明治开国所伴随而来的悲剧性的近代习惯,以此唤起对西方文化、文明唯首是瞻的弊端的觉悟。这一论述在很大程度上还原了"近代的超克"之社会背景,同时也回应了夏目漱石在《现代日本的开化》中

---

① 龜井勝一郎:《近代の超克:知的協力会議》(創元社,1943年),頁3。

所要求的"由内自然发展出来的"内发型日本近代化这一议题。竹内好将他们所提出的"日本近代史的难题",总结为"复古与维新、尊王与攘夷、锁国与开国、国粹与文明开化,东洋与西洋这一系列的对抗关系"①的讨论。由此可以看出,如何通过形塑对象物这一方式,展现出对抗关系的"客观表现",是作为日本摆脱"近代难题"、在世界史的立场上树立日本式的普遍主义之途径来加以思考的,进而以此为前提打造"国民使命感"的道德、伦理面向。②

在《文化殖民与都市空间——侵华战争时期日本文化人的"北京体验"》一书中,如作者所分析的,带着这一"使命"而来的日本文化人们,通过他们的"帝国之眼",在观者与被观者(景物、风土乃至人物)之间确立一种被断言的控制关系,而在反向输送这一控制关系的时候,则时刻与日本本土的意识形态相呼应。于是,在"北京"这一空间中,日本文化人的主体意识在不断地投射于他所见之物上,在政治神话的邀请下,引发观看者有意识地借用本国文化的社会和文化为其建立坐标这一冲动。导致的结果则是,一方面建构出"文明"缺陷则暗示着需要日本文化的社会介入这一"国民使命感"的主体立场,另一方面,正是这一套论说同时也暴露出"想象的他者"即"国民使命感"的对象物之不稳定性(脆弱性)。

通篇看来,全书围绕问题意识的核心展开论述,易于在整体上进行把握,但各章节的排序是如何考虑的,则有令人迷惑之处。排序是有意以以点代面的方式推进叙述,以避免以线状推进的方式进行论述?如此安排理由何在?是否可以避免线状推进论述中潜在的"归并"危险。此外,选择"人力车夫""天桥"等研究对象,将其放置在文化自体的价值上进行评述,这是本研究的亮点。但是同时也不免让人联想:如何将日本文化人笔下带有价值判断的"非文明"事物,放置于自五四运动以来的知识分子启蒙话语(比如在20年代开始就有大量的以"人力车夫"为题材的小说,以控诉压迫人力这一"野蛮"行为。如郁达夫的《血泪》、陈大悲的《这么小一个洋车夫》,以及陈锦的话剧《人力车夫》等)以及西方视域下的"东洋呈现"(如E. Maharama撰,汉俊译的《人力车夫》)之间来考察?在这一系统中又该如何理解作为特殊意识形态目的的日方书写?最后,全书行文晓畅,思路连贯,阅读体验非常令人舒适,但书中图形说明的部分却有让人费解之处,比如第三章里表现立

---

① 竹内好:『近代の超克:知的協力会議』(富山房,1979年),页288。
② 在"近代的超克"座谈会之前召开的"世界史的立场与日本"座谈会中,在西田哲学的继承者那里同样提出了总力战的伦理、哲学与大东亚建设中日本的主体位置之确立的问题。

野信之的"转向"问题时所用的表格①之前后并无相对应的文字描述,图形所示意义不够清晰,如能做更为翔实的解说当更为明了。

另外,也想借此书的范式探讨一下在"一切坚固的东西都烟消云散了的时代"里我们该如何理解历史这一问题。揭露"国民使命感"在与对象物之互动关系中伪造出的道德冲动,是否意味着轰然崩塌的意识形态大厦就这样消失在历史的尘烟之中了?换句话说,是否对经验性的历史过程做出价值判断是不可能的?在历史研究中,铃木泰莎莫里斯(テッサ・モーリス—スズキ)提倡用"面向历史的真诚"②这一概念取代"历史的真实"这一可遇而不可求之诉求。所谓"面向历史的真诚"这一概念是指,在对历史事件进行记录及表象的时候,不仅要对历史本身发问,还应该对书写者提出批判式的追问,并要求研究者对他者的历史话语真诚地进行倾听,在此之上重新在世界中对自己的位置(以及责任与伦理)进行考查。在此以《文化殖民与都市空间》一书为典范,寄望于新一代日本知识人"面向历史的真诚"构筑起新时代的"国民使命感"。

---

① 王升远:《文化殖民与都市空间:侵华战争时期日本文化人的"北平体验"》(生活·读书·新知三联书店,2017年),页123。
② テッサ・モーリス-スズキ:『批判的想像力のために—グローバル化時代の日本』(平凡社,2002年),页83。

如何认识侵华战争时期日本文化人的中国叙事[*]
——对两篇书评的回应与延伸

■ 文／王升远

元旦后的某日,康凌说想在其主持的"CCSA[①]学术通讯"公众号上为拙著《文化殖民与都市空间——侵华战争时期日本文化人的"北平体验"》公开征集书评。CCSA 公号的主打栏目是"Talk to the Author",每期推出一本书面向全球学人征集书评。近年来,国内学界学术批评大环境让人难以乐观,无论是捧杀抑或棒杀,似乎都是"圈子文化"的产物,其背后多少都潜藏着党同伐异的学术利益考量,其症结在于评论的组织形式。从这个意义上而言,CCSA 书评征集中的匿名性和开放性令人瞩目,因为书目作者不得不在未知的、跨界的受容语境下接受匿名书评人严肃的学术审视乃至灵魂拷问。我注意到他们近期曾为多伦多大学历史系林东教授和澳门大学历史系王笛教授等名士的名著征集书评,并得到了学者朋友的热烈回应。此次征集书评,反馈之褒贬都不在虑中,但我忧心是否会有人不弃作者之微末、鄙陋,愿赐读小书并撰文置评。前几日,康凌兴奋地跟我说收到了两篇高水平书评,并嘱我撰文回应。书评拜读后,对两位作者学术思维之谨严、批评态度之诚恳、学

---

[*] 本文是本人主持的国家社科基金重点课题"战后日本文学界的战争责任论争及其思想史位相"(项目批准号:18AWW003)的阶段性成果。

[①] CCSA 全称为 Chinese and Comparative Studies Association(中国与比较研究学会)。"CCSA 学术通讯"是一个新锐学术公号,同人们在其简介中称"致力于促进中国学和比较文学研究领域中青年学者、学生之间的学术交流与合作",常年以来,康凌和一批学术同仁秉持这一初衷,切实推动了青年学者之间的严肃、深入的学术对话。

养之深湛感佩不已。二文对拙著的肯定让人时有会心之感,唯有感谢,此不赘述。我想,不妨借此机会,就拙著的写作初衷、架构以及藏在纸背的区区"野心"略作陈情;同时,对二位提出的问题做出认真回应,并沿着其提示的方向略作延展。由于不知评论者的名讳和身份,为行文之便,下文权将《日本作为方法,北京作为题材》简称为《方法》,将《"国民使命感"与北京幻象》简称为《幻象》。二文惠我实多,对二位书评人的意见我大多赞同,毋宁说我们基本立场是一致。但在对拙著若干表述的理解上似乎稍见偏差、错位,我想不妨对此做些必要的辨析和展开,以就教于二位书评家与学界大方。

一、"专著"与"体系","城"与"人"

拙著出版后,得到了一些学界朋友的鼓励和谬奖,相关书评见诸《读书》《中国图书评论》《中国比较文学》《山东社会科学》《解放日报》等报刊。与此同时,在同一些挚友、畏友私下交流时,他们时而会提出过一些质疑,其批评意见大致可以归结为这样一个问题:从学术专著的意义上而言,拙著缺乏理论系统性。《幻象》一文也指出,"通篇看来,全书围绕问题意识的核心展开论述,易于在整体上进行把握,但各章节的排序是如何考虑的,则有令人迷惑之处。排序是有意以点带面的方式推进叙述,以避免以线状推进的方式进行论述?如此安排理由何在?是否可避免线状推进论述中潜在的'归并'风险。"

坦率说,对于拙著的章节排布我也很是不满,在一个个相对独立的"问题"结构而成的所谓"框架"中,论著的"体系性"被消解了,从而给人带来了一种"碎片化"的观感。而在这里,我想讨论的正是它的"未完成性(incomplete)",这关乎对著述体例和述学文体的不同理解。就"北京(北平)"这一特定视角切入的比较文学、比较文化研究选题而言,惯常的切入思路有两种:一则是以时间为经,以特定题材文学史的构想描述日本文化人北京(北平)书写的历史流变轨迹;二则是以北京(北平)都市空间为纬,描述在相对确定的时间限度内,其内部结构的多元表象。拙著前三章属于前者,旨在为后续讨论提供一个可资参照的历史语境和脉络;而后面数章则并不属于后者的类型。若以北京(北平)为对象,则长城、紫禁城、琉璃厂、天桥、雍和宫、国子监等,各自都可回应不同的"问题",如此说来,"北京(北平)"或许只能成为一个松散问题群之上的最大公约数,而拙著并不打算将"北京(北平)"对象化,毋宁说是要将其装置化、方法化。通俗地说,就是拿"北京(北平)"说事儿。刘建辉教授在其名著《魔都上海——日本知识人的"近代"体验》中将上海作为"一个时时与日本'国家'以及一个个'日本人'的存在方式相对的外部'装置'"来认识,并将其作为"理解近代日本的一把重要的钥匙"。① 该著以点带面地对一个宏大的命题——日本近代之"起源"给予了深刻而有说服力的回应。而反观拙著,一则,自揣目前阶段尚无能力在有限的篇幅内提出并回应宏大的学术问题,临渊羡鱼不如退而结网,只能尝试在理论构想与"东亚经验"之间探寻"形而下的普遍性"②。二则,"不成方圆"必因"不以规矩",在构思和写作过程中,对某种既成"规矩"(或"确定性")的警惕正是拙著写作的起点。日本侵华时期,尤其是沦陷时期的"北平"是当时东亚乃至世界国际关系局势的焦点所在,它凝聚了战时语境下中国内外诸多的复杂性。如绪论所指出的那样,它是"作为中华传统文化符号、能勾起日本人文化乡愁的中华'古都'(文化北平),1928 年南京被确定为首都背景下(北京改为'北平特别市')的中国故都(历史北平)和日本侵华战争时期具有重要现实政治、军事意义的所谓'东亚建设的基地''东洋故都''兴亚首都'(政治/军事北平)。相应地,这三重身份的交错也使'北平'在日本文学、文化文本中的表达呈现出多维交杂的异彩和巨大的张力"③。从这个意义上而言,毋宁说在方法上呈现出特定政治、文化语境下日本文化人北京(北平)题材文本所内含的诸种复杂性,及由此发酵而成的多歧性与不确定性才是拙著的首要追求。即便是描绘谱系、铺陈背景的前三章,拙著亦着力揭示不同政治、文化立场下日本文化人北京观察的多样性、差异性。这实则是对长期以来既有的宏观中日文学关系史、日本近代文学史叙事中因史料涉猎不足、细节掌握不够而导致的一元化、线性历史论述之反抗。我们若只看到了表象中显在的"干流",而无视"支流"抑或潜在的"暗流",那么历时性思考中的因果定性就会变得虚空难解。当然亦须承认,在此论题下,长城、紫禁城、琉璃厂等问题都有可进一步展开的理论空间,那些规划至今还沉睡在当年的博士论文开题报告的章节目录中,但落实到操作层面,要在同一本书中多管齐下,却力有不逮,余下问题不妨留待再版时充实。三则,近年来我一直在想,在认识论层面,有史以来人类制造的"概念""主义"和"体系"究竟是推动了我们对这个世界复杂性的认知,抑或相反?或许我们看到更多的是一个个"不及物"的理论体

---

① 刘建辉著、甘慧杰译:《魔都上海——日本知识人的"近代"体验》(上海古籍出版社,2003 年),页 118。
② 孙歌:《思想史中的日本与中国》(上海交通大学出版社,2017 年),序页 15。
③ 拙著:《文化殖民与都市空间:侵华战争时期日本文化人的"北平体验"》(生活·读书·新知三联书店,2017 年),页 13。下引诸段落引自拙著者均随文标注页码,不另注。

系大厦轰然崩塌,灰飞烟灭。在"绪论"中,我引述了陈平原先生的一段话,并非是引述名流以为屏障,实在是对此心有戚戚:

> 与当今中国学界之极力推崇"专著"不同,我欣赏精彩的单篇论文;就连自家买书,也都更看好篇幅不大的专题文集,而不是叠床架屋的高头讲章。前年撰一《怀念"小书"》的短文,提及"现在的学术书,之所以越写越厚,有的是专业论述的需要,但很大一部分是因为缺乏必要的剪裁,以众多陈陈相因的史料或套语来充数"。外行人以为,书写得那么厚,必定是下了很大工夫。其实,有时并非功夫深,而是不够自信,不敢单刀赴会,什么都来一点,以示全面;如此不分青红皂白,眉毛胡子一把抓,才把书弄得那么臃肿。只是风气已然形成,身为专家学者,没有四五十万字,似乎不好意思出手了。①

尽管内容并不"精彩",但我仍愿将拙著视为陈先生意义上的"专题文集"。如此说来,《方法》一文对拙著"各章节的关联性"的解析,庶几可为《幻象》作者指出的章节排序问题提供一个理解思路。大致如其所言,除绪论及附录外,全书正文十一章,大致分为三个部分。第一部分(第一至三章)铺陈前近代至近代日本文化人北京(北平)体验之流变轨迹。第二部分(第四、五章)尝试从日本文化人对北平底层世界的观察切入,重审东亚"近代"的独特意涵,以及近代以降中日文化、思想关系逆转的复杂图示。余者皆可视作第三部分,处理的是侵华战争时期中日知识分子的"对视"问题。具体而言,考察"人道主义作家"阿部知二的北平题材创作意在揭示日本文化人战时精神结构中难以"一言以蔽之"的幽晦与两难;关于佐藤春夫问题的讨论不仅如《方法》作者所指出的那样,是由于佐藤在华北的活动乏人问津,这两章的写作旨趣是在理论上提出"国际中国学研究"在对象上的"第五层面",呈现战时中日文坛交流中欲盖弥彰的"政治性",为周作人附逆问题背后的复杂性提供新的认知视角;而再论周作人则旨在从译介学的视角回应知堂落水这一文学史公案中的疑点;撷出村上知行的"北京文人论",是要为萨义德式东方主义的东亚射程献疑,进而提出"东方内部的东方主义"这一议题。与其说在建构一面关乎北京(北平)的知识之墙,毋宁说,是要提出某种视野盲区或者理论疑点,并尝试以北京(北平)为表述装置/方法进行昭示或质证。如此说来,它或许将永远是"未完成"的。

---

① 陈平原:《我想象中的人文学》,《北京青年报》2008年11月1日。

需要强调的是,除去前三章,其余各章皆关切同一对象,即极端语境下人的境遇。换言之,在"城"与"人"的关系中,我更为关心的是"城"中之"人"。不过,"人"始终受制于其身处其中的"城",就如《方法》的作者以列斐伏尔、福柯和索亚等的空间理论为理据所正确指出的那样,"城市空间的具体形态反映了近代北京城内错综复杂的生产关系、社会关系、性别关系和国族关系,而其在文学/文化中的表象与构形又反映了这一立体的关系网络如何在殖民语境下被再生产",而"整部著作未见太多内容用以考察北京城市空间在日本文化人笔下的表象"。确如其言,这是拙著的缺陷,也是修订版续写[①]时须补强的方向。

在前述基础上,《方法》进而以佐藤春夫笔下北京和南京形象的对比为例提出了"比较视角下城市/地区外域文本研究的意义与可行性",对此,我并无异议。但比较研究若不以"问题"为魂,只会徒有其表。如前所述,拙著是以"问题"的连缀结构成书的,类似于南京、北京之差异比较若与"问题"相关,自当纳入论域,否则似无必要。例如,《幻象》一文就提出了一个事关可比性的问题——"如何将日本文化人笔下带有价值判断的'非文明'事物,放置于五四运动以来的知识分子启蒙话语(比如在 20 年代开始就有大量的以'人力车夫'为题材的小说,以控诉压迫人力这一'野蛮'行为。如郁达夫的《血泪》、陈大悲的《这么小一个洋车夫》,以及陈锦的话剧《人力车夫》等)以及西方视域下的'东洋呈现'(如 E. Maharama 写、汉俊译的《人力车夫》)之间来考察?"事实上,拙著第五章为回应"'近代'的明暗与同情的国界"这一论题,也确将胡适、周作人、郑振铎等民国文化人以及小泉八云、毛姆、麦高温等西洋人士的人力车夫题材文本纳入了论域。当然这一切取决于文本与论题、论旨之间的相关度,若为引用而引用,将使文章枝蔓丛生、流于散漫。

二、"东洋"与"西洋","想象中国/北平"与"现实中国/北平"

众所周知,近代以降,从明治时期的"脱亚入欧"到昭和初期的"(伪)兴亚(实)抗欧",日本始终游弋于"东洋"与"西洋"之间。时至今日,在传统地缘政治、思想文化累积的基础上又附加了冷战结构,日本在东西方之间的犹疑摇摆与两难不决一仍其旧。非东非西的"蝙蝠"定位是把双刃剑,时而使其左右逢源,时而又

[①] 这一工作已经断断续续地开始了。例如拙文:《史迹评骘、雄主回望与"浪漫远征"——保田与重郎〈蒙疆〉中的"满蒙鲜支"叙事》,《外国文学评论》第 1 期(2017 年 2 月),页 5—32。

使其不得不左右开弓。这自然是基于国家利益考量的现实文化、思想选择和政治权力运作，它隐喻了日本颇具异彩的近代化实现路径。明治以降，以资本主义、自由主义、政党政治等为表征的西方"近代"在日本可谓名实不一、孱弱不堪，且命运多舛。尽管经历了大正"帝国民主主义"①的洗礼，但以"三·一五事件"和"二·二六事件"为分水岭，"西向路线"在昭和前期从命悬一线转而寿终正寝。

《方法》一文指出，"作者于绪论中在近代中日关系的语境下将上海与北京作为东方的'西洋'与'东洋'并置，并阐释后者在文化、历史与政治/军事三重维度交错下对日本呈现出的'想象中国'与'现实中国'的二重撕裂"，"北京是为当时中国政治文化重镇不假，但是否可将其直接定位成日本文化/文学视域下的'东洋'并以此作为北京题材外域文本研究的基调仍有待商榷"。而在后文中，作者进而指出，"在探讨亚洲或东亚话语现代性时，东西对立的二元结构值得进一步复杂化"，"'东洋'与'西洋'并非仅是简单的对立关系"，"仅在空间概念上将西方单纯视作东方的强大另一极，便无法彻底理解近代日本强烈的身份认同危机，更难于从根本上解明属于东亚的话语现代性"。

事实上，东方与西方的二元对立常是人为臆造出的产物，即便在后冷战时代的今天。然而，这种现实生活中并不可感的、虚构的"对立"却是近代以降东亚国际政治话语中常见的表述，成为煽动民族主义情绪甚至民族仇视时行之有效的方案。后之视今，亦犹今之视昔。无论是在近代日本抑或晚清以降的中国，"西方"对于东亚诸国来说，是一个叩关闯入后倒逼后者开国进而融入世界体系的巨大"他者"，是一种真实存在的政治、军事、文化对手。而明治以降"日本强烈的身份认同危机"毋宁说正是东西方文化"触变"的产物。也正是在这个意义上，对幕末明治时期出洋西望的日本政治家、文化人而言，"魔都上海"才具有了"西洋"意义。刘建辉先生指出，在19世纪中叶的东亚，

> 如果从日本看上海，则上海仿佛是近在眼前的代表资本主义的"近代化"本身，虽然不是唯一的，但确实是走向西方的距离最近的"入口"。……也就是说，许多出洋者在踏上上海和香港这两块资本主义的"最前线"和列强殖民地的"最前线"的土地时，首先接触到了"西方"，……在这个意义上，他们在以上海为首的各地所进行的"西方体验"，具有非常重要的意义。②

---

① 安德鲁·戈登著、李朝津译：《现代日本史》（中信出版社，2017），页274—280。
② 刘建辉著、甘慧杰译：《魔都上海——日本知识人的"近代"体验》，页12。

刘先生在其著作中阐释了上海之于幕末明治日本人的"西洋"意义，这一主张已得到了学术界的广泛接受和认同。而拙著中对战时北平地位的表述，无论是"东亚建设的基地""东洋故都"抑或"兴亚首都"，亦皆非主观定性之辞，实乃照搬了深受昭和军国主义宣传的日本文化人的相关论述。事实上，战时日本言论界、思想界和文学界将北平冠以"东洋故都"之名，这正是其泛亚主义、大东亚话语建构的有机组成部分，拙著只是引述原文，以强调"时局"对日本思想、文化的塑形，并不代表引者立场。《方法》一文正确地指出，"'东洋'与'西洋'并非仅是简单的对立关系"，这一表述确可成为对佐藤春夫的当头棒喝，但对于侵华时期日本文化人北平题材创作中虚构出的"东洋""西洋"二元对立（实则是日本与以英美为首的西方国家之对立），我是持警惕和明确批判态度的。正如《幻象》一文作者所指出的那样，"在'拒绝归类'的历史性呈现的同时，作者敏锐地发现了日本文化人对北京的话语建构中'东西'参照系的虚伪性"。我想，《方法》对我的批评恐怕根源于作者对加引号（汉语中的引号有引述、否定和强调等多重功能）的"东洋故都"这一表述的误读。细心的读者可能会发现：文中引述日本文化人论述时使用就是带引号的"东洋"和"西洋"，而我个人的论述则使用了不带引号的东方和西方。

在此延长线之下，《方法》提到了佐藤春夫的东/西洋文明层级论。作者引述了拙著中这样一段话："不同于近代以降中日知识界（尤其是留洋归国知识分子）对西方近代文明仰视、推崇的普遍认知倾向，在佐藤春夫的文明比较论中，东方文明是堪与西方文明相颉抗的、对等的文明'另一极'。"作者以佐藤的《田园的忧郁》等作品为例，强调大正时期其对西洋文化/文明的种种媚态，而这是日本文学史的常识。若将拙著中的这段话置于其上下文脉络①中理解就不难发现，所谓"在佐藤春夫的文明比较论中"实则指向了佐藤写作《北京》的1939—1940年前后之状况。《方法》指出，"由此可知，佐藤春夫在昭和初期对于东洋文化突然的大肆讴歌无非是其对于战时环境下殖民话语建构的自觉或者不自觉的融入"。而笔者在这部分讨论的结尾处亦指出"'右翼之雄'佐藤春夫的论调却与'大东亚战争'的'时局'形成了某种微妙的、偶然又似必然的暗合"。这两种表述在表意上恐怕是大同

---

① 前一句是"应该承认，小说对近代西方文明的'抑'与对东方文明的'扬'是互为表里的"。后一句是"在鲁迅逝世当晚，佐藤便在草就的《月光与少年——鲁迅的艺术》一文中称'几年前就想请鲁迅到日本来，以追求东洋人的精神。为着一般日本人起见，想以实例来显示伟大的人物即在现今也不一定全出自西洋的这种自觉'。显然，这种文明论并非是日本对外侵略之国策的直接产物，'右翼之雄'佐藤春夫的论调却与'大东亚战争'的'时局'形成了某种微妙的、偶然又似必然的暗合"。（《文化殖民与都市空间》，页286）。

小异吧?

在《方法》一文中,与"东洋""西洋"问题似乎直接对应着"想象中国"与"现实中国"的关系,这里的逻辑令我颇有些费解。文中称,"作者于绪论中在近代中日关系的语境下将上海与北京作为东方的'西洋'与'东洋'并置,并阐释后者(北京——引者注)在文化、历史与政治/军事三重维度下对日本呈现出的'想象中国'与'现实中国'的二重撕裂"。作者继而又指出:

> 众所周知,近代日本文化人普遍对中国抱有浓郁的乡愁情结。但较之于明清以来的北京,让他们魂牵梦萦的"想象中国"却主要是凝聚着汉唐文明的长安(西安)。……对日本而言的"想象北京"是停留在"前近代"的时间与速度的中国华北地区,而其"想象中国"则更多指向着古代中原。

这里有两个问题需要详加辨析。首先,我注意到,作者提出的"想象中国"所对应的恐怕是拙著中日本侵华时期北平定位的第一重身份——"作为中华传统文化符号、能勾起日本人文化乡愁的中华'古都'(文化北平)"(第13页)。但他似乎忽略了我在"乡愁"之前使用的动词"勾起",这就意味着,"现实北平"只是在平/来平日本人"想象中国"的触媒,二者绝非等同关系。理论上来说,前者究竟是否是后者最理想、恰切的视窗暂且不论,但作为现实的诱发性触媒,它可以是北京、南京、杭州、长安等等,不一而足。同时,近代以降,交通设施日趋发达,东亚铁路网逐渐形成,对于日本文化人而言,中国不仅可望而且可及,"想象中国"与"现实中国"不可断然分立。令我不解的是,《方法》一文强调"想象中国"和"想象北京"的差异,其"靶心"何在。思来想去,恐怕是与第一章(第43—44页)中的一段表述有关:

> 对于近代日本人而言,北京可以是单纯的旅游目的地,也可以是日本人实地探察中国政情民俗/军事动向、了解中国传统文化/中国国民性的视窗;可以是以之为镜鉴反躬自省的契机与思想资源,也可以是了解汉文化基本构造与底色、思考所谓"黄色人种"的近代困境与未来进路的现实基点。从这个意义上来讲,在各类文本中,作为个体的文人学者与北京这座城市的邂逅,极易在意识形态中被转换、放大为以北京为接点/舞台的,作为整体的民族、国家间的摩擦、对立甚或冲突。

这段话中,我有意以"视窗""转换"和"放大"等表述来强调"北京(北平)"与"中国"的距离,以限定"北京(北平)"的意义发生半径。因此,"现实北京"不等同于"现实中国"更是文中不言自明之意。

其次,作者认为近代日本人普遍对中国怀有浓郁的"乡愁情结",这一论断恐有不确。日本对中国文化的"乡愁"存乎于小部分文化精英(尤其是汉学家)那里确乎不假①,但这并不能代表近代日本人"普遍"的对华文化心理,更遑论情结之"浓郁"。须注意,不同历史时期日本人对华情感虽皆受中日关系阴晴冷暖变化的制约,但从明治时期到昭和前期,日本对中国/中国文化的"乡愁"淡而又淡也是实情。即便在日本文化人汉学教养尚存的明治时代,视中朝为亚洲恶友、"脱亚入欧"的风潮作为一种文化和政治选择,对日本人对华文化情感的冲击极大。时至大正、昭和前期,随着中日关系的持续恶化,国家利益更进一步绑架了日本人的判断,战争中后期日本对中国文化价值的再认识与再评价,不过是回应了现实政治之诉求。

再次,近代日本人"想象中国"指向何处。拙著第一章在处理明治时期日本文化人的北京体验之前,较为详尽地梳理了前近代日本人的入华路线、在华活动及其涉华政治、文化心态,并已明确指出,"即便在北京成为元明时期的国都之后,其之于日本来华求学者的吸引力仍不及长安、洛阳二京以及江南。日本人称其国都为'京洛',足见长安、洛阳在一般日本人心中承载着远非北京可比的政治、文化意义。"问题是,《方法》一文何以如此确信让近代日本文化人魂牵梦萦的只有"长安""古代中原",甚至在文化、思想层面对日本影响巨大的江南都不在话下,从言据性(evidentiality)的意义上来说,这是作者通过大量的文本阅读得出的结论,抑或是某种印象派批评?若是后者,似不足取。作者所提出的区域/城市横向对比分析更需要谨慎论证,切不可以大而化之的印象代替一丝不苟的"原典性实证"。

三、"方法"与"题材","国民使命感"与"面向历史的真诚"

《方法》一文在题目中以"日本作为方法,北京作为题材"作为评述拙著的着眼

---

① 参见戴燕、贺圣遂选译:《对中国文化的乡愁》,复旦大学出版社,2005年5月。值得注意的是,除了毕业于京都大学的物理学家汤川秀树,青木正儿、石田干之助、宫崎市定、仓石武四郎、吉川幸次郎、小川环树均是汉学家出身,且这几人中除了石田,其他均为不同时期"京都学派"的代表性人物。

点,这是一个饶有趣味的提法。"以XX为方法"或"作为方法的XX"是日本学界热衷使用的一种学术句式。众所周知的如竹内好提出的"作为方法的亚洲",沟口雄三提出的"作为方法的中国",以及子安宣邦提出的"作为方法的江户"等,这些理论主张所彰示的是借以对抗一元化尺度、普遍性基准的多元性。然而,有趣的是,子安却通过对竹内"作为方法的亚洲"之阐释批判了沟口"作为方法的中国"之中国观念,并讨论了"中国"何以不可"作为方法"。而这一问题提起对我们关于"作为方法的日本"之讨论有着不可忽视的借鉴意义。

子安指出,"竹内是在与'实体'相对的意义上使用'方法'这一概念的。他说,东方在以反包围西方的形式实现近代化之时,己方并不存在什么构成对抗性价值的'实体',但是作为'方法'可以存在。我将其解释为'划了一条名为亚洲的抵抗线'。竹内并不是要面向西方树立起某种具有对抗性的'东方性实体',而是表达了可以之反包围或超越西方的某种作为方法的东西","在竹内那里,'方法'是相对于'实体'而言的"。与此相对,子安引述了沟口的一段话"真正自由的中国学,无论是何种形态,都应该是不将目的置于中国抑或自己内部、亦即不在中国抑或自己内部消解目的,反倒是将目的置于超越中国之上的中国学吧。换言之,就是以中国为方法的中国学。"子安由此指出,在沟口那里,"'方法'是相对于'目的'而言的"。然而,"'以中国为方法',就是立足于中国作为中国独自存在这一中国认识来看待世界。我想,从这里出发所通向的与其说是'多元世界'之世界认识,不如说是'中国式世界'这一对抗式的'一元化世界'结构,不是吗?这便是'以中国为方法'这一中国认识的巨大陷阱"①。质言之,对"一元性"的对抗,若对新的"一元"缺乏必要的历史把握,操作失当,结果很可能是以新的"一元性"代替了旧的"一元性"。从这个意义上来说,"作为方法的日本"这种提法又将通往何处,这是一个须严肃对待的问题。尤其是本书处理的"侵华战争时期的日本",是战争中后期曾试图"超克""西洋""近代"、以内容空洞的概念、术语堆砌出的"东洋"之"王道"对抗西洋"霸道"的日本。念之,不禁毛骨悚然。我愿重申,本书的写作初衷是将"北京"装置化、方法化,如果说上海是透视日本"近代"的装置,那么北京(北平)不妨视作透视帝国日本殖民扩张时期政治、思想、文化脉络的装置。从这个意义上而言,不妨将拙著视作"北平作为方法,日本作为对象"的尝试,此亦写作之初衷。

如果我们将近代以降日本的对外扩张战略和行动仅仅视为由政府自上而下的

---

① 子安宣邦:『日本人は中国をどう語ってきたか』(東京:青土社、2012)、頁295-297、305。

意志流动,那就错看了日本近代史。考镜源流,其侵略"思想"最初源于民间。无论是19世纪初设计出入侵、占领中国之"秘策"(《宇内混同秘策》)的佐藤信渊,还是提出了"垦虾夷、收琉球、取朝鲜、拉满洲、压支那、临印度"之狂想的幕末维新志士吉田松阴,甚至提出了侵占朝鲜、吞并台湾、再占领东三省、最终直捣北京的日本近代化思想设计师福泽谕吉,都是布衣学者。《幻象》作者引述野村浩一的"国民使命感"概念作为理解侵华时期日本文学界民间动态的视角和理解拙著的一个维度,可谓宜矣。他敏锐地指出,"国民使命感"除了具有凝聚民族认同的"内向"维度,还具有外向型的"及物特征"。"也就是说,'使命'一词本身蕴含了授予者、实施者和对象物这一三维关系。忽视了对象物之存在,则会将'使命'的授予者与实施者(即'自我'赋予使命于最深的日本)自然化,从而强行断绝与对象物之间的能动关系(这一认识方式引申到战争责任追问中,则极易使其获取悲情故事的主角位置而忽略掉原理性的追问)。"此说堪称洞见。在天皇制国家体系中,将非正义的帝国侵略扩张正义化之口实——诸如"日本国的天职""新日本的使命"等——也极易从一种"国家意志"下沉到"个体意志"层面转而为两者所共享,成为"原子化的个人"参与国家意志的重要联结点。事实上,近代日本自由主义、政党政治弱不禁风、惨败而终的重要症结就在于,它始终夹在独裁军阀/法西斯政治权力以及被其动员起来的普通民众之间,两面开战,捉襟见肘。我们时常能够看到日本自由主义知识分子对抗集权政治的案例,但不要忘记,后者经常是背靠以"国民使命感"自任、自期而义愤填膺、面目狰狞的民众(以《幻象》的表达即"在于对象物之互动关系中伪造出的道德冲动")而坐大成势的。例如,1931年关东军轰炸锦州后,国联理事会以13∶1的表决结果要求日本撤军。江口圭一认为,"日本在国际社会中显然已陷入政治上完全孤立的处境",其后日本民众的反应发生了剧变,普遍产生了一种"国难来临"的强烈危机感,敌视中国和国联的情绪日盛。① 大正时期"帝国民主主义"的衰微、昭和时期军国主义的抬头都与被动员起来的民众之参与关联甚大,毕竟"恶"之成势是需要基数的。《幻象》引述了铃木·泰莎·莫里斯(Tessa Morris-Suzuki)提出的"面向历史的真诚",这是一个同时指向了历史本身和历史叙事者的双重拷问,要求研究者"对他者的历史话语真诚地进行倾听"。历史认识问题一直是横亘在亚洲诸国面前的一道难题,中日、日韩、朝韩概莫能外。"倾听"他者的声音对亚洲和解是必要的,同时,"回应"他者的呼声和关切也不可或缺。至少,这是近代以降日本的亚洲殖民史带给我们的教训。

---

① 江口圭一著、杨栋梁译:《1931—1945日本十五年侵略战争史》(天津人民出版社,1995年),页33。

"满大人"与现代性:评《假想的"满大人": 同情、现代性与中国疼痛》①

■ 文/张向荣

一

仅从篇章结构来看,《假想的"满大人":同情、现代性与中国疼痛》一书并不晦涩。在一个详细的《导论》描述了研究对象与必要性之后,书的第一章《轶事理论》则明确解释了研究方法。从第二章到第六章,作者沿着历史的脉络从17世纪初期逐步走到当代,把沿途所见所闻的"轶事"细致地串联起来,并不时跳跃时空来勾稽古今。最终的第七章做了一个回顾和总结。然而,即使是作者与译者也都表示这本书的风格是特殊而且晦涩的,这是因为作者在讨论与"满大人"相关的"轶事"

---

① 本文所引本书相关内容所在页码均于句后括号内数字注明。

时,风格确实复杂多样,尽管涉及的案例异常丰富且引人入胜,比如医案、图画、照片、小说、回忆录等,但很多观点的论证和引申却颇为曲折含混。这显然会令译者也不得不使用较长、较拗口、较晦涩的词句来努力再现作者的意图。

这本书并不是"满大人"的解释史,甚至连与"满大人"这一形象直接相关的"傅满洲""酷明"等形象在正文中都没有提到(注释里提到了)。毕竟,对"满大人"的历史、文化及语言学研究在"中国研究"领域比比皆是,甚至专业领域以外,譬如影评人都能对这个典型形象的变迁如数家珍。因此,本书的目的其实是在"满大人"之外,是通过著名的"满大人问题"(3,作者说:"当灾难降临到一位中国陌生人的身上时,对你究竟有多少意义?")及相关的"中国轶事",来发现一个假想的、被观念建构起来的"中国人"形象,在欧洲从启蒙走向现代社会的过程中,起到了怎样不能被忽视的作用(2,中文版序言)。"满大人"在今天往往只是被看作西方世界认识"中国形象"的陈旧符号,因此一般的研究都是指向东方的,且是单向度的,并不考虑"满大人"及其"轶事"对西方构建现代性具有怎样的影响。或者如作者说,这种影响被鸦片战争之后中国的急剧衰落所遮蔽。在本书中,作者把中国的这种影响命名为"中国黄道",不仅是西方参照的黄道,也是人类普世性的黄道。(41)

对于西方而言,现代性的种种面相中,一个很重要的方面就是个体与国家,或者说个体与权力之间关系的重新界定。欧洲从基督与王者的世界走向世俗与民族的国度,在这漫长的历史中个体与权力的关系也被重新组装(4,中文版序言)。而异邦"满大人"的死亡、疼痛与忍耐,在西方确立一种现代性意义的个体与权力的关系中,起到了催化作用。一个西方人,为什么不愿意从一个异域的、抽象的、"非人性"的"满大人"的死中得到莫大的好处?为什么会因为中国人对巨大痛苦的忍耐而产生同情?为什么会对作为殖民者的自己的"残忍"视而不见,却对中国人的"残忍"而感到难以接受?作者提出的这些问题,正是现代性在西方被建构的早期痕迹。与此同时,西方也把"同情"通过"感同身受"进一步建构为一种人本主义的普世价值。当同情心可以很轻易地从一个世界推广到另一个世界时,现代性的普世性就得以显现了。从这个意义上说,本书并非一项"中国研究"或海外汉学之类,而是纯粹的西方现代性问题研究。

二

从导论中,我们已经足够知晓作者写作本书的意图。导论的《概述》小节中,作者甚至把所有章节的主要内容和思想都写了出来,这足以帮助读者更好的理解全书。

第一章主要讲轶事理论。因为该书大部分篇幅是按照时间顺序梳理并研究关于中国形象的各种"案例",从清代的医案、相片、刑罚,民国的小说、回忆录,直至人民共和国的医院和工厂。作者把这些案例都看作为一种"轶事"。按照作者复述的文学的"轶事理论",第一章同样亦从一则金匠之死的"轶事"展开:17世纪,一个中国金匠被残酷折磨致死,但他从头至尾以沉默忍受了全部折磨。这件事情被埃德蒙·司各特17世纪讲述又被格林布莱特在20世纪转述,从而进入了作者韩瑞的视野。金匠通过沉默传达出的巨大疼痛,成为对施暴者权力的不屈服的隐喻,并进入语言文字,最终变为读者对疼痛的感同身受。韩瑞认为,在对这一疼痛的建构中(68-69),"关于疼痛表现的任何证据都有必要看成是'轶事'"(70),"'轶事'并不是自然生成的"(73),而是被讲述者制造出来的。这一章的目的首先是为后文的"轶事"勾勒出理论前提,同时也对导论里中国形象与现代性的关系做出了文学性的探讨,即:西方的现代性构建和普世价值的推广,是通过"同情""疼痛"等隐喻所实现的,而这些隐喻恰恰来自"满大人"被建构为"中国性"的各种"轶事"。组成"中国黄道"的不是一个一次性的单纯观念,而是许许多多被扭曲被夸大的"轶事"。

第二章到第五章可以看做一个整体,都是讨论中国形象的"同情与交换"。1800年和1801年,英国人梅森先后出版了《中国服饰》和《中国的刑罚》两部书,表面看来这是典型的"民族志手册",是大英帝国的殖民者满世界跑,把所见所闻分门别类收藏,带点探索发现的兴趣,也不乏猎奇窥探的行为。但韩瑞发现,《中国的刑罚》的图片及其说明文字似乎有"微言大义"——梅森依据这些刑罚批判中国人缺少同情心——而韩瑞却从中发现了一种"同情与交换"。因为这两本书恰恰出版于马戛尔尼1793年访华之后,西方有着强烈的对华贸易的需要,但这一需要被皇帝拒绝了。梅森的怜悯与同情,在韩瑞看来是一种与中国进行自由贸易的渴望。因为按照"亚当·斯密问题"(115),人类之间的互相同情与人类之间的互通有无是一致的。一旦同情与交换之间委曲的张力开始呈现,更多的"轶事"也就随之而来。从1793年到贩卖鸦片之前,大量白银流入中国,英国人感到了财富上的弱势,只有通过指责中国人刑罚的残暴来获得自身道德感的富有,才能从心理上拉平东西方之间的差距。从而使得对华贩卖鸦片也变得不那么道德败坏了——反正中国人对自己的民众都如此残忍。

随后,作者讲述了19世纪上半期广州的英国医生伯驾(Peter Parker)为当地人摘除肿瘤、拿出结石、缓解疼痛、建立医院的事迹。通过伯驾留下的大量描绘了肿瘤的图画和一些胆结石,作者指出:庞大的肿瘤和坚硬的结石等"轶事"继续夯实了西方在观念中建构的中国形象,他们忍耐力超强、人数众多、忍辱负重等。这些"轶事"的影响在 19 世纪晚期华工大量进入美国时爆发了。美国排华原因复杂,仅从本书的角度看,作者发现,华工恰恰被美国人看做是社会的"肿瘤"(176):能忍受各种非人的痛苦、低报酬、人数多、机械没有个性、抢走了本地人的饭碗、喜欢储蓄、吝啬消费——等一下,这真的是 19 世纪晚期美国人对华工的看法?不是 21 世纪西方人对中国这个世界工厂里流水线上工人的看法?——显然,伯驾讲述的"轶事",和排华这一"轶事",毫不费力的抵达了当代中国世界工厂的新"轶事"。

第五、六章及第七章中关于塑化尸体的一部分则可以看作另一个整体。作者用了"再现式交换"来概括这几个章节,是基于前几个章节将"同情"从"中国"建构出来后,将"同情"再转化为新的关系。因此,这几章展示了基于"同情"的现代性所具有的"普世性"一面。罗素在当时的局势下,在回忆录里没有谈论中国人的残忍,而是盛赞了中国人的忍耐,他把忍耐看作是很好的美德。这当然有特殊时期的特殊意味,也与当时中国展现给世界的弱小、被侮辱和被损害的形象相关。但更重要的是,罗素将这种"同情"交换到了中国人对自己的反观上。作者此后通过鲁迅在《藤野先生》里那段著名的描写冷漠"看客"的文本,指出了在这一阶段中,中国人也开始借助他者的眼光(实则他者的眼光所看到的中国人恰恰是一个被构建的"轶事",并非是真实全面的中国形象)对自己进行观照。换言之,中国人从外国建构的"中国形象"犹如揽镜自照般重新发现了自己,这个发现尽管包括了同情、怜悯,但也有偏激、扭曲甚至污蔑。于是,在"忍耐""同情"的角度上,中国的现代性终于从英国医生用现代医疗手段消除肿瘤和结石痛苦的萌芽阶段,进入了自我批判国民性的时期。因为国民性几乎就是传统塑造的性格,中国人对国民性的批判实则意味着用新的道德与文化体系来塑造自身,这正是现代性的任务。在这里,中国的现代性就表现为国民要消除看客的"冷漠""残忍"。于是,第六章就展现了这种现代性尝试的成果,本书的历史叙述也推进到了人民共和国时期。在这里,作者讨论了中医麻醉:中医针灸麻醉虽然不是西方意义的"麻醉",但其起到的作用是一样的,甚至更好,因为针灸麻醉下病人仍能保持神智清醒。所以,这意味着中国对现代性的追求并非全然蹈步西方,而是与自己的历史遗产相结合(274)。同理,这一轶事说明,基于同情、怜悯等普世价值的现代性,也很可能不会被中国接受、消化、理解,是一种"缺乏现代化的现代性"(274)。

最后一章是全书的总结,但是我认为,本书真正的结语倒不是最后一章,而是开头导论的最后一部分"满大人归来"。读完全书后再来读这一小节,会看到作者明确指出,为什么是满大人而不是别的文明的人,也不是中国的儒生或农民。因为满大人已经意味着永恒的、化石般的、凝固的、不变的、停滞的生命(如果这还能叫生命的话),所以才得以被西方人所思考,并成为考量道德哲学问题的一个尺度,以及西方现代性的来源之一。

三

早在先秦时期,孟子就提出了他著名的"四心说",即"恻隐之心,仁之端也;羞恶之心,义之端也;辞让之心,礼之端也;是非之心,智之端也"(《孟子·公孙丑上》)。无论在儒家心性之学体系里,还是在传统中国的道德文化中,"四心说"都有着重要地位和意义,并非圣人的纸上论道。特别是"恻隐之心"被看做"仁"的大要,亦与本书的"同情"最为接近,因此,通过后殖民理论很容易辨认出"满大人"及其"轶事"的扭曲面目。但是,我们又不得不承认,这一源自西方的扭曲的"中国形象",与现代性这一普世观念同时进入中国后,却又极大地影响了中国本身。

所以,在这样的推论下,让我们也来观照作者对曾经被巴塔耶高度关注的那张凌迟相片的讨论。作者认为,凌迟的相片"重新塑造了近代欧洲与中国的某种关系"(292)。我的理解是,这幅图片就是本书的浓缩:近代欧洲人从这张相片上,既能看出受刑者的"忍耐",又能看出围观者的"麻木",还能看出施刑者的"残忍"。由此,他们从"忍耐"里发现了自己的"同情心";从"麻木"中找到了对华出口鸦片及瓜分中国的心理平衡(120);从"残忍"中反过来确立了自身的文明,也就是现代性,也逐渐祛除掉了西方现代之前的也不逊于东方的残忍。同时,他们也通过炮坚船利将这种"同情"和"文明"作为普世价值送入他们完全误会了的中国(122)。

因此,本书中作者的两个意图也就逐渐清晰:一个是揭开西方现代化过程中久被遮蔽的中国形象所起的作用,其目的是更好的研究西方的现代性问题;第二,梳理了"满大人"及其"轶事"形成的历史,指出那些往昔并非历史上的中国,而当代的中国所具有的现代性,也并非如西方所愿的那种类型。

不过,作为中国读者,我会有另一番感受。因为前述两点都是对西方读者的揭示,一个中国人并没有"满大人"问题,那些"轶事"比起正史野史里的奇珍异宝根本算不得什么,更不会关心西方现代化进程的影响因素有哪一些。但是,我们会关心中国自己的现代性问题,并因为这一问题而痛苦(这是真正的精神的痛苦)。通过本书可以看到,不论是伯驾的高超医术,还是凌迟遭受的道德谴责,都是借助西方才缓解了中国人肉体的疼痛。肿瘤的切除、结石的取出和凌迟的废止意味着现代性在中国的生根发芽。西方的"同情"和"怜悯"对中国的确有着正面的意义。

但是,这种现代性如此复杂,中国人"被同情"的同时也"被压迫",中国形象"被停滞不前"的同时也"被发展进步"。当西方人把在观念里构建的扭曲的"中国形象"输送回中国后,却塑造了近现代中国人的矛盾性格,这就是一种既追求国富民强炮坚船利,自由民主发展进步,批判国民性,试图博取环球各国的平等视之;又总是强调自己文明的独一无二博大精深,以反抗近代以来西方从器物到文明的压迫。中国至今仍未完成现代化,如果只从本书的角度来看,这一未完成体现在:当代中国人仍然对国富民强具有悲情意识,想摆脱"被同情",却又总是到"被同情"的近代史中寻找动力;明知道自己的传统即儒家思想是反对"发展进步"这一近代观念的,也知道"进步史观"已经过时,却又总是无法舍弃"发展进步"的近代理想。

关于《假想的"满大人":同情、现代性与中国疼痛》的对话

■ 对话/韩瑞(Eric Hayot) 金雯

"杀死满大人"在1874年出版的Littre辞典中解释为"在希望不被人所知的情况下做邪恶之事"。也就是说,满大人在18、19世纪的西方思想中,代表着游离于西方现代性之外的一群人,即现代西方人道主义和道德观无需顾及的一群人。宾州大学比较文学教授、牛津大学"世界亚洲"丛书主编韩瑞(Eric Hayot)以此为出发点,探讨了西方帝国主义在中国的实践和东西方不同"情感模式"之间的瓜葛。韩教授认为,西方不仅不把中国人看成施与同情心的对象,也认为中国人本身情感匮乏,不具备西方人的同情心,由此构建了侵华排华的理据。

这项研究触及的是文化史上一个常见的问题,即"人性"定义中隐含的排他性。现代之前的东西方历史中宗教信仰、地域范围和文化特征都成为过人与非人的分界线。由于黑奴制的实行,到了18世纪肤色又成为西方对"人"之定义的重要标准。韩瑞本书提出了一个新论点:在对待中国人的问题上,西方以"是否具有同情心"为标准,把中国人划分在"人类"的定义之外。当然,针对黑人的特别严酷的种族主义不只是一个意识问题,也是由北美和拉丁美洲对廉价劳动力的需求所推动的。同理,西方对中国人的看法也应该放在一个具体的历史环境中来探讨,而这也是韩教授在各章中努力完成的任务。

——金雯

金雯：看起来你的书主要探讨了中国人对痛苦的麻木、西方帝国主义在中国的实践，以及虐待华人劳工之间的关系。你如何看待你在书里对于此类关系的分析？在美国，关于先有种族主义还是先有奴隶制度的讨论持续已久，你的书看上去是在中国语境下探讨同一个问题。

韩瑞：这本书的一个重要目的在于集合一些看上去毫无关联的事件（包括发生在中国、美国、欧洲不同时期的不同事件），用于讨论一种特定思想模式的历史动力。重点不在于探讨两个事件——或者如你所言，西方帝国主义与中国人对痛苦麻木不仁这样一个特殊的观念——之间是否有直接的联系，而是想说明所有这些联系都揭示了一种历史动力，这种动力并不直接的因果层面运行，而是存在于一种普遍的意识形态场域和文化积淀之中，可以在不同的情况下被调动和使用。所以，我不想说如果没有中国人麻木不仁的观念就不存在西方帝国主义，我不认为历史中的因果关系有这么简单。我想说的是，当西方帝国主义在中国发生时，中国人的麻木不仁——其本身就是18世纪以来，北欧国家对自身、社会和苦难进行重新想象的产物——被赋予了一种特别的形态，因为它吸收了文化积淀中的刻板印象，用于证明自己，为自己找到合法性。所以，从一方面来说，两者没有直接的因果关系，从另一方面来说，历史只发生一次，这也意味着最微小的因素也会在历史活动的生产中扮演独特的角色。我们不能将"大"问题（比如"西方帝国主义"）从小问题（意识形态、文化）中孤立出来。虽然西方帝国主义无论如何都会在人类历史中出现，但它不一定要包含中国人麻木不仁的刻板印象。我们需要有一个非常清晰而有趣的关于历史动力的理论来考察这个现象，通过意识和文化的力量来对历史进程加以诠释。

回到种族/奴隶问题：对我来说这不是一个先后的问题，像种族主义和奴隶制度这样的历史事件，其因果关系总是很复杂的。美国对黑人的种族歧视是在黑奴制的特定条件下产生的，如果没有黑奴制，也不会有相同的种族主义了。对于中国文化的想象也遵循一样的道理，无论这种想象来自欧洲人还是中国人自己。

金雯：你是如何发现关于痛苦这个主题的？麻木不仁是一个非常流行的中国形象，我们从没有思考过它的起源。你可以尽可能告诉我们这个项目的个人以及知识上的来源吗？

韩瑞：嗯，2002年还是2003年的夏天，我在康奈尔大学的图书馆查阅19世纪关于中国的美国档案。在这些档案中,有伯驾在广东的行医报告。两年之后,我也为另一个完全无关的东方主义与现代主义的项目撰写了一篇有关罗素的文章,我无意中发现了一个故事,罗素说中国人看到一只狗被汽车碾过会大笑。然后我想到:"类似故事我以前也看到过。"突然间,就像被闪电劈中般,我觉得一本书的轮廓清晰了起来。然后我知道我必须把它写出来。所以,我将正在进行的写作放到一边(之后再也没有继续),沉迷于此项目五年之久。在2004年夏天,我很幸运能在英国剑桥大学演讲,那个演讲正是这本书的最初轮廓。

所以我想说这个主题的来源于我来说并没有个人兴趣的因素,只是完全被书本身的主题吸引。我试着将不同的部分组合起来,惊讶于这些不同的部分组合总是产生超越你开始时所想象的新意,这一切让人感到快乐。

金雯:你的研究关注于西方人把中国当做符号来"使用"。关于这类研究如何继续,你能不能给我们提供些许线索?这种探寻未来如何发展?或者说,之后你会不会尝试不同的思考方式?

韩瑞:从某种程度上说,我暂时把这个问题放下了,最近更多在关注如何阅读小说的问题,在我最新出版的《文学的世界》(*On Literary Worlds*, 2012)里。这不意味着在这个领域没有好的研究。我想如果我的中文更好一点我会开始研究中国人如何把中国当做符号来"使用"。这已经变成一个很重要的问题,随着中国获取更多经济和外交实力,更是如此。对我们来说是自我提醒,文化符号的"使用"并不局限于显而易见的"东方主义学者"。事实上,中国国内对中国这个符号的应用也是极其广泛的。我一直致力于钻研如何解构欧美历史中的一些主流观念(包括文学、语言、哲学、甚至是欧洲和西方这样的概念本身)的稳定性——我的方法往往是展现它们与世界其他事物的密切关联和所引发的特殊境况。同理,我也对破坏在中国语境中的过于简单的"中国"与"中国性"(Chineseness)概念的稳定性非常感兴趣,同样的,我要揭露它们是历史的产物,而非自在自足的观念。

另外我想说的是我的博士生们现在正在研究这一类的有趣项目。所以某种程度上说,我很高兴不必亲自投身其中就能看到并影响此类研究!

金雯:能告诉我们一些你和陈怡婷(Tina Chen)教授共同编辑的新杂志的消息吗(Verge: Studies in Global Asias《边缘:世界亚洲的研究》)?华裔研究以及中美比较研究是否吸引了诸多兴趣?

韩瑞：我认为人们对于杂志提供跨学科对话的可能性感到十分兴奋。接下来的几期特刊很好地诠释了我们能够做的事情。举个例子，在《收藏》（Collecting）一期中，会包括（举个例子来说）皇家宫廷所收藏的有趣事物（在中国），关于"收藏"的书（举例而言：字典、百科全书、诗经）的发明，也有十九世纪中叶美国人对日本扇的收集，等等。我认为我们会产生非常有趣和刺激的论文集，从一个词语或者概念出发（举例而言：城市空间或者帝国终结），观察这个词语/概念如何广泛适用于整个亚洲历史，当然也包括了其跨越大洋的力量，包括岛屿和大海与中东以及欧洲的联系。（举例而言：你可以想象关于"帝国终结"的一期会将讨论萨非王朝、莫卧儿王国、清朝、后殖民时代的英国和当代美国的文章放在一起）。

所以我们很兴奋。我们有很棒的创刊号，明年将会出版，通过不同方式的呈现给大家，我们认为这本期刊可以成为一些关于不同领域、地理区域以及历史时期的出色研究的园地，在此之后，我们依次有三期专刊，也将十分出色。另一让我感到兴奋的方面是，它将不止包括中美材料，它是关于从古至今影响全世界的整个亚洲领域的。所以这里比较的可能性当然是巨大的。

林纾的现代性方案：评《林纾公司：翻译与现代中国文化的形成》

■ 文／崔文东

在中国现代文学研究领域，林纾绝对是无法绕过的人物。就作品数量而言，林纾的译著可谓前无古人、后无来者，在古文、小说、诗词曲创作上，林纾同样成绩斐然。就影响而言，林译小说在晚清民初风靡全国，不仅鸳鸯蝴蝶派深受其影响，鲁迅、周作人、郭沫若、苏雪林、沈从文、李劼人、钱锺书等新文学名家如也无一不是林译的热心读者。探究林译小说，不仅可以了解晚清民初的文学风尚，也可以揭示晚清与五四文学文化的复杂联系。追踪林纾文名的升降沉浮，亦可以窥见传统文人步入现代的曲折轨迹。

然而研究林纾事实上困难重重。林纾本人因与《新青年》同人论战落败，戴上了"反动"的帽子，至今蒙受骂名。即使有心的研究者，面对数量众多的林译小说，也不能不望洋兴叹。何况翻译涉及多种语言,若是与原著相对照,一般研究者想必力不能及。林纾研究在资料方面也有相应的困难,早年朱羲胄的年谱,近人薛绥之与张俊才编订的《林纾研究资料》算是为数不多的基本文献。① 林译小说超过一百八十种,然而1981年商务印书馆重印的《林译小说丛书》加上九十年代刊行的《林纾翻译小说未刊九种》合计不过十九种②。虽然如今电子图书资源可以解救研究者于水火之中,但是要搜集全部林译,依然绝非易事,若要连带收罗其原著,更是难上加难。

职是之故,迄为今止,有分量的林纾研究著作并不多见。③ 早年寒光的《林琴南》与张俊才的《林纾评传》于生平考订贡献较多④;马泰来的《林纾翻译作品全目》考证林译原著战绩骄人,⑤但未竟全功;钱锺书的名文《林纾的翻译》专研林译的手法、风格,其结论至今影响极广;⑥樽本照雄的《林纾冤罪事件簿》则从实证角度洗刷"五四"以来加诸林纾身上的大量不实指控,但是尚未译成中文发行,许多研究者依然以讹传讹。⑦ 大概也正是从新世纪开始,林纾时来运转,由于近年来翻译研究、文化研究大潮袭来,引发不少学者对于林译的兴趣。可惜的是,论者大多懒得阅读译著,仅仅从林译小说的序跋中抽绎林纾的翻译思想,结论也就陈陈相因。即使从事个案研究的学者,也往往扎堆研究几本林译名著,不超出八十年代《林译小说丛书》的范围,对林译的评价,也依然重复钱锺书的论断。好在"吹尽黄沙始到金",在虚矫的氛围里,也产生了几部真正具有跨文化视野的研究,就我目力所及,主要有潘少瑜的《清末民初翻译言情小说研究——以林纾与周瘦鹃为中心》

---

① 朱羲胄:《贞文先生年谱》,世界书局1949年版;薛绥之,张俊才:《林纾研究资料》,福建人民出版社1983年版。
② 李家骥主编,林纾译:《林纾翻译小说未刊九种》,福建人民出版社1994年版。
③ 关于林纾研究详尽的综述,见林薇:《百年沉浮——林纾研究综述》,天津教育出版社1990年版,以及 César Guarde-Paz, "A Translator in the Shadows of Early Republican China Lin Shu's Position in Modern Chinese Literature an Overview," *Monumenta Serica: Journal of Oriental Studies*, Volume 63, Issue 1 (2015), pp.172-192.
④ 寒光:《林琴南》,中华书局1935年版;张俊才:《林纾评传》,南开大学出版社1992年版。
⑤ 在马泰来之前,尚有 Robert William Compton 的博士论文 A Study of the Translations of Lin Shu, 1852-1924。但此论文后来并未修订成专著,考证的内容为马泰来取代。马泰来:《林纾翻译作品全目》,见钱锺书等:《林纾的翻译》,商务印书馆1981年版,第60—103页。
⑥ 钱锺书:《林纾的翻译》,见《林纾的翻译》,商务印书馆1981年版。
⑦ 樽本照雄:《林纾冤罪事件簿》,大清清末小说研究会2008年版,目前只有少数章节的中文译本,樽本照雄:《林琴南冤狱——林译莎士比亚和易卜生》,《政大中文学报》第8期(2007年12月),第1—12页。

(台湾大学博士论文，2008)①，韩嵩文(Michael Gibbs Hill)的《林纾公司：翻译、印刷文化与现代偶像的形成》(*Lin Shu, Inc.: Translation, Print Culture, & the Making of a Modern Icon*)(哥伦比亚大学博士论文，2008)②，以及黄俊贤的《叙事与"视野融合"：重评林译迭更斯小说》(香港大学博士论文，2010)。其中，韩著率先修订成《林纾公司：翻译与现代中国文化的形成》(*Lin Shu, Inc.: Translation and the Making of Modern Chinese Culture*)一书，2013年由牛津大学出版社发行。作为第一部关于林纾的英文学术专著，此书具有里程碑式的意义。

有趣的是，这三部论文分别触及林纾以及林译小说的不同面向。黄著专注于林译狄更斯，以叙事学为取径；潘著以言情小说为视阈，以林纾与周瘦鹃两代译者为代表，勾勒西方爱情观念的东传；《林纾公司》着重考察翻译文本的政治、文化功能，也关注林纾在文化生产过程中扮演的角色。据此而言，除却导论和结语，全书相应包括两部分，第二至五章将文学分析与文化研究熔为一炉，细读《黑奴吁天录》《伊索寓言》《贼史》《孝女耐儿传》《拊掌录》等译作。在第六至七章，韩著显示了更浓厚的新文化史视野，先后讨论林纾如何编选《林氏选评名家集》，以讲习会形式开门授徒，以及林纾如何在与新青年同人的论战中败北。总的说来，韩嵩文致力于展示林纾如何借助翻译小说成就古文大家声名，以及如何介入晚清民初文化界关于国族、文化、文字等议题的讨论。

具体说来，在文本分析的部分，韩嵩文将《黑奴吁天录》《伊索寓言》《贼史》《孝女耐儿传》《拊掌录》分为三组，代表林纾思想变化的三个阶段。第一阶段包括林纾早年翻译的《黑奴吁天录》《伊索寓言》。林纾出于救亡图存的需要，拥抱西学，以黑奴与苦力、野兽与列强的类比唤起读者的危机感，并以古文推广公理、公法等新概念，以普世价值为标准，批评中国现状，也对殖民者加以抨击。林译狄更斯小说构成了第二阶段。韩嵩文先从叙事学与小说评点的角度分析《雾都孤儿》之中译本。他深入探讨了林纾如何仿效批判英国社会的作者与英国读者的对话关系，插入兼具原著作者与译者口吻的外史氏之评点，从而建构出译者与中国读者的对话，塑造理想中的中国读者群。在分析《孝女耐儿传》时，则从情节的角度出发，展

---

① 潘著迄今尚未出版，部分章节修改发表，关于林译言情小说的包括《国耻痴情两凄绝：林译小说〈不如归〉的国难论述与情感想象》，《编译论丛》5卷1期，2012年3月；《爱情与礼教的冲突：论晚清翻译小说〈迦茵小传〉》，《台大东亚文化研究》创刊号，2013年6月。

② 其中部分章节曾以中文发表，韩嵩文：《"启蒙读本"：商务印书馆的〈伊索寓言〉译本与近代文学及出版业》，见王德威、季进主编：《文学行旅与世界想象》，江苏教育出版社2007年版。

现林纾笔下个人与家庭的对立,自由与孝道的矛盾,消解了林纾在题目里刻意突出的道德寓意。在作者笔下,第三阶段的《拊掌录》对于林纾的翻译生涯更是别具意义。在华盛顿欧文的怀旧笔触中,林纾重新肯定自己对古文的追求,不再像当年一般追求西化。韩嵩文强调,欧文的怀旧是工业化的产物,林纾的怀旧也不是简单的思古之幽情,而是有其现代性的来源。

在作者看来,林纾在翻译的过程中形成了自身的文化保守主义,而也正是因为翻译小说,林纾建立了古文大家的名声,并通过编选古文选本,创办讲习会来建立、推广自己心中的现代中国的古典文学传统。林纾念念不忘的,是古典文化的现代命运,他保存国故的愿望,以及与出版商密切合作的方式,都是现代性的产物,只是因其与新青年同仁论战败北,遭受否定,他的现代性方案也因而搁浅。而"五四"文人所塑造的保守遗老的林纾形象,可谓遮蔽了林纾式现代性的追求。换言之,林纾的保守,是其自身思想经历中西新旧之争的结果,他与五四的对立,是不同的现代性的分歧,而非简单的新旧之争。

如此看来,韩嵩文的研究,承袭的还是"没有晚清,何来五四"的思路。与其师王德威的《被压抑的现代性:晚清小说新论》类似,《林纾公司》同样建基于文本细读,着力发掘林纾的现代性内涵。《黑奴吁天录》等译作已经是老生常谈,但是经由韩嵩文的掘发,更清晰地点亮了小说与晚清思想界的关联。至于其他几部译作少有论者涉及的译作,韩嵩文发凡起例的论述,更是构成后来者研究的起点。与《被压抑的现代性》不同,《林纾公司》在整体框架上引入了新文化史的视野。韩嵩文将林纾及其事业放在晚清思想史与出版文化的背景上,并借鉴布尔迪厄的文学社会学,为此而特别关注古文对于林纾的意义,林纾与出版商的关系,就此而言,又与胡志德、贺麦晓的晚清民初文学研究异曲同工,[1]由此也可以看出作者融会贯通的企图心。

在探求新角度,试验新方法的同时,《林纾公司》对于资料的运用也有所推进。譬如将林纾编辑的古文选本带入自己的分析框架,凸显了这批资料的价值。与此同时,作者采用了不少广告、书信资料,生动再现了林纾与晚清民初商业文化的密切关系,以及晚期小说的翻译模式(由人笔译初稿,林纾润色)。值得注意的是,韩嵩文的论证建立在坚实的考据基础上。譬如关于林译《伊索寓言》的底本,作者就

---

[1] Theodore Huters, *Bringing the World Home: Appropriating the West in Late Qing and Early Republican China*. (Honolulu: University of Hawai'i Press, 2005);贺麦晓(Michel Hockx)著,陈太胜译:《文体问题:现代中国的文学社团和文学杂志》,北京大学出版社2016年版。

曾翻阅过百种英法文著作,虽然未能成功探明真相,但对研究林译的学者是一个颇重要的提示。可以说,《林纾公司》的新角度、新方法、新材料是建立在近年来晚清民初文学、出版文化研究丰硕的成果之上的,具有总结性的意义。

不过,林译小说毕竟是过于丰富的矿藏,韩嵩文选择林纾为议题,确实是"明知山有虎,且向虎山行"。就全书的设定的研究目标而言,韩著完成得颇为出色,但是以五部林译小说来概括林纾的翻译历程,虽然能够自圆其说,依然显得单薄。且不说大量的林译哈葛德冒险小说,就是《块肉余生述》等其他林译狄更斯小说,也与书中论述的政治、文化议题密切相关,难以完全忽略。

在我看来,韩著的这一不足,其实是由于缺乏足够的二手研究支撑。设想一下,若是林译小说的名著研究十分充分,韩著凭借旁征博引,其文本分析即可烘云托月。好在韩著问世前后,林译小说研究热度不减,关诗珮、李今、李欧梵等学者先后关注林纾翻译的《鲁滨孙飘流记》、哈葛德的冒险小说,以及司各特的历史小说。与韩嵩文一样,上述学者皆以采取跨文化研究的进路,既关注小说原著的文化语境,也注重译作的翻译过程以及影响①。随着新材料的整理出版,②关于林纾思想及生平的研究也后出转精,陈平原、夏晓虹等学者的研究从不同角度重新审视林纾与北京大学、林纾与新文化运动的交涉。③ 除此之外,林译小说底本的考证进展迅速,渡边浩司、张治以及西班牙学者古二德(César Guarde-Paz)前后相继,一鼓作气考出数种林译原著。④ 至于韩嵩文未能确认的林译《伊索寓言》底本,最近也经由

---

① 关诗珮:《哈葛德少男文学与林纾少年文学:殖民主义与晚清中国国族观念的建立》,《翻译史研究》第1期,复旦大学出版社2011年版,第138—169页;李今:《从"冒险"鲁滨孙到"中庸"鲁滨孙——林纾译介〈鲁滨孙飘流记〉的文化改写与融通》,《中国现代文学研究丛刊》2011年第1期,第119—137页;李欧梵:《林纾与哈葛德——翻译的文化政治》,见彭小妍编:《文化翻译与文本脉络——晚明以降的中国、日本与西方》,中央研究院文哲研究所,2013年版,第21—69页;李欧梵:《历史演义小说的跨文化吊诡——林纾和司各特》,见彭小妍编:《跨文化流动的吊诡:晚清到民国》,中央研究院文哲研究所2016年版,第19—50页。
② 林纾著,夏晓虹、包立民编:《林纾家书》,商务印书馆2016年版。
③ 夏晓虹:《一场未曾发生的文白论争——林纾一则晚年佚文的发现与释读》,《中山大学学报(社会科学版)》2015年第1期。陈平原:《林纾与北京大学的离合悲欢》,《文艺争鸣》2016年第1期;陈平原:《古文传授的现代命运——教育史上的林纾》,《文学评论》2017年第1期。
④ 渡边浩司:《林译小说〈红礁记〉等的原作》,《清末小说から》第32至33期(2009—2010);张治:《林译小说底本补考》,《现代中文学刊》2012年第6期,第105—107页;César Guarde-Paz, "Lin Shu's Unidentified Translations of Western Literature," ASIAN CULTURE 39 AUGUST 2015, pp. 18-36.

樽本照雄等学者的努力,①答案渐趋明朗。日积月累,完整的《林纾翻译作品全目》想必指日可待(值得一提的是,前述考证与研究成果,樽本照雄《清末民初小说目录》电子版皆已纳入,目前已更新到第九版,然而不少晚清小说研究者依然引用该目录旧版,②未能及时跟进),我们对林纾的认识也必将经历一番新变。

以此为语境,我们返观《林纾公司》一书,更可以看清其在学术史上的定位。韩嵩文不仅融合了文学研究与文化史的研究方法,亦更新了林纾研究的视野,扩充了其范畴。毋庸置疑,《林纾公司》已构成后续研究的重要借鉴。而针对其得失,我们也不能不生出以下疑问:对于以个案为主流的林纾研究现状,是否需要加以反思?林译小说数目庞大,如何更全面地加以关照,我们在研究方法上如何推陈出新?当然,要解答这些问题,只有留待学界同人的共同努力了。

---

① 沢本郁馬:《林訳『伊索寓言』の底本(下)——挿絵の謎を解く》,《清末小说から》第123—124期。

② 樽本照雄:《新编增补清末民初小说目录》,齐鲁书社2002年版。

翻译与"脑力劳动":评《林纾公司:翻译与现代中国文化的形成》

■ 文／安博

韩嵩文教授此著从篇章安排上看,详述了林纾翻译从早期到晚期的发展,可算是一部林纾翻译生涯的准传记。从理论意识上说,本书主要讨论清末民初的翻译活动所具有的历史意义及活动本身的合法性的塑造,以及这些过程在翻译文本中的体现,涉及了翻译研究、思想史研究和文学研究。

本书的研究对象虽是林纾,却题名为《林纾公司》。之所以要加上"公司",一方面是因为林纾的翻译合作者众多,无法全部归功于一人。另一方面则有众多古文教材和选集本身未经林纾之手却挂其名。而林纾本人也只留下极少的私人日记和信件。所以本书主观和客观上都无法把林纾单独拿出来研究。所以在作者这里,林纾是"早期从事翻译和文本再生产的个人群体中的核心一员"。实际上,"公司"也暗指林纾背后的出版、教育机构和集团。

研究方法上本书以细读为主,兼顾"文学书写、印刷媒介和思想活动之间的联系"(18)。通过分析林译小说和林纾参与编撰的选集、教科书等等材料来看林纾和他的合作者如何把这些作品移植到新的语境下,产生新的意义。这里作者的研究方法与一般强调纯粹语言翻译理论的翻译研究不同,更关注处于具体历史和社会背景下的翻译活动。也所以这种方法弱化了翻译研究中的核心问题,即原文和目标文本之间的关系。也即翻译的"忠实"问题。所以本书即便讨论到林译与原文的偏离问题,也不是在"忠实"的框架下,而是研究他们如何与晚清民初的社会、文化和政治语境发生新的联系,如何"与本地的政治和文化话语关联"。特别是林纾的译作如何"通过自我指涉和元文本元素来把生产了翻译的脑力活动确认为合法和有效的"……以及"翻译如何影响和指导读者的脑力劳动"(20)。

这种研究路数隐含着对思想史和文学史编纂中对翻译的两种常见看法的纠正。一种是把翻译看作原作第二性衍生品,认为其中介价值大于本身作为文学书写的价值。另一种是把翻译看做纯粹的原创作品。把翻译中的序、跋、评语或书话摘出来捏合成译者自己的文学批评或思想。一味强调其审美意义,悬置其社会和历史相关性。第一种看法忽视了翻译本身作为文学实验的意义。第二种看法则忽视了翻译与原语境和新语境的关系,且没有给予翻译文本本身足够的重视。

通过本书,作者希望探讨具体政治和社会语境下的翻译活动是如何作为一种重要的"脑力活动"在中国现代性的构建中起作用的,而这种翻译活动的合法性和相关性又是如何在翻译文本中实现和确立的。从另一方面说,也是让我们看到林纾及其合作者们是如何通过翻译来回应当时的文化论争的。

本书第二章《破烂工具》主要研究林纾翻译的两大核心问题:对译法(tandem translation)和古文体。林纾的这两个翻译工具被人诟病甚多。对译法被认为不忠实;古文又被认为无法达到作为传达西学的工具的要求,所以被认为是"破烂工具"(broken tools)。但在本章中,作者希望通过梳理对译法的发展史和语言斗争与建国(nation-building)的关系来展示林纾的这两种翻译工具在其具体的历史语境下有益的一面。指出真正"破烂的"不是这两种工具,而是"使我们无法理解这两种工具的意义的历史编纂视角的问题"(25)。

作者首先梳理了从明朝到晚清,翻译地位的逐步提升,翻译方法不断发展的历史。在林纾之前标准的对译方法是外国译者先将原文内容稔熟于心,用中文口述与中文作者,由后者在语法上稍加把关并润色。在这种翻译法中中文作者完全居于从属位置。到了林纾和他的翻译者那里,合作方式变成了本土译者翻译,林纾主写。这样一来,本土作者的能动性大大加强,而且林纾的写深受"批"和"续书"两种小说评点传统的影响,兼译兼评。所以相对传统的合作译法,林纾的对译法既可保证译文的文笔质量,又能保证效率,同时享有足够的发挥空间。

在对古文的讨论中,作者展示了林纾改造的古文所具有的延展性和活力。作者通过梳理韩愈及桐城学派以来对古文的讨论,指出文与道、形式与内容以及文体之争与构建世界(world-making)之前的关系,强调一种文体必然"指向某些读者或大众,而文体与受众之间的这种关系,即便全然是想象的,也展现了其背后的机构的、文化的和政治的倾向"(47)。由此,作者将晚清的今古文体之争置于清末民初内忧外困时期对标准语言(或国家语言)的需求的历史状况下。作者指出,作为标准语言,至少要能满足三重需求:"可以用来翻译和讨论西学;与之前的写作风格具有连续性;能满足数量日渐增长、教育背景各异的读者的需求"(47)。在这种背景下,作者认为林纾的翻译古文体在"五四运动"前提供了这样一种国家语言的候选。是"在面临殖民主义与帝国主义侵蚀时,对 agency 和权力问题的一种临时解决方案。它创造了足够的空间,使批判地(甚至经常是带有怀疑眼光地)理解西学及其所宣称的真理性和适用性成为可能"(48)。在接下来的几章中,作者具体分析了林纾如何在其译作中反思语言和西学的问题。

在第三章《虽然换了名字,但说的正是你》中,作者分析了《黑奴吁天录》(译自《汤姆叔叔的小屋》)和《伊索寓言》两部作品。尤其指出了林纾如何在这两部作品中做了三件事:第一、林纾为古汉语寻得新的领地。林纾早期的翻译风格与严复不同,林大量引进西文词汇和概念,形成了不拘一格的杂糅的古文体。这种杂糅文体不仅使得古文能够更好地传达现代知识,同时也利于对西学的有批判地接受。所谓批判地接受即在翻译中完全接受西学的概念,例如"公法"和"卫生"的概念,然后以这些普世概念为绝对标准,同时对晚清及西方殖民和帝国权力关系进行双重批判。另一方面,在吸纳进了"野蛮粗俗"的西文词汇后,古文在林纾手中开始向"国文"转换(或者说,正是由此转换才产生了"古文"和"国文"之别)。第二、林译的这两部小说达到甚至超过梁启超期望的用小说教化人民的目的。通过让中国民众与黑奴,尤其是《黑奴吁天录》中 George Harris(林纾译为"哲而治")认同,这部小说在中国读者和非洲奴隶之间形成一种"痛感的联盟"(pain alliances)。第三,林纾使古文作者获得了一条生财之道,虽然在当时用古文生财、且为大众写作难免显得不入流。为暂时消解他不通西文、用杂糅古文来进行翻译并牟利所带来的种种问题,林纾在书中将自己比作 George Harris,视翻译为寻求同志君子的手段。

在第四章《双重展示》中,作者讨论了林纾如何在《贼史》(译自《雾都孤儿》)和《孝女耐儿传》(译自《老古玩店》)两部作品中采用了"双重展示"(double explosure)的叙述模式。通过这种叙事模式,林纾将维多利亚英国与晚清中国穿越时空并置,将"雾都孤儿和古玩店从其自我认同的意义(英国文学)中摘出,置于全球工业现代化的大叙事之下"(97)。指出在《雾都孤儿》和《贼史》之中,奥利弗的遭遇向读者提出了关于当代城邦国家的归属的本质和来源问题;而《老古玩店》和《孝女耐儿传》中则充斥着现代伦理和道德行为的基本含义的冲突。作者视这两部译作为晚清社会小说(尤其是"谴责小说")和英美的"意图小说"(novel of purpose)的交汇,分析了林纾如何试图通过对叙述声音的调动来达到创造和教化小说读者的作用。

这种教化并非简单的道德灌输。作者首先引用 Claybaugh 在对英国"意图小说"的研究,指出在法国现实主义小说引入之前,英国的意图小说一方面着意再现现实,另一方面也有着社会诉求。一些作品甚至直接从改革书写化身而来。这类小说承载着"告知读者世界的哪些部分值得他们注意,需要他们付诸行动"(100)的社会功能。后来所谓现实主义小说,就被用来指这种再现现实与社会意图的结合。

林魏合译的狄更斯就兼具了再现现实和引导读者的双重目的。林纾赞扬了狄更斯对社会的阴暗角落的关注,称其"如张明镜于空际,收纳五虫万怪"(101)。认为正是这面反映社会的镜子才是使狄更斯小说"有目的的拟真"(purposeful verisimilitude)如此有效的关键。作者认为,林魏的翻译就有意重组这样一面镜子。这面镜子不只是社会阴暗角落的反应,也是现代意识发展成形之处。因为镜子使观看者或读者以这样一幅相框(frame),而不是另外一种相框来看社会。也就是说,社会之镜这种呈现形式本身就起到了让读者形成某种意识的作用;让读者看什么、怎么看本身就教了他们应该看什么、怎么看。具体来说,如果说狄更斯在《雾都孤儿》中的再现现实的模式(modes of representing reality)是尝试在叙事者和国家阅读大众(national reading publics)之间建立某种联系,那么林魏的翻译则试图在译本叙述者和译本读者之间复制同样的交流关系。林纾让"英国"的叙事人和读者成为了准虚构角色,让中国读者成为旁观者。通过对评点和叙事声音的调动让读者看到英国的读者如何被文本建构,进而让中国读者对他们产生认同。这种通过翻译产生的元叙事"效果"让作为旁观者的中国读者看到了英国"叙述者"和读者之间的交流。在这个意义上,翻译《贼史》等作品,就不仅是翻译一本小说,而是创造"可以发现社会问题、提出改革诉求的读者群"(103)。

因为作者认为,林纾早期译作的再现模式与批判现实主义(critical realism)有异曲同工之处,都有进行社会教化和改革的意图。虽然双重展示(double exposure)的再现模式并不总是成功的(例如在《孝女耐儿传》中作者展示的那样),但总体来说,林译狄更斯不仅试图描绘工业现代化的阴暗面,更注重阅读这些小说可以为塑造现代国家公民做些什么。

在第五章《向后看?》中,作者着重讨论了林纾如何通过翻译华盛顿·欧文的《见闻札记》来回应语言和民族身份的问题。通过这一章的文本细读,作者说明了林纾如何受到他所理解的欧文的影响,这种影响又如何成为了他现代文化保守主义思想的发端。尤其是林纾自己是如何在五四运动前就开始对传统和传统主义

(traditionalism)进行反思的。作者试图说明林纾并不是因新青年的攻击才被动退守为保守主义者,而是主动地、有意图地"通过翻译过程对传统主义的再发现"(127)。这种诠释也反驳了把林纾的保守主义归结于其性格的说法,反对那种将林的保守倾向简化为"无法与现代思想兼容的,狭隘甚至无理性的感情冲动"(127)。

通过分析《拊掌录》(即林译《见闻札记》)的几篇"圣诞故事",作者展示了林纾如何被"异域资本、政治和书写记录等进步形式的"(129)潜移默化的旧式习俗所吸引。林把欧文笔下略带滑稽的守旧乡绅理想化为中国的隐士,投射为自己理想中的传统文化的守护者。在此时期林纾的文风也变得愈加保守。他抛弃了早期翻译中对外来词汇兼容并包的态度,用词开始近于严复提倡的古文纯粹主义。如果说在黑奴吁天录中的"哲尔治"表明了林纾对西学的开放态度,那么《拊掌录》中被林纾误作"欧文"的叙述人,就表达了对西学的保留态度。但如前所述,作者认为这种保守的转向并不是后退,而是再发现。林纾笔下的"欧文"的怀旧被作者视作对十九世纪中后期桐城学派的工具化的反拨。这种反拨不是切断写作和政治的联系,而是强调"写作的古文体之所以具有特殊的社会有用性,正是因为它不具有作为启蒙和传递科学技术知识工具的白话文所具有的直接工具性"(143)。这里作者认为林纾将欧文的反思性怀旧(reflective nostalgia)变成了一种复辟式怀旧(restorative nostalgia),希望通过扬弃传统与"现代化及现代国家文化兼容"(145)。在林纾看来,欧文试图用文学写作为读者建立一种与过去的共同体的联系。在林纾那里这也是联系(西方)"文明"与(中国传统)"伦常"的可能。在满足现代文化需求的同时不至丧失与传统价值的关联。这样传统便不再与"文明"对立,而成为其发展过程。通过与欧文的互动,林纾形成了深刻地影响了他晚年思想的新式传统主义。

通过本书前五章对林纾早期译作的讨论,作者希望强调翻译作为脑力劳动(mental labor)的重要意义。林纾用他的翻译工具生产的译作不仅对原作进行改动,而且不断地对作为脑力劳动的翻译活动本身进行反思,并试图影响读者的脑力劳动。用古文来译西方白话文学的尝试也为古文开拓了新的殖民地,并将翻译确立为文学实验的重要形式,进而为后来人,如鲁迅的"硬译"实验扫清了障碍。这里值得再次强调的是,本书中这种对翻译作品的阅读方法的意义,在于不把翻译视作第二性的、衍生的作品,而是让译者和译文从隐身状态下现身,以思考他们如何通过与"原创"文学写作和"思想"互动来创造意义。这种阅读方式不仅拓宽了思想史研究的可用文本,也"提供了理解知识分子如何想象自己作为文化和政治角色的可能"(154)。

在第六章《国家古典主义者》中,林纾已通过早期的翻译获得了"古文家"的声誉,也使他成为了传统文化与现代印刷技术结合的代表。这一章讨论了在清末民初(1911—1924),带着古文"大师"头衔的林纾如何利用和改变了"古文家"的身份,来参与当时的文化和社会论争。此时的林纾,通过文学讲义等确立了自己的文化名流的形象。占据了一系列的位置:翻译家、散文家和当代的古文"大师",在读者中享有崇高声誉。林纾借翻译上位的例子正说明了"这一时期的作者们如何利用媒体行业的向心力来调节自己的位置,去尝试——有时是失败地尝试——为自己塑造一个"严肃"或"流行",抑或两者兼有的形象"(191)。通过对林纾在这一时期为文学选集和教科书所做的工作的分析,作者讨论了林纾如何利用自己古文"大师"的地位来积极参与文化论争,去践行他的"国家古典主义"(national classicism)。这里"国家古典主义"被作者用来指"林纾对自我风格化的中国传统文化文本和价值的判断、生产、再生产以及商品推广,并将其推做现代国家文化的核心"(157)。在这一时期的林纾也逐渐意识到古文无法满足作为国家语言的全部需求,于是退而求其次,希望以拉丁和希腊语为范本,把古文作为受教育人群的语言,以保存国家身份,类似像帕沙·查特吉所说的印度本地语言作为独特的本土文化身份的守护者的模式。这里作者谈到了林纾所编撰的国文读本如何在一方面重新定义了文学典籍(canon),在另一方面为古文家创造了活动空间。名家选集一度相当于科举考试的官方教材,但在晚晴教育制度改革后,这些选集带有了新的含义,要去面对民族主义和民族文化的问题。而林纾个人作为中国主要出版社的教科书的编纂者就见证了这种文学和文化政治的转换。通过编纂古文选集和教科书,林纾试图"使古文家可以与科举考试脱离,转而与现代国家的教育机构发生联系"(158)。

通过这一章的讨论,作者希望揭示出林纾后期思想的复杂性和矛盾性,指出以一种现代性的向前看的视角来看林纾的守旧是有失偏颇的。因为林纾等晚清"遗老"之所以强调对传统的忠诚在某种意义上也是他们应对军阀割据时期的政治和文化动荡的策略。所以可以说林纾的怀旧和五四新文化运动是一体两面,一退一进,都是对当时的社会状况的回应。实际上,就林纾及其合作者而言,"他们的国家古典主义使他们可以调整他们的知识和劳动,以适应新的社会机构,让他们仍然能够参与到文化论争中来"(202)。

在第七章(《成为王敬轩》)中:作者将五四运动中的新旧之争置于布尔迪厄的理论框架下,讲述林纾如何被迫成为一个反动文化政治的代表人物。这一章分量很重,但对林纾着墨不多,在此恕不赘述。

在结论中,作者重提翻译的合法性的问题,即如何看待翻译作品的地位,如何读翻译文本的问题。他举了埃兹拉·庞德的《华夏》(Cathay)为例,说明其如何被作为文学实验本身,而不是作为第二性的书写来阅读。相较之下,"中国一直以来在追求西学的压力下无闲暇顾及其他,直到今日才刚刚开始把注意力放到类似庞德那种的有意识的翻译文学实验上"(237)。很明显,作者把林纾也视作此种实验。而作者在本书中提倡并践行的阅读方法就是希望给予林纾的翻译作品同样诠释空间。作者提醒我们:"汉语翻译所牵涉的历史问题——例如语言和文化合法性的问题——必须作为主题来与林译的文学实验对照阅读"(238)。

总结而言,本书前面几章从这个角度来展开,依次谈了林纾如何通过斯陀夫人对"公理"的追求给他自己并不"忠实"的翻译方式赋予合法性;林纾和魏易如何通过调动"狄更斯"和"外史者"两位叙事人,指挥读者的脑力劳动,让读者通过他们二人想象的国民读者的框架来理解《雾都孤儿》;通过与欧文的个人和审美上的联系,林纾试图为他在翻译过程中时时要面对语言和翻译的历史和政治限制寻求一个乌托邦式的解决方案;这些外来图书从读者那里为林纾争得了"大师"名号。通过教科书、选集和函授学校,林给了读者一个机会,让他们可以消费甚至是生产一个符合二十世纪生活需求的中国"传统"文学。而这种"商品化的真品",被林纾最大程度地用作中国文化延续的必要工具(238)。

作者在最后再次提出,我们不能被中国文学史和思想史的框架所局限,而要用新的方式来看待那些看起来仅仅是"述而不作"的作品。作者敦促我们在文学史和思想史之间,发现翻译这种脑力劳动的独立性及其与历史和政治问题的勾连。本文对书中很多复杂的论证思路,例如对 mental labor 和 the intellectual 的关系的论述及用这些概念来理解翻译活动的意义等尚无法把握。而且对义法、翻译史、翻译出版史、公理、语言对等性等等问题的精彩讨论也都没有涉及,感兴趣的读者可以自行阅读韩著,并希望有进一步的评论。

林纾、他的合作者和他的埃及分身：作者的回应

■ 文／韩嵩文（Michael Gibbs Hill）　译／徐灵嘉　刘蕴芳*

　　我非常感谢中美两国学者对于《林纾公司：翻译与现代中国文化的形成》一书的回应。自从此书于 2012 年秋季出版后，学术性期刊和文学杂志已涌现了超过 20 篇评论。

　　当我想及自己是在多久以前着手开展研究项目并最终著就了《林纾公司》（*Lin Shu, Inc.*）一书，不免感到惊讶。1998 年，我在罗格斯大学研究生院开始比较文学的学习，挑选了英语系的多门课程。在新泽西学习两年之后，我来到台北，在那里花了一年半的时间进行语言培训，并为我的博士论文收集关于林纾及其合作者的相关资料。但是，回到罗格斯大学之后，我决定暂缓研究生学业，不久即在曼哈顿的一家大型商业翻译公司获得了工作机会。尽管资历尚浅，我却很快成为该公司的"中国通"，对公司所有英汉互译文件进行编辑和校对，并同许多自由译者合作，处理从专利权、法律摘要到制药文件等各领域的翻译工作。正是在这种不断适应新技术的专业环境下，我开始将翻译视为一种由复杂的历史力量所塑造的脑力劳动。这种认知使我们超越了"文学翻译"范畴的限制，转而利用社会史和文化史的见解来理解翻译文本中的历史传承。在哥伦比亚大学，我对翻译的兴趣与对于近现代中国的出版商和印刷文化的研究不谋而合。尽管我获选攻读文学博士学位，我却花了同样多的时间来阅读关于出版史和印刷文化的历史研究文献，例如：芮

---

* 译文经过复旦大学中文系奇境译坊指导老师黄福海、王柏华审校。

哲非(Christopher Reed)的《谷登堡在上海》(*Gutenberg in Shanghai*)①,以及周启荣(Kai-wing Chow)的《近世中国的出版事业、文化与权力》(*Publishing, Culture, and Power in Early Modern China*)。

熟悉北美和欧洲汉学的读者将在引言中了解到,我是如何将自己的研究同该领域其他专家的成果联系起来。这里可能更有必要提及两位处于亚洲研究范围或者常见"理论"之外,但对我的研究产生重要影响的学者。第一位是美国文学和文学史研究学者马克·麦格尔(Mark McGurl),尽管他的理论在亚洲研究或汉学中不为人熟知,但却启发我找到研究晚清时期翻译问题和文化生产的一些途径。麦格尔的首部著作《小说艺术》(*The Novel Art*,亦可译为《新颖的艺术》),探讨了与二十世纪中期兴起的"难读"现代主义小说相关的"脑力劳动"问题,将"难读"文学创作的理念与社会学家C·怀特·米尔斯(C. Wright Mills)所探讨的工业化美国经济中的脑力劳动的增长相联系。麦格尔的第二本书《创意写作的兴起》(*The Program Era*),则探讨二战后北美大学中以美国小说为主题的创意写作项目所产生的影响。② 该书一个主要论点是,既然大部分的主要小说家在其职业生涯的某个阶段中,都曾以学生或老师的身份接触过创意写作项目,那么我们有必要反思这一制度与文学创作领域本身之间的联系。

尽管麦格尔的观点与中国之间存在着明显的历史和地理差异,对我而言,他的研究方法仍然有两方面的价值。首先,众所周知,科举制的瓦解不仅对学术界,也对中国普通百姓对于学习和知识的基本认知产生重要的重建。对于许多我们现称之为"作家"和"思想家"的人来说,翻译通常是一种让他们涉足出版界、贴补其收入,或者以域外文本支持自身论证的方法。作为兼具智力与财力价值的语言转换的产物,这段时期的翻译从通常对其产生的条件进行自身的反思;翻译者这些对自身主体能动性的表达提醒我们要以研究"原作"的方法来细读译文。我详细阅读翻译作品的时候,会探究翻译作品如何将自身与当地政治和文化论述产生关联;尤其在自我指涉和元小说(metafictional)要素的条件下,翻译如何促生使其自身合理且有价值的脑力劳动;以及,在可观测的条件下,翻译如何塑造和指导读者的脑力劳动过程。这种方法的优越性在阅读诸如林纾与合作者共同译著的《伊索寓言》

---

① 芮哲非:《谷腾堡在上海:中国印刷资本业的发展》,志强、潘文年、鄯毅、郝彬彬译,商务印书馆2014年版。
② 参见《创意写作的兴起:战后美国文学的"系统时代"》,葛红兵、郑周明、朱喆译,广西师范大学出版社2012年版。

时显而易见。商务印书馆将该书作为教科书出版，它用浅显直白的方式向读者展示了如何理解故事寓意，更将读者带入了晚清西学的语言环境中。在另一部作品《贼史》，即林纾和魏易合译的《雾都孤儿》(*Oliver Twist*)中，我们可以看到明清小说评点和续书中所运用的一些技巧，如何巧妙地引领中国读者的思维模式，使他们将自己视作等同于狄更斯小说的现代英国读者。在这两个实例中，特别是考量了我自己对《雾都孤儿》的诠释之后，我发现麦格尔的学术研究作为我诠释这些文本时"脑力劳动"的起点，意义非凡。

英国文学领域近期的另一部论著，即伊丽莎白·奥特卡(Elizabeth Outka)的《消费传统：现代化，现代主义，及商品化的真实》(*Consuming Traditions: Modernity, Modernism, and the Commodified Authentic*)，则帮助我思考林纾作为民国早期文学领域的"传统主义者"的文化地位。《林纾公司》封面上印制的韦廉士红色补丸的广告语生动诠释了林纾生涯中此一方面的真谛，即利用他作为旧式文人的身份地位和书画家的艺术造诣向大众售卖一种新式药品。在深入挖掘了林纾作为教科书作者和"传统"文学学舍的创办者的经历之后，我们发现林纾为人熟知的"保守"甚至"反动"的形象与他所处的社会环境密不可分。

近年来，很多学者试图重新评价新文化运动和五四运动及参与其中的知识分子的历史功绩。《林纾公司》一书的后面章节，特别是第七章对于"王敬轩事件"以及"新旧之争"的讨述，分析了新文化运动的措辞以及新式文人在袁世凯政权垮台后力求脱离主流文化趋势的努力，显然是对这些讨论的回应。然而，我尽量使自己不受林纾的立场影响，因为"王敬轩事件"引发的一些讨论，特别是考虑到林纾名声和品行的广泛商业化，是完全言之成理的。（事实上，本书的一位审稿人还因为我没有足够地批评和驳斥钱玄同、鲁迅等人物的观点而表示不满！）在这方面，我从皮埃尔·布尔迪厄(Pierre Bourdieu)的《艺术的规则：文学场域的起源和构成》(*The Rules of Art: Genesis and Structure of the Literary Field*)一书前言的最后几句话得到了启示。布尔迪厄预料到一些读者会抗议他以社会学模式来揭开艺术创作的神秘面纱不免太过头，从而提前做出解释："要理解[作家]……如何从激情和自私追求之间往往无情的冲突中成功提炼出普世的升华本质，我们就必须放弃对于纯粹形式的纯粹兴趣的圣洁信仰，这是其中的代价。它是对人类事业的最高成就提供一种更真实，也因此更可信的视角，因为它的超人因素较少。"

除了这些与文化社会学有关的问题以外，我还在我的文本细读中探索了一个基本的文学问题：原著中的问题如何在翻译文本中呈现新的意义？这个方法认可了原著与翻译之间的联系，但是较少关心二者在词句层面上的对应。举一个恰当的例子,在《汤姆叔叔的小屋》中,乔治·哈里斯重新回到利比里亚:在这部小说首次出版后,有些读者指责斯陀夫人支持下列说法:废除奴隶制后,非洲奴隶应当被驱逐出美国。(甚至托马斯·杰弗逊也支持这个观点;但斯托否认支持这个观点的任何言论。)可是,在林纾和魏易的《黑奴吁天录》,哲而治(即乔治·哈里斯)重新回到利比里亚变成了一个对未来抱乐观态度的符号,因为他即将在那里建立一个全新的现代国家。在《汤姆叔叔的小屋》的情节中,这一重要观点的转换提供了一个可能与美国文学研究者对话的重要议题:我们或许会问,林纾和魏易对于乔治·哈里斯的人物解读,如何为理解斯陀夫人的小说提供新的可能性?即使像《黑奴吁天录》这样的小说对于研究中国文学的学者来说是耳熟能详的,但我们还没有看到对这些作品的研究成果引发与其他领域的学者的更加重大的对话。

参与这个对话需要具备一种研究超出我们原初学术训练的其他文本的主动性:对我而言,虽然我在研究生院上过维多利亚时期文学的课程,也感觉自己对狄更斯有点见解,但我对斯陀夫人的作品背景和《汤姆叔叔的小屋》了解甚少,而且对华盛顿·欧文的生平和作品一无所知,更不用说对它在19世纪和20世纪的批判性接受。我对欧文的研究,最后使我取得了此书在目录学上的一个小发现:通过对欧文作品作为论文写作范本的流通情况进行研究,我发现了《拊掌录》的底本,而那个底本本身就是一个选本。同样,参与这个对话意味着我要写给不在我这个领域内的人看:我希望能让非汉学研究的学者,特别是英美文学和翻译研究的学者阅读这本书。《林纾公司》中的某些章节,对某些其他领域的专家来说可能是基本常识,但如果我们要使不同群体的读者读懂的话,这方面是必须要迁就的。

如果我现在来写这本书,我会更加关注清代的多语种并存的习惯,即大清国努力展现他们的权力范围不仅包含中文,也包含满语、蒙古语、藏语和维吾尔语。《林纾公司》几乎完全忽视了这些习惯在晚清翻译中可能存在的延续性;即使我们发现了这些多语种并存的习惯被完全切断了,它们之间的差异也值得进行严肃的探讨。

我也应加入更多对林纾翻译文本的细读,尤其是亨利·莱特·哈葛德和瓦尔特·司各特的翻译作品,但是那样会使这本书变得更长或是要删除其他的内容。许多北美学术性书籍的出版社对书的长度有严格的控制:以我为例,所有内容必须在120 000个英语单词内完成,包括脚注和参考文献。(他们好心地让我超了几千个词。)整个项目中,我选择对单独的作品做广泛的文本细读,而不是从众多的译本中引用一两个例子,因为这样才是研究一部翻译作品如何与其原著和该国文化深入对话这一问题的唯一方法。我希望这些解读能够与其他人的解读一同被参考,也为更大的综合性研究开辟可能性。

在对此书的回应中,最令人费解的部分也许是我对所谓"理论"的使用。确实,我对19世纪末和20世纪初的脑力劳动的转换的讨论,超越了林纾研究的范畴;我的讨论也参考了那些不属于我们通常认为的中国文学、甚至亚洲文学的材料;甚至,如果我想要继续研究脑力劳动的转换,我应该写一本关于更宏大的知识分子领域的书,并且避免只研究林纾和他的合作者。但是如果我们退后一步,看看这些更为宏大的问题,那么我想我在此研究的许多历史人物都分享着一些共同的关怀,即:什么是文人或知识分子?知识分子从事什么类型的工作?他们的工作由谁来界定?翻译在这个知识分子工作或脑力劳动的框架内扮演何种角色?可是,寻找这些问题的答案是非常复杂的:我想我与一些文学研究者不同的地方是,我要问这样一个问题:翻译怎么反映上述问题,反映这些与他们的生产条件有关的基本问题?

即使在北美学界理论的高潮已经衰退,我们也很难找到一种未受到理论影响的看待文学或历史的视角。对我来说,我相信,如果我们不求助于翻译和文化社会学的理论手段,我们就会面临着失去和林纾及其同代人之间的应有的批评距离的危险。对于20世纪早期中国的所谓"文化保守主义"研究而言尤其如是。即使我们同情"遗老们"想要保存和维护传统文化的欲望,我们也不能忘记他们的关注点与全世界现代文学的基本主题是互相重合的:20世纪的许多作家流露出对理想过去的渴望或(空间或时间上的)背井离乡之感。[①] 认识到这一点是很有意义的;我们应该富有热情地去研究与其他文学相似和重合的地方。

我认为我的论点的重要性可能对北美学界更有意义,因为他们对中国文学,或更广义地讲,对"非西方"文学的研究是处于边缘地位的,尽管一些类似"世界文学"的新领域很热门。如果北美的中国文学研究者坚持认为没有任何外来的概念或框架能"套用"到他们的领域,那么他们就会允许主流的领域——如英语的和传统的比较文学(通常被限定在法语、德语、拉丁语和希腊语)——继续认为亚洲的文学历史毫无贡献,继续在这个前提下研究"人文学"。当然,我也意识到另一种不同的动力在起作用:所谓"西方理论"在华语世界的许多语境中呈现出入侵感,好像它是从外界强加的。可是,在历史上,这种强加已经对我们的研究对象(即晚清文学和思想,尤其是翻译活动)起了决定性的作用。通过接触清末民初的作品,将它们当作理解当下的活生生的文本和资源,我们可以在书写文学史时,参与一个

[①] 见我对吴盛青的 Modern Archaics 一书的书评,Harvard Review of Asiatic Studies, vol. 75, no. 1 (2015), pp.243-250。

持续进行的对话。

从《林纾公司》出版以来,我从事的研究使我放弃了我在书中的一个观点,即林纾和他的合作者的文化工程是一个"在世界文学中独特"的现象。它一点也不独特,我们在世界其他地方看到的类似现象,可以开启我们理解晚清文学及其与全球文化关系的新的可能性。当我们考察19世纪阿拉伯文学时,我们可以看到这样的现象,即不懂外文的翻译家比我们想象的更为普遍,尤其是在19世纪末和20世纪初。例如,在埃及,曼法卢提(Muṣṭafā-Luṭfī al-Manfalūṭī,1876—1924)通过改写更早的翻译,将他不懂的法语作品转换为阿拉伯语作品,此举使他在中东拥有好几代读者。他的《保尔和薇吉妮》的阿拉伯语版本以《美德》为书名,是基于穆罕默德·欧斯曼·贾拉勒(Muhammad 'Uthmān-Jalāl,1829-1898)的一个更早的翻译。① 与贾拉勒翻译不同,《美德》有很大的读者群,而且至少在1980年代还在重印。唐尤斯·阿卜杜(Tanyus 'Abduh,1869-1926)是一位埃及翻译家,他比林纾更为勤奋,他翻译和改写了大约600个剧本和小说。虽然阿卜杜懂法语,但据称他不太追求忠实的翻译。据说他"随时随地都在翻译……咖啡馆里,人行道上,火车上,甚至在他家房屋顶上……而且他整天都在写,不修改一个字,不重读一句话。"②

翻译在中国和埃及许多知识领域的兴盛,也依赖于相似或相同的体制基础。正如在晚清的中国,基督教传教士和教育家们率先推动了合作翻译,他们通常注重于将自然科学和社会科学作品介绍到新的语言中。从1830年代开始,美国基督教公理会(美部会,当时在广东也很活跃)资助了一个在贝鲁特从事大量印刷与出版活动的学校。1866年,由附属于美部会的人员建立的叙利亚新教学院,编写了一系列有影响的教科书和初级读物,这些教科书和初级读物都以美国教科书为蓝本,类似于傅兰雅在江南制造总局的做法,在他们教书时,依靠当地的"助教"担任翻译。这些传教士机构及其师生阅读和出版的期刊成了19世纪后半叶和20世纪前几十年中大量涌现的翻译作品的温床。19世纪西欧和北美国家在世界上影响不断扩大,在政治、经济和教育上也似乎创造了类似的成绩,从而可以产生更多像林纾和曼法卢提这样的过渡时期知识分子。

---

① 见 Paul Starkey, "MuṣṭafāLuṭfī al-Manfalūṭī," in *Essays in Arabic Literary Biography, 1850-1950*, ed. Roger Allen (Wiesbaden: Harrasowitz, 2010), pp.200-207.
② 见 Margaret Litvin. *Hamlet's Arab Journey: Shakespeare's Prince and Nasser's Ghosts* (Princeton: Princeton University Press, 2011), p.62.

作者简介

刘志荣　　中山大学
钟叔河　　学者、出版家
彭小莲　　电影导演
汪　剑　　自由撰稿人
朱天文　　作家、编剧
木　叶　　《上海文化》
李徽昭　　淮阴师范学院
韦嘉阳　　中央美术学院
海伦·文德勒(Helen Vendler)　　哈佛大学(Harvard University)
王柏华　　复旦大学
谢　微　　浙江大学
陈晓兰　　上海大学
关爱和　　河南大学
张济顺　　华东师范大学
陈　均　　北京大学
傅光明　　中国现代文学馆
吴雅凌　　上海社会科学院
畅　雁　　明尼苏达大学(University of Minnesota)
王　晴　　一桥大学
王升远　　复旦大学
张向荣　　中国人民大学
韩　瑞(Eric Hayot)　　宾夕法尼亚州立大学(Penn State University)
金　雯　　华东师范大学
崔文东　　香港中文大学
安　博　　耶鲁大学(Yale University)
韩嵩文(Michael Gibbs Hill)　　威廉与玛丽学院(College of William & Mary)
徐灵嘉　　复旦大学
刘蕴芳　　青年译者

《文学》稿约启事

陈思和、王德威两位先生主编《文学》系列文丛,每年推出"春夏""秋冬"两卷,每卷三十万字,力邀海内外学者共同来参与和支持这项工作,不吝赐稿。

《文学》自定位于前沿文学理论探索。

谓之"前沿",即不介绍一般的理论现象和文学现象,也不讨论具体的学术史料和文学事件,力求具有理论前瞻性,重在研讨学术之根本。若能够联系现实处境而生发的重大问题并给以真诚的探讨,尤其欢迎;对中外理论体系和文学现象进行深入思考和系统阐述,填补中国理论领域空白,尤其欢迎;通过对中外作家的深刻阐述而推动当下文学创作和文学理论发展,尤其欢迎。

谓之"文学理论",本刊坚持讨论文学为宗旨,包括中西方文学理论、美学、中国现当代文学及外国文学的研究。题涉中国古代文学研究者,如能以新的视角叩访古典传统,或关怀古今文学的演变,也在本刊选用之列。作家论必须推陈出新,有创意性,不做泛泛而论。

《文学》欢迎国内外理论工作者、现当代文学的研究者将倾注心血的学术思想雕琢打磨、精益求精、系统阐述的代表作;欢迎青年学者锐意求新、打破陈说和传统偏见,具有颠覆性的学术争鸣;欢迎海外学者以新视角研究中国文学的新成果,以扩充中国文学繁复多姿的研究视野。

《文学》精心推出"书评"栏目,所收的并不是泛泛的褒奖或针砭之作,而是希望对所评议对象涉及的议题,有一定研究心得和追踪眼光的专家,以独立品格与原作者形成学术对话。

《文学》力求能够反映前沿性、深刻性和创新性的大块文章,不做篇幅的限制,但须符合学术规范。论文请附内容提要(不超过三百字与关键词)。引用、注释务请核对无误。注释采用脚注。

稿件联系人:金理;

电子稿以 word 格式发至:wenxuecongkan@163.com;

打印稿寄:上海市邯郸路 220 号复旦大学中文系 金理收 200433。

三个月后未接采用通知,稿件可自行处理。本刊有权删改采用稿,不同意者请注明。请勿一稿多投。欢迎海内外同仁赐稿。惠稿者请注明姓名、电话、单位和通信地址。一经刊用,即致薄酬。

《文学》主编 陈思和 王德威
2018 年 9 月

《文学·2019春夏卷》要目

【讲堂】
·中国现代文学主题学四讲· 　　　　　　　　　　　　　　　　　　　　文/黄子平

【声音】
·动画、技术媒介与民族国家· 　　　　　　　　　　　　　　　　　　　主持/吴航
《铁扇公主》(1941)：民国时期"儿童教育"话语与中国早期动画　　　　　文/陈莹
社会主义初期的木偶动画、生命感与现实主义　　　　　　　　　　　　　文/吴航
从《黑塔利亚》到《大圣归来》：中文网络"二次元民族主义"的身份焦虑　　文/郑熙青

【评论】
·现代中国的诗朗诵与朗诵诗· 　　　　　　　　　　　　　　　　　　　主持/康凌

【谈艺录】
《理查五世》：英格兰一代圣君英主　　　　　　　　　　　　　　　　　文/傅光明

【著述】
古本《老子》校读释·《德经》一——1-7章　　　　　　　　　　　　　　文/刘志荣
《孟子·离娄》读法　　　　　　　　　　　　　　　　　　　　　　　　文/张定浩

【书评与回应】
社会主义世界主义的世界有多大　　　　　　　　　　　　　　　　　　　文/黄琨
——评傅朗（Nicolai Volland）*Socialist Cosmopolitanism*
世界主义视野下的社会主义中国文学：谁的世界，哪个主义？　　　　　　文/王思维等
——评傅朗（Nicolai Volland）*Socialist Cosmopolitanism*
现代中国文学及其世界主义传统　　　　　　　　　　　　　　　文/傅朗（Nicolai Volland）